W9-AUE-421

# Selections from Don Quixote

## Selecciones de Don Quijote de la Mancha

A Dual-Language Book

# Miguel de Cervantes Saavedra

Edited and Translated by
STANLEY APPELBAUM

DOVER PUBLICATIONS, INC.
Mineola, New York

## Copyright

Copyright © 1999 by Dover Publications, Inc.
All rights reserved under Pan American and International Copyright Conventions.

## Bibliographical Note

This Dover edition, first published in 1999, is a new selection of chapters, complete or partial (see Contents for details), from Parts One and Two of *El ingenioso hidalgo don Quijote de la Mancha* (see Introduction for data on original publication), reprinted from a standard Spanish edition, and accompanied by a new English translation of those chapters by Stanley Appelbaum, who made the selection and supplied the Introduction, the footnotes, and the synopses of portions not translated. Spanish translations of the English synopses were prepared by Argentina Palacios.

## Library of Congress Cataloging-in-Publication Data

Cervantes Saavedra, Miguel de, 1547–1616.
   [Don Quixote. English & Spanish. Selections]
   Selections from Don Quixote = Selecciones de Don Quijote de la Mancha : a dual-language book / Miguel de Cervantes Saavedra.
      p.   cm.
   English and Spanish.
   ISBN 0-486-40666-0 (pbk.)
   I. Title.   II. Title: Selecciones de Don Quijote de la Mancha.
PQ6329.A5   1999
863'.3—dc21
                                      99-12617
                                        CIP

Manufactured in the United States of America
Dover Publications, Inc., 31 East 2nd Street, Mineola, N.Y. 11501

# Contents

*The chapters included are complete unless otherwise stated. No chapter
or excerpt is further abridged. The synopsis of Part Two,
Chapters I through LXXIII, will be found in the Introduction.*

# INTRODUCTION

## Cervantes

*Don Quixote*, Cervantes's masterpiece, reflects many of his own experiences. Miguel de Cervantes Saavedra was born in Alcalá de Henares in 1547, into a *hidalgo* family (the lowest rank of nobility). His father was an impecunious, itinerant doctor, and Miguel never received a solid traditional education; his wide learning was chiefly the result of his insatiable reading. He began writing poetry while quite young, and was represented by four pieces in a 1569 memorial album for the late queen of Spain. Soon afterward he was in Italy, first as secretary to a cardinal who had been a papal legate in Madrid, and then in the army. He must have traveled in Italy at that time, laying the foundations of his wide familiarity with Italian literature.

A turning point in Cervantes's life was his active participation in the battle of Lepanto in 1571, when the combined naval forces of Venice, Spain, and the Pope broke the back of Turkish sea power. Cervantes was wounded, and permanently lost the use of his left hand. He fought in further campaigns, but in 1575, while he was sailing homeward on leave, his ship was captured by Muslims and he spent the next five years in captivity, chiefly in Algiers (he mentions himself in the ex-captive's narrative interpolated into *Don Quixote*). This captivity (as well as later imprisonments in Spain) seems to be at the root of one of the main themes of his great novel: the holy thirst for freedom. Several attempts to escape were thwarted by disloyal accomplices, but he was finally ransomed and returned to Spain in 1580.

Back home, he began living by his pen. He wrote several plays, including *Numancia* (published 1584; written 1582?—it is often difficult to assign dates of composition to his works, even those published in his own lifetime). Cervantes's passion for the theater is reflected in *Don Quixote* not only in outright discussions of plays and in subplots

similar to play plots of the day, but also in the pervasive atmosphere of role-playing and disguises. His first major publication, dear to him (he kept promising a sequel all his life) but not very popular with the public, was *La Galatea* (1585), a pastoral novel about the loves of gentle shepherds (compare the numerous pastoral interludes in *Don Quixote*). He had married in 1584, but spent less time with his wife than in literary circles in Madrid. (This was the famous *siglo de oro*, the golden age of Spanish literature.)

Writing proved unprofitable. In 1587 Cervantes was in Seville, requisitioning foodstuffs for the Great Armada that was to sail against England. In that city, two years later, he was arrested and excommunicated for requisitioning Church property. A contract for six plays in 1592 failed to change his luck, and in 1594 he was a tax collector in Granada. (These varied activities increased his knowledge of Spain and the different levels of the population, so accurately portrayed in *Don Quixote*.)

In 1597, after the failure of a banker with whom he had deposited government funds, Cervantes was jailed in Seville. Many historians believe it was there that he began writing his great novel, which his Prologue states was "begotten in a prison." In the early years of the seventeenth century he lived in Valladolid, where the royal court had moved (here, too, he ran afoul of the law when a murdered man was found in his doorway). He and the court were back in Madrid by 1608.

Cervantes's last years were punctuated with several resounding publications. Part One of *Don Quixote* appeared in 1605, and was an immediate success, making its author famous. In 1613 he published his twelve *Novelas ejemplares* (Exemplary Stories), at least some of which had been written much earlier ("Rinconete y Cortadillo" is mentioned in Part One of *Don Quixote*). He was far along in the composition of Part Two when, in 1614, a spurious second part was published in Tarragona by a writer calling himself Avellaneda; this serious jolt led to drastic revisions and a speedy conclusion: Cervantes's Part Two appeared in 1615, as did the volume *Ocho comedias y ocho entremeses nuevos* (Eight Plays and Eight New Skits). In 1616 he completed the Prologue to the novel *Los trabajos de Persiles y Segismunda* (The Travails of P. and S.), which was published posthumously. (There is great controversy over the time of writing, since this Greek-style adventure story seems to many like a throwback in his development.) Cervantes's death in 1616 was virtually simultaneous with that of Shakespeare.

## Spanish Prose before *Don Quixote*

Its originality notwithstanding, Cervantes's great major novel was heir
to a rich Spanish prose tradition. After tentative beginnings, the four-
teenth century saw such fine collections of exemplary and cautionary
tales as *El conde Lucanor* by Don Juan Manuel, as well as chronicles
and collections of legends. From the fifteenth century we have travel
accounts and biographies. The sixteenth century is particularly rich,
with the narratives of explorers and *conquistadores*; essays; short stories; pastoral novels such as the *Diana* of Montemayor and its continuations; the beginnings of the picaresque novels of criminals and
lowlife, with the anonymous 1554 *Lazarillo de Tormes* and the 1559
*Guzmán de Alfarache* by Mateo Alemán; the writings of the great
Christian mystics, including Saint Teresa of Avila and San Juan de la
Cruz; and, of course, the books of chivalry.

## Books of Chivalry

It is an odd phenomenon that the works that inspired Cervantes's
loving parody in *Don Quixote* were no more than a hundred years
old, even though the truly great works of knightly derring-do were
much older (the incomparable French prose *Lancelot,* for instance, dating from the thirteenth century), and the Spanish
*Historia del caballero . . . Cifar* is a fourteenth-century work. What
Cervantes seems to have known is the Italian (verse) epics *Orlando
innamorato* by Matteo Boiardo (left incomplete at his death in
1494) and its greater continuation *Orlando furioso* by Ludovico
Ariosto (published 1516), and the long, long series of Spanish
prose works touched off by the 1508 *Amadís de Gaula.* This novel
and its progeny were loved by the real-life Spanish knights-errant
of the sixteenth century, the *conquistadores* like Cortés and
Pizarro, whose genuine conquests of kingdoms and islands are all
too often forgotten in literary discussions about Cervantes's
sources of inspiration.

Cervantes's attitude toward the *libros de caballerías* (whose popu-
larity may have been waning already by 1600) is mixed. He seems to
have rejected those elements smacking of physical miracles (violations
of the laws of *nature*), while still respecting the ideals of chivalry (self-
sacrificing service in the defense of the distressed, love of justice and
truth). His satire may really be directed against the modern world,

which is incapable of even recognizing those ideals by name. The author's fondness for the *libros de caballerías* is evident from his close and extensive knowledge of them, and the rhapsodic beauty of Don Quixote's speeches in their defense. At any rate, Cervantes didn't mind violating the laws of *probability*, because his novel is filled with the most extravagant coincidences, and subscribes unquestioningly to the stereotypes of another genre, the pastoral.

### *Don Quixote:* General Considerations

Part One was published in 1605 in Madrid as *El ingenioso hidalgo don Quixote* [modern spelling: Quijote] *de la Mancha.* The printer was Juan de la Cuesta, the publisher/bookseller was Francisco de Robles. Part Two, 1615 (same city, printer, and publisher), was titled *Segunda parte del ingenioso cavallero* [sic] *don Quixote de la Mancha.*

It would seem as if Cervantes's scheme changed as he went along, becoming more ambitious. The beginning of Part One reads like pure burlesque. Even the parish priest is lightly mocked in Chapter I (he attended an inferior university), although later on he is almost invariably sensible, and one of the author's spokesmen. The very title of the book was funnier to its first readers than it is to us: La Mancha, in New Castile in central Spain, was a featureless, unpicturesque, and unromantic sun-baked plain, so that the hero's geographically based title is something like "Sir Lancelot of Brooklyn" to a modern reader. As he continued writing, Cervantes expanded the novel as a vehicle for his ideas (Don Quixote's madness not only grants him legal impunity, but also allows the author to express antigovernment and anticlerical views through his fictional "madman"), and as a showcase for different kinds of writing (in the romantic subplots and interpolated stories).

*Don Quixote* has always enjoyed the favor of the public, but not always for the same reasons. It was immediately successful at home, it was translated into major European languages within years or decades, and it was frequently imitated or adapted to local conditions.[1] But it seems to have been long appreciated chiefly as a farce

---

[1] This is to mention only the novel's literary success, but it has of course also inspired important artists, including Daumier, Doré, and Picasso, and has been the basis of all kinds of musical works, for the ballet, opera, and musical-comedy stage as well as the concert and recital hall: pieces by Massenet, Richard Strauss, Ravel, Falla, and many others.

(not surprising, since it is so full of slapstick). Only later, in the late eighteenth century and especially the nineteenth, were its serious underpinnings discovered. It was then read by many as a mighty tragedy, written by a man born out of his time, grievously disappointed in his own career, both military and literary, and in the decline of his country (economic woes, revolt of the Netherlands, debacle of the Armada, etc.). A more balanced view would be somewhere in between. At any rate, the greatness of the novel and of its two chief characters is never called into question.

## This Edition's Selection

Once the desirable length of this 1999 edition was established, it was immediately obvious that, if Part Two (which, as will be seen, is essentially different from Part One and not a natural continuation) were to be equally represented, only about ten percent of the work could be included and the storyline would be impossibly choppy. The present scheme, relying completely on Part One, except for the very last chapter of Part Two relating the death of Don Quixote, allows at least a fourth of Part One to be represented. Synopses carry the story forward. Of the fifty-two chapters in Part One and the seventy-four in Part Two, twelve chapters are given in their entirety, and there are long and short excerpts from twelve others (see the table of contents for details). Within each chapter, or excerpt thereof, there is no further abridgment—not a word is omitted.

Of Don Quixote's famous adventures, the following are contained here: practically all of his first *salida,* or campaign, including his vigil of arms and his first clashes with society; from his second *salida* (the remainder of Part One), the hiring of Sancho, the windmills, the fight with the Basque, Rocinante and the mares, the inn episode with the love scene between Don Quixote and Maritornes and the tossing of Sancho, the attack on the sheep, the nocturnal encounter with the funeral party, the fulling mills, the winning of the helmet of Mambrino, the freeing of the chained prisoners, Sancho's report of his meeting with Dulcinea, the fight with the wineskins, the tying of Don Quixote's wrist, his travels in the oxcart, and his return home; and from Part Two, his death. It is mainly action that is included, but also a generous sampling of the priceless conversations between Don Quixote and Sancho.

The chief omissions are the subplots and interpolated stories (some

of them many chapters in length). Only the last, briefest, and most brisk pastoral tale from Part One (Chapter LI) is included, as a good example. Most of the poetry included in the novel is omitted (Cervantes was no match for his contemporaries Lope de Vega, Góngora, or Quevedo!); there is a small sample in the very last chapter (the epitaph by Sansón Carrasco).

## Concerning Part Two

The following is an ultra-concise synopsis of the first seventy-three chapters of Part Two:

Sansón Carrasco tells Don Quixote and Sancho that they are now famous, because their adventures have been published in Part One. The two begin their third *salida* (all of Part Two) by heading for El Toboso. Sancho had lied to his master in Part One about actually meeting Dulcinea, so now, to protect himself, he passes off the first farm girl they meet as the great lady, assuring his disappointed master that she has been enchanted. After an altercation with itinerant actors, Don Quixote vanquishes the Knight of the Forest (a.k.a. Knight of the Mirrors), who champions another beauty; this "knight" was Sansón, in league with the priest and barber to bring Don Quixote home. Don Quixote and Sancho next meet Don Diego de Miranda (the man with the green coat), a quiet country gentleman *comme il faut* and a mouthpiece for the author. On the way to Don Diego's home, Don Quixote bravely opens the cage of lions being transported as a gift to the king, but the lions refuse to fight. Don Diego's son accompanies Don Quixote and Sancho for a stretch as they head for the tournament in Saragossa announced at the end of Part One. They attend the elaborate wedding feast of the rich Camacho, whose bride ends up with her true lover, a shepherd. Don Quixote then enters the cave of Montesinos, where he has a vision of ancient heroes; there is much later discussion about the accuracy of his perceptions in the cave.

Afterward, Don Quixote learns about a village being mocked for its associations with braying donkeys. He meets Master Pedro, a traveling showman with a trained monkey and a marionette show. Don Quixote, whom Pedro greeted by name, thinks the showman is in league with the devil. He breaks up a performance concerning a fight between Christians and Moors [this is the source of Manuel de Falla's 1923 opera *El retablo de maese Pedro*]. Pedro proves to be the criminal Ginés whom Don Quixote freed from the chain gang in Part One. A sample bray by Sancho insults the militant villagers mentioned above, and our two heroes are attacked. Next, on the Ebro river, they ride in what seems to be an enchanted boat and run afoul of some water mills.

Now the novel takes a major turn. Don Quixote and Sancho become the guests of a duke and duchess who have read about them, and who play innumerable big and small tricks on them to amuse themselves (this association with the ducal pair lasts for much of the remainder of the novel, corresponding structurally to the very long association with the second inn in Part One). Among the countless tricks are: (1) The duchess says Dulcinea is really enchanted, as Sancho reported, and arranges an apparition announcing that the spell can only be broken if Sancho—with no time limit—gives himself 3,300 lashes on the behind; for the rest of the novel, Don Quixote repeatedly urges him to complete this duty, while Sancho invents ever-new evasions; (2) Don Quixote and Sancho are made to ride an artificial horse, which they are told is a magic flying horse; (3) a lady-in-waiting pretends to be madly in love with Don Quixote; (4) Sancho is finally given an "island" (a nearby estate of the duke's) to govern, and delivers Solomon-like common-sense judgments concerning disputes that Cervantes borrowed from medieval and Renaissance witty tales.

When Sancho's wife hears about his governorship, she tells the priest, the barber, and Sansón, who question the messenger and learn Don Quixote's whereabouts. On his way back to the duke's palace after his brief governorship, Sancho meets an old acquaintance from his home village, the *morisco* (baptized Moor) Ricote, who, along with all *moriscos*, has been banished from Spain [the banishment occurred in 1609; Cervantes apparently was in favor of the move]. Sancho falls into a pit, and eventually emerges near Don Quixote. They leave the duke's castle (temporarily) and, after a number of minor adventures (with carved altar statues, rich "shepherdesses," and a drove of fighting bulls), arrive at an inn near Saragossa, where their plans are completely changed. They hear about the spurious Part Two written by "Avellaneda," and brusquely change their destination to Barcelona. In Catalonia they meet the bold, brutal, but upright and oddly compassionate bandit Roque Guinart, who is presented as a more realistic counterpart to Don Quixote, but one just as marginal to society, and ultimately one of its victims. Roque provides Don Quixote with a sort of entrée to Barcelona, where there is another series of minor adventures. When Don Quixote visits a galley and the ship pursues a pirate, the pirate captain proves to be (1) a Christian, (2) a woman, and (3) the long-lost daughter of the *morisco* Ricote, who now reappears!

The story winds down after Don Quixote is vanquished in single combat by the Knight of the White Moon (once again Sansón, who has come to fetch him home); Don Quixote is forced to pledge that he will stay at home for a year, a year he is tempted to spend as a shepherd out of a pastoral novel—a life just as unrealistic as that of a knight-errant, although distinctly second-best. On the way home, they are taken in tow again by some of the duke's people, and undergo more tricks at the palace. Afterward, Don Quixote offers to pay Sancho a fixed rate per lash (to release Dulcinea

from her spell), but Sancho fakes most of them. At an inn, they actually meet one of the characters from the spurious Part Two! Back at his home village, Don Quixote sees several auguries and omens predicting he will never again meet Dulcinea. His friends continue to humor him about being a shepherd. [The final chapter is translated in its entirety in the main part of this volume.]

Part Two, which is rather more tightly constructed than Part One (though the publication of the spurious second part made Cervantes change his plans abruptly), and is much more philosophical and reflective in content, is almost universally perceived as being "greater" or "loftier," though some critics miss the freshness and verve of Part One. However that may be, it is certainly a very different book. For one thing, the two main characters are much wiser and more self-possessed than in Part One: Sancho is now nearly as judicious and self-assured as Don Quixote had been earlier, and Don Quixote becomes almost a sage and oracle. Even his madness is now differentiated: he no longer mistakes inns for castles, and doesn't react eccentrically to a troupe of actors dressed as devils, whereas later on he does break up the marionette show, taking the Christians' side. For another thing, a good number of the adventures he is involved in do not originate in his own fancy and on his own initiative, but are concerted efforts thrust upon him by others, such as Sansón and the duke. Moreover, there is an uneasy interplay between the fictional events and the reader's external reality: Don Quixote is now famous in the story because Part One has (really) been published; the (real) publication of the spurious second part impinges enormously on the plot of Cervantes's novel, and Don Quixote actually meets a character from that spurious continuation. (I omit some structural differences between the two parts that are probably due to Cervantes's increased narrative skills: more dovetailing of plot elements, better integration of subplots, etc.)

No discussion of Part Two can avoid mentioning the disappointment many readers feel at Don Quixote's deathbed conversion and recantation. Was the death itself part of Cervantes's original plan, or did he introduce it belatedly to forestall other unauthorized continuations? Was the recantation a ploy for reasons of safety, to remain in good standing with civil and ecclesiastical authorities? Whether or not it was part of the author's original intentions, and despite all the plausible learned defenses of the ending as it stands, the manner of it, at least, is like a dash of cold water.

## Style and Language

Possibly excepting one or two of the interpolated stories, the style of
*Don Quixote* is uniformly playful and bright in both narrative and dialogue. Much of the bubbliness is due to frequent word plays of the
sort: *otro estruendo que les aguó el contento del agua* ("another roar
that watered down their pleasure in the water") or *conocer que el
padre conocía quién yo era* ("the knowledge that her father knew
who I was"). There is much use of irony, such as "harmony" when
discord is meant, or "the fleshpots of Egypt" referring to harsh
imprisonment.

Cervantes is verbose, more like an oral storyteller than a modern
prose writer: he constantly reminds the reader of what has occurred
just before; he continually punctuates the narrative with "well, then,
. . ." or "as I said above"; he consistently uses words in pairs, even
when the second term of the pair adds nothing at all to the meaning:
*no me socorra ni ayude* ("don't aid or assist me"); *a despecho y pesar
de* ("despite and in spite of"). Just as he evidently didn't expect the
reader (or listener, if the story were read aloud) to remember every
detail, similarly he wasn't very strict with himself: there are dozens of
large and small discrepancies in characters' names, contradictions in
reported events, and other anomalies. A few of these are indicated in
footnotes in this edition.

Compared with such languages as French, English, and German,
which have changed extensively over the centuries, and the medieval
forms of which are virtually separate languages, Spanish (like
Portuguese and Italian) has changed relatively little. Thus, by following a few rules of thumb, a reader conversant with the Spanish of
today can tackle a text of any date. Naturally, since Cervantes's day, a
number of words have grown obsolete or have changed semantically,
and there have been some changes in word forms. In *Don Quixote*,
the title character, who lives in the past, uses some verb forms that already were archaic in Cervantes's time (and are closer than the modern forms to their Latin origin), such as *fuyades* for *huyáis*, or *veredes*
for *veréis*. In general, there are many *f/h* variants in the text, some of
which go in the reverse direction (old *h* for new *f*), such as *deshogar*
for modern standard *desfogar.* A common occurrence is the assimila-
tion of the *r* at the end of an infinitive to the *l* of the suffixed pronoun:
*-llo* for the modern *-rlo*, for instance. The future subjunctive (e.g., *escribiere*) is used much more freely than it is currently (it is still very
active in Portuguese). There are any number of variant forms that

should be easy to recognize and analyze: *agora* for *ahora, diciplina* for *disciplina, estraño* for *extraño,* etc., etc.

## This Edition's Text and Translation

The Spanish text in this volume is based on an edition that adheres as closely as possible to the very first editions (1605 for Part One, 1615 for Part Two) and does not adopt the numerous emendations (some of them palpably false) made by later editors perplexed by difficult words or passages. Like almost every modern edition, it regularizes punctuation and makes spelling more consistent and current (e.g., *caballero* for first-edition *cavallero*), without, however, altering the basic forms of words. Other Spanish texts have been consulted, and their readings adopted in a handful of instances where the basic text seemed clearly inferior. A few disputed points are mentioned in footnotes.

The translator has consulted the annotations in three Spanish editions; has used several dictionaries, including the high-caliber three-volume *Enciclopedia del idioma,* by Martín Alonso, for the rarest terms; and has compared his own translation against two respectable earlier English renderings, one of which (by the scholar John Ormsby) was also admirably annotated.

The translation offered here, in modern American English, avoids archaisms, but is intentionally a bit more formal in rendering some of Don Quixote's tirades and some of Cervantes's mock heroics. It is meant to be as literal as possible, in the sense that it represents the Spanish text absolutely completely, and strives to keep the phrases and clauses of sentences in their original sequence wherever possible; but, by the nature of the two languages, this is often an idea-for-idea, rather than a word-for-word translation. It proved necessary, for instance, to break up long Spanish sentences that would be "run-on" if kept unaltered in English, and to identify more fully the subjects of verbs, often unexpressed in the original for longer stretches than English will tolerate. Whenever there was an obvious English equivalent for an idiom or a proverb, it was used in preference to a possibly confusing literal version. Clear and flagrant puns have been rendered by English puns (which are at least as bad as the originals), to the slight detriment of literalness. More varied substitutions have been made for the somewhat overworked "utility" verbs *haber, tener,* and *echar.* In describing unusual articles of clothing and armor and other

cultural artifacts, an extended, "analytical" translation has been placed directly in the main text. The antecedents of pronominally used definite articles have frequently been spelled out for clarity: e.g., . . . *que escojan a su gusto. No sé yo el que tuvo Leandra* has been rendered as "let them choose to their liking . . . I don't know what Leandra's liking was."

Wherever all or part of a chapter is included, the full chapter title (in the first-edition version) is provided, but the reader should be aware that these titles are sometimes inaccurate, or misplaced, or both.

The footnotes in this edition point out discrepancies, discuss a few disputed textual points, and supply just enough background information to keep a reader from bogging down at the first runthrough. It would have taken a volume many times the size of this one to explain the ultra-literal meaning of the hundreds of idioms, to give bibliographical information for all the books mentioned, to identify all the Spanish geographical terms, or to gloss all the innumerable Greco-Roman, Islamic, and Baroque European cultural references. The entire volume is intended as a mere introduction (a "first aid") to a fascinating literary experience.

NOTE: The occasional blank line between paragraphs in the text is merely a device to equalize facing pages. The reader should not infer that there is any discontinuity in the Spanish or English text.

# Selections from Don Quixote

## Selecciones de Don Quijote de la Mancha

# PARTE PRIMERA

## Capítulo primero

*Que trata de la condición y ejercicio del famoso hidalgo*
*Don Quijote de la Mancha*

En un lugar de la Mancha, de cuyo nombre no quiero acordarme, no ha mucho tiempo que vivía un hidalgo de los de lanza en astillero, adarga antigua, rocín flaco y galgo corredor. Una olla de algo más vaca que carnero, salpicón las más noches, duelos y quebrantos los sábados, lantejas los viernes, algún palomino de añadidura los domingos, consumían las tres partes de su hacienda. El resto della concluían sayo de velarte, calzas de velludo para las fiestas, con sus pantuflos de lo mesmo, y los días de entresemana se honraba con su vellorí de lo más fino. Tenía en su casa una ama que pasaba de los cuarenta, y una sobrina que no llegaba a los veinte, y un mozo de campo y plaza, que así ensillaba el rocín como tomaba la podadera. Frisaba la edad de nuestro hidalgo con los cincuenta años; era de complexión recia, seco de carnes, enjuto de rostro, gran madrugador y amigo de la caza. Quieren decir que tenía el sobrenombre de Quijada, o Quesada, que en esto hay alguna diferencia en los autores que deste caso escriben; aunque por conjeturas verosímiles se deja entender que se llamaba Quejana. Pero esto importa poco a nuestro cuento; basta que en la narración dél no se salga un punto de la verdad.

Es, pues, de saber, que este sobredicho hidalgo, los ratos que estaba ocioso —que eran los más del año—, se daba a leer libros de

# PART ONE

## Chapter I

*Which Concerns the Nature and Habits
of the Famous Gentleman Don Quixote of La Mancha*

In a village of La Mancha, whose name I don't want to remember, there lived not long ago one of those gentlemen who possess a lance in its rack, an old-fashioned shield, an emaciated workhorse, and a hunting hound for coursing game. A stew containing somewhat more beef than mutton,[1] a salmagundi most nights, fried eggs and bacon[2] on Saturdays, lentils on Fridays, a squab as an extra treat on Sundays, used up three-fourths of his income. The rest of it was finished off by a doublet of fine dark cloth, and velvet breeches for holidays with slippers of the same material; while on weekdays he did himself proud with an outfit of the best medium-quality brown cloth that could be found. In his home he had a housekeeper past forty and a niece not yet twenty, as well as a manservant[3] for both domestic and field work, who both saddled his horse and wielded the pruning hook. Our gentleman was getting on for fifty; he was of a robust constitution, with a skinny body and a lean face; he was a very early riser, and quite fond of hunting. They say his family name was Quijada, or Quesada,[4] for there is some disagreement about this in the authors who write about the matter, though by likely conjectures it may be understood that his name was Quejana. But this is of little importance to our story; it will suffice that, in the telling of it, we do not depart in the least from the truth.

Well, then, it should be known that, in his idle moments—which was most of the time—the aforesaid gentleman used to read books of

---

[1] Beef being cheaper.   [2] This is the most common interpretation of the mysterious *duelos y quebrantos* ("sorrows and afflictions"), which may rather have been a dish comprised of whatever cheap ingredients were available.   [3] Never mentioned again in the entire novel.   [4] *Quijada:* jawbone. *Quesada:* cheese pie.

caballerías con tanta afición y gusto, que olvidó casi de todo punto el ejercicio de la caza, y aun la administración de su hacienda; y llegó a tanto su curiosidad y desatino en esto, que vendió muchas hanegas de tierra de sembradura para comprar libros de caballerías en que leer, y así, llevó a su casa todos cuantos pudo haber dellos; y de todos, ningunos le parecían tan bien como los que compuso el famoso Feliciano de Silva, porque la claridad de su prosa y aquellas entricadas razones suyas le parecían de perlas, y más cuando llegaba a leer aquellos requiebros y cartas de desafíos, donde en muchas partes hallaba escrito: *La razón de la sinrazón que a mi razón se hace, de tal manera mi razón enflaquece, que con razón me quejo de la vuestra fermosura.* Y también cuando leía: ... *los altos cielos que de vuestra divinidad divinamente con las estrellas os fortifican, y os hacen merecedora del merecimiento que merece la vuestra grandeza.*

Con estas razones perdía el pobre caballero el juicio, y desvelábase por entenderlas y desentrañarles el sentido, que no se lo sacara ni las entendiera el mesmo Aristóteles, si resucitara para sólo ello. No estaba muy bien con las heridas que don Belianís daba y recebía, porque se imaginaba que, por grandes maestros que le hubiesen curado, no dejaría de tener el rostro y todo el cuerpo lleno de cicatrices y señales. Pero, con todo, alababa en su autor aquel acabar su libro con la promesa de aquella inacabable aventura, y muchas veces le vino deseo de tomar la pluma y dalle fin al pie de la letra, como allí se promete; y sin duda alguna lo hiciera, y aun saliera con ello, si otros mayores y continuos pensamientos no se lo estorbaran. Tuvo muchas veces competencia con el cura de su lugar —que era hombre docto, graduado en Sigüenza—, sobre cuál había sido mejor caballero: Palmerín de Ingalaterra o Amadís de Gaula; mas maese Nicolás, barbero del mesmo pueblo, decía que ninguno llegaba al Caballero del Febo, y que si alguno se le podía comparar era don Galaor, hermano de Amadís de Gaula, porque tenía muy acomodada condición para todo; que no era caballero melindroso ni tan llorón como su hermano, y que en lo de la valentía no le iba en zaga.

En resolución, él se enfrascó tanto en su letura, que se le pasaban las noches leyendo de claro en claro, y los días de turbio en

chivalry with such interest and pleasure that he nearly forgot entirely his pursuit of hunting, and even the management of his estate; and his foolish infatuation with these things led him to sell off many acres of arable land in order to purchase books of chivalry to read. So, he brought home as many of them as he could find. Among them all, he thought none were so good as those written by Feliciano de Silva,[5] because the clarity of his prose and those complicated phrases of his seemed as precious as pearls to him, especially when he happened to read those gallant compliments and those letters containing challenges, in which he frequently found passages like: "The reason for the unreasonable injury being done to my reason so weakens my reason that with reason I complain about your beauty." And likewise when he read: "The lofty heavens that divinely with the stars fortify you with your divinity, and make you deserving of the desert your greatness deserves."

Reading such phrases, the poor knight was gradually losing his mind, staying up nights to understand them and root out their meaning, which even Aristotle couldn't have found; nor would he have understood them, had he been brought back to life for that sole purpose. The gentleman was unhappy about the wounds that Don Belianís inflicted and received, because he imagined that, no matter how skillful the doctors were who tended him, his face and whole body would have to be full of scars and marks. And yet, despite all this, he praised the author for ending his book with the promise of that never-ending adventure; and he often felt the urge to take up his pen and write an ending to it literally, just as the text promised. No doubt he would have done so, and would have accomplished it, too, had he not been impeded by other, greater thoughts that were always in his mind. He had frequent arguments with the parish priest of his village, who was a learned man and a graduate of the University of Sigüenza,[6] over which one had been a better knight, Palmerín of England or Amadís of Gaul. But Master Nicolás, the barber of the same locality, said that nobody equaled the Knight of Phoebus, and that, if anyone could be compared with him, it was Don Galaor, brother of Amadís of Gaul, because his character was very adaptable to any occasion; he wasn't a finicky, affected knight, or a crybaby like his brother, and he didn't lag behind him when it came to valor.

In short, he became so absorbed in his books that he spent his nights reading from daylight to daylight, and his days from dark to dark. And

---

[5] Ca. 1492–ca. 1558; he churned out numerous poorly written imitations of the better, earlier books of chivalry.     [6] Considered an inferior school at the time.

turbio; y así, del poco dormir y del mucho leer se le secó el celebro, de manera que vino a perder el juicio. Llenósele la fantasía de todo aquello que leía en los libros, así de encantamentos como de pendencias, batallas, desafíos, heridas, requiebros, amores, tormentas y disparates imposibles; y asentósele de tal modo en la imaginación que era verdad toda aquella máquina de aquellas soñadas soñadas invenciones que leía, que para él no había otra historia más cierta en el mundo. Decía él que el Cid Ruy Díaz había sido muy buen caballero, pero que no tenía que ver con el Caballero de la Ardiente Espada, que de sólo un revés había partido por medio dos fieros y descomunales gigantes. Mejor estaba con Bernardo del Carpio, porque en Roncesvalles había muerto a Roldán el encantado, valiéndose de la industria de Hércules, cuando ahogó a Anteo, el hijo de la Tierra, entre los brazos. Decía mucho bien del gigante Morgante porque, con ser de aquella generación gigantea, que todos son soberbios y descomedidos, él sólo era afable y bien criado. Pero, sobre todos, estaba bien con Reinaldos de Montalbán, y más cuando le veía salir de su castillo y robar cuantos topaba, y cuando en allende robó aquel ídolo de Mahoma que era todo de oro, según dice su historia. Diera él por dar una mano de coces al traidor de Galalón, al ama que tenía y aun a su sobrina de añadidura.

En efeto, rematado ya su juicio, vino a dar en el más estraño pensamiento que jamás dio loco en el mundo, y fue que le pareció convenible y necesario, así para el aumento de su honra como para el servicio de su república, hacerse caballero andante, y irse por todo el mundo con sus armas y caballo a buscar las aventuras y a ejercitarse en todo aquello que él había leído que los caballeros andantes se ejercitaban, deshaciendo todo género de agravio, y poniéndose en ocasiones y peligros donde, acabándolos, cobrase eterno nombre y fama. Imaginábase el pobre ya coronado por el valor de su brazo, por lo menos, del imperio de Trapisonda; y así, con estos tan agradables pensamientos, llevado del estraño gusto que en ellos sentía, se dio priesa a poner en efeto lo que deseaba. Y lo primero que hizo fue limpiar unas armas que habían sido de sus bisabuelos, que, tomadas de orín y llenas de moho, luengos siglos había que estaban

so, from an insufficiency of sleep and an excess of reading, his brain dried out, and he finally lost his mind. His imagination was filled with everything he read in his books, not only enchantments but also fights, battles, challenges, wounds, gallant compliments, love affairs, storms, and impossible nonsense; and he became so convinced that all that apparatus of talked-up and dreamed-up fiction he read was the truth, that for him there was no other history in the world that was so accurate. He used to say that Ruy Díaz, the Cid,[7] had been a very good knight, but couldn't compare with the Knight of the Burning Sword, who with a single backhand stroke had cut in half two fierce, immense giants. He was more favorably inclined toward Bernardo del Carpio, because at Roncesvalles he had killed Roland (who was protected by spells) by means of the same ruse Hercules used when he throttled Antaeus, the son of the Earth, between his arms. He had much good to say about the giant Morgante because, even though he was of that race of giants who were all arrogant and insolent, he alone was affable and courteous. But above all he was fond of Renaut of Montauban, especially when he saw him sallying forth from his castle to rob everyone he came across, and when, in foreign parts, he stole that idol of Mahomet which was all of gold, as his story relates. To be able to give a round of kicks to the traitor Ganelon, he would have given up his housekeeper, and his niece into the bargain.[8]

As a matter of fact, once his mind was ruined, he lit upon the strangest idea any madman ever had: it seemed fitting and necessary to him, both for the furtherance of his own honor and for the good of his country, to become a knight-errant and roam the entire world with his armor and steed in quest of adventures and the practice of all those deeds performed by the knights-errant he had read about: righting all sorts of wrongs and exposing himself to perilous situations and feats, the accomplishing of which would win him eternal glory and fame. The poor fellow already pictured himself crowned as emperor of Trebizond,[9] at the very least, through the strength of his arm; and so, with such agreeable thoughts as these, impelled by the strange pleasure he took in them, he hastened to put his desires into effect. The first thing he did was to clean some armor which had belonged to his great-grandfathers and which, all rusty and covered with mold,

---

[7] The greatest Spanish folk hero (died 1099).  [8] In the *Chanson de Roland,* Ganelon betrays Charlemagne's nephew Roland at the battle of Roncesvalles in the Pyrenees. Bernardo del Carpio is a legendary Spanish addition to the story, who kills Roland after lifting his feet off the ground, as Hercules did with the giant Antaeus. The others mentioned here are well-known fictional characters.  [9] A kingdom on the Black Sea.

puestas y olvidadas en un rincón. Limpiólas y aderezólas lo mejor que pudo; pero vio que tenían una gran falta, y era que no tenían celada de encaje, sino morrión simple; mas a esto suplió su industria, porque de cartones hizo un modo de media celada, que, encajada con el morrión, hacían una apariencia de celada entera. Es verdad que para probar si era fuerte y podía estar al riesgo de una cuchillada, sacó su espada y le dio dos golpes, y con el primero y en un punto deshizo lo que había hecho en una semana; y no dejó de parecerle mal la facilidad con que la había hecho pedazos, y, por asegurarse deste peligro, la tornó a hacer de nuevo, poniéndole unas barras de hierro por de dentro, de tal manera que él quedó satisfecho de su fortaleza, y sin querer hacer nueva experiencia della, la diputó y tuvo por celada finísima de encaje.

Fue luego a ver su rocín, y aunque tenía más cuartos que un real y más tachas que el caballo de Gonela, que *tantum pellis et ossa fuit,* le pareció que ni el Bucéfalo de Alejandro ni Babieca el del Cid con él se igualaban. Cuatro días se le pasaron en imaginar qué nombre le pondría; porque —según se decía él a sí mesmo— no era razón que caballo de caballero tan famoso, y tan bueno él por sí, estuviese sin nombre conocido; y ansí, procuraba acomodársele de manera que declarase quién había sido antes que fuese de caballero andante, y lo que era entonces; pues estaba muy puesto en razón que, mudando su señor estado, mudase él también el nombre, y le cobrase famoso y de estruendo, como convenía a la nueva orden y al nuevo ejercicio que ya profesaba; y así, después de muchos nombres que formó, borró y quitó, añadió, deshizo y tornó a hacer en su memoria e imaginación, al fin le vino a llamar *Rocinante,* nombre, a su parecer, alto, sonoro y significativo de lo que había sido cuando fue rocín, antes de lo que ahora era, que era antes y primero de todos los rocines del mundo.

Puesto nombre, y tan a su gusto, a su caballo, quiso ponérsele a sí mismo, y en este pensamiento duró otros ocho días, y al cabo se vino a llamar *don Quijote;* de donde, como queda dicho, tomaron ocasión los autores desta tan verdadera historia que, sin duda, se debía de llamar Quijada, y no Quesada, como otros quisieron decir. Pero, acordándose que el valeroso Amadís no sólo se había contentado con llamarse Amadís a secas, sino que añadió el nombre de

had been put away and forgotten in a corner for ages. He did his best to clean and repair it, but he saw that it had a great shortcoming: there was no segment to attach the helmet to the neckpiece, but merely a headpiece. But his wit made up the lack: he made a sort of half-segment out of cardboard, which, when joined to the headpiece, gave the appearance of an entire helmet. It's true that when, to test its strength and its ability to ward off a sword blow, he drew his sword and struck it twice, the first blow immediately undid his labors of a full week. He couldn't avoid worrying about the ease with which he had demolished it; and, to protect himself against that danger, he made a new one, inserting some iron rods inside, so that he was satisfied with its strength and, without trying another test on it, he considered it and looked upon it as an excellent helmet connected to the neckpiece.

Then he went to see his workhorse, and although there were as many nicks in his hooves as there are nickels in a dollar,[10] and he had as many flaws as Gonnella's[11] horse, being "nothing but skin and bones," in his master's eyes neither Alexander the Great's Bucephalus nor the Cid's Babieca came up to him. The gentleman spent four days thinking up a name for him, because, as he told himself, it wasn't proper for the horse of such a famous knight, a horse so good in his own right, to be without a well-known name. And so he tried to find a fitting one that would declare what he had been before belonging to a knight-errant and what he now was; for it was settled in his mind that, since the horse's master was changing his walk in life, he too must change his name and take on a famous and terrific one, befitting the new order of chivalry and the new career his master was now professing. And so, after inventing many names, erasing and removing them, adding new ones, rejecting them and remaking them in his memory and imagination, finally he came to call him Rocinante, a name he found lofty, sonorous, and indicative of the fact that he had been a workhorse [*rocín*] before [*antes*] being what he was now, which was the leader [*antes*] and foremost of all the workhorses in the world.

Having named his horse, so much to his own satisfaction, he now wished to bestow a new name on himself; he thought about this a further eight days, and finally came to call himself Don Quixote.[12] On this basis, as it is said, the authors of this most truthful history deduced that his name certainly had to be Quijada, and not Quesada, as others stated. But, remembering that the valiant Amadís hadn't been content to call himself just plain Amadís, but had added the name of

---

[10] The Spanish has a pun on *cuarto,* which means (among other things) a crack in a hoof and a copper coin worth about 1/8 of the silver coin called the *real.*   [11] A court jester in Ferrara, Italy, in the fifteenth century.   [12] Literally, a cuisse (thigh armor).

su reino y patria, por hacerla famosa, y se llamó Amadís de Gaula, así quiso, como buen caballero, añadir al suyo el nombre de la suya y llamarse *don Quijote de la Mancha,* con que, a su parecer, declaraba muy al vivo su linaje y patria, y la honraba con tomar el sobrenombre della.

Limpias, pues, sus armas, hecho del morrión celada, puesto nombre a su rocín y confirmándose a sí mismo, se dio a entender que no le faltaba otra cosa sino buscar una dama de quien enamorarse; porque el caballero andante sin amores era árbol sin hojas y sin fruto y cuerpo sin alma. Decíase él a sí:

—Si yo, por malos de mis pecados, o por mi buena suerte, me encuentro por ahí con algún gigante, como de ordinario les acontece a los caballeros andantes, y le derribo de un encuentro, o le parto por mitad del cuerpo, o, finalmente, le venzo y le rindo, ¿no será bien tener a quien enviarle presentado y que entre y se hinque de rodillas ante mi dulce señora, y diga con voz humilde y rendido: «Yo, señora, soy el gigante Caraculiambro, señor de la ínsula Malindrania, a quien venció en singular batalla el jamás como se debe alabado caballero don Quijote de la Mancha, el cual me mandó que me presentase ante vuestra merced, para que la vuestra grandeza disponga de mí a su talante»?

¡Oh, cómo se holgó nuestro buen caballero cuando hubo hecho este discurso, y más cuando halló a quien dar nombre de su dama! Y fue, a lo que se cree, que en un lugar cerca del suyo había una moza labradora de muy buen parecer, de quien él un tiempo anduvo enamorado, aunque, según se entiende, ella jamás lo supo, ni le dio cata dello. Llamábase Aldonza Lorenzo, y a ésta le pareció ser bien darle título de señora de sus pensamientos, y, buscándole nombre que no desdijese mucho del suyo y que tirase y se encaminase al de princesa y gran señora, vino a llamarla *Dulcinea del Toboso,* porque era natural del Toboso; nombre, a su parecer, músico y peregrino y significativo, como todos los demás que a él y a sus cosas había puesto.

## Capítulo II

*Que trata de la primera salida que de su tierra hizo
el ingenioso Don Quijote*

Hechas, pues, estas prevenciones, no quiso aguardar más tiempo a poner en efeto su pensamiento, apretándole a ello la falta que él

his kingdom and homeland in order to make it famous, calling himself Amadís of Gaul, similarly he decided, like a good knight, to add his own region's name to his, calling himself Don Quixote of La Mancha; in his eyes, this vividly declared his lineage and homeland, honoring his region by taking its name as part of his own.

And so, now that his armor was clean, the headpiece was turned into a full helmet, his horse had been given a name, and he had rebaptized himself, he realized that nothing else was lacking but to find a noble lady to fall in love with, because a knight-errant without a lady to love was a tree without leaves or fruit, or a body without a soul. He said to himself:

"If, as a punishment for my sins or through my good fortune, I come across some giant out there, as knights-errant generally do, and I unseat him in an encounter, or split him in half, or, in short, overcome and subdue him, won't it be a good thing if I have some-one to send him to as a present, so he can come in, kneel down be-fore my sweet lady, and say in humble, submissive tones: 'I, lady, am the giant Caraculiambro, lord of the island Malindrania, con-quered in single combat by the never sufficiently to be praised knight Don Quixote of La Mancha, who has ordered me to present myself to your grace so that your highness may dispose of me as she wishes'?"

Oh, how pleased our good knight was after making that speech, and even more so when he discovered to whom he should give the name of his lady! It is believed that, in a village near his, there lived a very good-looking farm laborer whom he had been in love with at one time, although of course she never knew about it and he never in-formed her. Her name was Aldonza Lorenzo, and it was on her that he saw fit to bestow the title of lady of his thoughts. Searching for a name that wouldn't be too inconsistent with hers, and would resem-ble and indicate that of a princess and great lady, he decided to call her Dulcinea of El Toboso, because she was a native of El Toboso. This name, to his mind, was musical, exotic, and meaningful, like all the others he had given to himself and his possessions.

### Chapter II

*Which Concerns the First Venture Forth*
*from His Lands by the Inventive Don Quixote*

Well, then, after these preparations he didn't want to wait any longer to put his ideas into action. He was urged on by the thought that the

pensaba que hacía en el mundo su tardanza, según eran los agravios que pensaba deshacer, tuertos que enderezar, sinrazones que emendar, y abusos que mejorar, y deudas que satisfacer. Y así, sin dar parte a persona alguna de su intención, y sin que nadie le viese, una mañana, antes del día, que era uno de los calurosos del mes de julio, se armó de todas sus armas, subió sobre Rocinante, puesta su mal compuesta celada, embrazó su adarga, tomó su lanza, y por la puerta falsa de un corral salió al campo, con grandísimo contento y alborozo de ver con cuánta facilidad había dado principio a su buen deseo. Mas apenas se vio en el campo, cuando le asaltó un pensamiento terrible, y tal, que por poco le hiciera dejar la comenzada empresa; y fue que le vino a la memoria que no era armado caballero, y que, conforme a la ley de caballería, ni podía ni debía tomar armas con ningún caballero; y puesto que lo fuera, había de llevar armas blancas, como novel caballero, sin empresa en el escudo, hasta que por su esfuerzo la ganase. Estos pensamientos le hicieron titubear en su propósito; mas, pudiendo más su locura que otra razón alguna, propuso de hacerse armar caballero del primero que topase, a imitación de otros muchos que así lo hicieron, según él había leído en los libros que tal le tenían. En lo de las armas blancas, pensaba limpiarlas de manera, en teniendo lugar, que lo fuesen más que un armiño, y con esto se quietó y prosiguió su camino, sin llevar otro que aquel que su caballo quería, creyendo que en aquello consistía la fuerza de las aventuras.

Yendo, pues, caminando nuestro flamante aventurero, iba hablando consigo mesmo y diciendo:

—¿Quién duda sino que en los venideros tiempos, cuando salga a luz la verdadera historia de mis famosos hechos, que el sabio que los escribiere no ponga, cuando llegue a contar esta mi primera salida tan de mañana, desta manera?: «Apenas había el rubicundo Apolo tendido por la faz de la ancha y espaciosa tierra las doradas hebras de sus hermosos cabellos, y apenas los pequeños y pintados pajarillos con sus arpadas lenguas habían saludado con dulce y meliflua armonía la venida de la rosada aurora, que, dejando la blanda cama del celoso marido, por las puertas y balcones del manchego horizonte a los mortales se mostraba, cuando el famoso caballero don Quijote de la Mancha, dejando las ociosas plumas, subió sobre su famoso caballo Rocinante, y comenzó a caminar por el antiguo y conocido campo de Montiel».

Y era la verdad que por él caminaba. Y añadió diciendo:

—Dichosa edad y siglo dichoso aquel adonde saldrán a luz las

world would suffer from any delay on his part, since there were so many wrongs he intended to right, so many injuries to redress, injustices to rectify, abuses to abolish, and debts to pay. And so, without informing anyone of his plans, and without anyone seeing him, one morning before daybreak, on one of the hot days in the month of July, he put on all his armor, mounted Rocinante, having placed his poorly replaced helmet on his head, put his shield on his arm, and sallied forth into the countryside through a back door in a courtyard, mightily pleased and joyful to see how easily he had set his noble desire in motion. But as soon as he was out in the open, he was struck by an awful thought, one that nearly made him abandon the undertaking he had begun: it occurred to him that he had never been knighted, and that thus, according to the laws of chivalry, he couldn't and shouldn't enter into combat with any knight. Even if that were possible, he had to bear blank arms, as a novice knight, without an emblem or device on his shield, until he earned one through his efforts. These thoughts made him waver in his resolve; but, his madness outweighing any rational idea, he determined to have himself knighted by the first knight he came across, just as he had read in the books that captivated him so. As for the blank arms, he hoped that, when the right time came, he would polish them until they were whiter than an ermine. With that in mind, he calmed down and continued along his way, not taking any other than the one his horse chose, in the belief that the destiny of his adventures would have it so.

And thus, our brand-new adventurer, as he went along and pursued his way, spoke to himself, saying:

"Who can doubt but that in the days to come, when the true history of my famous feats is published, the sage who writes it will state, when he comes to relate this first sally of mine so early in the morning: 'Scarcely had ruddy-faced Apollo spread the golden threads of his lovely hair over the face of the broad and spacious earth, and scarcely had the little, multicolored songbirds, with their melodious tongues, greeted with sweet, mellifluous harmony the coming of rosy Dawn, who, leaving the soft couch of her jealous husband, was displaying herself to mortals through the gateways and balconies of the La Mancha horizon, when the famous knight Don Quixote of La Mancha, abandoning his idle featherbed, mounted his famous steed Rocinante and began his journey through the ancient and renowned Campo de Montiel.'"

And, in truth, that was where he was journeying. And he went on to say:

"Fortunate will be that age, and fortunate that century, in which

famosas hazañas mías, dignas de entallarse en bronces, esculpirse en mármoles y pintarse en tablas para memoria en lo futuro. ¡Oh tú, sabio encantador, quienquiera que seas, a quien ha de tocar el ser coronista desta peregrina historia! Ruégote que no te olvides de mi buen Rocinante, compañero eterno mío en todos mis caminos y carreras.

Luego volvía diciendo, como si verdaderamente fuera enamorado:

—¡Oh princesa Dulcinea, señora deste cautivo corazón! Mucho agravio me habedes fecho en despedirme y reprocharme con el riguroso afincamiento de mandarme no parecer ante la vuestra fermosura. Plégaos, señora, de membraros deste vuestro sujeto corazón, que tantas cuitas por vuestro amor padece.

Con éstos iba ensartando otros disparates, todos al modo de los que sus libros le habían enseñado, imitando en cuanto podía su lenguaje. Con esto, caminaba tan despacio, y el sol entraba tan apriesa y con tanto ardor, que fuera bastante a derretirle los sesos, si algunos tuviera.

Casi todo aquel día caminó sin acontecerle cosa que de contar fuese, de lo cual se desesperaba, porque quisiera topar luego luego con quien hacer experiencia del valor de su fuerte brazo. Autores hay que dicen que la primera aventura que le avino fue la del Puerto Lápice; otros dicen que la de los molinos de viento; pero lo que yo he podido averiguar en este caso, y lo que he hallado escrito en los anales de la Mancha, es que él anduvo todo aquel día, y, al anochecer, su rocín y él se hallaron cansados y muertos de hambre; y que, mirando a todas partes por ver si descubriría algún castillo o alguna majada de pastores donde recogerse y adonde pudiese remediar su mucha hambre y necesidad, vio, no lejos del camino por donde iba, una venta, que fue como si viera una estrella que, no a los portales, sino a los alcázares de su redención le encaminaba. Diose priesa a caminar, y llegó a ella a tiempo que anochecía.

Estaban acaso a la puerta dos mujeres mozas, destas que llaman del partido, las cuales iban a Sevilla con unos arrieros que en la venta aquella noche acertaron a hacer jornada, y como a nuestro aventurero todo cuanto pensaba, veía o imaginaba le parecía ser hecho y pasar al modo de lo que había leído, luego que vio la venta se le representó que era un castillo con sus cuatro torres y chapiteles de luciente plata, sin faltarle su puente levadiza y honda cava, con todos aquellos adherentes que semejantes castillos se pintan. Fuese llegando a la venta que a él le parecía castillo, y a poco trecho della detuvo las riendas a Rocinante, esperando que algún enano se pusiese entre las almenas a dar señal con alguna trompeta

my famous exploits become known, exploits worthy of being engraved on bronze, carved in marble, and painted on boards as a memorial for the future. O you wise enchanter, whoever you may be, whose fate it is to be the chronicler of this unusual history, I beg you not to forget my good Rocinate, my eternal companion on all my roads and paths!"

Then he continued, as if he were really in love:

"O Princess Dulcinea, mistress of this afflicted heart! You did me a great wrong when you sent me away reproachfully with the severe and grievous injunction not to show my face in your beautiful presence. May it please you, lady, to call to mind this heart subjected to you, which is suffering so many sorrows for love of you."

He kept on reeling off other nonsense to match the above, all of it in the style his books had taught him, imitating their jargon to the best of his ability. In addition, he was traveling so slowly, and the sun was ascending so rapidly and with such heat that it would have been enough to melt his brains if he had any left.

Almost all of that day he journeyed on without any event worth recording; this made him despair, because he wanted to meet someone immediately on whom he could test the vigor of his mighty arm. There are historians who say that his first adventure was the one in Puerto Lápice; others say it was the one with the windmills; but what I have been able to ascertain in this matter, and have found recorded in the annals of La Mancha, is that he proceeded that entire day, and that at nightfall he and his horse were worn out and famished. Looking all around to see if he could discover some castle or some shepherd's hovel in which he could take shelter and satisfy his great hunger and want, he espied, not far from the road he was on, an isolated roadside inn. It was as if he had espied a star leading him not merely to the portals but to the very citadel of his rescue. He moved out smartly and reached the inn as night was falling.

By chance two young women were standing at the door, women such as "live the life," as the saying goes. They were on their way to Seville with some muleteers who happened to be breaking their journey at the inn that night; and, since everything our adventurer thought, saw, or imagined seemed to him to be constituted and to be taking place after the fashion of the books he had read, as soon as he saw the inn he imagined it was a castle with four towers and spires of gleaming silver, not devoid of its drawbridge and deep moat, along with all those accessories which similar castles display. He rode up to the inn, which seemed to him to be a castle, and at a short distance away he reined in Rocinante, expecting some dwarf to appear amid

de que llegaba caballero al castillo. Pero como vio que se tardaban y que Rocinante se daba priesa por llegar a la caballeriza, se llegó a la puerta de la venta, y vio a las dos destraídas mozas que allí estaban, que a él le parecieron dos hermosas doncellas o dos graciosas damas que delante de la puerta del castillo se estaban solazando. En esto sucedió acaso que un porquero que andaba recogiendo de unos rastrojos una manada de puercos —que, sin perdón, así se llaman— tocó un cuerno, a cuya señal ellos se recogen, y al instante se le representó a don Quijote lo que deseaba, que era que algún enano hacía señal de su venida, y así, con estraño contento llegó a la venta y a las damas, las cuales, como vieron venir un hombre de aquella suerte armado, y con lanza y adarga, llenas de miedo se iban a entrar en la venta; pero don Quijote, coligiendo por su huida su miedo, alzándose la visera de papelón y descubriendo su seco y polvoroso rostro, con gentil talante y voz reposada les dijo:

—No fuyan las vuestras mercedes ni teman desaguisado alguno; ca a la orden de caballería que profeso non toca ni atañe facerle a ninguno, cuanto más a tan altas doncellas como vuestras presencias demuestran.

Mirábanle las mozas, y andaban con los ojos buscándole el rostro, que la mala visera le encubría; mas como se oyeron llamar doncellas, cosa tan fuera de su profesión, no pudieron tener la risa, y fue de manera que don Quijote vino a correrse y a decirles:

—Bien parece la mesura en las fermosas, y es mucha sandez además la risa que de leve causa procede; pero non vos lo digo porque os acuitedes ni mostredes mal talante; que el mío non es de ál que de serviros.

El lenguaje, no entendido de las señoras, y el mal talle de nuestro caballero acrecentaba en ellas la risa y en él el enojo, y pasara muy adelante si a aquel punto no saliera el ventero, hombre que, por ser muy gordo, era muy pacífico, el cual, viendo aquella figura contrahecha, armada de armas tan desiguales como eran la brida, lanza, adarga y coselete, no estuvo en nada en acompañar a las doncellas en las muestras de su contento. Mas, en efeto, temiendo la máquina de tantos pertrechos, determinó de hablarle comedidamente, y así le dijo:

—Si vuestra merced, señor caballero, busca posada, amén del lecho (porque en esta venta no hay ninguno), todo lo demás se hallará en ella en mucha abundancia.

the battlements and give a signal with some trumpet that a knight was arriving at the castle. But when he saw that they were tarrying, and that Rocinante was in a hurry to get to the stable, he arrived at the inn door and saw the two wantons who were standing there. To him they seemed to be two lovely damsels or two gracious ladies who were amusing themselves outside the entrance to the castle. At this moment it happened by chance that a swineherd, who was bringing back a drove of pigs (don't excuse the expression—that's what they were!) from some stubble fields, blew a horn as a signal for them to reassemble. Instantly Don Quixote wishfully imagined that it was some dwarf signaling his arrival; and so, with unusual pleasure, he came up to the inn and to the ladies, who, seeing a man wearing armor that way, and bearing a lance and a shield, were terror-stricken and started to enter the inn. But Don Quixote, inferring their fear from their flight, raised his cardboard visor, uncovering his lean, dusty face, and, with a courteous mien and a calm voice, said:

"Your worships need not flee nor fear any outrage, for the order of chivalry which I profess does not permit or countenance doing so to anyone, let alone such high-born virgins as your appearance proves you to be."

The girls were looking at him, their eyes seeking to see his face, which still couldn't be clearly made out because the visor was so wretched. But when they heard themselves called virgins, something so alien to their profession, they couldn't keep from laughing, so that Don Quixote became annoyed and said:

"Moderation is seemly in lovely women, and, besides, it is great folly to laugh over insignificant things. But I do not tell you this in order that you may be grieved or put in a bad humor, for my duty is only to serve you."

His jargon, not understood by the ladies, and the odd physique of our knight fueled their laughter and his vexation, and things might have gotten much worse had not the innkeeper come out just at that moment. This man, very peaceful because he was very fat, seeing that masquerade figure wearing such ill-assorted arms and armor as the long stirrups suitable for heavily armed cavalry, the lance, the leather shield associated with light cavalry, and the lightweight corselet, came within an ace of joining the damsels by openly displaying his amusement. But, as it was, fearing that combination of hardware, he decided to address him courteously, saying:

"Sir knight, if your honor is seeking lodgings, except for a bed (for there are none in this inn), everything else will be found here in great abundance."

Viendo don Quijote la humildad del alcaide de la fortaleza, que tal le pareció a él el ventero y la venta, respondió:

—Para mí, señor castellano, cualquiera cosa basta, porque

> mis arreos son las armas,
> mi descanso el pelear, etc.

Pensó el huésped que el haberle llamado castellano había sido por haberle parecido de los sanos de Castilla, aunque él era andaluz, y de los de la playa de Sanlúcar, no menos ladrón que Caco, ni menos maleante que estudiantado paje, y así le respondió:

—Según eso, las camas de vuestra merced serán duras peñas, y su dormir, siempre velar; y siendo así, bien se puede apear, con seguridad de hallar en esta choza ocasión y ocasiones para no dormir en todo un año, cuanto más en una noche.

Y diciendo esto, fue a tener el estribo a don Quijote, el cual se apeó con mucha dificultad y trabajo, como aquel que en todo aquel día no se había desayunado.

Dijo luego al huésped que le tuviese mucho cuidado de su caballo, porque era la mejor pieza que comía pan en el mundo. Miróle el ventero, y no le pareció tan bueno como don Quijote decía, ni aun la mitad; y acomodándole en la caballeriza, volvió a ver lo que su huésped mandaba, al cual estaban desarmando las doncellas, que ya se habían reconciliado con él; las cuales, aunque le habían quitado el peto y el espaldar, jamás supieron ni pudieron desencajarle la gola ni quitalle la contrahecha celada, que traía atada con unas cintas verdes, y era menester cortarlas, por no poderse quitar los ñudos; mas él no lo quiso consentir en ninguna manera, y así, se quedó toda aquella noche con la celada puesta, que era la más graciosa y estraña figura que se pudiera pensar; y al desarmarle, como él se imaginaba que aquellas traídas y llevadas que le desarmaban eran algunas principales señoras y damas de aquel castillo, les dijo con mucho donaire:

Don Quixote, in view of the submissiveness of the governor of the fortress, for so the innkeeper and the inn appeared to him, replied: "For me, my lord castellan, anything suffices, because

> Armor constitutes my trappings,
> Fighting is my repose [etc.].

The host thought Don Quixote had called him a Castilian, because he believed him to be a man of honor,[13] even though he was Andalusian, and specifically from the "strand" in Sanlúcar, no less of a thief than Cacus, nor less full of mischief than a page who had studied at a university.[14] And this was his reply: "In accordance with what you state, your honor's beds will be hard rocks and your sleep will be constant wakefulness.[15] Being so, you may well dismount, with the certainty of finding in this humble cottage more than enough reasons not to sleep for a whole year, let alone one night."

And, saying this, he went over to hold the stirrup for Don Quixote, who dismounted with much difficulty and effort, since he had remained fasting that entire day.

Then he told his host to take good care of his horse, because he was the best animal who ate grain to be found anywhere in the world. The innkeeper looked at Rocinante, but didn't find him as good as Don Quixote said, not even half as good. After securing a place for him in the stable, he returned to take his guest's orders. Don Quixote was having his armor removed by the damsels, who by this time had patched up their relations with him. Although they had taken off his breastplate and backplate, they were simply unable to unfasten his gorget or remove his makeshift helmet, which was tied together with green ribbons. It was necessary to cut them, because the knots couldn't be untied; but he absolutely refused to consent to that, so he remained that entire night with his helmet on, which was the funniest and oddest sight imaginable. While having his armor removed, since he took those much-handled women who were performing that service for noblewomen and ladies of that castle, he said to them with wit and elegance:[16]

---

[13] A multiple, intricate wordplay, first of all on the two meanings of *castellano* (castellan and Castilian), then on the phrase *sano de Castilla,* which meant both "a man as honorable as an Old Castilian" and "a disguised crook." [14] "Strand" in Sanlúcar: a notorious den of thieves. Cacus: a thieving giant killed by Hercules. In many editions, *estudiantado paje* is replaced by *estudiante o paje* ("a student or a page"). [15] Don Quixote has just quoted an old popular ballad, and the host's references to a bed of rocks and a sleep of wakefulness paraphrase the verses that immediately follow. [16] The following is an adapted version of another old ballad, the chief substitutions being *don Quijote* for *Lanzarote* ("Lancelot") and *de su aldea* for *de Bretaña* ("from Britain").

—Nunca fuera caballero
de damas tan bien servido
como fuera don Quijote
cuando de su aldea vino:
doncellas curaban dél,
princesas del su rocino,

o Rocinante, que éste es el nombre, señoras mías, de mi caballo, y don Quijote de la Mancha el mío; que, puesto que no quisiera descubrirme fasta que las fazañas fechas en vuestro servicio y pro me descubrieran, la fuerza de acomodar al propósito presente este romance viejo de Lanzarote ha sido causa que sepáis mi nombre antes de toda sazón; pero tiempo vendrá en que las vuestras señorías me manden y yo obedezca, y el valor de mi brazo descubra el deseo que tengo de serviros.

Las mozas, que no estaban hechas a oír semejantes retóricas, no respondían palabra; sólo le preguntaron si quería comer alguna cosa.

—Cualquiera yantaría yo —respondió don Quijote—, porque, a lo que entiendo, me haría mucho al caso.

A dicha, acertó a ser viernes aquel día, y no había en toda la venta sino unas raciones de un pescado que en Castilla llaman abadejo, y en Andalucía bacallao, y en otras partes curadillo, y en otras truchuela. Preguntáronle si por ventura comería su merced truchuela, que no había otro pescado que dalle a comer.

—Como haya muchas truchuelas —respondió don Quijote—, podrán servir de una trucha, porque eso se me da que me den ocho reales en sencillos que en una pieza de a ocho. Cuanto más, que podría ser que fuesen estas truchuelas como la ternera, que es mejor que la vaca, y el cabrito que el cabrón. Pero, sea lo que fuere, venga luego, que el trabajo y peso de las armas no se puede llevar sin el gobierno de las tripas.

Pusiéronle la mesa a la puerta de la venta, por el fresco, y trújole el huésped una porción de mal remojado y peor cocido bacallao y un pan tan negro y mugriento como sus armas; pero era materia de grande risa verle comer, porque, como tenía puesta la celada y alzada la visera, no podía poner nada en la boca con sus manos si otro no se lo daba y ponía, y ansí, una de aquellas señoras servía deste menester. Mas al darle de beber, no fue posible, ni lo fuera si el ventero no horadara una caña, y puesto el un cabo en la boca, por el otro le iba echando el vino; y todo esto lo recebía en pa-

> "Never was a knight
> So well served by ladies
> As Don Quixote was
> When he came from his village:
> Damsels tended him,
> Princesses tended his steed,

that is, Rocinante, for that, ladies, is the name of my horse, and Don Quixote of La Mancha is mine. Although I didn't wish to identify myself until the exploits performed in your service and for your benefit disclosed who I was, the necessity of adapting that old ballad about Lancelot to the present purpose was the reason for your knowing my name prematurely. But a time will come when your ladyships will command me and I shall obey, and the strength of my arm will reveal the desire I have to serve you."

The girls, who were unaccustomed to hearing similar orations, said not a word in reply. They merely asked him whether he wanted to eat anything.

"I'd gladly partake of anything whatsoever," Don Quixote replied, "because, as I see it, it would be very needful."

By chance that day happened to be a Friday, and there was nothing in the whole inn except a few portions of smoked codfish, which is called *abadejo* in Castile, *bacallao* in Andalusia, *curadillo* in other places, and *truchuela* (which sounds like "small trout") in yet others. They asked him whether by any chance his honor would eat *truchuela,* since there was no other fish to offer him.

"As long as there are a good number of small trout," Don Quixote replied, "they can take the place of one big trout, because it's all the same to me whether someone gives me eight separate *real* coins or a single piece of eight. All the more so because those small trout may be tastier than a big one, just as veal is better than beef and kid is better than goat. But, be that as it may, bring it right up, because the effort and weight of arms and armor cannot be supported without proper management of the belly."

They placed his table outside the inn door, in the fresh air, and the host brought him a portion of poorly soaked and even more poorly cooked cod, along with a loaf of bread that was as black and grimy as his armor. But it was a matter for loud laughter to watch him eat, because, keeping his helmet on and holding up the visor, he couldn't use his hands to put anything in his mouth. Other people had to do that for him, and so one of those ladies served that need. But, when they tried to give him a drink, it was altogether impossible, and it would have remained so, had not the innkeeper hollowed out a reed, placing

ciencia, a trueco de no romper las cintas de la celada. Estando en esto, llegó acaso a la venta un castrador de puercos, y así como llegó, sonó su silbato de cañas cuatro o cinco veces, con lo cual acabó de confirmar don Quijote que estaba en algún famoso castillo, y que le servían con música, y que el abadejo eran truchas, el pan candeal y las rameras damas, y el ventero castellano del castillo, y con esto daba por bien empleada su determinación y salida. Mas lo que más le fatigaba era el no verse armado caballero, por parecerle que no se podría poner legítimamente en aventura alguna sin recebir la orden de caballería.

## Capítulo III

*Donde se cuenta la graciosa manera que tuvo*
*don Quijote en armarse caballero*

Y así, fatigado deste pensamiento, abrevió su venteril y limitada cena; la cual acabada, llamó al ventero y, encerrándose con él en la caballeriza, se hincó de rodillas ante él, diciéndole:

—No me levantaré jamás de donde estoy, valeroso caballero, fasta que la vuestra cortesía me otorgue un don que pedirle quiero, el cual redundará en alabanza vuestra y en pro del género humano.

El ventero, que vio a su huésped a sus pies y oyó semejantes razones, estaba confuso mirándole, sin saber qué hacerse ni decirle, y porfiaba con él que se levantase, y jamás quiso, hasta que le hubo de decir que él le otorgaba el don que le pedía.

—No esperaba yo menos de la gran magnificencia vuestra, señor mío —respondió don Quijote—; y así, os digo que el don que os he pedido y de vuestra liberalidad me ha sido otorgado, es que mañana en aquel día me habéis de armar caballero, y esta noche en la capilla deste vuestro castillo velaré las armas, y mañana, como tengo dicho, se cumplirá lo que tanto deseo, para poder, como se debe, ir por todas las cuatro partes del mundo buscando las aventuras, en pro de los menesterosos, como está a cargo de la caballería y de los caballeros andantes, como yo soy, cuyo deseo a semejantes fazañas es inclinado.

El ventero, que, como está dicho, era un poco socarrón y ya tenía algunos barruntos de la falta de juicio de su huésped, acabó

one end in his mouth and continually pouring wine into the other. All of this Don Quixote bore with patience rather than having his helmet ribbons cut. While this was going on, a pig gelder happened to arrive at the inn, and, as he did so, he blew his reed pipes four or five times. This definitely confirmed Don Quixote's belief that he was in some famous castle, being entertained with music, and that the cod was trout, the bread fine white wheat bread, the prostitutes ladies, and the innkeeper castellan of the castle. And so he considered his decision to sally forth as a wise and worthwhile one. But the thing that distressed him most was seeing he was not yet knighted, because he thought he couldn't legitimately engage in any adventure without being received into the order of knighthood.

## Chapter III

### *Which Relates the Comical Way*
### *in Which Don Quixote Was Knighted*

And so, distressed by that thought, he cut short his scanty tavern dinner. When he had finished, he called the innkeeper and, shutting himself into the stable with him, he knelt down before him, saying:

"I shall never rise from where I am, valiant knight, until you courteously grant me a boon that I desire of you, one that will redound to your praise and the benefit of mankind."

The innkeeper, seeing his guest at his feet and hearing such words, stood looking at him in perplexity, not knowing what to do or say. He insisted that he should stand up, but Don Quixote continued to refuse, so that he finally had to tell him that he granted the boon he requested.

"I expected nothing less from your great magnificence, my lord," Don Quixote replied, "and so I tell you that the boon which I requested of you, and which has been granted to me by your generosity, is that you dub me knight tomorrow. Tonight in the chapel of this castle of yours I shall perform the vigil of arms, and tomorrow, as I stated, my ardent wish will come true: I will be able, as is only right, to travel the world in all four directions in quest of adventures, and in aid of the distressed, as is incumbent on knighthood and knights-errant like myself, for my heart is set on such exploits."

The innkeeper, who, as has been said, was somewhat of a sly humorist and already had an inkling of his guest's lack of sense, was

de creerlo cuando acabó de oírle semejantes razones, y, por tener
que reír aquella noche, determinó de seguirle el humor; y así, le
dijo que andaba muy acertado en lo que deseaba y pedía, y que tal
prosupuesto era propio y natural de los caballeros tan principales
como él parecía y como su gallarda presencia mostraba; y que él,
ansimesmo, en los años de su mocedad, se había dado a aquel honroso ejercicio, andando por diversas partes del mundo, buscando
sus aventuras, sin que hubiese dejado los Percheles de Málaga,
Islas de Riarán, Compás de Sevilla, Azoguejo de Segovia, la Olivera
de Valencia, Rondilla de Granada, playa de Sanlúcar, Potro de
Córdoba y las Ventillas de Toledo y otras diversas partes, donde
había ejercitado la ligereza de sus pies, sutileza de sus manos, haciendo muchos tuertos, recuestando muchas viudas, deshaciendo
algunas doncellas y engañando a algunos pupilos, y, finalmente,
dándose a conocer por cuantas audiencias y tribunales hay casi en
toda España; y que, a lo último, se había venido a recoger a aquel
su castillo, donde vivía con su hacienda y con las ajenas, recogiendo
en él a todos los caballeros andantes, de cualquiera calidad y condición que fuesen, sólo por la mucha afición que les tenía y porque
partiesen con él de sus haberes, en pago de su buen deseo.

Díjole también que en aquel su castillo no había capilla alguna
donde poder velar las armas, porque estaba derribada para hacerla
de nuevo; pero que en caso de necesidad, él sabía que se podían
velar dondequiera, y que aquella noche las podría velar en un patio
del castillo; que a la mañana, siendo Dios servido, se harían las de-
bidas ceremonias, de manera que él quedase armado caballero, y
tan caballero, que no pudiese ser más en el mundo.

Preguntóle si traía dineros; respondió don Quijote que no traía
blanca, porque él nunca había leído en las historias de los caballeros andantes que ninguno los hubiese traído. A esto dijo el
ventero que se engañaba; que, puesto caso que en las historias no
se escribía, por haberles parecido a los autores dellas que no era
menester escrebir una cosa tan clara y tan necesaria de traerse
como eran dineros y camisas limpias, no por eso se había de creer
que no los trujeron; y así, tuviese por cierto y averiguado que todos
los caballeros andantes, de que tantos libros están llenos y atesta-
dos, llevaban bien herradas las bolsas, por lo que pudiese suceder-
les; y que asimismo llevaban camisas y una arqueta pequeña llena
de ungüentos para curar las heridas que recebían, porque no todas

finally convinced this was the case after hearing such words from him. In order to have a laugh that night, he decided to humor him. So he told him that his wishes and request were perfectly justified, and that such a purpose was fitting and natural for such high-born knights as he seemed to be and as his gallant appearance showed him to be. He, too, he said, in his younger years, had devoted himself to that honorable pursuit, traveling through various parts of the world in quest of adventures, parts that definitely included the "Fishnet Poles" in Málaga, the "Islands of Riarán," the "Compass" in Seville, the "Little Plaza" in Segovia, the "Olive" in Valencia, the "Battlement Walkway" in Granada, the "Strand" in Sanlúcar, the "Colt Fountain" in Córdoba, the "Little Inns" in Toledo,[17] and various other places, where he had made good use of the swiftness of his feet and the lightness of his fingers, creating many wrongs, wooing many widows, ruining some maidens, and cheating some wards—in short, making himself known in almost every courthouse and tribunal in Spain. Finally he had retired to this castle of his, where he lived with his property and that of others, welcoming all knights-errant, whatever their quality and character, merely out of his great love for them, so they could share some of their wealth with him in return for his good intentions.

He also said that his castle contained no chapel for keeping the vigil of arms; the chapel had been razed to make room for a new one. But he knew that, in an emergency, the vigil could be kept anywhere, and Don Quixote could keep it that night in one of the courtyards of the castle. In the morning, God willing, they would perform the proper ceremonies, so that he would emerge as a knight, and as authentic a knight as any in the world.

He asked him if he had money with him. Don Quixote replied that he hadn't a cent, because he had never read in his stories of knight-errantry about any knight who carried money. To this the innkeeper replied that he was mistaken; although the stories didn't mention it, because their authors thought it unnecessary to write about things so obvious and necessary to have as money and clean shirts, nevertheless it shouldn't be thought that they didn't bring them along. And so, he said, he believed it was a certainty beyond any doubt that all the knights-errant, with whom so many books are filled and crammed, carried a well-lined purse for any contingency; they also carried shirts and a little chest full of ointments to heal the wounds they received, because in the open countryside and wilderness where they fought

---

[17] All these neighborhoods were hotbeds of crime.

veces en los campos y desiertos donde se combatían y salían heridos había quien los curase, si ya no era que tenían algún sabio encantador por amigo, que luego los socorría, trayendo por el aire, en alguna nube, alguna doncella o enano con alguna redoma de agua de tal virtud, que, en gustando alguna gota della, luego al punto quedaban sanos de sus llagas y heridas, como si mal alguno hubiesen tenido. Mas que en tanto que esto no hubiese, tuvieron los pasados caballeros por cosa acertada que sus escuderos fuesen proveídos de dineros y de otras cosas necesarias, como eran hilas y ungüentos para curarse; y cuando sucedía que los tales caballeros no tenían escuderos —que eran pocas y raras veces—, ellos mesmos lo llevaban todo en unas alforjas muy sutiles, que casi no se parecían, a las ancas del caballo, como que era otra cosa de más importancia; porque, no siendo por ocasión semejante, esto de llevar alforjas no fue muy admitido entre los caballeros andantes; y por esto le daba por consejo, pues aun se lo podía mandar como a su ahijado, que tan presto lo había de ser, que no caminase de allí adelante sin dineros y sin las prevenciones referidas, y que vería cuán bien se hallaba con ellas, cuando menos se pensase.

Prometióle don Quijote de hacer lo que se le aconsejaba, con toda puntualidad, y así, se dio luego orden como velase las armas en un corral grande que a un lado de la venta estaba; y recogiéndolas don Quijote todas, las puso sobre una pila que junto a un pozo estaba y, embrazando su adarga, asió de su lanza, y con gentil continente se comenzó a pasear delante de la pila; y cuando comenzó el paseo comenzaba a cerrar la noche.

Contó el ventero a todos cuantos estaban en la venta la locura de su huésped, la vela de las armas y la armazón de caballería que esperaba. Admiráronse de tan estraño género de locura y fuéronselo a mirar desde lejos, y vieron que, con sosegado ademán, unas veces se paseaba; otras, arrimado a su lanza, ponía los ojos en las armas, sin quitarlos por un buen espacio dellas. Acabó de cerrar la noche; pero con tanta claridad de la luna, que podía competir con el que se la prestaba; de manera, que cuanto el novel caballero hacía era bien visto de todos. Antojósele en esto a uno de los arrieros que estaban en la venta ir a dar agua a su recua, y fue menester quitar las armas de don Quijote, que estaban sobre la pila; el cual, viéndole llegar, en voz alta le dijo:

—¡Oh tú, quienquiera que seas, atrevido caballero, que llegas a tocar las armas del más valeroso andante que jamás se ciñó espada!

and got wounded there wasn't always someone to heal them, unless they had some wise enchanter as a friend who came to their aid at once, by summoning through the air, on some cloud, a maiden or dwarf with a flask of liquid possessing such properties that, just by tasting a drop of it, they were immediately cured of their wounds and hurts, as if nothing had ever been wrong. But if there was no such magician, the knights of the past made sure that their squires were furnished with money and other necessary things, such as lint and ointments for healing. When it happened that the knights had no squires—which was extremely seldom—they themselves carried all those things in very fine and thin saddlebags that were barely visible, on their horse's crupper, as if they were a different item of more importance; because, except for such a situation, the use of saddlebags wasn't very acceptable to knights-errant. Therefore, he advised him—and he could now even make this an order, because Don Quixote was so soon to become his godson in knighthood—not to pursue his journey without money and the preparations he had mentioned. He would see how useful they were to him when he least expected it.

Don Quixote promised to follow his advice with all exactitude, and so the order was immediately given for the vigil of arms to be held in a large yard situated on one side of the inn. Don Quixote assembled all his armor and put it on a watering trough next to a well. Taking up his shield and grasping his lance, with a noble bearing he began to walk back and forth in front of the trough. When he began his walk, the night was beginning to close in.

The innkeeper told everyone in the inn about his guest's madness, the vigil of arms, and the knighting that he was waiting for. They wondered at such an odd type of madness and went to look at him from a distance. They observed that at times he would walk to and fro with a peaceful mien; at others, he would lean on his lance and fix his eyes on the armor, not looking away for a long while. The full darkness of the night had set in, but the moon was so bright that it could rival the lender of its brightness; so that everything the novice knight did was clearly visible to everyone. At that moment one of the muleteers staying at the inn got the idea of going out to water his drove, and it proved necessary to remove Don Quixote's armor, which was covering the trough. Don Quixote, seeing him come, called out to him loudly:

"You impertinent knight, whoever you are, who are attempting to lay hands on the armor of the most valiant knight-errant who ever girded

Mira lo que haces y no las toques, si no quieres dejar la vida en pago de tu atrevimiento.

No se curó el arriero destas razones —y fuera mejor que se curara, porque fuera curarse en salud—; antes, trabando de las correas, las arrojó gran trecho de sí. Lo cual, visto por don Quijote, alzó los ojos al cielo y, puesto el pensamiento —a lo que pareció— en su señora Dulcinea, dijo:

—Acorredme, señora mía, en esta primera afrenta que a este vuestro avasallado pecho se le ofrece; no me desfallezca en este primero trance vuestro favor y amparo.

Y diciendo estas y otras semejantes razones, soltando la adarga, alzó la lanza a dos manos y dio con ella tan gran golpe al arriero en la cabeza, que le derribó en el suelo tan maltrecho, que si segundara con otro, no tuviera necesidad de maestro que le curara. Hecho esto, recogió sus armas y tornó a pasearse con el mismo reposo que primero. Desde allí a poco, sin saberse lo que había pasado —porque aún estaba aturdido el arriero—, llegó otro con la mesma intención de dar agua a sus mulos y, llegando a quitar las armas para desembarazar la pila, sin hablar don Quijote palabra y sin pedir favor a nadie, soltó otra vez la adarga y alzó otra vez la lanza, y, sin hacerla pedazos, hizo más de tres la cabeza del segundo arriero, porque se la abrió por cuatro. Al ruido acudió toda la gente de la venta, y entre ellos el ventero. Viendo esto don Quijote, embrazó su adarga y, puesta mano a su espada, dijo:

—¡Oh señora de la fermosura, esfuerzo y vigor del debilitado corazón mío! Ahora es tiempo que vuelvas los ojos de tu grandeza a este tu cautivo caballero, que tamaña aventura está atendiendo.

Con esto cobró, a su parecer, tanto ánimo, que si le acometieran todos los arrieros del mundo, no volviera el pie atrás. Los compañeros de los heridos, que tales los vieron, comenzaron desde lejos a llover piedras sobre don Quijote, el cual, lo mejor que podía, se reparaba con su adarga, y no se osaba apartar de la pila por no desamparar las armas. El ventero daba voces que le dejasen, porque ya les había dicho como era loco, y que por loco se libraría aunque los matase a todos. También don Quijote las daba mayores, llamándolos de alevosos y traidores, y que el señor del castillo era un follón y mal nacido caballero, pues de tal manera consentía que se tratasen los andantes caballeros, y que si él hubiera recebido la orden de caballería, que él le diera a entender su alevosía: —Pero de vosotros, soez y baja canalla, no

on a sword: watch what you're doing and refrain from touching that unless you wish to lose your life as a punishment for your impertinence!"

The muleteer didn't care about these words—it would have been better if he had cared, because it would have meant caring about his health. Instead, seizing the armor by its straps, he hurled it far from him. When Don Quixote saw this, he raised his eyes to heaven and, apparently turning his thoughts to his lady Dulcinea, he said:

"Succor me, my lady, in this first affront offered to this heart which is your vassal! Let your favor and protection not fail me at this first critical moment!"

And uttering these and other similar words, he dropped his shield, raised his lance in both hands, and brought it down so hard on the muleteer's head that he knocked him to the ground in such a sorry state that, if he had followed up that blow with another, the man wouldn't have needed any doctor to heal him. Having done so, he reassembled his armor and resumed walking up and down just as calmly as before. A little later, without knowing what had happened—because the muleteer was still in a daze—another one arrived with the same intention of watering his mules. When he attempted to remove the armor to liberate the trough, Don Quixote, not saying a word or asking a favor of anybody, once again dropped his shield, once again raised his lance, and, without breaking it into pieces, broke the second muleteer's head into more than three pieces, because he split it in four. Everyone in the inn came running at the noise, the innkeeper among them. Don Quixote, seeing this, took up his shield, put his hand on his sword, and said:

"O lady of beauty, the strength and vigor of my weakened heart! Now is the time to turn your noble eyes toward this unhappy knight of yours, who is awaiting such a great adventure."

Thereupon he was filled with so much courage, as it seemed to him, that if all the muleteers in the world were attacking him, he wouldn't have retreated an inch. The friends of the injured men, seeing their condition, began to rain stones upon Don Quixote from a distance. He defended himself with his shield as best he could, not daring to move away from the trough and thus leave his armor unprotected. The innkeeper was shouting to them to leave him alone, because he had already told them he was crazy and that he would be set free because of his madness even if he killed them all. Don Quixote was shouting, too, even louder, calling them perfidious traitors and saying that the lord of the castle was a coward and a low-born knight, since he allowed knights-errant to be treated that way, and that, if his knighting had already taken place, he would show him just how perfidious he

hago caso alguno; tirad, llegad, venid y ofendedme en cuanto pudiéredes; que vosotros veréis el pago que lleváis de vuestra sandez y demasía.

Decía esto con tanto brío y denuedo, que infundió un terrible temor en los que le acometían; y así por esto como por las persuasiones del ventero, le dejaron de tirar, y él dejó retirar a los heridos y tornó a la vela de sus armas con la misma quietud y sosiego que primero.

No le parecieron bien al ventero las burlas de su huésped, y determinó abreviar y darle la negra orden de caballería luego, antes que otra desgracia sucediese. Y así, llegándose a él, se desculpó de la insolencia que aquella gente baja con él había usado, sin que él supiese cosa alguna; pero que bien castigados quedaban de su atrevimiento. Díjole cómo ya le había dicho que en aquel castillo no había capilla, y para lo que restaba de hacer tampoco era necesaria; que todo el toque de quedar armado caballero consistía en la pescozada y en el espaldarazo, según él tenía noticia del ceremonial de la orden, y que aquello en mitad de un campo se podía hacer, y que ya había cumplido con lo que tocaba al velar de las armas, que con solas dos horas de vela se cumplía, cuanto más que él había estado más de cuatro. Todo se lo creyó don Quijote, y dijo que él estaba allí pronto para obedecerle, y que concluyese con la mayor brevedad que pudiese; porque si fuese otra vez acometido y se viese armado caballero, no pensaba dejar persona viva en el castillo, eceto aquellas que él le mandase, a quien por su respeto dejaría.

Advertido y medroso desto el castellano, trujo luego un libro donde asentaba la paja y cebada que daba a los arrieros, y con un cabo de vela que le traía un muchacho, y con las dos ya dichas doncellas, se vino adonde don Quijote estaba, al cual mandó hincar de rodillas; y, leyendo en su manual —como que decía alguna devota oración—, en mitad de la leyenda alzó la mano y diole sobre el cuello un buen golpe, y tras él, con su mesma espada, un gentil espaldarazo, siempre murmurando entre dientes, como que rezaba. Hecho esto, mandó a una de aquellas damas que le ciñese la espada, la cual lo hizo con mucha desenvoltura y discreción, porque no fue menester poca para no reventar de risa a cada punto de las ceremonias; pero las proezas que ya habían visto del novel caballero les tenía la risa a raya. Al ceñirle la espada dijo la buena señora:

was. "But as for you, low and vulgar rabble, I take no notice of you. Throw, attack, come and insult me as much as you can; for you shall see what reward you gain for your folly and discourtesy!"

He said this with such verve and courage that he instilled great fear in his attackers. For that reason, and through the innkeeper's persuasion, they stopped throwing stones at him; he allowed them to carry off their wounded, and he resumed his vigil of arms with the same calm and repose as before.

The innkeeper was vexed at his guest's escapades, and decided to proceed more quickly and induct him into that damned order of knighthood at once, before another catastrophe occurred. And so, coming up to him, he apologized for the insolence those vulgar people had demonstrated, he himself having been quite unaware of the whole thing. But, he said, they were well punished for their impertinence. He repeated his statement that there was no chapel in the castle, adding that it was not at all needed for what remained to be done. The whole essence of becoming a knight lay in the blows to the neck and shoulders, according to his acquaintance with the proper ceremony; that much could be done even in the middle of a field, and Don Quixote had already accomplished the vigil of arms, for which only two hours were sufficient, whereas he had put in over four. Don Quixote, believing all of this, said that he was perfectly ready to obey him, and asked him to get things over with as soon as possible; because, if he were to be attacked again when already a knight, he didn't intend to leave anyone in the castle alive, except those the innkeeper ordered him to; he would spare *them* out of respect for him.

Thus informed, and fearful of that event, the castellan immediately brought over a book in which he used to record the amount of straw and barley he gave the muleteers. With a candle stump that a boy carried for him, and in the company of the two above-mentioned damsels, he came up to where Don Quixote was standing, and ordered him to kneel. Reading out of his ledger, as if reciting some devout prayer, he interrupted the recital, raised his hand, and gave him a hard blow on the neck; after that, with Don Quixote's own sword, he gave him a hefty blow on the shoulders, continuing to mutter under his breath as if praying. Thereupon he ordered one of those ladies to gird on his sword, which she did with great naturalness and discretion, because it required a lot of effort to keep from laughing out loud at every stage in the ceremony. But the prowess that the novice knight had already displayed kept their laughter in check. While girding on his sword, the fair lady said:

—Dios haga a vuestra merced muy venturoso caballero y le dé ventura en lides.

Don Quijote le preguntó cómo se llamaba, porque él supiese de allí adelante a quién quedaba obligado por la merced recebida, porque pensaba darle alguna parte de la honra que alcanzase por el valor de su brazo. Ella respondió con mucha humildad que se llamaba la Tolosa, y que era hija de un remendón natural de Toledo, que vivía a las tendillas de Sancho Bienaya, y que dondequiera que ella estuviese le serviría y le tendría por señor. Don Quijote le replicó que, por su amor, le hiciese merced que de allí adelante se pusiese *don* y se llamase doña Tolosa. Ella se lo prometió, y la otra le calzó la espuela, con la cual le pasó casi el mismo coloquio que con la de la espada. Preguntóle su nombre, y dijo que se llamaba la Molinera, y que era hija de un honrado molinero de Antequera; a la cual también rogó don Quijote que se pusiese *don*, y se llamase doña Molinera, ofreciéndole nuevos servicios y mercedes.

Hechas, pues, de galope y aprisa las hasta allí nunca vistas ceremonias, no vio la hora don Quijote de verse a caballo y salir buscando las aventuras, y, ensillando luego a Rocinante, subió en él, y abrazando a su huésped, le dijo cosas tan estrañas, agradeciéndole la merced de haberle armado caballero, que no es posible acertar a referirlas. El ventero, por verle ya fuera de la venta, con no menos retóricas, aunque con más breves palabras, respondió a las suyas y, sin pedirle la costa de la posada, le dejó ir a la buen hora.

## Capítulo IV

*De lo que le sucedió a nuestro caballero cuando salió de la venta*

La del alba sería cuando don Quijote salió de la venta tan contento, tan gallardo, tan alborozado por verse ya armado caballero, que el gozo le reventaba por las cinchas del caballo. Mas viniéndole a la memoria los consejos de su huésped cerca de las prevenciones tan necesarias que había de llevar consigo, especial la de los dineros y camisas, determinó volver a su casa y acomodarse de todo, y de un escudero, haciendo cuenta de recebir a un labrador vecino suyo,

"May God make your honor a most fortunate knight and give you good fortune in combat."

Don Quixote asked her what her name was, so he might know thenceforth to whom he was obligated for the favor received, because he intended to give her part of the honor he attained through the might of his arm.[18] With great humility she replied that her name was La Tolosa, and that she was the daughter of a cobbler from Toledo, whose little shop was among those on Sancho Bienaya Square; wherever she might be, she would serve him and consider him as her lord. Don Quixote replied that, out of love for him, he would like her to do him the favor of adding *don* to her name thenceforth and calling herself Doña Tolosa. She promised to do so, and when the other girl put on his spurs, he had almost the same conversation with her as with the sword-girding girl. He asked her name, and she said that it was La Molinera and that she was the daughter of an honorable miller in Antequera. Don Quixote requested her, too, to add a *don* and call herself Doña Molinera, offering her additional services and favors.

So then, when the hitherto unheard-of ceremonies had been performed at a gallop and at high speed, Don Quixote was impatient to be on horseback and depart in quest of adventures. Immediately saddling Rocinante, he mounted and, embracing his host, said such odd things to him in gratitude for the favor of knighting him, that it's impossible to recall them accurately. The innkeeper, eager to see him out of the inn, replied to his speech with no less oratory, although in fewer words, and, without asking him to pay for his night's lodgings, let him go and was thankful for it.

## Chapter IV

### *What Happened to Our Knight After He Left the Inn*

It was around dawn when Don Quixote left the inn, so pleased, so jaunty, so overjoyed at finding himself now a knight, that his pleasure burst out of his saddle girth. But, recalling his host's advice about the highly useful supplies he needed to bring along, especially money and shirts, he decided to return home and stock up on all that, and also to obtain a squire. He intended to take on a farmer from his village, a poor man with children, but one very suitable for

---

[18] He never does.

que era pobre y con hijos, pero muy a propósito para el oficio escuderil de la caballería. Con este pensamiento guió a Rocinante hacia su aldea, el cual, casi conociendo la querencia, con tanta gana comenzó a caminar, que parecía que no ponía los pies en el suelo.

No había andado mucho, cuando le pareció que a su diestra mano, de la espesura de un bosque que allí estaba, salían unas voces delicadas, como de persona que se quejaba, y apenas las hubo oído, cuando dijo:

—Gracias doy al cielo por la merced que me hace, pues tan presto me pone ocasiones delante donde yo pueda cumplir con lo que debo a mi profesión, y donde pueda coger el fruto de mis buenos deseos. Estas voces, sin duda, son de algún menesteroso o menesterosa, que ha menester mi favor y ayuda.

Y, volviendo las riendas, encaminó a Rocinante hacia donde le pareció que las voces salían. Y a pocos pasos que entró por el bosque, vio atada una yegua a una encina, y atado en otra a un muchacho, desnudo de medio cuerpo arriba, hasta de edad de quince años, que era el que las voces daba, y no sin causa, porque le estaba dando con una pretina muchos azotes un labrador de buen talle, y cada azote le acompañaba con una reprehensión y consejo. Porque decía:

—La lengua queda y los ojos listos.

Y el muchacho respondía:

—No lo haré otra vez, señor mío; por la pasión de Dios que no lo haré otra vez, y yo prometo de tener de aquí adelante más cuidado con el hato.

Y viendo don Quijote lo que pasaba, con voz airada dijo:

—Descortés caballero, mal parece tomaros con quien defender no se puede; subid sobre vuestro caballo y tomad vuestra lanza —que también tenía una lanza arrimada a la encina adonde estaba arrendada la yegua—, que yo os haré conocer ser de cobardes lo que estáis haciendo.

El labrador, que vio sobre sí aquella figura llena de armas blandiendo la lanza sobre su rostro, túvose por muerto, y con buenas palabras respondió:

—Señor caballero, este muchacho que estoy castigando es un mi criado, que me sirve de guardar una manada de ovejas que tengo en estos contornos, el cual es tan descuidado, que cada día me falta una; y porque castigo su descuido, o bellaquería, dice que lo hago de miserable, por no pagalle la soldada que le debo, y en Dios y en mi ánima que miente.

—¿«Miente» delante de mí, ruin villano? —dijo don Quijote—. Por el sol que nos alumbra que estoy por pasaros de parte a parte

the position of a knight's squire. With this in mind, he pointed Rocinante toward his village; the horse, practically with a homing instinct, started going with such pleasure that his feet didn't seem to touch the ground.

Don Quixote hadn't gone far when he thought that, on his right, from the depths of a forest there, he could hear feeble cries as of a person lamenting. As soon as he heard them, he said:

"I thank heaven for the favor it grants me by so rapidly affording me the opportunity to fulfill the duties of my profession and reap the reward of my benevolent intentions. Without a doubt, these cries are uttered by some man or woman in distress who has need of my protection and aid."

And, with a tug on the reins, he directed Rocinante to the spot the cries seemed to be coming from. Only a few paces into the forest, he saw a mare tied to one holm oak and a boy of about fifteen tied to another, stripped to the waist. It was he that was crying out, and not for nothing, because a sturdy farmer was repeatedly lashing him with a leather belt, each stroke being accompanied by a reprimand and a piece of instruction. For he was saying:

"Keep your tongue still and your eyes peeled."

And the boy would reply:

"I won't do it again, master! By the Lord's Passion, I won't do it again, and from here on in I promise to be more careful with the flock!"

Don Quixote, seeing what was going on, said angrily:

"Rude knight, it is unseemly to attack one who cannot defend himself. Mount your steed and take up your lance"—for there was also a lance leaning against the oak to which the mare was tied by the reins—"for I shall let you know that what you are doing is a cowardly act."

The farmer, seeing that armor-clad figure looming over him and brandishing a lance in his face, thought his time had come. With soft words he replied:

"Sir knight, this boy I'm punishing is a servant of mine whose job is to guard a flock of sheep I possess in this vicinity. He's so careless that a sheep is lost every day. And because I'm punishing him for his carelessness, or his knavery, he says I'm doing it because I'm stingy and don't want to pay him the wages I owe him. By God and by my soul, he's lying."

"You say 'lying' to my face, low commoner?" said Don Quixote. "By the sun that shines upon us, I'm ready to run you through with this

con esta lanza. Pagadle luego sin más réplica; si no, por el Dios que nos rige que os concluya y aniquile en este punto. Desatadlo luego.

El labrador bajó la cabeza y, sin responder palabra, desató a su criado, al cual preguntó don Quijote que cuánto le debía su amo. Él dijo que nueve meses, a siete reales cada mes. Hizo la cuenta don Quijote y halló que montaban setenta y tres reales, y díjole al labrador que al momento los desembolsase, si no quería morir por ello. Respondió el medroso villano que para el paso en que estaba y juramento que había hecho —y aún no había jurado nada—, que no eran tantos; porque se le habían de descontar y recebir en cuenta tres pares de zapatos que le había dado, y un real de dos sangrías que le habían hecho estando enfermo.

—Bien está todo eso —replicó don Quijote—; pero quédense los zapatos y las sangrías por los azotes que sin culpa le habéis dado; que si él rompió el cuero de los zapatos que vos pagastes, vos le habéis rompido el de su cuerpo; y si le sacó el barbero sangre estando enfermo, vos en sanidad se la habéis sacado; ansí que, por esta parte, no os debe nada.

—El daño está, señor caballero, en que no tengo aquí dineros: véngase Andrés conmigo a mi casa, que yo se los pagaré un real sobre otro.

—¿Irme yo con él —dijo el muchacho— más? ¡Mal año! No, señor, ni por pienso; porque en viéndose solo, me desuelle como a un San Bartolomé.

—No hará tal —replicó don Quijote—: basta que yo se lo mande para que me tenga respeto; y con que él me lo jure por la ley de caballería que ha recebido, le dejaré ir libre y aseguraré la paga.

—Mire vuestra merced, señor, lo que dice —dijo el muchacho—; que este mi amo no es caballero ni ha recebido orden de caballería alguna; que es Juan Haldudo el rico, el vecino del Quintanar.

—Importa poco eso —respondió don Quijote—; que Haldudos puede haber caballeros; cuanto más, que cada uno es hijo de sus obras.

—Así es verdad —dijo Andrés—; pero este mi amo, ¿de qué obras es hijo, pues me niega mi soldada y mi sudor y trabajo?

—No niego, hermano Andrés —respondió el labrador—; y hacedme placer de veniros conmigo; que yo juro por todas las ór-

lance. Pay him at once, with no more backtalk, or else, by the God who judges us, I'll finish you off and annihilate you on the spot! Untie him at once!"

The farmer bowed his head and, without a word in reply, untied his servant, whom Don Quixote asked how much his master owed him. He said it was nine months' wages at the rate of seven *reales* a month. Don Quixote made the calculation and found that it came to seventy-three[19] *reales*. He ordered the farmer to pay up on the spot if he didn't wish to die for not doing so. The frightened rustic replied that, by the situation he was in and by the oath he had sworn—although he hadn't sworn anything yet—he didn't owe that much, because a deduction had to be made, and taken into account, for three pairs of shoes he had given him, and one *real* had to come off because he had twice paid for a bloodletting when the boy was ill.

"All that is very well," Don Quixote replied, "but forget about the shoes and the bloodletting in exchange for the lashes you've given him through no fault of his; for, if he tore the leather of the shoes you paid for, you've ripped open *his* hide, and, if the barber extracted some of his blood when he was ill, you've taken some when he was well. So that, as far as those things are concerned, he owes you nothing."

"The problem is, sir knight, that I don't have money here; let Andrés come home with me, and I'll pay him every single *real*."

"Go with him?" said the boy. "What! Damn me! No, sir, I wouldn't think of it—so that, seeing himself alone with me, he can flay me like Saint Bartholomew!"

"He won't do that," Don Quixote replied. "My command is sufficient for him to respect me; and, as soon as he swears obedience to me by the laws of the knighthood he has received, I shall let him go free and I assure you you'll be paid."

"Your honor, you should be careful of what you're saying," the boy said, "for this master of mine isn't a knight and hasn't been inducted into any knighthood; he's the rich Juan Haldudo who lives at El Quintanar."

"That doesn't matter," Don Quixote replied, "for there may be Haldudos who are knights, especially since each man is the architect of his own fortunes."

"That's true," said Andrés, "but what kind of architect is my master if he denies me my pay in exchange for my work and sweat?"

"I don't refuse to pay, brother Andrés," the farmer replied. "Just do me the favor of coming with me, for I swear by all the orders of

---

[19] Probably an intentional joke, but changed to "sixty-three" in some editions.

denes que de caballerías hay en el mundo de pagaros, como tengo dicho, un real sobre otro, y aun sahumados.

—Del sahumerio os hago gracia —dijo don Quijote—; dádselos en reales, que con eso me contento; y mirad que lo cumpláis como lo habéis jurado; si no, por el mismo juramento os juro de volver a buscaros y a castigaros, y que os tengo de hallar, aunque os escondáis más que una lagartija. Y si queréis saber quién os manda esto, para quedar con más veras obligado a cumplirlo, sabed que yo soy el valeroso don Quijote de la Mancha, el desfacedor de agravios y sinrazones, y a Dios quedad, y no se os parta de las mientes lo prometido y jurado, so pena de la pena pronunciada.

Y en diciendo esto, picó a su Rocinante, y en breve espacio se apartó dellos. Siguióle el labrador con los ojos, y cuando vio que había traspuesto del bosque y que ya no parecía, volvióse a su criado Andrés y díjole:

—Venid acá, hijo mío; que os quiero pagar lo que os debo, como aquel deshacedor de agravios me dejó mandado.

—Eso juro yo —dijo Andrés—; y ¡cómo que andará vuestra merced acertado en cumplir el mandamiento de aquel buen caballero, que mil años viva; que, según es de valeroso y de buen juez, vive Roque, que si no me paga, que vuelva y ejecute lo que dijo!

—También lo juro yo —dijo el labrador—; pero, por lo mucho que os quiero, quiero acrecentar la deuda por acrecentar la paga.

Y asiéndole del brazo le tornó a atar a la encina, donde le dio tantos azotes, que le dejó por muerto.

—Llamad, señor Andrés, ahora —decía el labrador— al desfacedor de agravios; veréis cómo no desface aquéste. Aunque creo que no está acabado de hacer, porque me viene gana de desollaros vivo, como vos temíades.

Pero, al fin, le desató y le dio licencia que fuese a buscar su juez, para que ejecutase la pronunciada sentencia. Andrés se partió algo mohíno, jurando de ir a buscar al valeroso don Quijote de la Mancha y contalle punto por punto lo que había pasado, y que se lo había de pagar con las setenas. Pero con todo esto, él se partió llorando y su amo se quedó riendo.

Y desta manera deshizo el agravio el valeroso don Quijote; el cual, contentísimo de lo sucedido, pareciéndole que había dado felicísimo y alto principio a sus caballerías, con gran satisfacción de sí mismo iba caminando hacia su aldea, diciendo a media voz:

—Bien te puedes llamar dichosa sobre cuantas hoy viven en la

knighthood in the world to pay you every single *real*, as I've said, and with the best will in the world."

"You can keep the good will," said Don Quixote. "Pay him off in good silver coins, and I'll be satisfied. And see that you actually do it as you've sworn, or else, by the same oath, I swear I'll come back, seek you out, and punish you; and I'm going to find you even if you hide more closely than a lizard in a crack. And if you wish to know who is giving you this order, so that you feel more truly obliged to carry it out, know that I am the valiant Don Quixote of La Mancha, redresser of wrongs and injuries. Farewell, and don't forget for a moment what you've promised and sworn, under penalty of the penalty I have declared."

And, saying this, he spurred Rocinante and quickly left the other two behind. The farmer watched him go, and when he saw that he had vanished from the forest and was no longer visible, he turned back to his servant Andrés, saying:

"Come here, my boy, because I want to pay you what I owe you, as that redresser of wrongs has ordered me."

"I swear to that," said Andrés. "How wise it will be of your honor to carry out that good knight's orders, may he live a thousand years! Seeing how valiant he is, and such a righteous judge, so help me, if you don't pay me, he'll come back and do what he said he would!"

"I swear the same," the farmer said, "but, because I'm so fond of you, I want to increase the debt so I can increase the wages."

And, seizing him by the arm, he tied him to the oak again, where he gave him so many lashes that he left him for dead.

"Sir Andrés," the farmer was saying, "call for the redresser of wrongs now; you'll see that he won't redress this one. Although I think it hasn't been completely committed yet, because I'm getting the urge to flay you alive, as you were afraid I would."

But he finally untied him and gave him leave to go find his judge so he could execute the sentence he had passed. Andrés left feeling quite gloomy, swearing he would seek out the valiant Don Quixote of La Mancha and tell him every detail of what had happened; the farmer would have to repay him for that seven times over. And yet, in spite of everything, Andrés departed in tears and his master remained there laughing.

And it was in that way that the valiant Don Quixote redressed that wrong. Most pleased with what had occurred, believing he had made a most felicitous and lofty beginning of his knightly adventures, he continued journeying toward his village with great self-satisfaction, saying *mezza voce*:

"Well may you account yourself the most fortunate of all women liv-

tierra, ¡oh sobre las bellas bella Dulcinea del Toboso!, pues te cupo en suerte tener sujeto y rendido a toda tu voluntad e talante a un tan valiente y tan nombrado caballero como lo es y será don Quijote de la Mancha, el cual, como todo el mundo sabe, ayer rescibió la orden de caballería, y hoy ha desfecho el mayor tuerto y agravio que formó la sinrazón y cometió la crueldad: hoy quitó el látigo de la mano a aquel despiadado enemigo que tan sin ocasión vapulaba a aquel delicado infante.

En esto, llegó a un camino que en cuatro se dividía, y luego se le vino a la imaginación las encrucejadas donde los caballeros andantes se ponían a pensar cuál camino de aquéllos tomarían, y, por imitarlos, estuvo un rato quedo; y al cabo de haberlo muy bien pensado, soltó la rienda a Rocinante, dejando a la voluntad del rocín la suya, el cual siguió su primer intento, que fue el irse camino de su caballeriza.

Y habiendo andado como dos millas, descubrió don Quijote un grande tropel de gente, que, como después se supo, eran unos mercaderes toledanos que iban a comprar seda a Murcia. Eran seis, y venían con sus quitasoles, con otros cuatro criados a caballo y tres mozos de mulas a pie. Apenas los divisó don Quijote, cuando se imaginó ser cosa de nueva aventura; y, por imitar en todo cuanto a él le parecía posible los pasos que había leído en sus libros, le pareció venir allí de molde uno que pensaba hacer. Y así, con gentil continente y denuedo, se afirmó bien en los estribos, apretó la lanza, llegó la adarga al pecho y, puesto en la mitad del camino, estuvo esperando que aquellos caballeros andantes llegasen, que ya él por tales los tenía y juzgaba; y cuando llegaron a trecho que se pudieron ver y oír, levantó don Quijote la voz, y con ademán arrogante dijo:

—Todo el mundo se tenga, si todo el mundo no confiesa que no hay en el mundo todo doncella más hermosa que la emperatriz de la Mancha, la sin par Dulcinea del Toboso.

Paráronse los mercaderes al son destas razones y a ver la estraña figura del que las decía; y por la figura y por las razones luego echaron de ver la locura de su dueño; mas quisieron ver despacio en qué paraba aquella confesión que se les pedía, y uno dellos, que era un poco burlón y muy mucho discreto, le dijo:

ing on earth today, O Dulcinea of El Toboso, most beautiful of the beautiful, since it has fallen to your lot to hold in submission and subjection to your entire will and pleasure such a valiant and renowned knight as Don Quixote of La Mancha is and will be. As everyone knows, he was inducted into the order of knighthood yesterday, and today he has redressed the greatest wrong and injury ever devised by injustice and committed by cruelty: today he wrested the whip from the hand of that unmerciful enemy who was so undeservedly lashing that tender child."[20]

At this point he came to a place where the road divided into four, and at once he recalled those crossroads at which knights-errant halted to think about which of those roads they would follow. To emulate them, he remained where he was for a while; after he had thought it out thoroughly, he gave Rocinante free rein, abandoning his will to that of his horse, who pursued his original intention of heading for his own stable.

After traveling about two miles, Don Quixote noticed a great throng of people; as was learned later, they were merchants from Toledo on their way to buy silk in Murcia. There were six of them, riding along with their parasols; they had with them four servants on horseback and three mule handlers on foot. As soon as Don Quixote espied them, he imagined that this was material for a new adventure; and because he imitated as fully as he thought he could the encounters he had read about in his books, he believed that a ready-made one was offering itself to him. And so, with a noble and courageous bearing, he steadied himself in his stirrups, gripped his lance, brought his shield close to his chest, and positioned himself in the middle of the road, awaiting the arrival of those knights-errant, for such he already held and judged them to be. When they came near enough to see and hear, Don Quixote raised his voice, saying with an arrogant mien:

"Everyone is to halt, unless you all acknowledge that in the whole world[21] there is no damsel more beautiful than the empress of La Mancha, the peerless Dulcinea of El Toboso."

The merchants came to a stop on hearing these words and seeing the strange appearance of the man who was uttering them. From that appearance and from those words, they gathered that the possessor of them was crazy; but they wanted to learn at greater leisure the nature of that acknowledgment which was requested of them; and one of them, who was somewhat of a joker and extremely clever, said to Don Quixote:

---

[20] Or, "prince."   [21] The original has a wordplay, with *todo el mundo* occurring three times.

—Señor caballero, nosotros no conocemos quién sea esa buena señora que decís; mostrádnosla: que si ella fuere de tanta hermosura como significáis, de buena gana y sin apremio alguno confesaremos la verdad que por parte vuestra nos es pedida.

—Si os la mostrara —replicó don Quijote—, ¿qué hiciérades vosotros en confesar una verdad tan notoria? La importancia está en que sin verla lo habéis de creer, confesar, afirmar, jurar y defender; donde no, conmigo sois en batalla, gente descomunal y soberbia. Que, ahora vengáis uno a uno, como pide la orden de caballería, ora todos juntos, como es costumbre y mala usanza de los de vuestra ralea, aquí os aguardo y espero, confiado en la razón que de mi parte tengo.

—Señor caballero —replicó el mercader—, suplico a vuestra merced, en nombre de todos estos príncipes que aquí estamos, que, porque no encarguemos nuestras conciencias confesando una cosa por nosotros jamás vista ni oída, y más siendo tan en perjuicio de las emperatrices y reinas del Alcarria y Estremadura, que vuestra merced sea servido de mostrarnos algún retrato de esa señora, aunque sea tamaño como un grano de trigo; que por el hilo se sacará el ovillo, y quedaremos con esto satisfechos y seguros, y vuestra merced quedará contento y pagado; y aun creo que estamos ya tan de su parte que, aunque su retrato nos muestre que es tuerta de un ojo y que del otro le mana bermellón y piedra azufre, con todo eso, por complacer a vuestra merced, diremos en su favor todo lo que quisiere.

—No le mana, canalla infame —respondió don Quijote, encendido en cólera—; no le mana, digo, eso que decís; sino ámbar y algalia entre algodones; y no es tuerta ni corcovada, sino más derecha que un huso de Guadarrama. Pero ¡vosotros pagaréis la grande blasfemia que habéis dicho contra tamaña beldad como es la de mi señora!

Y en diciendo esto, arremetió con la lanza baja contra el que lo había dicho, con tanta furia y enojo, que si la buena suerte no hiciera que en la mitad del camino tropezara y cayera Rocinante, lo pasara mal el atrevido mercader. Cayó Rocinante, y fue rodando su amo una buena pieza por el campo; y queriéndose levantar, jamás pudo; tal embarazo le causaban la lanza, adarga, espuelas y celada, con el peso de las antiguas armas. Y entretanto que pugnaba por levantarse y no podía, estaba diciendo:

—Non fuyáis, gente cobarde; gente cautiva, atended; que no por culpa mía, sino de mi caballo, estoy aquí tendido.

"Sir knight, we are unacquainted with that good lady you mention. Show her to us; for if she is as beautiful as you indicate, gladly and without any duress we shall acknowledge the truth of what you have stated to us."

"If I showed her to you," Don Quixote, "what favor would you be doing by acknowledging something so obvious? What counts is believing it without seeing her, acknowledging it, affirming it, swearing to it, and upholding it. Otherwise, consider yourselves at war with me, outrageous and haughty folk! For, whether you come at me one at a time, as the order of knighthood demands, or all together, as is the wont and evil custom of your sort, here I await and expect you, trusting that the right is on my side."

"Sir knight," the merchant replied, "I beseech your honor, in the name of all these princes assembled here, so that we do not burden our consciences by acknowledging something we have never seen or heard—and something so damaging to the empresses and queens of Alcarria and Estremadura—that your honor will be good enough to show us some portrait of that lady, even if it be no larger than a grain of wheat; for a single strand of yarn is a clue to the whole skein, and that way we shall be satisfied and certain, and your honor will be pleased and contented. In fact, I believe that we are already so much on your side that, even if her portrait shows us that she's blind in one eye, with vermilion and sulphur-colored pus oozing out of the other, nevertheless, to oblige your honor, we shall say anything you like in her favor."

"Nothing is oozing, vile rabble," replied Don Quixote, aflame with anger, "I say, nothing of that sort is oozing; rather, she emits the fragrance of ambergris and civet packed in cotton; nor is she one-eyed or hunchbacked, but straighter than a spindle from Guadarrama. But you shall pay for the great blasphemy you have uttered against such great beauty as my lady's!"

Saying this, he lowered his lance and charged the speaker of those words with such fury and anger that if a kindly fate hadn't made Rocinante stumble and fall in the middle of the road, the rash merchant would have had a bad time of it. Rocinante fell, and his master went rolling in the fields for a good stretch. When he tried to get up, he just couldn't, being so encumbered by the lance, shield, spurs, and helmet, and the great weight of the old armor. While struggling in vain to get up, he repeated:

"Do not flee, cowardly folk; miserable people, wait for me; for I lie stretched out here through no fault of my own, but through my horse's."

Un mozo de mulas de los que allí venían, que no debía de ser muy bien intencionado, oyendo decir al pobre caído tantas arrogancias, no lo pudo sufrir sin darle la respuesta en las costillas. Y llegándose a él, tomó la lanza y, después de haberla hecho pedazos, con uno dellos comenzó a dar a nuestro don Quijote tantos palos, que, a despecho y pesar de sus armas, le molió como cibera. Dábanle voces sus amos que no le diese tanto y que le dejase; pero estaba ya el mozo picado y no quiso dejar el juego hasta envidar todo el resto de su cólera, y acudiendo por los demás trozos de la lanza, los acabó de deshacer sobre el miserable caído, que, con toda aquella tempestad de palos que sobre él vía, no cerraba la boca, amenazando al cielo y a la tierra, y a los malandrines, que tal le parecían.

Cansóse el mozo, y los mercaderes siguieron su camino, llevando que contar en todo él del pobre apaleado. El cual, después que se vio solo, tornó a probar si podía levantarse; pero si no lo pudo hacer cuando sano y bueno, ¿cómo lo haría molido y casi deshecho? Y aún se tenía por dichoso, pareciéndole que aquélla era propia desgracia de caballeros andantes, y toda la atribuía a la falta de su caballo, y no era posible levantarse, según tenía brumado todo el cuerpo.

CAPÍTULOS V Y VI: Un vecino bondadoso encuentra a don Quijote y lo lleva a su casa, a sus preocupadas sobrina y ama de casa quienes, junto con el cura de la parroquia y el barbero, están más enfadadas que nunca con los libros que le han quitado el juicio. Mientras el caballero convalece, el cura y el barbero pasan revista a la biblioteca entera, arrojando al corral todos menos un puñado de los libros más meritorios para quemarlos.

## Capítulo VII

### *De la segunda salida de nuestro buen caballero don Quijote de la Mancha*

Estando en esto, comenzó a dar voces don Quijote, diciendo:

—Aquí, aquí, valerosos caballeros; aquí es menester mostrar la fuerza de vuestros valerosos brazos; que los cortesanos llevan lo mejor del torneo.

One of the mule handlers who were with the party, one who must have been rather malevolent, hearing the poor fallen man speak such arrogant words, couldn't bear it and felt obliged to answer him on his ribs. Coming up to him, he picked up the lance, broke it into pieces, and with one of them began giving our Don Quixote such a beating that, despite and in spite of his armor, he ground him up like a measure of wheat. His masters were shouting to him to ease up and leave Don Quixote alone, but by this time the fellow had tasted blood and persisted in venting his anger with the passion of a cardplayer playing his last stake. Going back for the remaining fragments of the lance, he finished demolishing them on the wretched man lying there, who, despite all that tempest of blows he saw himself receiving, wouldn't shut his mouth, but kept hurling threats at heaven and earth and at the bandits, for so they seemed to him.

The mule handler got tired, and the merchants proceeded on their way, the poor beaten man furnishing material for their conversation throughout the journey. Don Quixote, finding himself alone, tried again to get up; but if he couldn't do it when he was well and in good shape, how could he do it when beaten to a pulp and nearly knocked to pieces? Still, he considered himself fortunate, because he thought that his present misfortune was one that came naturally to knights-errant. He attributed it entirely to his horse's misstep. And yet he couldn't get up, so bruised and battered was his whole body.

CHAPTERS V AND VI: A kindly neighbor finds Don Quixote and brings him home to his worried niece and housekeeper, who, along with the parish priest and the barber, are angrier than ever with the books that robbed him of his senses. While he convalesces, the priest and the barber pass his entire library in review, tossing all but a handful of the most meritorious books into the yard to be burned.

## Chapter VII

### *Of the Second Campaign*
### *of Our Good Knight Don Quixote of La Mancha*

At this moment, Don Quixote began to shout, saying:

"Here, here, valiant knights! Here there is need to demonstrate the strength of your valiant arms, for the knights of the court have the upper hand in the tournament."

Por acudir a este ruido y estruendo, no se pasó adelante con el escrutinio de los demás libros que quedaban; y así, se cree que fueron al fuego, sin ser vistos ni oídos, *La Carolea* y *León de España,* con *Los Hechos del Emperador,* compuestos por don Luis de Ávila, que, sin duda, debían de estar entre los que quedaban, y quizá, si el cura los viera, no pasaran por tan rigurosa sentencia.

Cuando llegaron a don Quijote, ya él estaba levantado de la cama, y proseguía en sus voces y en sus desatinos, dando cuchilladas y reveses a todas partes, estando tan despierto como si nunca hubiera dormido. Abrazáronse con él y por fuerza le volvieron al lecho; y después que hubo sosegado un poco, volviéndose a hablar con el cura, le dijo:

—Por cierto, señor arzobispo Turpín, que es gran mengua de los que nos llamamos doce Pares dejar tan sin más ni más llevar la vitoria deste torneo a los caballeros cortesanos, habiendo nosotros los aventureros ganado el prez en los tres días antecedentes.

—Calle vuestra merced, señor compadre —dijo el cura—; que Dios será servido que la suerte se mude y que lo que hoy se pierde se gane mañana, y atienda vuestra merced a su salud por agora; que me parece que debe de estar demasiadamente cansado, si ya no es que está malferido.

—Ferido no —dijo don Quijote—; pero molido y quebrantado, no hay duda en ello; porque aquel bastardo de don Roldán me ha molido a palos con el tronco de una encina, y todo de envidia, porque ve que yo solo soy el opuesto de sus valentías. Mas no me llamaría yo Reinaldos de Montalbán si, en levantándome deste lecho, no me lo pagare, a pesar de todos sus encantamentos; y, por agora, tráiganme de yantar, que sé que es lo que más me hará al caso, y quédese lo del vengarme a mi cargo.

Hiciéronlo ansí: diéronle de comer, y quedóse otra vez dormido, y ellos, admirados de su locura.

Aquella noche quemó y abrasó el ama cuantos libros había en el corral y en toda la casa, y tales debieron de arder que merecían guardarse en perpetuos archivos; mas no lo permitió su suerte y la pereza del escrutiñador, y así, se cumplió el refrán en ellos de que pagan a las veces justos por pecadores.

Uno de los remedios que el cura y el barbero dieron, por entonces, para el mal de su amigo, fue que le murasen y tapiasen el

Because they needed to attend to that noise and racket, they didn't proceed with the review of the remaining books; and so, it is believed that the *Carolea,* the *Lion of Spain,* and the *Deeds of the Emperor* written by Don Luis de Ávila were sent to the fire without an examination or a hearing; these, which were doubtless among the remaining books, would perhaps not have received such a harsh sentence, had the parish priest seen them.

When they reached Don Quixote, he was already out of bed, continuing to cry out and act foolishly, dealing forehand and backhand strokes with his sword everywhere, and as wide awake as if he had never been sleeping. They took him in their arms and forced him back into bed; after he had quieted down a little, he turned to address the priest, saying:

"Certainly, Lord Archbishop Turpin,[22] it is a great discredit to us who call ourselves the Twelve Peers to allow the knights of the court so blithely to win the victory in this tournament after we knights adventurers won the prize on the three previous days."

"Be silent, my friend and master," the priest said, "for it will please God to change our fortunes, so that what is lost today will be won tomorrow. Your honor, you should be concerned about your health for now, for I think you must be exceedingly weary, if not actually wounded."

"Not wounded," said Don Quixote, "but beaten and bruised, no doubt about it; because that bastard of a Don Roland cudgeled me with the trunk of an oak tree, and all out of envy, because he sees that I am the sole rival of his valiant feats. But my name wouldn't be Renaut of Montauban if I didn't pay him back, when I get out of this bed, despite all the spells that protect him. For now, have them bring me some food, for I know that's what will do me the most good. Leave the vengeance to me."

And so they did: they gave him a meal, and he fell asleep again, while they marveled at his madness.

That night the housekeeper ignited and burned all the books in the yard and the whole house; some must have burned up that deserved to be kept in eternal archives; but their fate, and the examiner's indolence, didn't allow them to be saved, and so they were a proof of the proverb that sometimes the just pay for the faults of the sinners.

One of the measures taken by the priest and barber at that time to combat their friend's malady was to wall up and enclose the room with

---

[22] A character in the epics about Charlemagne, as were the Twelve Peers.

aposento de los libros, porque cuando se levantase no los hallase —quizá quitando la causa, cesaría el efeto—, y que dijesen que un encantador se los había llevado, y el aposento y todo; y así fue hecho con mucha presteza. De allí a dos días se levantó don Quijote, y lo primero que hizo fue a ver sus libros; y como no hallaba el aposento donde le había dejado, andaba de una en otra parte buscándole. Llegaba adonde solía tener la puerta, y tentábala con las manos, y volvía y revolvía los ojos por todo, sin decir palabra; pero al cabo de una buena pieza, preguntó a su ama que hacia qué parte estaba el aposento de sus libros. El ama, que estaba bien advertida de lo que había de responder, le dijo:

—¿Qué aposento, o qué nada, busca vuestra merced? Ya no hay aposento ni libros en esta casa, porque todo se lo llevó el mesmo diablo.

—No era diablo —replicó la sobrina—, sino un encantador que vino sobre una nube una noche, después del día que vuestra merced de aquí se partió, y apeándose de una sierpe en que venía caballero, entró en el aposento, y no sé lo que se hizo dentro, que a cabo de poca pieza salió volando por el tejado, y dejó la casa llena de humo; y cuando acordamos a mirar lo que dejaba hecho, no vimos libro ni aposento alguno; sólo se nos acuerda muy bien a mí y al ama que, al tiempo del partirse aquel mal viejo, dijo en altas voces que por enemistad secreta que tenía al dueño de aquellos libros y aposento, dejaba hecho el daño en aquella casa que después se vería. Dijo también que se llamaba el sabio Muñatón.

—Frestón diría —dijo don Quijote.

—No sé —respondió el ama, si se llamaba Frestón o Fritón; sólo sé que acabó en *tón* su nombre.

—Así es —dijo don Quijote—; que ése es un sabio encantador, grande enemigo mío, que me tiene ojeriza, porque sabe por sus artes y letras que tengo de venir, andando los tiempos, a pelear en singular batalla con un caballero a quien él favorece, y le tengo de vencer, sin que él lo pueda estorbar, y por esto procura hacerme todos los sinsabores que puede; y mándole yo que mal podrá él contradecir ni evitar lo que por el cielo está ordenado.

—¿Quién duda de eso? —dijo la sobrina—. Pero ¿quién le mete a vuestra merced, señor tío, en esas pendencias? ¿No será mejor estarse pacífico en su casa y no irse por el mundo a buscar pan de

the books, so that he wouldn't find them when he got out of bed; perhaps if they removed the cause, the effect would disappear. They would tell him that a magician had spirited them away, along with the room. They went about this very quickly. Two days later Don Quixote got out of bed, and the first thing he did was to go see his books. Not finding the room where he had left it, he went around from place to place in search of it. He reached the spot where the door used to be and felt around for it, continually looking round and round without saying a word; but after a long while he asked his housekeeper where the book room was. The housekeeper, who had been well instructed about how to reply, said:

"What room, or what at all, is your honor looking for? There's no more book room in this house, because the Devil himself carried it all away."

"It wasn't the Devil," Don Quixote's niece rejoined, "but a magician who came here on a cloud one night, after the day your honor left here. Dismounting from a serpent that he was riding, he entered the room, but I don't know what he did inside, because after a little while he went flying out through the roof, leaving the house full of smoke. When we thought to look at what he had done, we didn't see any book or any room; only, the housekeeper and I remember very well that, when that evil old man was leaving, he shouted out loud that, because of the secret enmity he harbored against the owner of those books and that room, he had done the damage in this house which would be seen thereafter. He also said that his name was the sage Muñatón."

"He must have said Frestón," said Don Quixote.

"I don't know," replied the housekeeper, "whether his name was Frestón or Fritón;[23] I only know it ended in -*tón*."

"That's who it is," said Don Quixote; "he's a wise enchanter, a great enemy of mine, who bears me a grudge because he knows, through his skill and cunning, that in the future I am to fight in single combat a knight whom he protects, that I shall vanquish him, and that he cannot prevent this. That is why he tries to trouble me as much as he can. But I promise him that he will be unable to thwart or avoid that which is ordained by heaven."

"Who doubts it?" his niece said. "But, uncle, who involves your honor in these quarrels? Wouldn't it be preferable to stay peacefully at home and not roam through the world seeking something better

---

[23] Frestón was the magician in the book *Don Belianís of Greece.* "Fritón" suggests a big fish fry.

trastrigo, sin considerar que muchos van por lana y vuelven tresquilados?

—¡Oh sobrina mía —respondió don Quijote—, y cuán mal que estás en la cuenta! Primero que a mí me tresquilen tendré peladas y quitadas las barbas a cuantos imaginaren tocarme en la punta de un solo cabello.

No quisieron las dos replicarle más, porque vieron que se le encendía la cólera.

Es, pues, el caso que él estuvo quince días en casa muy sosegado, sin dar muestras de querer segundar sus primeros devaneos, en los cuales días pasó graciosísimos cuentos con sus dos compadres el cura y el barbero, sobre que él decía que la cosa de que más necesidad tenía el mundo era de caballeros andantes y de que en él se resucitase la caballería andantesca. El cura algunas veces le contradecía, y otras concedía, porque si no guardaba este artificio no había poder averiguarse con él.

En este tiempo solicitó don Quijote a un labrador vecino suyo, hombre de bien —si es que este título se puede dar al que es pobre—, pero de muy poca sal en la mollera. En resolución, tanto le dijo, tanto le persuadió y prometió, que el pobre villano se determinó de salirse con él y servirle de escudero. Decíale, entre otras cosas, don Quijote que se dispusiese a ir con él de buena gana, porque tal vez le podía suceder aventura que ganase, en quítame allá esas pajas, alguna ínsula y le dejase a él por gobernador della. Con estas promesas y otras tales, Sancho Panza, que así se llamaba el labrador, dejó su mujer y hijos y asentó por escudero de su vecino.

Dio luego don Quijote orden en buscar dineros, y, vendiendo una cosa, y empeñando otra, y malbaratándolas todas, llegó una razonable cantidad. Acomodóse asimesmo de una rodela, que pidió prestada a un su amigo, y, pertrechando su rota celada lo mejor que pudo, avisó a su escudero Sancho del día y la hora que pensaba ponerse en camino para que él se acomodase de lo que viese que más le era menester. Sobre todo le encargó que llevase alforjas; e dijo que sí llevaría, y que ansimesmo pensaba llevar un asno que tenía muy bueno, porque él no estaba duecho a andar mucho a pie. En lo del asno reparó un poco don Quijote, imaginando si se le acordaba si algún caballero andante había traído escudero caballero asnalmente; pero nunca le vino alguno a la memoria; mas con todo esto determinó que le llevase, con presupuesto de acomodarle de más honrada caballería en habiendo ocasión para ello,

than the best? Remember the proverb: 'Many go out after wool and come back shorn themselves.'"

"O niece," Don Quixote replied, "how far off the mark you are! Before anyone shears me, I shall have plucked and pulled out the beard of anyone who intends to touch the tip of a hair on my head."

The two women desisted from contradicting him any further, because they saw that his anger was being kindled.

Well, then, the fact is that he stayed home very calmly for fifteen days, without giving a sign that he intended to repeat his earlier follies. During those days he had very amusing conversations with his two friends, the priest and the barber, in which he maintained that the thing the world needed most was knights-errant, and that it was necessary for him to revive the practice of knight-errantry. At times the priest refuted him, at others he concurred, for if he didn't employ that ruse, he couldn't manage to get him to see reason.

During this period Don Quixote sought to attract a farmer from the same village, a fellow as good as the world—if such can be said of those without worldly goods—but not endowed with a lot of brains. In short, he spoke to him at such length, persuaded him so thoroughly, and made him so many promises, that the poor rustic decided to take the road with him and serve him as a squire. Among other things, Don Quixote told him that he ought to get ready to go with him gladly, because at some time or another he, Don Quixote, might have an adventure in which he would conquer an island in the twinkling of an eye; in that case he would instate his squire as its governor. On the strength of those promises and similar ones, Sancho Panza, for that was the farmer's name, left behind his wife and children and accepted the position of his neighbor's squire.

Don Quixote immediately set about finding money; selling one item and pawning another, and taking a loss on everything, he accumulated a reasonable sum. He also provided himself with a new shield–this time, a small, round infantry type made of iron–borrowing it from a friend. Repairing his torn helmet as best he could, he informed his squire Sancho of the day and hour he intended to set out, so that Sancho could provide himself with whatever he deemed was most necessary. Above all, he ordered him to bring saddlebags; Sancho said that he would, and that he likewise intended to bring a very good donkey which he owned, because he wasn't used to walking much. This matter of the donkey gave Don Quixote some pause; he tried to remember whether any knight-errant had had a squire who rode on donkeyback, but he couldn't recall a single one. Nevertheless, he decided that his squire should bring it, intending to provide him with a more respectable

quitándole el caballo al primer descortés caballero que topase. Proveyóse de camisas y de las demás cosas que él pudo, conforme al consejo que el ventero le había dado; todo lo cual hecho y cumplido, sin despedirse Panza de sus hijos y mujer, ni don Quijote de su ama y sobrina, una noche se salieron del lugar sin que persona los viese; en la cual caminaron tanto, que al amanecer se tuvieron por seguros de que no los hallarían aunque los buscasen.

Iba Sancho Panza sobre su jumento como un patriarca, con sus alforjas y su bota, y con mucho deseo de verse ya gobernador de la ínsula que su amo le había prometido. Acertó don Quijote a tomar la misma derrota y camino que el que él había tomado en su primer viaje, que fue por el campo de Montiel, por el cual caminaba con menos pesadumbre que la vez pasada, porque, por ser la hora de la mañana y herirles a soslayo, los rayos del sol no les fatigaban. Dijo en esto Sancho Panza a su amo:

—Mire vuestra merced, señor caballero andante, que no se le olvide lo que de la ínsula me tiene prometido; que yo la sabré gobernar, por grande que sea.

A lo cual le respondió don Quijote:

—Has de saber, amigo Sancho Panza, que fue costumbre muy usada de los caballeros andantes antiguos hacer gobernadores a sus escuderos de las ínsulas o reinos que ganaban, y yo tengo determinado de que por mí no falte tan agradecida usanza; antes pienso aventajarme en ella: porque ellos algunas veces, y quizás las más, esperaban a que sus escuderos fuesen viejos, y ya después de hartos de servir y de llevar malos días y peores noches, les daban algún título de conde, o, por lo mucho, de marqués, de algún valle o provincia de poco más o menos; pero si tú vives y yo vivo, bien podría ser que antes de seis días ganase yo tal reino, que tuviese otros a él adherentes, que viniesen de molde para coronarte por rey de uno dellos. Y no lo tengas a mucho; que cosas y casos acontecen a los tales caballeros por modos tan nunca vistos ni pensados, que con facilidad te podría dar aún más de lo que te prometo.

—De esa manera —respondió Sancho Panza—, si yo fuese rey por algún milagro de los que vuestra merced dice, por lo menos, Juana Gutiérrez, mi oíslo, vendría a ser reina, y mis hijos infantes.

mount when the opportunity arose, taking away the horse of the first discourteous knight he came across. He put in a stock of shirts and all the other things he could, following the advice that the innkeeper had given him. When all this had been done and accomplished, Panza—without taking leave of his wife and children—and Don Quixote—without telling his niece or housekeeper—left the village one night unseen by anyone. During that night they covered so much ground that in the morning they were sure they wouldn't be found even if searched for.

Sancha Panza went along on his donkey like a Biblical patriarch, with his saddlebags and his small wineskin. He had a strong desire to see himself already as governor of the island his master had promised him. Don Quixote happened to take the same route and road as the one he had taken on his first journey; this was across the Campo de Montiel, over which he now traveled with less annoyance than last time, because, it being morning and the sun's rays striking them obliquely, they were less inconvenienced. Then Sancho Panza said to his master:

"Please, your honor, sir knight-errant, don't forget what you promised me about the island. I'll be able to govern it, no matter how big it is."

To which Don Quixote replied:

"Let me inform you, friend Sancho Panza, that it was a very frequent custom among the knights-errant of old to make their squires governors of the islands or kingdoms they conquered; and I am determined that such an agreeable custom shall not fall out of use through any fault of mine. In fact, I intend to go them one better in this, because sometimes, perhaps most of the time, they waited until their squires were old, and, when they were already worn out in their service after spending so many hard days and worse nights, they would give them the title of earl, or in the best case marquess, of some valley or province of not much account. But if you live and I live, it well may be that before six days have passed, I shall conquer a kingdom that has others subordinate to it, perfectly suitable for you to be crowned as king of one of them. And don't be too surprised, for things and situations happen to knights like me that are so strange and unusual that I might easily be able to give you even more than I am promising you."

"In that way," Sancho Panza replied, "if I became king through one of those miracles your honor is talking about, at the very least, Juana Gutiérrez,[24] my better half, would become a queen, and my children princes."

---

[24] In the course of the two parts of the novel, Sancho's wife is called by a variety of first and family names (here, Gutiérrez is her maiden name). The same thing occurs with Don Quixote's real family name.

—Pues ¿quién lo duda? —respondió don Quijote.

—Yo lo dudo —replicó Sancho Panza—; porque tengo para mí que, aunque lloviese Dios reinos sobre la tierra, ninguno asentaría bien sobre la cabeza de Mari Gutiérrez. Sepa, señor, que no vale dos maravedís para reina; condesa le caerá mejor, y aun Dios y ayuda.

—Encomiéndalo tú a Dios, Sancho —respondió don Quijote—, que Él dará lo que más le convenga; pero no apoques tu ánimo tanto, que te vengas a contentar con menos que con ser adelantado.

—No háre, señor mío —respondió Sancho—, y más teniendo tan principal amo en vuestra merced, que me sabrá dar todo aquello que me esté bien y yo pueda llevar.

### Capítulo VIII

*Del buen suceso que el valeroso don Quijote tuvo en la espantable*
*y jamás imaginada aventura de los molinos de viento,*
*con otros sucesos dignos de felice recordación*

En esto, descubrieron treinta o cuarenta molinos de viento que hay en aquel campo, y así como don Quijote los vio, dijo a su escudero:

—La ventura va guiando nuestras cosas mejor de lo que acertáramos a desear; porque ves allí, amigo Sancho Panza, donde se descubren treinta, o pocos más, desaforados gigantes, con quien pienso hacer batalla y quitarles a todos las vidas, con cuyos despojos comenzaremos a enriquecer; que ésta es buena guerra, y es gran servicio de Dios quitar tan mala simiente de sobre la faz de la tierra.

—¿Qué gigantes? —dijo Sancho Panza.

—Aquellos que allí ves —respondió su amo— de los brazos largos, que los suelen tener algunos de casi dos leguas.

—Mire vuestra merced —respondió Sancho— que aquellos que allí se parecen no son gigantes, sino molinos de viento, y lo que en ellos parecen brazos son las aspas, que, volteadas del viento, hacen andar la piedra del molino.

—Bien parece —respondió don Quijote— que no estás cursado en esto de las aventuras: ellos son gigantes; y si tienes miedo, quítate de ahí, y ponte en oración en el espacio que yo voy a entrar con ellos en fiera y desigual batalla.

Y diciendo esto, dio de espuelas a su caballo Rocinante, sin aten-

"Without a doubt," Don Quixote replied.

"Well, I, for one, doubt it," Sancho Panza retorted, "because I believe that, even if God rained royal crowns onto the earth, none of them would sit right on Mari Gutiérrez's head. You should know, sir, that she isn't worth two cents as a queen; countess would suit her better, and even that would be going some."

"Entrust that to God, Sancho," Don Quixote replied, "for He will give you what He finds most suitable. But do not set your sights so low that you become satisfied with anything less than being governor of a province."

"I won't," Sancho replied, "especially having such an illustrious master as your honor, who will be able to give me everything that befits me and that I can manage."

### Chapter VIII

*Of the Valiant Don Quixote's Success in the Fearsome*
*and Unheard-of Adventure of the Windmills,*
*Along with Other Events Worthy of Happy Remembrance*

At that moment they discovered thirty or forty windmills which are located on that plain. As soon as Don Quixote saw them, he said to his squire:

"Good fortune is guiding our affairs better than we could chance to desire; for you see standing yonder, friend Sancho Panza, thirty, or slightly more, huge giants, with whom I intend to engage in combat, taking the lives of one and all. With their spoils we shall commence growing rich; for this is a just war, and it is a great service to God to remove such an evil breed from the face of the earth."

"What giants?" asked Sancho Panza.

"Those you see yonder," his master replied, "with the long arms—some giants have arms almost two leagues in length."

"Look, your honor," Sancho replied, "what you see over there is not giants but windmills, and what looks like arms on them is their sails, which, when turned by the wind, make the millstone go."

"It's quite clear," Don Quixote replied, "that you are poorly versed in the matter of adventures: those are giants; and, if you're afraid, leave this spot and pray while I go and engage them in ferocious and unequal combat."

And, with those words, he spurred his horse Rocinante, paying no

der a las voces que su escudero Sancho le daba, advirtiéndole que, sin duda alguna, eran molinos de viento, y no gigantes, aquellos que iba a acometer. Pero él iba tan puesto en que eran gigantes, que ni oía las voces de su escudero Sancho, ni echaba de ver, aunque estaba ya bien cerca, lo que eran; antes iba diciendo en voces altas:

—Non fuyades, cobardes y viles criaturas, que un solo caballero es el que os acomete.

Levantóse en esto un poco de viento, y las grandes aspas comenzaron a moverse, lo cual visto por don Quijote, dijo:

—Pues aunque mováis más brazos que los del gigante Briareo, me lo habéis de pagar.

Y en diciendo esto, y encomendándose de todo corazón a su señora Dulcinea, pidiéndole que en tal trance le socorriese, bien cubierto de su rodela, con la lanza en el ristre, arremetió a todo el galope de Rocinante y embistió con el primero molino que estaba delante; y dándole una lanzada en el aspa, la volvió el viento con tanta furia, que hizo la lanza pedazos, llevándose tras sí al caballo y al caballero, que fue rodando muy maltrecho por el campo. Acudió Sancho Panza a socorrerle, a todo el correr de su asno, y cuando llegó halló que no se podía menear: tal fue el golpe que dio con él Rocinante.

—¡Válame Dios! —dijo Sancho—. ¿No le dije yo a vuestra merced que mirase bien lo que hacía, que no eran sino molinos de viento, y no lo podía ignorar sino quien llevase otros tales en la cabeza?

—Calla, amigo Sancho —respondió don Quijote—; que las cosas de la guerra, más que otras, están sujetas a continua mudanza; cuanto más, que yo pienso, y es así verdad, que aquel sabio Frestón que me robó el aposento y los libros ha vuelto estos gigantes en molinos por quitarme la gloria de su vencimiento: tal es la enemistad que me tiene; mas al cabo al cabo, han de poder poco sus malas artes contra la bondad de mi espada.

—Dios lo haga como puede —respondió Sancho Panza.

Y, ayudándole a levantar, tornó a subir sobre Rocinante, que medio despaldado estaba. Y, hablando en la pasada aventura, siguieron el camino del Puerto Lápice, porque allí decía don Quijote que no era posible dejar de hallarse muchas y diversas aventuras, por ser lugar muy pasajero; sino que iba muy pesaroso

heed to the cries of his squire Sancho informing him that, beyond a doubt, those he was about to attack were windmills, not giants. But Don Quixote was so convinced they were giants that he neither heard the shouts of his squire Sancho nor noticed what they really were, even though he was now quite close to them. Instead, he rode on, calling loudly:

"Do not flee, cowardly, vile creatures, for it is a single knight that attacks you!"

At that moment a little wind sprang up, and the big sails started to move. Seeing this, Don Quixote said:

"Even if you wave more arms than the giant Briareus[25] had, you'll pay me for this!"

With these words, commending himself with all his heart to his lady Dulcinea and requesting her aid at that critical moment, covering himself well with his shield, with his lance at the ready, he charged as fast as Rocinante could gallop and clashed with the first windmill in front of him. As he pierced a sail with his lance, the wind turned it so furiously that it snapped the lance into pieces and carried away with it the horse and his rider, who went rolling along the ground badly battered. Sancho Panza hurried over to help him, as fast as his donkey could go; when he reached him, he found him unable to move, so hard was his contact with Rocinante during his fall.

"God be with me!" cried Sancho, "Didn't I tell you, your honor, to watch what you were doing, that those were nothing but windmills, and that no one could be unaware of it unless he had windmills in his own head?"

"Silence, friend Sancho," Don Quixote replied, "for affairs of war, more than any others, are subject to constant change; especially, as I believe, and it's the truth, because that sage Frestón, who stole my room and my books, has changed these giants into mills to deprive me of the glory of defeating them. Such is the enmity he bears me. But, in the end, his evil arts will have little power against the keenness of my sword."

"Let that be as God decides," Sancho Panza replied.

He helped him get up, and Don Quixote once again mounted Rocinante, whose shoulder was half out of joint. And, discussing the adventure they had undergone, they followed the road to Puerto Lápice, because Don Quixote said it was a place where they couldn't help encountering many different adventures, since it was heavily

---

[25] From Greek mythology; he had a hundred arms.

por haberle faltado la lanza; y, diciéndoselo a su escudero, le dijo:

—Yo me acuerdo haber leído que un caballero español llamado Diego Pérez de Vargas, habiéndosele en una batalla roto la espada, desgajó de una encina un pesado ramo o tronco, y con él hizo tales cosas aquel día y machacó tantos moros, que le quedó por sobrenombre Machuca, y así él como sus decendientes se llamaron desde aquel día en adelante Vargas y Machuca. Hete dicho esto, porque de la primera encina o roble que se me depare pienso desgajar otro tronco tal y tan bueno como aquel que me imagino, y pienso hacer con él tales hazañas, que tú te tengas por bien afortunado de haber merecido venir a vellas y a ser testigo de cosas que apenas podrán ser creídas.

—A la mano de Dios —dijo Sancho—; yo lo creo todo así como vuestra merced lo dice; pero enderécese un poco, que parece que va de medio lado, y debe de ser del molimiento de la caída.

—Así es la verdad —respondió don Quijote—; y si no me quejo del dolor es porque no es dado a los caballeros andantes quejarse de herida alguna, aunque se le salgan las tripas por ella.

—Si eso es así, no tengo yo que replicar —respondió Sancho—; pero sabe Dios si yo me holgara que vuestra merced se quejara cuando alguna cosa le doliera. De mí sé decir que me he de quejar del más pequeño dolor que tenga, si ya no se entiende también con los escuderos de los caballeros andantes eso del no quejarse.

No se dejó de reír don Quijote de la simplicidad de su escudero; y así, le declaró que podía muy bien quejarse como y cuando quisiese, sin gana o con ella; que hasta entonces no había leído cosa en contrario en la orden de caballería. Díjole Sancho que mirase que era hora de comer. Respondióle su amo que por entonces no le hacía menester; que comiese él cuando se le antojase. Con esta licencia se acomodó Sancho lo mejor que pudo sobre su jumento, y, sacando de las alforjas lo que en ellas había puesto, iba caminando y comiendo detrás de su amo muy de su espacio, y de cuando en cuando empinaba la bota, con tanto gusto que le pudiera envidiar el más regalado bodegonero de Málaga. Y en tanto que él iba de aquella manera menudeando tragos, no se le acordaba de ninguna promesa que su amo le hubiese hecho, ni tenía por ningún trabajo, sino por mucho descanso, andar buscando las aventuras, por peligrosas que fuesen.

frequented by travelers. Only, he was very sorrowful over the loss of his lance; he said so to his squire, adding:

"I remember reading that a Spanish knight named Diego Pérez de Vargas, when his sword was broken in a battle, tore off a heavy branch or bough from an ilex tree, and with it performed such feats that day, pounding so many Moors, that he received the appellation Machuca, the Pounder, and thus he and his descendants were called Vargas y Machuca from that day forward. I've told you this because, from the first ilex or oak I chance upon, I intend to tear off another bough as large and strong as the one I have in mind, and with it I intend to perform such exploits that you will consider yourself most fortunate to have deserved getting to see them and witnessing things that will scarcely be believed."

"May God so will it!" said Sancho. "I believe it's all as you say, your honor; but straighten up a little, because it looks as if you're tilting to one side; it must be from the battering you got when you fell."

"That's true," Don Quixote replied, "and, if I'm not complaining about the pain, it's because knights-errant aren't supposed to complain about a wound even if their guts are coming out through it."

"If that's the case, I have nothing to say against it," replied Sancho, "but God knows how glad I'd be if your honor would complain when something hurt you. As for me, I can tell you that I have to complain about the slightest pain I feel, unless that matter of not complaining applies to the squires of knight-errants, too."

Don Quixote couldn't help laughing at his squire's naïveté; and so, he informed him that it was perfectly all right for him to complain as much as, and whenever, he wanted, whether willingly or not, adding that up to then he had never read anything to the contrary in the order of knighthood. Sancho asked him to observe that it was time to eat. His master replied that for the moment he didn't need to, but Sancho should eat whenever he pleased. Given this leave, Sancho settled himself on his donkey as best he could, and, taking out of the saddlebags what he had put in them, ate as he rode along behind his master very slowly,[26] from time to time he tipped up his wineskin, with such a good will that he might be envied by the most pleasure-loving tavern-keeper in Málaga. And while he went along that way, taking frequent swallows, he didn't recall any promise his master had made him, and considered it no labor at all, but great relaxation, to go in quest of adventures, however dangerous they might be.

---

[26] Some Spanish commentators interpret the *muy de su espacio* of the original as "at a respectful distance."

En resolución, aquella noche la pasaron entre unos árboles, y del uno dellos desgajó don Quijote un ramo seco que casi le podía servir de lanza, y puso en él el hierro que quitó de la que se le había quebrado. Toda aquella noche no durmió don Quijote, pensando en su señora Dulcinea, por acomodarse a lo que había leído en sus libros, cuando los caballeros pasaban sin dormir muchas noches en las florestas y despoblados, entretenidos con las memorias de sus señoras. No la pasó ansí Sancho Panza; que, como tenía el estómago lleno, y no de agua de chicoria, de un sueño se la llevó toda, y no fueran parte para despertarle, si su amo no lo llamara, los rayos del sol, que le daban en el rostro, ni el canto de las aves, que, muchas y muy regocijadamente, la venida del nuevo día saludaban. Al levantarse dio un tiento a la bota, y hallóla algo más flaca que la noche antes; y afligiósele el corazón, por parecerle que no llevaban camino de remediar tan presto su falta. No quiso desayunarse don Quijote, porque, como está dicho, dio en sustentarse de sabrosas memorias. Tornaron a su comenzado camino del Puerto Lápice, y a obra de las tres del día le descubrieron.

—Aquí —dijo en viéndole don Quijote— podemos, hermano Sancho Panza, meter las manos hasta los codos en esto que llaman aventuras. Mas advierte que, aunque me veas en los mayores peligros del mundo, no has de poner mano a tu espada para defenderme, si ya no vieres que los que me ofenden es canalla y gente baja, que en tal caso bien puedes ayudarme; pero si fueren caballeros, en ninguna manera te es lícito ni concedido por las leyes de caballería que me ayudes, hasta que seas armado caballero.

—Por cierto, señor —respondió Sancho—, que vuestra merced sea muy bien obedecido en esto; y más, que yo de mío me soy pacífico y enemigo de meterme en ruidos ni pendencias. Bien es verdad que en lo que tocare a defender mi persona no tendré mucha cuenta con esas leyes, pues las divinas y humanas permiten que cada uno se defienda de quien quisiere agraviarle.

—No digo yo menos —respondió don Quijote—; pero en esto de ayudarme contra caballeros has de tener a raya tus naturales ímpetus.

—Digo que así lo haré —respondió Sancho—, y que guardaré ese preceto tan bien como el día del domingo.

Estando en estas razones, asomaron por el camino dos frailes de la orden de san Benito, caballeros sobre dos dromedarios: que no eran más pequeñas dos mulas en que venían. Traían sus antojos de camino y sus quitasoles. Detrás dellos venía un coche, con cuatro o cinco de a caballo que le acompañaban y dos mozos de mulas a

In short, they spent that night under some trees, from one of which Don Quixote tore off a dry branch that could almost serve him as a lance. To it he attached the iron head he had removed from the broken one. Don Quixote didn't sleep at all that night, but remained thinking of his lady Dulcinea, in emulation of what he had read in his books, in which the knights spent many a sleepless night in forests or deserts, occupied by the memory of their ladies. Sancho Panza did not spend the night that way; for, since his stomach was filled, and not with chicory water, he made one long sleep of it; and if his master hadn't called him, he wouldn't have been awakened by the sunbeams striking him in the face, or by the singing of the numerous birds that were cheerily greeting the arrival of the new day. On arising, he took a swig from the wineskin, and found it somewhat less rounded than the night before; this saddened him greatly, because it didn't look to him as if they could make up that lack very soon. Don Quixote wanted no breakfast, because, as stated above, he persisted in nourishing himself on delicious memories. They resumed their earlier journey toward Puerto Lápice, which they caught sight of at about three in the afternoon.

"Here, brother Sancho," said Don Quixote on seeing the town, "we can sink our arms up to the elbows in what is known as adventures. But remember that, even if you see me in the greatest peril in the world, you must not lay hand to your sword to protect me, unless you see that my attackers are rabble and lowlife, in which case you can certainly come to my aid. But if they are knights, it is in no way permitted or granted to you by the laws of knighthood to come to my aid until you are dubbed a knight."

"You can be sure, sir," replied Sancho, "that your honor will be very strictly obeyed in this matter; especially since by nature I'm peace-loving and hate to meddle in rows or quarrels. It's true that, when it comes to defending myself, I won't pay much attention to those laws, since divine and human laws allow everyone to defend himself against anyone trying to harm him."

"I fully agree," Don Quixote replied, "but in the matter of aiding me against knights, you have to restrain your natural urges."

"I promise that I will," replied Sancho, "and that I'll abide by that rule as strictly as I keep the Sabbath."

While they were thus conversing, there appeared on the road two friars of the order of Saint Benedict riding on what looked like two dromedaries, for the she-mules on which they were mounted weren't any smaller. They were wearing traveling goggles against dust, and were carrying parasols. Behind them came a coach, accompanied by four or five men on

pie. Venía en el coche, como después se supo, una señora vizcaína, que iba a Sevilla, donde estaba su marido, que pasaba a las Indias con un muy honroso cargo. No venían los frailes con ella, aunque iban el mesmo camino; mas apenas los divisó don Quijote, cuando dijo a su escudero:

—O yo me engaño, o ésta ha de ser la más famosa aventura que se haya visto; porque aquellos bultos negros que allí parecen deben de ser, y son, sin duda, algunos encantadores que llevan hurtada alguna princesa en aquel coche, y es menester deshacer este tuerto a todo mi poderío.

—Peor será esto que los molinos de viento —dijo Sancho—. Mire, señor, que aquéllos son frailes de San Benito, y el coche debe de ser de alguna gente pasajera. Mire que digo que mire bien lo que hace, no sea el diablo que le engañe.

—Ya te he dicho, Sancho —respondió don Quijote—, que sabes poco de achaque de aventuras; lo que yo digo es verdad, y ahora lo verás.

Y diciendo esto, se adelantó y se puso en la mitad del camino por donde los frailes venían, y, en llegando tan cerca que a él le pareció que le podrían oír lo que dijese, en alta voz dijo:

—Gente endiablada y descomunal, dejad luego al punto las altas princesas que en ese coche lleváis forzadas; si no, aparejaos a recebir presta muerte, por justo castigo de vuestras malas obras.

Detuvieron los frailes las riendas, y quedaron admirados, así de la figura de don Quijote como de sus razones, a las cuales respondieron:

—Señor caballero, nosotros no somos endiablados ni descomunales, sino dos religiosos de San Benito que vamos nuestro camino, y no sabemos si en este coche vienen, o no, ningunas forzadas princesas.

—Para conmigo no hay palabras blandas; que ya yo os conozco, fementida canalla —dijo don Quijote.

Y sin esperar más respuesta, picó a Rocinante y, la lanza baja, arremetió contra el primero fraile, con tanta furia y denuedo, que si el fraile no se dejara caer de la mula, él le hiciera venir al suelo mal de su grado, y aun mal ferido, si no cayera muerto. El segundo religioso, que vio del modo que trataban a su compañero, puso piernas al castillo de su buena mula, y comenzó a correr por aquella campaña, más ligero que el mesmo viento.

Sancho Panza, que vio en el suelo al fraile, apeándose ligeramente de su asno, arremetió a él y le comenzó a quitar los hábitos. Llegaron en esto dos mozos de los frailes y preguntáronle que por

horseback and two mule handlers on foot. As was later learned, the passenger in the coach was a Basque lady on her way to Seville to join her husband, who was being sent to the Indies to fill a highly respectable post. The friars weren't traveling with her, even though they were taking the same road; but as soon as he espied them, Don Quixote said to his squire:

"If I'm not mistaken, this will be the most famous adventure ever; because those black figures in view over yonder must be—and so they doubtless are—magicians who have kidnapped a princess and are transporting her in that coach, and I need to redress that wrong with all my might."

"This will be worse than the windmills," said Sancho. "Look, sir, those are Benedictine friars, and the coach must belong to some travelers. I beg you to think about what you're doing, and whether it isn't the Devil fooling you."

"I've already told you, Sancho," replied Don Quixote, "that you know very little on the subject of adventures; what I tell you is true, and you shall soon see it."

With these words, he moved forward and planted himself in the middle of the road on which the friars were coming; when they got so close that he thought they could hear what he was saying, he called loudly:

"Diabolical, outrageous folk, release at once the noble princesses you hold under constraint in that coach, or else prepare to receive a swift death as just punishment for your evil doings!"

The friars pulled in their reins and stopped in amazement both at the appearance of Don Quixote and at his words, to which they replied:

"Sir knight, we are neither diabolical nor outrageous, but two monks of Saint Benedict going along our way. We don't know whether constrained princesses are riding in that coach, or not."

"Soft words will do no good with me; for now I recognize you, false rabble!" said Don Quixote.

And, without awaiting further reply, he spurred Rocinante and, with lowered lance, charged the nearer friar with such fury and energy that, if the friar hadn't voluntarily dropped off the mule, Don Quixote would have brought him to the ground against his will, and wounded, too, if not killed. The second monk, who saw how his companion was being treated, spurred his good mule (which was the size of a castle) and started dashing through the countryside more swiftly than the wind itself.

Sancho Panza, seeing the friar on the ground, dismounted nimbly from his donkey, charged him, and began to take off his robes. At that point two servants of the friars came up to him and asked why he was

qué le desnudaba. Respondióles Sancho que aquello le tocaba a él legítimamente, como despojos de la batalla que su señor don Quijote había ganado. Los mozos, que no sabían de burlas, ni entendían aquello de despojos ni batallas, viendo que ya don Quijote estaba desviado de allí, hablando con las que en el coche venían, arremetieron con Sancho y dieron con él en el suelo, y, sin dejarle pelo en las barbas, le molieron a coces y le dejaron tendido en el suelo, sin aliento ni sentido. Y, sin detenerse un punto, tornó a subir el fraile, todo temeroso y acobardado y sin color en el rostro; y cuando se vio a caballo, picó tras su compañero, que un buen espacio de allí le estaba aguardando, y esperando en qué paraba aquel sobresalto, y, sin querer aguardar el fin de todo aquel comenzado suceso, siguieron su camino, haciéndose más cruces que si llevaran al diablo a las espaldas.

Don Quijote estaba, como se ha dicho, hablando con la señora del coche, diciéndole:

—La vuestra fermosura, señora mía, puede facer de su persona lo que más le viniere en talante, porque ya la soberbia de vuestros robadores yace por el suelo, derribada por este mi fuerte brazo; y porque no penéis por saber el nombre de vuestro libertador, sabed que yo me llamo don Quijote de la Mancha, caballero andante y aventurero, y cautivo de la sin par y hermosa doña Dulcinea del Toboso, y en pago del beneficio que de mí habéis recebido, no quiero otra cosa sino que volváis al Toboso, y que de mi parte os presentéis ante esta señora y le digáis lo que por vuestra libertad he fecho.

Todo esto que don Quijote decía escuchaba un escudero de los que el coche acompañaban, que era vizcaíno; el cual, viendo que no quería dejar pasar el coche adelante, sino que decía que luego había de dar la vuelta al Toboso, se fue para don Quijote y, asiéndole de la lanza, le dijo, en mala lengua castellana y peor vizcaína, desta manera:

—Anda, caballero que mal andes; por el Dios que crióme, que, si no dejas coche, así te matas como estás ahí vizcaíno.

Entendióle muy bien don Quijote, y con mucho sosiego le respondió:

—Si fueras caballero, como no lo eres, ya yo hubiera castigado tu sandez y atrevimiento, cautiva criatura.

stripping him. Sancho replied that what he was taking belonged to him legitimately, as spoils of the battle his master Don Quixote had won. The servants had no sense of humor and didn't understand what he meant by spoils and battles. Seeing that by then Don Quixote had turned away from the spot and was talking with the women in the coach, they charged Sancho and knocked him to the ground. Leaving not a hair in his beard, they kicked him to a pulp and left him stretched out on the ground breathless and senseless. Without lingering for a moment, the friar mounted again, totally frightened and intimidated, his face all pale. When he found himself on muleback again, he spurred after his companion, who at a good distance from there was waiting for him, in expectation of the outcome of that alarm. Without wishing to await the end of the event, they continued their journey, crossing themselves more often than if the Devil were at their heels.

As previously stated, Don Quixote was talking to the lady in the coach, saying:

"My beautiful lady, you may now dispose of your person in whatever manner you desire, because the arrogance of your abductors now lies in the dust, toppled by this strong arm of mine. In order that you need not pine to learn the name of your liberator, know that I am called Don Quixote of La Mancha, knight-errant and adventurer, and captive of the peerless and beautiful Doña Dulcinea of El Toboso. And to repay me for the service you have received from me, I ask only that you make your way to El Toboso, present yourself to that lady in my name, and tell her what I have done to set you free."

This entire speech of Don Quixote's was being listened to by one of the squires accompanying the coach, who was a Basque. Seeing that Don Quixote wouldn't let the coach proceed on its way, but was saying that they had to turn off immediately for El Toboso, he went up to him, grasped his lance, and spoke to him, in bad Spanish and worse Basque, as follows:

"Off with you, knight, damn you. By the God that me made, if you don't leave carriage, I kill you as I stand here Basque!"

Don Quixote, understanding him perfectly, replied quite calmly:

"If you were a *caballero*,[27] which you are not, I would already have punished you for your folly and rashness, you wretched creature."

---

[27] Here, there is verbal fun with two meanings of the word: "knight" and "honorable gentleman." In technical terms, the Spanish nobility were (in upward order) *hidalgos, caballeros,* and *grandes.*

A lo cual replicó el vizcaíno:

—¿Yo no caballero? Juro a Dios tan mientes como cristiano. Si lanza arrojas y espadas sacas, ¡el agua cuán presto verás que al gato llevas! Vizcaíno por tierra, hidalgo por mar, hidalgo por el diablo, y mientes que mira si otra dices cosa.

—Ahora lo veredes, dijo Agrajes —respondió don Quijote.

Y arrojando la lanza en el suelo, sacó su espada y embrazó su rodela, y arremetió al vizcaíno, con determinación de quitarle la vida. El vizcaíno, que así le vio venir, aunque quisiera apearse de la mula, que, por ser de las malas de alquiler, no había que fiar en ella, no pudo hacer otra cosa sino sacar su espada; pero avínole bien que se halló junto al coche, de donde pudo tomar una almohada que le sirvió de escudo, y luego se fueron el uno para el otro, como si fueran dos mortales enemigos. La demás gente quisiera ponerlos en paz; mas no pudo, porque decía el vizcaíno en sus mal trabadas razones que si no le dejaban acabar su batalla, que él mismo había de matar a su ama y a toda la gente que se lo estorbase. La señora del coche, admirada y temerosa de lo que veía, hizo al cochero que se desviase de allí algún poco, y desde lejos se puso a mirar la rigurosa contienda, en el discurso de la cual dio el vizcaíno una gran cuchillada a don Quijote encima de un hombro, por encima de la rodela, que, a dársela sin defensa, le abriera hasta la cintura. Don Quijote, que sintió la pesadumbre de aquel desaforado golpe, dio una gran voz, diciendo:

—¡Oh señora de mi alma, Dulcinea, flor de la fermosura, socorred a este vuestro caballero, que, por satisfacer a la vuestra mucha bondad, en este riguroso trance se halla!

El decir esto, y el apretar la espada, y el cubrirse bien de su rodela, y el arremeter al vizcaíno, todo fue en un tiempo, llevando determinación de aventurarlo todo a la de un golpe solo.

El vizcaíno, que así le vio venir contra él, bien entendió por su denuedo su coraje, y determinó de hacer lo mesmo que don Quijote. Y así, le aguardó bien cubierto de su almohada, sin poder rodear la mula a una ni a otra parte; que ya, de puro cansada y no hecha a semejantes niñerías, no podía dar un paso.

Venía, pues, como se ha dicho, don Quijote contra el cauto vizcaíno, con la espada en alto, con determinación de abrirle por medio, y el vizcaíno le aguardaba ansimesmo levantada la espada y aforrado con su almohada, y todos los circunstantes estaban

To which the Basque replied:

"I not *caballero?* I swear to God, you lie, as I Christian. If you lance throw away and swords draw, you soon see how I come out better! Basque is gentleman on land, gentleman on sea, gentleman by the Devil, and look, you lie if say otherwise."

"You shall soon see, as Agrajes[28] said," replied Don Quixote.

Dashing his lance to the ground, he drew his sword, took up his shield, and charged the Basque, determined to take his life. The Basque, seeing him coming in that manner, wanted to alight from his mule, which he couldn't depend on, it being one of the inferior kind that are rented out, but all he could do was to draw his sword. It was lucky for him, however, that he was alongside the coach, from which he was able to take a cushion to use as a shield. At once they attacked each other like mortal enemies. The other people wanted to settle their dispute, but couldn't, because the Basque was saying, in badly connected words, that if they didn't let him complete his battle, he himself would kill his mistress and anyone else who tried to prevent him. The lady in the coach, amazed and frightened at what she saw, made her driver turn a short distance away from there. From afar she started watching the fierce contest, in the course of which the Basque dealt Don Quixote a hefty cut on one shoulder, above his shield. If it had been dealt him without any protection, it would have sliced him open to the waist. Don Quixote, feeling the burden of that mighty blow, exclaimed loudly:

"O lady of my soul, Dulcinea, flower of pulchritude, aid this knight of yours, who, to repay your great kindness, finds himself in this awful predicament!"

It was the work of a moment to say this, grasp his sword, cover himself well with his shield, and attack the Basque. He was determined to stake everything on a single blow.

The Basque, seeing him come against him that way, saw clearly from his zeal just how angry he was, and resolved to do the same as Don Quixote. And so, carefully protected by his cushion, he awaited him, without being able to turn his mule in any direction; for, by now, thoroughly tired out and unaccustomed to such childish pranks, it couldn't take a step.

Well, then, as stated above, Don Quixote was coming at the wary Basque with upraised sword, determined to cut him in two, and the Basque was likewise awaiting him with sword uplifted and the cushion as protection. All the bystanders were frightened and in suspense

---

[28] Character in *Amadís of Gaul.*

temerosos y colgados de lo que había de suceder de aquellos
tamaños golpes con que se amenazaban; y la señora del coche y las
demás criadas suyas estaban haciendo mil votos y ofrecimientos a
todas las imágenes y casas de devoción de España, porque Dios li-
brase a su escudero y a ellas de aquel tan grande peligro en que se
hallaban.

Pero está el daño de todo esto que en este punto y término deja
pendiente el autor desta historia esta batalla, disculpándose que no
halló más escrito, destas hazañas de don Quijote, de las que deja
referidas. Bien es verdad que el segundo autor desta obra no quiso
creer que tan curiosa historia estuviese entregada a las leyes del
olvido, ni que hubiesen sido tan poco curiosos los ingenios de la
Mancha, que no tuviesen en sus archivos o en sus escritorios algunos papeles que deste famoso caballero tratasen; y así, con esta
imaginación, no se desesperó de hallar el fin desta apacible historia, el cual, siéndole el cielo favorable, le halló del modo que se
contará en la segunda parte.

### Capítulo IX

*Donde se concluye y da fin a la estupenda batalla que el*
*gallardo vizcaíno y el valiente manchego tuvieron*

En las primeras páginas del CAPÍTULO IX, el narrador recuenta su búsqueda
para la continuación de su relato. Finalmente, en Toledo, encuentra un manuscrito árabe, de Cide Hamete (o Mahamate) Benengeli, que lo contiene. Lo
hace traducir al castellano. El capítulo concluye luego con el final de la lucha.

Puestas y levantadas en alto las cortadoras espadas de los dos
valerosos y enojados combatientes, no parecía sino que estaban
amenazando al cielo, a la tierra y al abismo: tal era el denuedo y
continente que tenían. Y el primero que fue a descargar el golpe
fue el colérico vizcaíno; el cual fue dado con tanta fuerza y tanta
furia, que, a no volvérsele la espada en el camino, aquel solo golpe

over what would be the outcome of those tremendous blows the two were threatening each other with; the lady in the coach and her female attendants were making a thousand vows and offerings to every saint's image and religious establishment in Spain, so that God would free their squire and themselves from that great peril in which they stood.

But the worst thing of all is that, at this point and juncture, the author of this history leaves the battle hanging in mid-air, with the excuse that he has found nothing further written about these exploits of Don Quixote than what he has already recorded. It's true that the second author [29] of this work refused to believe that such an interesting history was relegated to oblivion, or that the scholarly people of La Mancha had been so uninquisitive that they hadn't found some papers dealing with this famous knight in their archives or offices. And so, with this in mind, he didn't lose hope that he would find the ending of this delightful history, and, heaven favoring him, he did find it, in the way that will be related in the second section.[30]

## Chapter IX

*Which Relates the End and Conclusion of the Stupendous Battle Between the Brave Basque and the Valiant Man of La Mancha*

In the first few pages of CHAPTER IX, the narrator recounts his search for the continuation of the story. Finally, in Toledo, he finds an Arabic manuscript, by Cid Hamet (or Mahamet) Benengeli, which contains it. He has it translated into Spanish. The chapter then concludes with the end of the fight.

The keen-edged swords of the two valiant and angry combatants being gripped and raised aloft, it looked exactly as if they were threatening heaven, earth, and hell: such was their courageous bearing. And the first to deliver a blow was the choleric Basque; it was dealt with such force and such fury that, if the sword hadn't swerved as it fell, that one blow would have sufficed to put an end to their

---

[29] In Chapter I, Cervantes speaks of several authors disagreeing on Don Quixote's real surname. In Chapter IX, he pretends that everything that follows is a Spanish translation from an Arabic original. It is unclear, out of all these authors and translators, just who the "second author" alluded to here is meant to be. Books of chivalry customarily used the pretense of having been translated from exotic languages. [30] This was the end of the first of the four sections into which Cervantes originally divided Part One of the novel.

fuera bastante para dar fin a su rigurosa contienda y a todas las aventuras de nuestro caballero; mas la buena suerte, que para mayores cosas le tenía guardado, torció la espada de su contrario, de modo que, aunque le acertó en el hombro izquierdo, no le hizo otro daño que desarmarle todo aquel lado, llevándole, de camino, gran parte de la celada, con la mitad de la oreja; que todo ello con espantosa ruina vino al suelo, dejándole muy maltrecho.

¡Válame Dios, y quién será aquel que buenamente pueda contar ahora la rabia que entró en el corazón de nuestro manchego, viéndose parar de aquella manera! No se diga más sino que fue de manera, que se alzó de nuevo en los estribos, y apretando más la espada en las dos manos, con tal furia descargó sobre el vizcaíno, acertándole de lleno sobre la almohada y sobre la cabeza, que, sin ser parte tan buena defensa, como si cayera sobre él una montaña, comenzó a echar sangre por las narices y por la boca, y por los oídos, y a dar muestras de caer de la mula abajo, de donde cayera, sin duda, si no se abrazara con el cuello; pero, con todo eso, sacó los pies de los estribos y luego soltó los brazos, y la mula, espantada del terrible golpe, dio a correr por el campo, y a pocos corcovos dio con su dueño en tierra.

Estábaselo con mucho sosiego mirando don Quijote, y como lo vio caer, saltó de su caballo y con mucha ligereza se llegó a él, y poniéndole la punta de la espada en los ojos, le dijo que se rindiese; si no, que le cortaría la cabeza. Estaba el vizcaíno tan turbado, que no podía responder palabra; y él lo pasara mal, según estaba ciego don Quijote, si las señoras del coche, que hasta entonces con gran desmayo habían mirado la pendencia, no fueran adonde estaba y le pidieran con mucho encarecimiento les hiciese tan gran merced y favor de perdonar la vida a aquel su escudero. A lo cual don Quijote respondió con mucho entono y gravedad:

—Por cierto, fermosas señoras, yo soy muy contento de hacer lo que me pedís; mas ha de ser con una condición y concierto, y es que este caballero me ha de prometer de ir al lugar del Toboso y presentarse de mi parte ante la sin par doña Dulcinea, para que ella haga dél lo que más fuere de su voluntad.

Las temerosas y desconsoladas señoras, sin entrar en cuenta de lo que don Quijote pedía, y sin preguntar quién Dulcinea fuese, le prometieron que el escudero haría todo aquello que de su parte le fuese mandado.

—Pues en fe de esa palabra, yo no le haré más daño, puesto que me lo tenía bien merecido.

violent contest and to all of our knight's adventures. But good fortune, which was saving him for greater things, turned aside his opponent's sword in such a way that, even though it did hit him on the left shoulder, it did no further harm than to cut away the armor from that entire side, removing, as it fell, a large part of his helmet and half his ear. All of that fell to the ground with a frightening crash, leaving him very battered.

God be with me! Who can now possibly recount adequately the rage that entered into the heart of our man of La Mancha when he saw himself in that fix? Let it merely be said that, as a result, he raised himself again in his stirrups and, grasping his sword more tightly with both hands, brought it down on the Basque with such fury, hitting him squarely on the cushion and head, that, notwithstanding such good protection, as if a mountain had fallen on him, he started to bleed from the nose, mouth, and ears. He seemed about to fall off his mule, from which he would doubtless *have* fallen if he hadn't grabbed it around its neck. But, despite that effort, his feet left the stirrups and then he let go of the neck. The mule, terrified by the awful blow, began dashing over the plain and, after just a few bucks and curvets, threw its rider to the ground.

Don Quixote was watching him very calmly. When he saw him fall, he leapt from his horse and very nimbly came up to him. Placing the point of his sword between his eyes, he ordered him to surrender or else have his head cut off. The Basque was so confused that he was totally unable to respond; and he would have been out of luck, so blind to reality was Don Quixote, had not the ladies from the coach, who hitherto had observed the fight in great dismay, gone over to where he stood and begged him most earnestly to grant them the great mercy and favor of sparing the life of that squire of theirs. To which Don Quixote replied with much arrogance and gravity:

"Certainly, beautiful ladies, I am very pleased to do what you request of me, but only on one agreed-upon condition: that this knight promise me to go to the town of El Toboso and present himself in my name to the peerless Doña Dulcinea, so that she may do with him whatever she desires."

The frightened and distressed ladies, without reasoning out what Don Quixote was asking of them, and without asking who Dulcinea was, promised him that the squire would do everything that he had ordered him to.

"Well, then, on the strength of that pledge, I shall do him no further harm, although he has well deserved it of me."

Los Capítulos X–XIV contienen principalmente el primer entremés largo de la novela, en el cual don Quijote y Sancho juegan un papel relativamente subordinado. Después de la lucha con el vizcaíno, don Quijote planea preparar un bálsamo curativo (el bálsamo de Fierabrás) y adquirir un nuevo yelmo de otro caballero. Entretenido por unos cabreros, oye hablar del acaudalado estudiante Grisóstomo, que se hacía pasar por pastor, y que ahora ha muerto, todo por el amor de Marcela, quien a pesar de ser también acaudalada, vaga por la campiña disfrazada de pastora, rechazando fríamente a todos los pretendientes vestidos pastorilmente. El caballero asiste al entierro del estudiante, en el cual aparece de repente Marcela, que se defiende: ella nunca ha dado alas ni al estudiante ni a nadie más, y no puede ser culpada si la aman; desea vivir sola al aire libre. Cuando se va, don Quijote decide seguirla y ofrecerle sus servicios (nunca lo hace y ella desaparece por completo del relato).

## Capítulo XV

*Donde se cuenta la desgraciada aventura que se topó don
Quijote en topar con unos desalmados yangüeses*

Cuenta el sabio Cide Hamete Benengeli que, así como don Quijote se despidió de sus huéspedes y de todos los que se hallaron al entierro del pastor Grisóstomo, él y su escudero se entraron por el mesmo bosque donde vieron que se había entrado la pastora Marcela; y, habiendo andado más de dos horas por él, buscándola por todas partes sin poder hallarla, vinieron a parar a un prado lleno de fresca yerba, junto del cual corría un arroyo apacible y fresco; tanto, que convidó y forzó a pasar allí las horas de la siesta, que rigurosamente comenzaba ya a entrar.

Apeáronse don Quijote y Sancho y, dejando al jumento y a Rocinante a sus anchuras pacer de la mucha yerba que allí había, dieron saco a las alforjas, y, sin cerimonia alguna, en buena paz y compañía, amo y mozo comieron lo que en ellas hallaron.

No se había curado Sancho de echar sueltas a Rocinante, seguro de que le conocía por tan manso y tan poco rijoso, que todas las yeguas de la dehesa de Córdoba no le hicieran tomar mal siniestro. Ordenó, pues, la suerte, y el diablo, que no todas veces

CHAPTERS X–XIV chiefly contain the novel's first long interlude, in which Don Quixote and Sancho play a relatively subordinate part. After his fight with the Basque, Don Quixote plans to concoct a healing potion (the potion of Fierabrás) and to acquire a new helmet from some knight. Entertained by goatherds, he hears about the wealthy student Grisóstomo (Chrysostom), who used to masquerade as a shepherd, and has now died, all for love of Marcela, who, though also wealthy, roams the countryside in shepherdess guise, coldly rejecting all her pastorally clad suitors. The Don attends the student's funeral, at which Marcela suddenly appears, defending herself: she never encouraged the student or anyone else, and can't be held responsible if they love her; she wishes to live alone in the outdoors. After she goes, Don Quixote decides to follow her and offer his services (he never does and she drops out of the story altogether).

## Chapter XV

### Which Relates the Unfortunate Adventure Don Quixote Faced When Facing Some Merciless Men of Yanguas[31]

The wise Cid Hamet Benengeli relates that, as soon as Don Quixote took leave of his hosts and all those who attended the burial of the shepherd Grisóstomo, he and his squire entered the same wood that they had seen the shepherdess Marcela enter. After traveling through it for over two hours, seeking her everywhere but unable to find her, they arrived at a meadow covered with fresh grass, alongside which there flowed a brook so peaceful and cool that it both invited and compelled them to stop there during the afternoon heat, which was already setting in uncomfortably.

Don Quixote and Sancho dismounted and, allowing the donkey and Rocinante to graze at will on the plentiful grass there, they pillaged the saddlebags and, without any ceremony, amicably and sociably, master and man ate what they found in them.

Sancho had taken no thought about fettering Rocinante, feeling sure about him; he knew him for such a gentle creature and so little inclined toward rutting that all the mares in the great pasture at Córdoba wouldn't have made him acquire vices. Well, then, as fate

---

[31] There are two places in Spain called Yanguas, one in Soria and one in Segovia province. The first-edition text, however (followed here), calls them Galicians within the chapter. This chapter begins the third of the four sections into which Part One was originally divided.

duerme, que andaban por aquel valle paciendo una manada de hacas galicianas de unos arrieros gallegos, de los cuales es costumbre sestear con su recua en lugares y sitios de yerba y agua; y aquel donde acertó a hallarse don Quijote era muy a propósito de los gallegos.

Sucedió, pues, que a Rocinante le vino en deseo de refocilarse con las señoras facas, y saliendo, así como las olió, de su natural paso y costumbre, sin pedir licencia a su dueño, tomó un trotico algo picadillo y se fue a comunicar su necesidad con ellas. Mas ellas, que, a lo que pareció, debían de tener más gana de pacer que de ál, recibiéronle con las herraduras y con los dientes, de tal manera, que a poco espacio se le rompieron las cinchas, y quedó sin silla, en pelota. Pero lo que él debió más de sentir fue que, viendo los arrieros la fuerza que a sus yeguas se les hacía, acudieron con estacas, y tantos palos le dieron, que le derribaron malparado en el suelo.

Ya en esto, don Quijote y Sancho, que la paliza de Rocinante habían visto, llegaban ijadeando; y dijo don Quijote a Sancho:

—A lo que yo veo, amigo Sancho, éstos no son caballeros, sino gente soez y de baja ralea. Dígolo, porque bien me puedes ayudar a tomar la debida venganza del agravio que delante de nuestros ojos se le ha hecho a Rocinante.

—¿Qué diablos de venganza hemos de tomar —respondió Sancho—, si éstos son más de veinte, y nosotros no más de dos, y aun quizá nosotros sino uno y medio?

—Yo valgo por ciento —replicó don Quijote.

Y sin hacer más discursos, echó mano a su espada y arremetió a los gallegos, y lo mesmo hizo Sancho Panza, incitado y movido del ejemplo de su amo. Y, a las primeras, dio don Quijote una cuchillada a uno, que le abrió un sayo de cuero de que venía vestido, con gran parte de la espalda.

Los gallegos, que se vieron maltratar de aquellos dos hombres solos, siendo ellos tantos, acudieron a sus estacas, y, cogiendo a los dos en medio, comenzaron a menudear sobre ellos con grande ahínco y vehemencia. Verdad es que al segundo toque dieron con Sancho en el suelo, y lo mesmo le avino a don Quijote, sin que le valiese su destreza y buen ánimo; y quiso su ventura que viniese a

would have it—and also the Devil, who isn't always asleep—there was grazing in that valley a drove of Galician mares belonging to some Galician carriers, who are accustomed to spend siesta time with their drove in places and spots with grass and water. The place where Don Quixote happened to be was just what the Galicians needed.

Well, then, what occurred was that Rocinante got the urge to have some fun with the lady mares. As soon as he scented them, departing from his natural bent and habits, and without asking his master's permission, he broke into a rather lively little trot and went to inform them of his urgent wants. But they, who apparently must have felt more like grazing than anything else, greeted him with their horseshoes and their teeth, and so vigorously that his girths soon tore and he was left naked, without a saddle. But a worse experience was in store for him: the carriers, seeing the attempted rape of their mares, came running over bearing packstaves[32] and beat him so hard that they knocked him to the ground in a sorry state.

By this time, Don Quixote and Sancho, who had seen the beating Rocinante was getting, arrived on the scene gasping for breath. Don Quixote said to Sancho:

"From what I see, my friend Sancho, these are not knights but base folk of a low sort. I say this because it is perfectly proper for you to help me exact the due revenge for the injury that has been done to Rocinante before our eyes."

"How the hell can we exact revenge," replied Sancho, "when there are over twenty of them and only two of us—and maybe only one and a half of us?"

"I am as good as a hundred," Don Quixote retorted.

And, without further discussion, he laid hand to his sword and charged the Galicians. Sancho Panza did the same, spurred and stirred by his master's example. At the outset Don Quixote gave one of them a thrust that ripped open the leather jacket he was wearing and a large part of his shoulder.

The Galicians, seeing themselves ill-treated by those two lone men, while there were so many of themselves, resorted to their packstaves. Encircling the two men, they started to shower blows on them with enthusiasm and vehemence. Truth to tell, at the second blow they brought Sancho to the ground, and the same thing happened to Don Quixote, whose dexterity and high courage were of no avail to him. As

---

[32] Sticks used to prop up one side of an animal's load while the other side is being adjusted.

caer a los pies de Rocinante, que aún no se había levantado; donde se echa de ver la furia con que machacan estacas puestas en manos rústicas y enojadas.

Viendo, pues, los gallegos el mal recado que habían hecho, con la mayor presteza que pudieron cargaron su recua y siguieron su camino, dejando a los dos aventureros de mala traza y de peor talante.

El primero que se resintió fue Sancho Panza; y hallándose junto a su señor, con voz enferma y lastimada, dijo:

—¡Señor don Quijote! ¡Ah, señor don Quijote!

—¿Qué quieres, Sancho hermano? —respondió don Quijote con el mesmo tono afeminado y doliente que Sancho.

—Querría, si fuese posible —respondió Sancho Panza—, que vuestra merced me diese dos tragos de aquella bebida del feo Blas, si es que la tiene vuestra merced ahí a mano. Quizá será de provecho para los quebrantamientos de huesos como lo es para las feridas.

—Pues, a tenerla yo aquí, desgraciado yo, ¿qué nos faltaba? —respondió don Quijote—. Mas yo te juro, Sancho Panza, a fe de caballero andante, que antes que pasen dos días, si la fortuna no ordena otra cosa, la tengo de tener en mi poder, o mal me han de andar las manos.

—Pues ¿en cuántos le parece a vuestra merced que podremos mover los pies? —replicó Sancho Panza.

—De mí sé decir —dijo el molido caballero don Quijote— que no sabré poner término a esos días. Mas yo me tengo la culpa de todo; que no había de poner mano a la espada contra hombres que no fuesen armados caballeros como yo; y así, creo que, en pena de haber pasado las leyes de la caballería, ha permitido el dios de las batallas que se me diese este castigo. Por lo cual, Sancho Panza, conviene que estés advertido en esto que ahora te diré, porque importa mucho a la salud de entrambos; y es que, cuando veas que semejante canalla nos hace algún agravio, no aguardes a que yo ponga mano al espada para ellos, porque no lo haré en ninguna manera, sino pon tú mano a tu espada y castígalos muy a tu sabor; que si en su ayuda y defensa acudieren caballeros, yo te sabré defender y ofendellos con todo mi poder, que ya habrás visto por mil señales y experiencias hasta adónde se estiende el valor de este mi fuerte brazo.

Tal quedó de arrogante el pobre señor con el vencimiento del valiente vizcaíno. Mas no le pareció tan bien a Sancho Panza el aviso de su amo, que dejase de responder, diciendo:

his fortune would have it, he fell at the feet of Rocinante, who still hadn't gotten up: which goes to show how furiously packstaves can pound when placed in the hands of irate rustics.

Well, then, the Galicians, seeing how much harm they had done, loaded their drove as quickly as they could and went on their way, leaving the two adventurers looking bad and in worse spirits.

The first one to come to was Sancho Panza. Finding himself next to his master, he said, in feeble, injured tones:

"Sir Don Quixote! Oh, sir Don Quixote!"

"What do you want, brother Sancho?" replied Don Quixote in the same delicate, pained tones as Sancho.

"If it were possible, I'd like your honor to give me two swigs of that potion of ugly Blas[33] if your honor has it handy. Maybe it will help with broken bones as it helps with wounds."

"Well, if I had it here, wretch that I am, what else would we need?" Don Quixote replied. "But I swear to you, Sancho Panza, on the word of a knight-errant, that before two days go by, unless fortune decrees otherwise, I will have it in my possession, or else you can say I have slow and clumsy hands."

"Well, how many days does your honor think it will take before we can move our feet?" retorted Sancho Panza.

"As for me, I can tell you," said the battered knight Don Quixote, "I can't set a deadline for that. But I assume the blame for everything, because I shouldn't have taken up the sword against men who weren't knighted like myself. And so I believe that, as a punishment for transgressing the laws of knighthood, the god of battles has allowed me to receive this chastisement. Because of this, Sancho Panza, you ought to take careful note of what I shall now tell you, because it is of great importance to the welfare of both of us: namely, when you see rabble of that sort doing us some injury, don't wait for me to seize my sword against them, because in no way will I do so. Rather, you are to take up your own sword and punish them just as much as you please. If knights come to their aid and defense, I will be able to defend you and attack them with all my might, for you've already seen by a thousand signs and experiences how far the valor of this strong arm of mine extends."

That's how arrogant the poor gentleman was since his victory over the brave Basque. But Sancho didn't find his master's notification so agreeable that he could refrain from replying:

---

[33] Sancho has misheard *Fierabrás* as *feo Blas*.

—Señor, yo soy hombre pacífico, manso, sosegado, y sé disimular cualquiera injuria, porque tengo mujer y hijos que sustentar y criar. Así, que séale a vuestra merced también aviso, pues no puede ser mandato, que en ninguna manera pondré mano a la espada, ni contra villano ni contra caballero; y que, desde aquí para delante de Dios, perdono cuantos agravios me han hecho y han de hacer, ora me los haya hecho, o haga, o haya de hacer, persona alta o baja, rico o pobre, hidalgo o pechero sin eceptar estado ni condición alguna.

En lo que queda del Capítulo XV, don Quijote y Sancho primero conversan detenidamente de su desventura, luego se encaminan en busca de un castillo donde el caballero pueda recibir atención médica. El caballero va tirado sobre el asno de Sancho, el débil Rocinante va atado a la cola del asno, y Sancho, a pie, los guía a todos. Llegan a una venta que, otra vez, don Quijote tiene por castillo.

## Capítulo XVI

*De lo que le sucedió al ingenioso hidalgo en la venta que él imaginaba ser castillo*

El ventero, que vio a don Quijote atravesado en el asno, preguntó a Sancho qué mal traía. Sancho le respondió que no era nada, sino que había dado una caída de una peña abajo, y que venía algo brumadas las costillas. Tenía el ventero por mujer a una, no de la condición que suelen tener las de semejante trato, porque naturalmente era caritativa y se dolía de las calamidades de sus prójimos; y así, acudió luego a curar a don Quijote y hizo que una hija suya, doncella, muchacha y de muy buen parecer, la ayudase a curar a su huésped. Servía en la venta, asimesmo, una moza asturiana, ancha de cara, llana de cogote, de nariz roma, del un ojo tuerta y del otro no muy sana. Verdad es que la gallardía del cuerpo suplía las demás faltas: no tenía siete palmos de los pies a la cabeza, y las espaldas, que algún tanto le cargaban, la hacían mirar al suelo más de lo que ella quisiera. Esta gentil moza, pues, ayudó a la doncella, y las dos hicieron una muy mala cama a don Quijote, en un camaranchón que, en otros tiempos, daba manifiestos indicios que había servido de pajar muchos años. En la cual también alojaba un arriero, que tenía su cama hecha un poco más allá de la de nuestro don Quijote. Y aunque era de las enjalmas y mantas de sus machos, hacía mucha ventaja a la de don Quijote, que sólo contenía cuatro mal lisas

"Sir, I'm a peace-loving man, gentle and calm, and I'm able to overlook any sort of insult, because I've got a wife and children to feed and raise. And so, let me give notification to your honor, as well—since I can't give you an order—that in no way will I take up the sword, either against a commoner or against a knight; and that, from now until I meet my maker, I forgive every injury that has been done to me or has yet to be done—whether they've already done it, or are doing it, or are going to do it—by anybody high or low, rich or poor, gentleman or plebeian, without excepting any status or rank whatsoever."

In the remainder of CHAPTER XV, Don Quixote and Sancho first discuss their mishap at length, then they set out in search of a castle where Don Quixote can receive medical attention. Don Quixote is slung over Sancho's donkey, the weak Rocinante is tied to the donkey's tail, and Sancho, on foot, leads them all. They reach a roadside inn, which Don Quixote once more takes for a castle.

## Chapter XVI

*Concerning That Which Befell the Inventive Gentleman
in the Inn He Took for a Castle*

The innkeeper, seeing Don Quixote slung across the donkey, asked Sancho what was wrong with him. Sancho replied that it was nothing; he had merely taken a fall off a rock and had bruised his ribs a little. The innkeeper had a wife whose character was unlike that of most women in her occupation, for she was charitable by nature and was sorry for the adversities of her fellow men. And so, she immediately hastened to take care of Don Quixote and made her daughter, a very good-looking young girl, help her tend to her guest. Furthermore, there was an Asturian maid in the inn, broad of face, with hardly any back to her neck, snubnosed, blind in one eye and unhealthy in the other. Truth to tell, the elegance of her body made up for her other defects: she wasn't seven spans high from top to toe, and her shoulders, which weighed her down a bit, made her look at the ground more than she would have liked. Well, this charming maid helped the girl, and the two of them made Don Quixote a very bad bed in a garret that showed clear signs of having been formerly used as a straw loft for years. Also staying in the inn was a muleteer, whose bed had been made a little farther into the room than that of our Don Quixote. And, even though it merely consisted of the packsaddles and blankets of his he-mules, it was far superior to Don Quixote's, which comprised only

tablas, sobre dos no muy iguales bancos, y un colchón que en lo sutil parecía colcha, lleno de bodoques, que, a no mostrar que eran de lana por algunas roturas, al tiento, en la dureza, semejaban de guijarro, y dos sábanas hechas de cuero de adarga, y una frazada, cuyos hilos, si se quisieran contar, no se perdiera uno solo de la cuenta.

En esta maldita cama se acostó don Quijote, y luego la ventera y su hija le emplastaron de arriba abajo, alumbrándoles Maritornes, que así se llamaba la asturiana; y como al bizmalle viese la ventera tan acardenalado a partes a don Quijote, dijo que aquello más parecían golpes que caída.

—No fueron golpes —dijo Sancho—; sino que la peña tenía muchos picos y tropezones. —Y que cada uno había hecho su cardenal. Y también le dijo—: Haga vuestra merced, señora, de manera que queden algunas estopas, que no faltará quien las haya menester; que también me duelen a mí un poco los lomos.

—Desa manera —respondió la ventera —también debistes vos de caer.

—No caí —dijo Sancho Panza—; sino que del sobresalto que tomé de ver caer a mi amo, de tal manera me duele a mí el cuerpo, que me parece que me han dado mil palos.

—Bien podrá ser eso —dijo la doncella—; que a mí me ha acontecido muchas veces soñar que caía de una torre abajo, y que nunca acababa de llegar al suelo, y cuando despertaba del sueño, hallarme tan molida y quebrantada como si verdaderamente hubiera caído.

—Ahí está el toque, señora —respondió Sancho Panza—: que yo, sin soñar nada, sino estando más despierto que ahora estoy, me hallo con pocos menos cardenales que mi señor don Quijote.

—¿Cómo se llama este caballero? —preguntó la asturiana Maritornes.

—Don Quijote de la Mancha —respondió Sancho Panza—; y es caballero aventurero, y de los mejores y más fuertes que de luengos tiempos acá se han visto en el mundo.

—¿Qué es caballero aventurero? —replicó la moza.

—¿Tan nueva sois en el mundo que no lo sabéis vos? —respondió Sancho Panza—. Pues sabed, hermana mía, que caballero aventurero es una cosa que en dos palabras se ve apaleado y emperador. Hoy está la más desdichada criatura del mundo y la más menesterosa, y mañana tendría dos o tres coronas de reinos que dar a su escudero.

four rough boards, placed over two benches of different height; a mattress that resembled a counterpane in thinness and was full of lumps which, if a few rips didn't reveal that they were wool, felt to the touch like pebbles, they were so hard; two sheets made of shield leather; and a blanket, the threads of which could be readily counted, were one so disposed.

On this accursed bed Don Quixote lay down, and at once the innkeeper's wife and daughter applied poultices to him from top to bottom, while Maritornes (that was the Asturian woman's name) held the light for them. When, in the course of placing the poultices, the innkeeper's wife saw that Don Quixote was so black and blue in places, she said it looked more like a beating than a fall.

"It wasn't a beating," said Sancho, "but the rock had a lot of sharp points and projections." Each one had left its mark. And he added: "Please, ma'am, see that a little tow is left over, because there's no lack of those who can use it; my loins ache me a little bit, too."

"In that case," replied the innkeeper's wife, "you must have fallen, also."

"I didn't fall," said Sancho Panza, "but from the fright I got seeing my master fall, my body aches me so, I feel as if I'd been beaten to a pulp."

"That can very well be," said the girl, "because I've often dreamt that I was falling from a tower and never reaching the ground, and, when I awakened from the dream, I was just as bruised and battered as if I had really fallen."

"The point of the matter, ma'am," Sancho Panza replied, "is that, without any dreaming, but being wider awake than I am right now, I have almost as many black-and-blue marks as my lord Don Quixote."

"What's the name of this knight?" asked the Asturian woman Maritornes.

"Don Quixote of La Mancha," replied Sancho Panza. "He's a knight adventurer, among the best and strongest that the world has seen for quite a while."

"What is a knight adventurer?" asked the maid.

"Are you so wet around the ears that you don't know?" replied Sancho Panza. "Then let me tell you, my sister, that a knight adventurer is a thing that, in a single moment, finds himself beaten up and made an emperor. Today he's the most unfortunate creature in the world, and the neediest, and tomorrow he'll have two or three royal crowns to give to his squire."

—Pues ¿cómo vos, siéndolo deste tan buen señor —dijo la ventera—, no tenéis, a lo que parece, siquiera algún condado?

—Aún es temprano —respondió Sancho—, porque no ha sino un mes que andamos buscando las aventuras, y hasta ahora no hemos topado con ninguna que lo sea. Y tal vez hay que se busca una cosa y se halla otra. Verdad es que, si mi señor don Quijote sana desta herida o caída y yo no quedo contrecho della, no trocaría mis esperanzas con el mejor título de España.

Todas estas pláticas estaba escuchando, muy atento, don Quijote, y sentándose en el lecho como pudo, tomando de la mano a la ventera, le dijo:

—Creedme, fermosa señora, que os podéis llamar venturosa por haber alojado en este vuestro castillo a mi persona, que es tal, que si yo no la alabo es por lo que suele decirse que la alabanza propria envilece; pero mi escudero os dirá quién soy. Sólo os digo que tendré eternamente escrito en mi memoria el servicio que me habedes fecho, para agradecéroslo mientras la vida me durare; y pluguiera a los altos cielos que el amor no me tuviera tan rendido y tan sujeto a sus leyes, a los ojos de aquella hermosa ingrata que digo entre mis dientes; que los desta fermosa doncella fueran señores de mi libertad.

Confusas estaban la ventera y su hija y la buena de Maritornes oyendo las razones del andante caballero, que así las entendían como si hablara en griego, aunque bien alcanzaron que todas se encaminaban a ofrecimiento y requiebros; y, como no usadas a semejante lenguaje, mirábanle y admirábanse y parecíales otro hombre de los que se usaban; y, agradeciéndole con venteriles razones sus ofrecimientos, le dejaron, y la asturiana Maritornes curó a Sancho, que no menos lo había menester que su amo.

Había el arriero concertado con ella que aquella noche se refocilarían juntos, y ella le había dado su palabra de que, en estando sosegados los huéspedes y durmiendo sus amos, le iría a buscar y satisfacerle el gusto en cuanto le mandase. Y cuéntase desta buena moza que jamás dio semejantes palabras que no las cumpliese, aunque las diese en un monte y sin testigo alguno, porque presumía muy de hidalga, y no tenía por afrenta estar en aquel ejercicio de servir en la venta, porque decía ella que desgracias y malos sucesos la habían traído a aquel estado.

El duro, estrecho, apocado y fementido lecho de don Quijote es-

"Well, then, how is it that, serving such a good master," said the innkeeper's wife, "you haven't even been made an earl, from what I can see?"

"It's still too soon," replied Sancho, "because we've been in quest of adventures for only a month now, and so far we haven't met up with one that really was one. It sometimes happens that you look for one thing and you find something else. To tell the truth, if my lord Don Quixote recovers from this wound or fall, and I'm not left crippled by it, I wouldn't swap my expectations for the finest title of nobility in Spain."

Don Quixote was listening to this whole conversation very attentively, and, sitting up in bed as best he could, he took the innkeeper's wife by the hand, saying:

"Believe me, lovely lady, you may call yourself fortunate for having given me lodging in this castle of yours. I am of such quality that, if I do not praise myself, it is because the saying goes that self-praise is degrading. But my squire will tell you who I am. I merely tell you that I shall keep eternally inscribed in my memory the service you have done for me, and shall be grateful to you for it as long as I live. If it had only pleased heaven above that Love should not hold me such a captive, and so subject to his laws and the eyes of that ungrateful fair one whom I name under my breath, then the eyes of this fair maiden would be the masters of my freedom."

The innkeeper's wife, her daughter, and the good Maritornes were perplexed at hearing the knight-errant's words, which they understood as little as if he had been speaking Greek; although they did comprehend that all his words were meant as an offer of his services and as compliments. Unused to similar jargon, they were looking at him in wonderment; he seemed like a man out of the ordinary. Thanking him for his offers in terms customary to innkeepers, they left him, and the Asturian Maritornes tended to Sancho, who needed no less care than his master.

The muleteer had arranged with her for the two of them to have a good time that night, and she had given him her word that, when the guests were all quiet and her employers asleep, she would come to find him and satisfy his pleasures as much as he asked. It is told of this good maid that she never made such promises without keeping them, even if she made them deep in a forest without any witnesses, because she prided herself on being of gentle birth, but didn't find her position as inn servant disgraceful because, as she said, misfortunes and mishaps had brought her to that state.

Don Quixote's hard, narrow, diminished, and false bed was the first

taba primero en mitad de aquel estrellado establo, y luego, junto a
él, hizo el suyo Sancho, que sólo contenía una estera de enea y una
manta, que antes mostraba ser de anjeo tundido que de lana.
Sucedía a estos dos lechos el del arriero, fabricado, como se ha
dicho, de las enjalmas y de todo el adorno de los dos mejores mulos
que traía, aunque eran doce, lucios, gordos y famosos, porque era
uno de los ricos arrieros de Arévalo, según lo dice el autor desta
historia que deste arriero hace particular mención, porque le
conocía muy bien, y aun quieren decir que era algo pariente suyo.
Fuera de que Cide Mahamate Benengeli fue historiador muy curioso y muy puntual en todas las cosas, y échase bien de ver, pues
las que quedan referidas, con ser tan mínimas y tan rateras, no las
quiso pasar en silencio; de donde podrán tomar ejemplo los historiadores graves, que nos cuentan las acciones tan corta y sucinta-
mente, que apenas nos llegan a los labios, dejándose en el tintero,
ya por descuido, por malicia o ignorancia, lo más sustancial de la
obra. ¡Bien haya mil veces el autor de *Tablante de Ricamonte,* y
aquel del otro libro donde se cuenta los hechos del conde Tomillas,
y con qué puntualidad lo describen todo!

Digo, pues, que después de haber visitado el arriero a su recua
y dádole el segundo pienso, se tendió en sus enjalmas y se dio a esperar a su puntualísima Maritornes. Ya estaba Sancho bizmado y
acostado, y, aunque procuraba dormir, no lo consentía el dolor de
sus costillas; y don Quijote, con el dolor de las suyas, tenía los ojos
abiertos como liebre. Toda la venta estaba en silencio, y en toda
ella no había otra luz que la que daba una lámpara, que colgada en
medio del portal ardía.

Esta maravillosa quietud, y los pensamientos que siempre nuestro caballero traía de los sucesos que a cada paso se cuentan en los
libros autores de su desgracia, le trujo a la imaginación una de las
estrañas locuras que buenamente imaginarse pueden; y fue que él
se imaginó haber llegado a un famoso castillo —que, como se ha
dicho, castillos eran a su parecer todas las ventas donde alojaba—,
y que la hija del ventero lo era del señor del castillo, la cual, vencida de su gentileza, se había enamorado dél y prometido que
aquella noche, a furto de sus padres, vendría a yacer con él una
buena pieza; y, teniendo toda esta quimera, que él se había fabricado, por firme y valedera, se comenzó a acuitar y a pensar en el
peligroso trance en que su honestidad se había de ver, y propuso

that one came to amid that shed, whose cracked roof admitted the starlight. Then, next to him, Sancho made his, which consisted of a bulrush mat and a blanket that resembled sheared canvas more than wool. Beyond these two beds was the muleteer's, composed, as stated above, of the packsaddles and all the trappings of the two best mules in his drove—even though there were twelve of them, glossy-coated, fat, and fabulous. For he was one of the wealthy muleteers from Arévalo, as we are told by the author of this history, who makes special mention of this muleteer, since he knew him well and, some say, was related to him in some degree. And, besides, Cid Mahamet Benengeli was a historian most scholarly and accurate in every detail; which is easily seen, because he saw fit to include even the above-mentioned details, slight and insignificant as they are. This may serve as an example to those grave historians who narrate events so briefly and succinctly that they barely satisfy our curiosity, and who, out of carelessness, malice, or ignorance, leave the most substantial part of the story unsaid. A thousand blessings on the author of *Tablante de Ricamonte* and the author of that other book recounting the deeds of Count Tomillas[34]—in what detail they describe everything!

Well, then, to continue: after the muleteer visited his drove and gave them their second feeding, he stretched out on his packsaddles, awaiting his most punctual Maritornes. Sancho had already been poulticed and had gone to bed, but though he tried to sleep, the pain in his ribs didn't allow him to. And Don Quixote, with the pain in *his*, kept his eyes open like a hare's. The entire inn was in silence, and throughout it there was no other light than that emitted by a single lamp hanging in the middle of the entranceway.

This wondrous quiet, as well as the notions our knight always derived from the events narrated at every step in the books that caused his misfortune, made him imagine one of the oddest, craziest things possible: he imagined that he had come to a splendid castle—for, as stated above, all the inns he stayed in were castles to him—and that the innkeeper's daughter was the daughter of the lord of the castle; overcome by his noble bearing, she had fallen in love with him and had promised to come and lie with him for a good while that night, without her parents' knowledge. Considering this whole pipe-dream, which he himself had manufactured, to be true and certain, he began to grieve, thinking of the dangerous crisis his chastity would find itself in. He resolved in his heart not to be guilty of any

---

[34] Two books of chivalry.

en su corazón de no cometer alevosía a su señora Dulcinea del Toboso, aunque la mesma reina Ginebra con su dama Quintañona se le pusiesen delante.

Pensando, pues, en estos disparates, se llegó el tiempo y la hora —que para él fue menguada— de la venida de la asturiana, la cual, en camisa y descalza, cogidos los cabellos en una albanega de fustán, con tácitos y atentados pasos, entró en el aposento donde los tres alojaban, en busca del arriero. Pero, apenas llegó a la puerta, cuando don Quijote la sintió, y, sentándose en la cama, a pesar de sus bizmas y con dolor de sus costillas, tendió los brazos para recebir a su fermosa doncella. La asturiana, que, toda recogida y callando, iba con las manos delante, buscando a su querido, topó con los brazos de don Quijote, el cual la asió fuertemente de una muñeca, y tirándola hacia sí, sin que ella osase hablar palabra, la hizo sentar sobre la cama. Tentóle luego la camisa y, aunque ella era de harpillera, a él le pareció ser de finísimo y delgado cendal. Traía en las muñecas unas cuentas de vidro; pero a él le dieron vislumbres de preciosas perlas orientales. Los cabellos, que en alguna manera tiraban a crines, él los marcó por hebras de lucidísimo oro de Arabia, cuyo resplandor al del mesmo sol escurecía. Y el aliento, que, sin duda alguna, olía a ensalada fiambre y trasnochada, a él le pareció que arrojaba de su boca un olor suave y aromático; y, finalmente, él la pintó en su imaginación de la misma traza y modo que lo había leído en sus libros de la otra princesa que vino a ver el mal ferido caballero, vencida de sus amores, con todos los adornos que aquí van puestos. Y era tanta la ceguedad del pobre hidalgo, que el tacto, ni el aliento ni otras cosas que traía en sí la buena doncella, no le desengañaban, las cuales pudieran hacer vomitar a otro que no fuera arriero; antes le parecía que tenía entre sus brazos a la diosa de la hermosura. Y, teniéndola bien asida, con voz amorosa y baja le comenzó a decir:

—Quisiera hallarme en términos, fermosa y alta señora, de poder pagar tamaña merced como la que con la vista de vuestra gran fermosura me habedes fecho; pero ha querido la fortuna, que no se cansa de perseguir a los buenos, ponerme en este lecho, donde yago tan molido y quebrantado, que, aunque de mi voluntad quisiera satisfacer a la vuestra, fuera imposible. Y más, que se añade a esta imposibilidad otra mayor, que es la prometida fe que tengo dada a la sin par Dulcinea del Toboso, única señora de mis más escondidos pensamientos; que si esto no hubiera de por medio, no fuera yo tan sandio caballero que dejara pasar en blanco la venturosa ocasión en que vuestra gran bondad me ha puesto.

infidelity toward his lady Dulcinea of El Toboso, even if Queen Guinevere herself and her lady-in-waiting Quintañona should appear before him.

Well, then, while his thoughts were occupied by that kind of nonsense, the time and hour arrived—an unhappy hour for him—for the Asturian woman to come. In her slip and barefoot, her hair caught up in a fustian net, with silent, cautious steps, she entered the room where the three were staying, in quest of the muleteer. But she had hardly reached the door when Don Quixote heard her. Sitting up in bed, despite his poultices and the pain in his ribs, he stretched out his arms to welcome his fair maiden. The Asturian woman, who was walking very coyly and quietly with her hands held in front of her, looking for her sweetheart, walked into the arms of Don Quixote, who seized her firmly by one wrist and, drawing her toward him, without her daring to say a word, made her sit down on the bed. Then he felt her slip, which, though it was of sackcloth, seemed to him to be of the finest sheer sendal silk. On her wrists she wore glass beads, but for him they glimmered like precious orient pearls. Her hair, which was practically like horsehairs, he took for threads of the most gleaming gold of Araby, whose splendor outshone the very sun's. And although beyond a doubt her breath reeked of stale, leftover salad dressing, he thought she emitted a sweet, aromatic fragrance from her mouth. In short, he depicted her in his imagination as having the same appearance and style as that other princess he had read of in his books who came to see the wounded knight, overcome by love for him, with all the adornments mentioned here. And such was the poor gentleman's blindness that he was not undeceived by the feel, the breath, or the other personal characteristics of the good damsel, which could make anybody but a muleteer vomit. Instead, he seemed to be holding the goddess of beauty in his arms. Grasping her firmly, in low, amorous tones he began to say:

"I wish I were in a position, lovely and lofty lady, to be able to repay a favor as great as the one you have done for me in letting me see your great beauty. But fortune, which never tires of persecuting good people, has so willed it that I lie in this bed so bruised and battered that, even if I ardently wished to satisfy your desires, it would be impossible. Especially since another, greater impossibility is joined to that one: the faith I have plighted to the peerless Dulcinea of El Toboso, sole mistress of my most secret thoughts. If all this weren't preventing me, I wouldn't be such a foolish knight as to let slip the lucky situation in which your great kindness has placed me."

Maritornes estaba congojadísima y trasudando, de verse tan asida de don Quijote, y, sin entender ni estar atenta a las razones que le decía, procuraba, sin hablar palabra, desasirse. El bueno del arriero, a quien tenían despierto sus malos deseos, desde el punto que entró su coima por la puerta, la sintió, estuvo atentamente escuchando todo lo que don Quijote decía, y, celoso de que la asturiana le hubiese faltado la palabra por otro, se fue llegando más al lecho de don Quijote, y estúvose quedo hasta ver en qué paraban aquellas razones, que él no podía entender. Pero como vio que la moza forcejaba por desasirse y don Quijote trabajaba por tenella, pareciéndole mal la burla, enarboló el brazo en alto y descargó tan terrible puñada sobre las estrechas quijadas del enamorado caballero, que le bañó toda la boca en sangre; y, no contento con esto, se le subió encima de las costillas, y con los pies más que de trote, se las paseó todas de cabo a cabo.

El lecho, que era un poco endeble y de no firmes fundamentos, no pudiendo sufrir la añadidura del arriero, dio consigo en el suelo, a cuyo gran ruido despertó el ventero; y luego imaginó que debían de ser pendencias de Maritornes, porque, habiéndola llamado a voces, no respondía. Con esta sospecha se levantó y, encendiendo un candil, se fue hacia donde había sentido la pelaza. La moza, viendo que su amo venía, y que era de condición terrible, toda medrosica y alborotada, se acogió a la cama de Sancho Panza, que aún dormía, y allí se acorrucó y se hizo un ovillo. El ventero entró diciendo:

—¿Adónde estás, puta? A buen seguro que son tus cosas éstas.

En esto, despertó Sancho, y, sintiendo aquel bulto casi encima de sí, pensó que tenía la pesadilla, y comenzó a dar puñadas a una y otra parte, y, entre otras alcanzó con no sé cuántas a Maritornes, la cual, sentida del dolor, echando a rodar la honestidad, dio el retorno a Sancho con tantas, que, a su despecho, le quitó el sueño; el cual, viéndose tratar de aquella manera, y sin saber de quién, alzándose como pudo, se abrazó con Maritornes, y comenzaron entre los dos la más reñida y graciosa escaramuza del mundo.

Viendo, pues, el arriero, a la lumbre del candil del ventero, cuál andaba su dama, dejando a don Quijote, acudió a dalle el socorro necesario. Lo mismo hizo el ventero, pero con intención

Maritornes was severely distressed, and was sweating buckets, to find herself seized by Don Quixote that way. Without understanding or paying attention to what he was saying, she was trying to get loose, and didn't say a word herself. The good muleteer, kept awake by his wicked desires, had heard his concubine from the moment she came through the door; he was now listening attentively to everything Don Quixote was saying. Jealous because he thought the Asturian had broken her word to him in favor of someone else, he approached Don Quixote's bed, standing still there until he could see the upshot of those words he couldn't understand. But when he saw the maid struggling to get free and Don Quixote making an effort to hold onto her, he thought the joke was a bad one. Raising his arm into the air, he delivered such a terrible punch to the enamored knight's lean jaws that his whole mouth was covered with blood. Not satisfied with that, he climbed up onto his ribs and, with his feet going faster than a trot, trod back and forth from one end of them to the other.

The bed, which was a little weak and stood on no firm foundation, couldn't bear the added weight of the muleteer and collapsed onto the floor. That great crash awakened the innkeeper, who immediately thought this must be some trouble caused by Maritornes, because she didn't answer when he shouted for her. With this suspicion in mind, he got up and, lighting an oil lamp, he headed in the direction the noise of the fight had come from. The maid, seeing that her master was coming, and knowing he had an awful temper, was thoroughly frightened and upset. She took refuge in the bed of Sancho Panza, who was still sleeping; there she snuggled up and rolled herself into a ball. The innkeeper came in, saying:

"Where are you, harlot? These are surely some of your doings!"

At that point, Sancho woke up[35] and, feeling that bulk practically on top of him, thought that the nightmare was lying on him. He began dealing punches in every direction, a good number of them landing on Maritornes, who, feeling the pain, bade farewell to modesty and repaid Sancho with so many of her own that, despite his efforts, his sleep was driven away. Seeing himself handled that way, and not knowing by whom, he raised himself up as best he could and grappled with Maritornes. The two of them began the most hard-fought and funny skirmish ever seen.

Well, the muleteer, seeing by the light of the innkeeper's oil lamp what a fix his ladylove was in, released Don Quixote and rushed over to give her the necessary assistance. The innkeeper dashed over to her, also, but

---

[35] This, despite his earlier insomnia.

diferente, porque fue a castigar a la moza, creyendo, sin duda, que ella sola era la ocasión de toda aquella armonía. Y así como suele decirse; el gato al rato, el rato a la cuerda, la cuerda al palo, daba el arriero a Sancho, Sancho a la moza, la moza a él, el ventero a la moza, y todos menudeaban con tanta priesa, que no se daban punto de reposo; y fue lo bueno que al ventero se le apagó el candil, y, como quedaron ascuras, dábanse tan sin compasión todos a bulto, que a doquiera que ponían la mano no dejaban cosa sana.

Alojaba acaso aquella noche en la venta un cuadrillero de los que llaman de la Santa Hermandad vieja de Toledo, el cual, oyendo ansimesmo el estraño estruendo de la pelea, asió de su media vara y de la caja de lata de sus títulos, y entró ascuras en el aposento, diciendo:

—¡Ténganse a la justicia! ¡Ténganse a la Santa Hermandad!

Y el primero con quien topó fue con el apuñeado de don Quijote, que estaba en su derribado lecho, tendido boca arriba, sin sentido alguno, y, echándole a tiento mano a las barbas, no cesaba de decir:

—¡Favor a la justicia!

Pero viendo que el que tenía asido no se bullía ni meneaba, se dio a entender que estaba muerto, y que los que allí dentro estaban eran sus matadores, y con esta sospecha reforzó la voz, diciendo:

—¡Ciérrese la puerta de la venta! ¡Miren no se vaya nadie, que han muerto aquí a un hombre!

Esta voz sobresaltó a todos, y cada cual dejó la pendencia en el grado que le tomó la voz. Retiróse el ventero a su aposento, el arriero a sus enjalmas, la moza a su rancho; solos los desventurados don Quijote y Sancho no se pudieron mover de donde estaban. Soltó en esto el cuadrillero la barba de don Quijote, y salió a buscar luz para buscar y prender los delincuentes; más no la halló, porque el ventero, de industria, había muerto la lámpara cuando se retiró a su estancia, y fuele forzoso acudir a la chimenea, donde, con mucho trabajo y tiempo, encendió el cuadrillero otro candil.

with a different purpose: he wanted to punish his maid, because he firmly believed that she alone was the cause of all that harmony. And, as the nursery tale goes—the cat bit the rat, the rat bit the rope, the rope hit the stick, and so on—the muleteer was hitting Sancho, Sancho the maid, the maid him, and the innkeeper the maid. They were all showering blows with such urgency that they allowed themselves not a moment's rest. And, to make things even better, the innkeeper's oil lamp went out and, finding themselves in the dark, they all kept on hitting one another at random, and so mercilessly that wherever a fist landed, it left no sound spot.

By chance, there was staying in the inn that night one of the so-called bowmen of the old Holy Brotherhood of Toledo.[36] He, also hearing the strange racket from the fight, seized his short staff of office and the tin box containing his credentials, and came into the room in the dark, saying:

"Hold in the name of the law! Hold in the name of the Holy Brotherhood!"

The first person he came in contact with was the pummeled Don Quixote, who lay outstretched on his collapsed bed, on his back, completely unconscious. Groping around, the bowman grasped his beard, and repeated again and again:

"Come to the aid of the law!"

But, seeing that the man he was clutching didn't move or stir, he took it into his head that he was dead and that the others in the room had killed him. With that suspicion in mind, he raised his voice, saying:

"The inn door is to be locked! Make sure nobody leaves, because a man has been killed here!"

Those words frightened everyone, and each one left off fighting as soon as he heard the bowman's voice. The innkeeper withdrew to his room, the muleteer to his packsaddles, the maid to her quarters; only the unfortunate Don Quixote and Sancho were unable to move form the spot thy occupied. At that moment, the bowman let go of Don Quixote's beard and went out to get a light, so he could find and apprehend the criminals. But he couldn't find any, because the innkeeper had purposely put out the entranceway lamp when retiring to his room, and the bowman had to resort to the hearth, where, after much time and effort, he lit another oil lamp.

---

[36] This "old" militia, or country constabulary, was founded in the thirteenth century. Its "new" counterpart dated back to Ferdinand and Isabella.

## Capítulo XVII

*Donde se prosiguen los innumerables trabajos que el bravo*
*don Quijote y su buen escudero Sancho Panza pasaron en*
*la venta que, por su mal, pensó que era castillo*

Había ya vuelto en este tiempo de su parasismo don Quijote, y, con el mesmo tono de voz con que el día antes había llamado a su escudero, cuando estaba tendido en el val de las estacas, le comenzó a llamar, diciendo:

—Sancho amigo, ¿duermes? ¿Duermes, amigo Sancho?

—¿Qué tengo de dormir, pesia a mí —respondió Sancho, lleno de pesadumbre y de despecho—, que no parece sino que todos los diablos han andado conmigo esta noche?

—Puédeslo creer ansí, sin duda —respondió don Quijote—; porque, o yo sé poco, o este castillo es encantado. Porque has de saber . . . Mas esto que ahora quiero decirte hasme de jurar que lo tendrás secreto hasta después de mi muerte.

—Sí juro —respondió Sancho.

—Dígolo —replicó don Quijote—, porque soy enemigo de que se quite la honra a nadie.

—Digo que sí juro —tornó a decir Sancho— que lo callaré hasta después de los días de vuestra merced, y plega a Dios que lo pueda descubrir mañana.

—¿Tan malas obras te hago, Sancho —respondió don Quijote—, que me querrías ver muerto con tanta brevedad?

—No es por eso —respondió Sancho—, sino porque soy enemigo de guardar mucho las cosas, y no querría que se me pudriesen de guardadas.

—Sea por lo que fuere —dijo don Quijote—; que más fío de tu amor y de tu cortesía; y así, has de saber que esta noche me ha sucedido una de las más estrañas aventuras que yo sabré encarecer; y, por contártela en breve, sabrás que poco ha que a mí vino la hija del señor deste castillo, que es la más apuesta y fermosa doncella que en gran parte de la tierra se puede hallar. ¿Qué te podría decir del adorno de su persona? ¿Qué de su gallardo entendimiento? ¿Qué de otras cosas ocultas, que, por guardar la fe que debo a mi señora Dulcinea del Toboso, dejaré pasar intactas y en silencio? Sólo te quiero decir que, envidioso el cielo de tanto bien como la ventura me había puesto en las manos, o quizá, y esto

### Chapter XVII

*Which Tells More of the Innumerable Troubles Suffered
by the Brave Don Quixote with His Good Squire Sancho Panza
at the Inn Which, to His Misfortune, He Took for a Castle*

During that time Don Quixote had recovered from his faint, and, in
the same tone of voice with which, on the day before, he had called to
his squire while lying in the valley of the packstaves, he began calling
him, saying:

"Sancho, my friend, are you sleeping? Are you sleeping, my friend
Sancho?"

"How can I sleep, damn me," replied Sancho, full of grief and vexation, "when it clearly looks as if every devil in hell was after me
tonight?"

"No doubt you're right to think so," replied Don Quixote, "because,
unless I'm very ignorant, this castle is enchanted. Because I must tell
you . . . But what I want to tell you now you must swear to keep secret until after I die."

"I swear," Sancho replied.

"I say this," Don Quixote rejoined, "because I hate to see anyone
lose his honor."

"I tell you I swear," Sancho repeated. "I'll never mention it as long
as you live, your honor, and may it please God that I can reveal it
tomorrow!"

"Do I treat you so badly, Sancho," Don Quixote replied, "that you
want to see me dead so soon?"

"That's not the reason," Sancho replied, "it's because I hate to keep
things long, and I wouldn't want them to go rotten on me for being
kept."

"Let the reason be what it will," said Don Quixote," for I have
greater trust in your love and your courtesy. And so, I inform you that
tonight I have had one of the strangest adventures that I can earnestly
relate. To recount it to you briefly: a while ago I was visited by the
daughter of the lord of this castle, who is the neatest and prettiest
damsel that can be found in a goodly portion of the earth. What could
I tell you of her personal charms? What could I say about her lively
intelligence? What could I say about other, hidden things, which, because I keep the faith I plighted to my lady Dulcinea of El Toboso, I
shall leave untouched and in silence? I merely wish to tell you that,
because heaven was envious of that great benefit which good fortune

es lo más cierto, que, como tengo dicho, es encantado este castillo, al tiempo que yo estaba con ella en dulcísimos y amorosísimos coloquios, sin que yo la viese ni supiese por dónde venía, vino una mano pegada a algún brazo de algún descomunal gigante y asentóme una puñada en las quijadas, tal, que las tengo todas bañadas en sangre; y después me molió de tal suerte que estoy peor que ayer cuando los gallegos, que, por demasías de Rocinante, nos hicieron el agravio que sabes. Por donde conjeturo que el tesoro de la fermosura desta doncella le debe de guardar algún encantado moro, y no debe de ser para mí.

—Ni para mí tampoco —respondió Sancho—; porque más de cuatrocientos moros me han aporreado a mí, de manera que el molimiento de las estacas fue tortas y pan pintado. Pero dígame, señor, ¿cómo llama a ésta buena y rara aventura, habiendo quedado della cual quedamos? Aun vuestra merced menos mal, pues tuvo en sus manos aquella incomparable fermosura que ha dicho; pero yo, ¿qué tuve sino los mayores porrazos que pienso recebir en toda mi vida? ¡Desdichado de mí y de la madre que me parió, que ni soy caballero andante, ni lo pienso ser jamás, y de todas las malandanzas me cabe la mayor parte!

—Luego ¿también estás tú aporreado? —respondió don Quijote.

—¿No le he dicho que sí, pesia a mi linaje? —dijo Sancho.

—No tengas pena, amigo —dijo don Quijote—, que yo haré agora el bálsamo precioso con que sanaremos en un abrir y cerrar de ojos.

Acabó en esto de encender el candil el cuadrillero, y entró a ver el que pensaba que era muerto; y así como le vio entrar Sancho, viéndole venir en camisa y con su paño de cabeza y candil en la mano y con una muy mala cara, preguntó a su amo:

—Señor, ¿si será éste, a dicha, el moro encantado, que nos vuelve a castigar, si se dejó algo en el tintero?

—No puede ser el moro —respondió don Quijote—, porque los encantados no se dejan ver de nadie.

—Si no se dejan ver, déjanse sentir —dijo Sancho—; si no, díganlo mis espaldas.

—También lo podrían decir las mías —respondió don Quijote—; pero no es bastante indicio ése para creer que este que se vee sea el encantado moro.

Llegó el cuadrillero, y como los halló hablando en tan sosegada conversación, quedó suspenso. Bien es verdad que aún don

had placed in my hands, or perhaps—and this is more likely—because, as I've said, this castle is enchanted, at the time when I was engaged in most sweet and loving discourse with her, without my seeing it or knowing where it came from, there came a hand attached to the arm of some immense giant and landed such a punch on my jaws that they're all drenched in blood. After that, it pummeled me so, that I'm in worse shape than yesterday, when the Galicians did us the injury you recall on account of Rocinante's excesses. From which I conjecture that the treasure of that damsel's beauty must be guarded by some enchanted Moor, and it isn't meant for me."

"Not for me, either," replied Sancho, "because over four hundred Moors hammered away at me, so that my drubbing with the packstaves was pie in comparison. But tell me, sir, how can you call this a good and rare adventure, since it's left us in the state we're in? You, your honor, got off less badly, because you held in your arms that matchless beauty you mentioned; but I, what did I get but the worst pounding I ever expect to have in my whole life? Unlucky me, and the mother who bore me, for neither am I a knight-errant nor do I ever expect to be one, and of all our misfortunes I get the bigger share!"

"Then, you've been pummeled, too?" Don Quixote asked.

"Didn't I say so, damn my ancestors!" said Sancho.

"Don't feel bad, my friend," said Don Quixote, "for I shall now prepare the precious balm with which we shall be cured in the twinkling of an eye."

By that time, the bowman's oil lamp had finally been ignited, and he came in to see the man he thought was dead. When Sancho saw him come in that way, in his nightshirt and nightcap, holding an oil lamp, and with a very unpleasant face, he asked his master:

"Sir, could this by chance be the enchanted Moor coming back to punish us, with the idea he didn't finish the job before?"

"It can't be the Moor," Don Quixote replied, "because enchanted people can't be seen by anyone."

"If they can't be seen, they sure can be felt," said Sancho. "If you don't believe it, ask my shoulders."

"Mine can vouch for it, too," replied Don Quixote, "but that isn't sufficient evidence for believing that this man we see is the enchanted Moor."

The bowman arrived and, finding them engaged in such a placid conversation, stood there in confusion. It's true, Don Quixote was still

Quijote se estaba boca arriba, sin poderse menear, de puro molido y emplastado. Llegóse a él el cuadrillero y díjole:

—Pues ¿cómo va, buen hombre?

—Hablara yo más bien criado —respondió don Quijote—, si fuera que vos. ¿Úsase en esta tierra hablar desa suerte a los caballeros andantes, majadero?

El cuadrillero, que se vio tratar tan mal de un hombre de tan mal parecer, no lo pudo sufrir, y, alzando el candil con todo su aceite, dio a don Quijote con él en la cabeza, de suerte que lo dejó muy bien descalabrado; y como todo quedó ascuras, salióse luego; y Sancho Panza dijo:

—Sin duda, señor, que éste es el moro encantado, y debe de guardar el tesoro para otros, y para nosotros sólo guarda las puñadas y los candilazos.

—Así es —respondió don Quijote—, y no hay que hacer caso destas cosas de encantamentos, ni hay para qué tomar cólera ni enojo con ellas; que, como son invisibles y fantásticas, no hallaremos de quién vengarnos, aunque más lo procuremos. Levántate, Sancho, si puedes, y llama al alcaide desta fortaleza, y procura que se me dé un poco de aceite, vino, sal y romero para hacer el salutífero bálsamo; que en verdad que creo que lo he bien menester ahora, porque se me va mucha sangre de la herida que esta fantasma me ha dado.

Levantóse Sancho con harto dolor de sus huesos, y fue ascuras donde estaba el ventero; y encontrándose con el cuadrillero, que estaba escuchando en qué paraba su enemigo, le dijo:

—Señor, quien quiera que seáis, hacednos merced y beneficio de darnos un poco de romero, aceite, sal y vino, que es menester para curar uno de los mejores caballeros andantes que hay en la tierra, el cual yace en aquella cama, malferido por las manos del encantado moro que está en esta venta.

Cuando el cuadrillero tal oyó, túvole por hombre falto de seso; y porque ya comenzaba a amanecer, abrió la puerta de la venta, y, llamando al ventero, le dijo lo que aquel buen hombre quería. El ventero le proveyó de cuanto quiso, y Sancho se lo llevó a don Quijote, que estaba con las manos en la cabeza, quejándose del dolor del candilazo, que no le había hecho más mal que levantarle dos chichones algo crecidos, y lo que él pensaba que era sangre no era sino sudor que sudaba con la congoja de la pasada tormenta.

En resolución, él tomó sus simples, de los cuales hizo un com-

lying on his back, unable to move, he was so battered and poulticed. The bowman came up to him and said:

"Well, how's it going, my good fellow?"

"I'd speak more politely if I were you," Don Quixote replied. "Is that the way people around here speak to knights-errant, dumbbell?"

The bowman, finding himself so ill used by a man of such unprepossessing appearance, couldn't abide it. Raising the lamp with all its oil, he hit Don Quixote on the head with it, so hard that he left him with quite a sore skull. Since everything went dark again, he left immediately; and Sancho Panza said:

"Beyond a doubt, sir, that was the enchanted Moor, and he must be keeping the treasure for others, while he keeps only punches and blows with lamps for us."

"So it is," Don Quixote replied, "but there's no cause to pay much attention to these incidents of enchantment, or ot become angry or irritated over them; because, since they are invisible and fantastic, we won't find anyone to take revenge on, no matter how hard we try. Get up, Sancho, if you can, call the governor of this fortress, and try to get me a little oil, wine, salt, and rosemary so I can brew the health-restoring balm; for I truly believe I stand in great need of it now, because much blood is flowing from the wound that that specter gave me."

Sancho got up, his bones aching badly, and went in the dark to find the innkeeper. Meeting up with the bowman, who stood listening to learn how his enemy was doing, he said:

"Sir, whoever you are, do us the favor and service of giving us a little rosemary, oil, salt, and wine, because they're required to heal one of the best knights-errant on earth; he's lying on that bed, wounded at the hands of the enchanted Moor who's in this inn."

When the bowman heard that, he took him for a madman; and, because dawn was now beginning to break, he opened the inn door and, calling the innkeeper, told him what that good fellow wanted. The innkeeper furnished him with all he requested, and Sancho took it to Don Quixote, who was on his feet, holding his hands to his head and complaining about the pain from the blow with the lamp—which hadn't done him more harm than to raise two fairly sizable bumps; what he had taken for blood was only sweat that he was secreting in his anguish at the storm he had undergone.

In short, he took his medicinal ingredients and made a compound

puesto, mezclándolos todos y cociéndolos un buen espacio, hasta que le pareció que estaban en su punto. Pidió luego alguna redoma para echallo, y como no la hubo en la venta, se resolvió de ponello en una alcuza o aceitera de hoja de lata, de quien el ventero le hizo grata donación. Y luego dijo sobre la alcuza más de ochenta paternostres y otras tantas avemarías, salves y credos, y a cada palabra acompañaba una cruz, a modo de bendición; a todo lo cual se hallaron presentes Sancho, el ventero y cuadrillero, que ya el arriero sosegadamente andaba entendiendo en el beneficio de sus machos.

Hecho esto, quiso él mesmo hacer luego la esperiencia de la virtud de aquel precioso bálsamo que él se imaginaba, y así, se bebió, de lo que no pudo caber en la alcuza y quedaba en la olla donde se había cocido, casi media azumbre; y apenas lo acabó de beber, cuando comenzó a vomitar, de manera que no le quedó cosa en el estómago; y con las ansias y agitación del vómito le dio un sudor copiosísimo, por lo cual mandó que le arropasen y le dejasen solo. Hiciéronlo ansí, y quedóse dormido más de tres horas, al cabo de las cuales despertó y se sintió aliviadísimo del cuerpo, y en tal manera mejor de su quebrantamiento, que se tuvo por sano; y verdaderamente creyó que había acertado con el bálsamo de Fierabrás, y que con aquel remedio podía acometer desde allí adelante, sin temor alguno, cualesquiera ruinas, batallas y pendencias, por peligrosas que fuesen.

Sancho Panza, que también tuvo a milagro la mejoría de su amo, le rogó que le diese a él lo que quedaba en la olla, que no era poca cantidad. Concedióselo don Quijote, y él, tomándola a dos manos, con buena fe y mejor talante, se la echó a pechos, y envasó bien poco menos que su amo. Es, pues, el caso que el estómago del pobre Sancho no debía de ser tan delicado como el de su amo, y así, primero que vomitase, le dieron tantas ansias y bascas, con tantos trasudores y desmayos, que él pensó bien y verdaderamente que era llegada su última hora; y viéndose tan afligido y congojado, maldecía el bálsamo y al ladrón que se lo había dado. Viéndole así don Quijote, le dijo:

—Yo creo, Sancho, que todo este mal te viene de no ser armado caballero, porque tengo para mí que este licor no debe aprovechar a los que no lo son.

—Si eso sabía vuestra merced —replicó Sancho—, ¡mal haya yo y toda mi parentela!, ¿para qué consintió que lo gustase?

En esto hizo su operación el brebaje, y comenzó el pobre es-

of them, mixing them all together and boiling them for a long time, until he thought the mixture was all ready. Then he asked for a flask to pour it into; since there wasn't any in the inn, he decided to put it in a tin cruet or oil container, of which the innkeeper made him a free gift. Then he pronounced over the cruet more than eighty "Our Father's" and the same number of "Hail Mary's," "Salve Regina's," and Apostles' Creeds. He accompanied each word with a cross, like a blessing. All of this was attended by Sancho, the innkeeper, and the bowman; by this time, the muleteer was peacefully seeing to the needs of his mules.

When this was over, Don Quixote himself wished to make an immediate test of the powers of that precious balm, as he thought it to be; and so, he drank almost a quart of the liquid that wouldn't fit in the cruet and was left in the pot in which it had been boiled. As soon as he had finished drinking, he began vomiting, and so hard that nothing was left in his stomach. The distress and agitation of the vomiting brought on a very copious sweat, so that he ordered them to bundle him up and leave him alone. They did so, and he remained asleep over three hours, after which he awoke, feeling quite relieved physically and so much healed from his beating that he considered himself cured. He really believed he had hit upon the balm of Fierabrás and that, with that remedy, he could thenceforth undertake without any fear any sort of devastation, battle, or fight, no matter how perilous.

Sancho Panza, who also considered his master's improvement to be a miracle, asked him to give him whatever still remained in the pot, which was no small amount. Don Quixote let him have it, and he, taking it in both hands, trustingly and quite willingly, swallowed it, ingesting not much less than his master had. Well, poor Sancho's stomach, it seems, couldn't have been as delicate as his master's, because, before he managed to vomit, he was beset with such distress and nausea, so much sweating and fainting, that he truly believed his last hour had come. Seeing himself thus afflicted and anguished, he repeatedly cursed the balm and the bandit who had given it to him. Seeing him like that, Don Quixote said:

"Sancho, I think you're having all this grief because you haven't been knighted; for I personally believe that this potion cannot do good to those who aren't knights."

"If you knew that, your honor," Sancho retorted, "damn me and my whole family, why did you allow me to taste it?"

At this point the beverage did its job, and the poor squire began to

cudero a desaguarse por entrambas canales, con tanta priesa, que la estera de enea, sobre quien se había vuelto a echar, ni la manta de anjeo con que se cubría, fueron más de provecho. Sudaba y trasudaba con tales parasismos y accidentes, que no solamente él, sino todos pensaron que se le acababa la vida. Duróle esta borrasca y mala andanza casi dos horas, al cabo de las cuales no quedó como su amo, sino tan molido y quebrantado, que no se podía tener.

Pero don Quijote, que, como se ha dicho, se sintió aliviado y sano, quiso partirse luego a buscar aventuras, pareciéndole que todo el tiempo que allí se tardaba era quitársele al mundo y a los en él menesterosos de su favor y amparo, y más, con la seguridad y confianza que llevaba en su bálsamo. Y así, forzado deste deseo, él mismo ensilló a Rocinante y enalbardó al jumento de su escudero, a quien también ayudó a vestir y a subir en el asno. Púsose luego a caballo, y, llegándose a un rincón de la venta, asió de un lanzón que allí estaba, para que le sirviese de lanza.

Estábanle mirando todos cuantos había en la venta, que pasaban de más de veinte personas; mirábale también la hija del ventero, y él también no quitaba los ojos della, y de cuando en cuando arrojaba un sospiro que parecía que le arrancaba de lo profundo de sus entrañas, y todos pensaban que debía de ser del dolor que sentía en las costillas; a lo menos, pensábanlo aquellos que la noche antes le habían visto bizmar.

Ya que estuvieron los dos a caballo, puesto a la puerta de la venta, llamó al ventero, y con voz muy reposada y grave, le dijo:

—Muchas y muy grandes son las mercedes, señor alcaide, que en este vuestro castillo he recebido, y quedo obligadísimo a agradecéroslas todos los días de mi vida. Si os las puedo pagar en haceros vengado de algún soberbio que os haya fecho algún agravio, sabed que mi oficio no es otro sino valer a los que poco pueden y vengar a los que reciben tuertos, y castigar alevosías. Recorred vuestra memoria, y si halláis alguna cosa deste jaez que encomendarme, no hay sino decilla; que yo os prometo, por la orden de caballero que recebí, de faceros satisfecho y pagado a toda vuestra voluntad.

El ventero le respondió con el mesmo sosiego:

—Señor caballero, yo no tengo necesidad de que vuestra merced me vengue ningún agravio, porque yo sé tomar la ven-

lose fluid at both ends, and with such urgency that neither the bulrush mat, onto which he had thrown himself again, nor the canvas blanket he covered himself with, were of any more use. He sweated buckets, with so many shaking fits, and blacking out so often, that not only he but everyone else, too, thought his life was ending. This tempest of ill luck lasted almost two hours, after which he didn't come out of it feeling well, as his master had, but so battered and worn that he couldn't stand.

But Don Quixote, who, as has been said, felt relieved and well, wanted to leave at once in quest of adventures, in the belief that all the time he lingered there he was depriving the world and its distressed of his favor and protection, especially now that he was so sure and confident of his balm. And so, impelled by that desire, he himself saddled Rocinante and put the packsaddle on his squire's donkey, also helping Sancho dress and straddle his mount. Then he got on his horse and, coming to one corner of the inn, grasped a short, thick spear[37] he found there so he could use it as his lance.

Everyone in the inn, over twenty people, was watching him; so was the innkeeper's daughter, and he couldn't take his eyes off her. Every once in a while he heaved a sigh that seemed to be torn from the depths of his being. They all thought it must be from the pain he felt in his sides; at least, that was the idea of those who had seen him poulticed the night before.

As soon as the pair was mounted, he came to the gate of the inn, called the innkeeper, and, in very calm and serious tones, said:

"Many and very great are the favors, lord governor, that I have received in this castle of yours, and I remain fully obliged to be grateful to you for them all the days of my life. If I can repay you for them by avenging you on some haughty man who has injured you in some way, know that my duty is none other than to defend those of little power, to avenge those who have been wronged, and to punish treachery. Think back, and if you recall anything of this nature that you can entrust to me, you have merely to name it; for I promise you, by the order of chivalry to which I belong, to satisfy and content you as much as you desire."

The innkeeper replied, equally calmly:

"Sir knight, there is no need for your honor to avenge any injury for me, because I'm capable of exacting any revenge I feel like

---

[37] Of the kind used to guard homes and property.

ganza que me parece cuando se me hacen. Sólo he menester que
vuestra merced me pague el gasto que esta noche ha hecho en la
venta, así de la paja y cebada de sus dos bestias, como de la cena y
camas.

—Luego, ¿venta es ésta? —replicó don Quijote.

—Y muy honrada —respondió el ventero.

—Engañado he vivido hasta aquí —respondió don Quijote—;
que en verdad que pensé que era castillo, y no malo; pero, pues es
ansí que no es castillo, sino venta, lo que se podrá hacer por agora
es que perdonéis por la paga; que yo no puedo contravenir a la
orden de los caballeros andantes, de los cuales sé cierto, sin que
hasta ahora haya leído cosa en contrario, que jamás pagaron posada
ni otra cosa en venta donde estuviesen, porque se les debe de fuero
y de derecho cualquier buen acogimiento que se les hiciere, en
pago del insufrible trabajo que padecen buscando las aventuras de
noche y de día, en invierno y en verano, a pie y a caballo, con sed
y con hambre, con calor y con frío, sujetos a todas las inclemencias
del cielo y a todos los incómodos de la tierra.

—Poco tengo yo que ver en eso —respondió el ventero—;
págueseme lo que se me debe, y dejémonos de cuentos ni de caballerías; que yo no tengo cuenta con otra cosa que con cobrar mi
hacienda.

—Vois sois un sandio y mal hostalero —respondió don Quijote.

Y poniendo piernas al Rocinante, y terciando su lanzón, se salió
de la venta, sin que nadie le detuviese, y él, sin mirar si le seguía
su escudero, se alongó un buen trecho.

El ventero, que le vio ir y que no le pagaba, acudió a cobrar a
Sancho Panza, el cual dijo que, pues su señor no había querido
pagar, que tampoco él pagaría; porque, siendo él escudero de caballero andante, como era, la mesma regla y razón corría por él
como por su amo en no pagar cosa alguna en los mesones y ventas.
Amohinóse mucho desto el ventero, y amenazóle que si no le
pagaba, que lo cobraría de modo que le pesase. A lo cual Sancho
respondió que, por la ley de caballería que su amo había recebido,
no pagaría un solo cornado, aunque le costase la vida; porque no
había de perder por él la buena y antigua usanza de los caballeros
andantes, ni se habían de quejar dél los escuderos de los tales que
estaban por venir al mundo, reprochándole el quebrantamiento de
tan justo fuero.

Quiso la mala suerte del desdichado Sancho que entre la gente

when wronged. My only requirement is for your honor to pay me the expenses you incurred in the inn last night, for the straw and barley of your two animals, as well as for the supper and the beds."

"Then, this is an inn?" Don Quixote retorted.

"And a very respectable one," the innkeeper replied.

"I have remained under a misapprehension up to this moment," Don Quixote replied, "for in truth I believed it was a castle, and not a bad one. But, since it is really not a castle, but an inn, what can be done for now is for you to forgo your payment, because I cannot contravene the rules of knight-errantry. I know for a certainty, and so far I've read nothing to the contrary, that knights-errant have never paid for lodgings or anything else at inns where they've stayed, because any good welcome they receive is their privilege and right, in return for the unbearable ordeals they undergo in quest of adventures day and night, winter and summer, on foot and on horse, thirsty and hungry, hot and cold, exposed to every inclemency of the sky and inconvenience of the land."

"All that matters very little to me," the innkeeper replied. "Let me be paid what's owing to me, and let's forget about fairy tales and chivalry. All I'm concerned with is getting what's coming to me."

"You are a foolish and bad host," replied Don Quixote.

And, spurring Rocinante and gripping the butt of his stumpy lance, he rode out of the inn, no one restraining him. Without looking to see whether his squire was following him, he proceeded quite some distance away.

The innkeeper, seeing him go without paying him, ran over to collect from Sancho Panza, who said that, since his master had refused to pay, he wouldn't pay, either; because, as the squire of a knight-errant, the same rules and reasons applied to him as to his master: not to pay anything at taverns and inns. The innkeeper was most annoyed at this, and threatened him, saying that, if he wasn't paid, he'd get his money in a way Sancho wouldn't like. To which Sancho replied that, in accordance with the laws of chivalry that his master was bound by, he wouldn't pay a red cent, even if it cost him his life; because the good and time-honored custom of knights-errant wasn't going to be dishonored on his account, nor would the squires of future knights have cause to complain about him, reproaching him for the infraction of such a proper privilege.

As the unfortunate Sancho's bad luck would have it, among the

que estaba en la venta se hallasen cuatro perailes de Segovia, tres agujeros del Potro de Córdoba y dos vecinos de la Heria de Sevilla, gente alegre, bien intencionada, maleante y juguetona, los cuales, casi como instigados y movidos de un mesmo espíritu, se llegaron a Sancho, y, apeándole del asno, uno dellos entró por la manta de la cama del huésped, y, echándole en ella, alzaron los ojos y vieron que el techo era algo más bajo de lo que habían menester para su obra, y determinaron salirse al corral, que tenía por límite el cielo. Y allí, puesto Sancho en mitad de la manta, comenzaron a levantarle en alto, y a holgarse con él, como con perro por carnestolendas.

Las voces que el mísero manteado daba fueron tantas, que llegaron a los oídos de su amo; el cual, determinándose a escuchar atentamente, creyó que alguna nueva aventura le venía, hasta que claramente conoció que el que gritaba era su escudero; y, volviendo las riendas, con un penado galope llegó a la venta, y, hallándola cerrada, la rodeó por ver si hallaba por donde entrar; pero no hubo llegado a las paredes del corral, que no eran muy altas, cuando vio el mal juego que se le hacía a su escudero. Viole bajar y subir por el aire, con tanta gracia y presteza, que, si la cólera le dejara, tengo para mí que se riera. Probó a subir desde el caballo a las bardas; pero estaba tan molido y quebrantado, que aun apearse no pudo; y así, desde encima del caballo, comenzó a decir tantos denuestos y baldones a los que a Sancho manteaban, que no es posible acertar a escribillos; mas no por esto cesaban ellos de su risa y de su obra, ni el volador Sancho dejaba sus quejas, mezcladas ya con amenazas, ya con ruegos; mas todo aprovechaba poco, ni aprovechó, hasta que de puro cansados le dejaron. Trujéronle allí su asno, y, subiéndole encima, le arroparon con su gabán. Y la compasiva de Maritornes, viéndole tan fatigado, le pareció ser bien socorrelle con un jarro de agua, y así, se le trujo del pozo, por ser más frío. Tomóle Sancho, y llevándole a la boca, se paró a las voces que su amo le daba, diciendo:

—¡Hijo Sancho, no bebas agua! ¡Hijo, no la bebas, que te matará! ¿Ves? Aquí tengo el santísimo bálsamo —y enseñábale la alcuza del brebaje—, que con dos gotas que dél bebas sanarás sin duda.

people at the inn were four wool-carders from Segovia, three needle-peddlers from the "Colt Fountain" in Córdoba, and two inhabitants of the "Fairgrounds" in Seville,[38] merry folk, good-natured, mischievous, and playful. These men, as if inspired and stirred by the same impetus, came up to Sancho and pulled him down from his donkey. One of them went in to get the blanket from their host's bed. Throwing Sancho onto it, they looked up and, seeing that the ceiling was a little too low for their present requirements, they decided to go out into the yard, which had the sky for a roof. There, placing Sancho in the middle of the blanket, they started tossing him into the air and having fun with him, as is done with dogs in Carnival season.

The shouts that the poor tossed man raised were so loud that they reached the ears of his master, who, resolving to listen attentively, thought some new adventure was heading his way, until he clearly discerned that the one shouting was his squire. Turning Rocinante back, he made a laborious gallop to the inn; finding the gate locked, he rode around it looking for a way in. But as soon as he reached the courtyard walls, which weren't very high, he saw the unpleasant sport being inflicted on his squire. He saw him ascending and descending through the air with such grace and nimbleness that, if his anger had allowed it, I personally think he would have laughed. He tried to climb from his horse onto the protective brambles covering the wall, but he was so battered and bruised that he couldn't even dismount. And so, still on horseback, he started to utter so many insults and curses at those who were tossing Sancho, that they can't possibly be written down. But that didn't make them halt their fun or their efforts; nor did the flying Sancho cease his laments, which he mingled now with threats, now with entreaties. But none of that was doing much good; nor did it, until they let him go, just because they were tired out. They brought over his donkey, placed him on it, and bundled him up in his coat. The compassionate Maritornes, seeing him so tuckered out, thought it would be good to come to his aid with a pitcher of water; she brought him some straight from the well so it would be colder. Sancho took it, but when he raised it to his lips, he stopped, hearing his master shout to him:

"Sancho, my son, don't drink water! My boy, don't drink it or it will kill you! See? I have here the most sacred balm"—and he showed him the cruet with the potion—"just drink two drops of it and you'll surely get well."

---

[38] All proverbial "criminal elements."

A estos voces volvió Sancho los ojos, como de través, y dijo con otras mayores:

—Por dicha, ¿hásele olvidado a vuestra merced como yo no soy caballero, o quiere que acabe de vomitar las entrañas que me quedaron de anoche? Guárdese su licor con todos los diablos, y déjeme a mí.

Y el acabar de decir esto y el comenzar a beber, todo fue uno; mas, como al primer trago vio que era agua, no quiso pasar adelante, y rogó a Maritornes que se le trujese de vino, y así lo hizo ella de muy buena voluntad, y lo pagó de su mesmo dinero; porque, en efecto, se dice della que, aunque estaba en aquel trato, tenía unas sombras y lejos de cristiana.

Así como bebió Sancho, dio de los carcaños a su asno, y, abriéndole la puerta de la venta de par en par, se salió della, muy contento de no haber pagado nada y de haber salido con su intención, aunque había sido a costa de sus acostumbrados fiadores, que eran sus espaldas. Verdad es que el ventero se quedó con sus alforjas en pago de lo que se le debía; mas Sancho no las echó menos, según salió turbado. Quiso el ventero atrancar bien la puerta así como le vio fuera; mas no lo consintieron los manteadores, que eran gente que, aunque don Quijote fuera verdaderamente de los caballeros andantes de la Tabla Redonda, no le estimaran en dos ardites.

## Capítulo XVIII

*Donde se cuentan las razones que pasó Sancho Panza con su señor don Quijote, con otras aventuras dignas de ser contadas*

En las primeras páginas del CAPÍTULO XVIII, Sancho se encuentra desanimado y quiere regresar a casa, pero don Quijote lo insta a perseverar.

En estos coloquios iban don Quijote y su escudero, cuando vio don Quijote que por el camino que iban venía hacia ellos una grande y espesa polvareda; y, en viéndola, se volvió a Sancho y le dijo:

—Éste es el día, ¡oh Sancho!, en el cual se ha de ver el bien que me tiene guardado mi suerte; éste es el día, digo, en que se ha de mostrar, tanto como en otro alguno, el valor de mi brazo, y en el que tengo de hacer obras que queden escritas en el libro de la Fama por

Hearing those shouts, Sancho turned his eyes, as if squinting, and said, even more loudly:

"Your honor, have you possibly forgotten that I'm not a knight, or do you want me to spew out the rest of the insides I still have left over from last night? Keep your potion, with the curse of hell on it, and leave me alone!"

In the same moment he finished saying this, he began to drink; but, seeing at the first swallow that it was water, he didn't want to continue, and asked Maritornes to bring him wine. She did so very gladly, paying for it with her own money; because, in fact, it is stated of her that, even though her walk in life was so humble, she had some pale glints of a good Christian.

As soon as Sancho had drunk, he dug his heels into his donkey and, opening the inn gate wide for him, he departed, very pleased at not having paid a thing and at having had his way, even at the expense of his usual guarantors: his shoulders. It's true that the innkeeper kept the saddlebags in payment for what he was owed, but Sancho didn't miss them, he was so confused when he left. The innkeeper wanted to bar the gate as soon as he saw him outside, but the blanket tossers wouldn't let him; they were people who wouldn't have given two cents for Don Quixote even if he had really been one of the knights of the Round Table.

## Chapter XVIII

*Which Relates Sancho Panza's Conversation with His Master Don Quixote, Along with Other Adventures Worthy of Being Related*

In the first page or two of CHAPTER XVIII, Sancho is discouraged and wants to go home, but Don Quixote persuades him to persevere.

Don Quixote and his squire were engaged in this conversation, when Don Quixote saw that, along the road on which they were traveling, a large, dense cloud of dust was heading their way. On seeing it, he turned toward Sancho and said:

"O Sancho, this is the day on which we shall see the good things my fate has in store for me! This is the day, I say, on which, as much as on any other, the might of my arm is to be displayed, and on which I am to do deeds that shall remain inscribed in the book of Fame for all

todos los venideros siglos. ¿Ves aquella polvareda que allí se levanta, Sancho? Pues toda es cuajada de un copiosísimo ejército que de diversas e innumerables gentes por allí viene marchando.

—A esa cuenta, dos deben de ser —dijo Sancho—; porque desta parte contraria se levanta asimesmo otra semejante polvareda.

Volvió a mirarlo don Quijote, y vio que así era la verdad; y alegrándose sobre manera, pensó sin duda alguna que eran dos ejércitos, que venían a embestirse y a encontrarse en mitad de aquella espaciosa llanura. Porque tenía a todas horas y momentos llena la fantasía de aquellas batallas, encantamentos, sucesos, desatinos, amores, desafíos, que en los libros de caballerías se cuentan, y todo cuanto hablaba, pensaba o hacía era encaminado a cosas semejantes. Y la polvareda que había visto la levantaban dos grandes manadas de ovejas y carneros que, por aquel mesmo camino, de dos diferentes partes venían, las cuales, con el polvo, no se echaron de ver hasta que llegaron cerca. Y con tanto ahínco afirmaba don Quijote que eran ejércitos, que Sancho lo vino a creer y a decirle:

—Señor, pues, ¿qué hemos de hacer nosotros?

—¿Qué? —dijo don Quijote—. Favorecer y ayudar a los menesterosos y desvalidos. Y has de saber, Sancho, que este que viene por nuestra frente le conduce y guía el grande emperador Alifanfarón, señor de la grande isla Trapobana; este otro que a mis espaldas marcha, es el de su enemigo, el rey de los garamantas, Pentapolín del Arremangado Brazo, porque siempre entra en las batallas con el brazo derecho desnudo.

—Pues ¿por qué se quieren tan mal estos dos señores? —preguntó Sancho.

—Quiérense mal —respondió don Quijote— porque este Alifanfarón es un foribundo pagano, y está enamorado de la hija de Pentapolín, que es una muy fermosa y además agraciada señora, y es cristiana, y su padre no se la quiere entregar al rey pagano si no deja primero la ley de su falso profeta Mahoma y se vuelve a la suya.

—¡Para mis barbas —dijo Sancho—, si no hace muy bien Pentapolín, y que le tengo de ayudar en cuanto pudiere!

—En eso harás lo que debes, Sancho —dijo don Quijote—; porque para entrar en batallas semejantes no se requiere ser armado caballero.

—Bien se me alcanza eso —respondió Sancho—; pero ¿dónde

ages to come! Do you see that cloud of dust rising there, Sancho? Well, it is made so dense by an extremely large army of varied and innumerable peoples that is marching there."

"To go by that, there must be two armies," Sancho said, "because another, similar cloud of dust is arising from this opposite direction."

Don Quixote turned to look, and saw that it was so; rejoicing exceedingly, he imagined for a certainty that these were two armies coming to meet and clash in the midst of that spacious plain—because at every hour and moment his mind was full of those battles, spells, encounters, follies, love affairs, and challenges that are recounted in books of chivalry, and everything he said, thought, or did was channeled toward such things. The cloud of dust he had seen was being raised by two large flocks of ewes and rams traveling in different directions on that same road; because of the dust, they couldn't be seen until they were quite close. But Don Quixote asserted so insistently that they were armies, that Sancho finally believed him and said:

"Well, sir, what is our part in this?"

"What is it?" said Don Quixote. "To protect and aid the distressed and the destitute. And you are to know, Sancho, that the army advancing in front of us is conducted and led by the great emperor Alifanfarón, lord of the great island Taprobana.[39] This other one marching behind me is that of his enemy, the king of the Garamantes, Pentapolín of the Rolled-up Sleeve, so-called because he always enters battle with his right arm bare."

"Well, why are these two lords such great enemies?" Sancho asked.

"They are enemies," Don Quixote replied, "because this Alifanfarón is a furious pagan in love with Pentapolín's daughter, a very beautiful and furthermore attractive lady, and a Christian, and her father doesn't want to give her hand to the pagan king unless he first abandons the faith of his false prophet Mahomet and converts to his own."

"By my beard," said Sancho, "Pentapolín is perfectly right, and I ought to help him as much as I can!"

"You'd only be doing your duty, Sancho," Don Quixote said, "because to enter battles like this one, it isn't necessary to be a dubbed knight."

"I can grasp that," Sancho replied, "but where will we put this

---

[39] Later names of this island: Serendib, Ceylon, Sri Lanka.

pondremos a este asno que estemos ciertos de hallarle después de pasada la refriega? Porque el entrar en ella en semejante caballería no creo que está en uso hasta agora.

—Así es verdad —dijo don Quijote—. Lo que puedes hacer dél es dejarle a sus aventuras, ora se pierda o no, porque serán tantos los caballos que tendremos después que salgamos vencedores, que aun corre peligro Rocinante no le trueque por otro. Pero estáme atento y mira, que te quiero dar cuenta de los caballeros más principales que en estos ejércitos vienen. Y para que mejor lo veas y notes, retirémonos a aquel altillo que allí se hace, de donde se deben de descubrir los dos ejércitos.

Hiciéronlo así, y pusiéronse sobre una loma, desde la cual se vieran bien las dos manadas que a don Quijote se le hicieron ejército, si las nubes del polvo que levantaban no les turbara y cegara la vista; pero, con todo esto, viendo en su imaginación lo que no veía ni había, con voz levantada comenzó a decir:

—Aquel caballero que allí ves de las armas jaldes, que trae en el escudo un león coronado, rendido a los pies de una doncella, es el valeroso Laurcalco, señor de la Puente de Plata; el otro de las armas de las flores de oro, que trae en el escudo tres coronas de plata en campo azul, es el temido Micocolembo, gran duque de Quirocia; el otro de los miembros giganteos, que está a su derecha mano, es el nunca medroso Brandabarbarán de Boliche, señor de las tres Arabias, que viene armado de aquel cuero de serpiente, y tiene por escudo una puerta, que, según es fama, es una de las del templo que derribó Sansón, cuando con su muerte se vengó de sus enemigos. Pero vuelve los ojos a estotra parte, y verás delante y en la frente destotro ejército al siempre vencedor y jamás vencido Timonel de Carcajona, príncipe de la Nueva Vizcaya, que viene armado con las armas partidas a cuarteles, azules, verdes, blancas y amarillas, y trae en el escudo un gato de oro en campo leonado, con una letra que dice: *Miau*, que es el principio del nombre de su dama, que, según se dice, es la sin par Miulina, hija del duque Alfeñiquén del Algarbe; el otro, que carga y oprime los lomos de aquella poderosa alfana, que trae las armas como nieve blancas y el escudo blanco y sin empresa alguna, es un caballero novel, de nación francés, llamado Pierres Papín, señor de las baronías de Utrique; el otro, que bate las ijadas con los herrados carcaños a aquella pintada y ligera cebra y trae las armas de los veros azules, es el poderoso duque de Nerbia, Espartafilardo del Bosque, que

donkey so as to be sure of finding him after the combat is over? Because I don't think that joining battle on such a mount has ever been done up to now."

"That is the truth," said Don Quixote. "What you can do with him is to leave him to his chances as to whether he gets lost or not, because we'll have so many horses after emerging victorious that even Rocinante runs the risk of being traded for another one. But pay attention to me and look sharp, for I wish to give you an account of the foremost knights who are part of these armies. In order that you can better see and take note of this, let us withdraw to that hillock rising over yonder, from which the two armies should be visible."

They did so, and took up a position on a low hill, from which they would have seen clearly the two flocks that seemed to Don Quixote to be armies, if the clouds of dust raised by the flocks hadn't impeded and obscured their view. Nevertheless, in spite of this, Don Quixote, seeing in his imagination what he didn't see, and what didn't exist, began to say in a loud voice:

"That knight you see yonder with the bright yellow armor, bearing on his shield a crowned lion lying submissively at a damsel's feet, is the valiant Laurcalco, lord of the Silver Bridge. The other one, with armor of flowers of gold, bearing on his shield three silver crowns on an azure field, is the greatly feared Micocolembo, grand duke of Quirocia; that other one with the gigantic limbs, who rides at his right hand, is the never-frightened Brandabarbarán of Boliche, lord of the three Arabias, whose armor is that snakeskin and whose shield is a door, which, as the report is, is a door from the temple that Samson demolished when he avenged himself on his enemies at the cost of his own life. But turn your eyes in this other direction, and you will see, at the head and in the lead of this other army, the ever-victorious and never-conquered Timonel of Carcajona, prince of New Biscay, whose armor coloring is divided into quarters, blue, green, white, and yellow, and who bears on his shield a golden cat on a tawny field with the motto 'Meow,' which is the beginning of the name of his lady, who, it is said, is the peerless Miulina, daughter of Duke Alfeñiquén of the Algarve. That other man, whose body weighs down and oppresses the back of that powerful huge mare, and who wears armor white as snow and a blank shield with no device, is a novice knight, a Frenchman, named Pierre Papin, lord of the baronies of Utrique. The next man, who with his ironclad heels beats the flanks of that light, striped zebra, and wears armor with azure vairs, is the mighty duke of Nerbia, Espartafilado of the Forest; the device on his shield is an asparagus

trae por empresa en el escudo una esparraguera, con una letra en castellano que dice así: *Rastrea mi suerte.*

Y desta manera fue nombrando muchos caballeros del uno y del otro escuadrón que él se imaginaba, y a todos les dio sus armas, colores, empresas y motes, de improviso, llevado de la imaginación de su nunca vista locura, y, sin parar, prosiguió diciendo:

—A este escuadrón frontero forman y hacen gentes de diversas naciones: aquí están los que bebían las dulces aguas del famoso Xanto; los montuosos que pisan los masílicos campos; los que cubren el finísimo y menudo oro en la felice Arabia; los que gozan las famosas y frescas riberas del claro Termodonte; los que sangran por muchas y diversas vías al dorado Pactolo; los númidas, dudosos en sus promesas; los persas, arcos y flechas famosos; los partos, los medos, que pelean huyendo; los árabes, de mudables casas; los citas, tan crueles como blancos; los etíopes, de horadados labios, y otras infinitas naciones, cuyos rostros conozco y veo, aunque de los nombres no me acuerdo. En estotro escuadrón vienen los que beben las corrientes cristalinas del olivífero Betis; los que tersan y pulen sus rostros con el licor del siempre rico y dorado Tajo; los que gozan las provechosas aguas del divino Genil; los que pisan los tartesios campos, de pastos abundantes; los que se alegran en los elíseos jerezanos prados; los manchegos, ricos y coronados de rubias espigas; los de hierro vestidos, reliquias antiguas de la sangre goda; los que en Pisuerga se bañan, famoso por la mansedumbre de su corriente; los que su ganado apacientan en las estendidas dehesas del tortuoso Guadiana, celebrado por su escondido curso; los que tiemblan con el frío del silvoso Pirineo y con los blancos copos del levantado Apenino; finalmente, cuantos toda la Europa en sí contiene y encierra.

¡Válame Dios, y cuántas provincias dijo, cuántas naciones nombró, dándole a cada una, con maravillosa presteza, los atributos que le pertenecían, todo absorto y empapado en lo que había leído en sus libros mentirosos!

Estaba Sancho Panza colgado de sus palabras, sin hablar ninguna, y de cuando en cuando volvía la cabeza a ver si veía los caballeros y gigantes que su amo nombraba; y como no descubría a ninguno, le dijo:

—Señor, encomiendo al diablo hombre, ni gigante, ni caballero

plant, with a motto in Spanish reading: 'My fate trails along the ground.'"

And in this way he went on naming many knights of one and the other squadron, as he imagined them, giving each one his armor, colors, devices, and mottos, improvising as he went, inspired by the fantasies of his unheard-of madness. Without stopping, he continued:

"This squadron in front is formed and comprised of peoples of different nations. Here are those who used to drink the sweet waters of the famous Xanthus; the mountaineers who tread the fields of Massyla; those who cautiously guard the very fine and powdery gold of Arabia Felix; those who enjoy the famous cool banks of the clear Thermodon; those who drain the gold-bearing Pactolus in many different channels; the Numidians, unreliable in their promises; the Persians, noted for their skill with bow and arrow; the Parthians and the Medes, who fight even while retreating; the Arabs, who move their dwellings; the Scythians, as cruel as they are fair-skinned; the Ethiopians with their pierced lips; and an infinity of other peoples, whose faces I see and recognize, although I do not recall their names. In this other squadron there advance those who drink the crystalline current of the olive-engendering Betis;[40] those who wash and clean their faces with the liquid of the ever-rich and golden Tagus; those who enjoy the beneficial waters of the divine Genil; those who tread the fields of Tartessus, of abundant pasture lands; those who rejoice in the Elysian meadows of Jerez; those of La Mancha, rich and crowned with golden grain; those clad in iron, descendants of the ancient Goths; those who bathe in the Pisuerga, famous for the gentleness of its current; those who graze their livestock on the extensive pastures of the winding Guadiana, celebrated for its underground course; those who tremble with the cold of the forest-clad Pyrenees and the white flakes of the lofty Apennines; in short, all those contained in and confined by Europe as a whole."

God help me, all the provinces he cited, all the nations he named, giving each one its proper attributes, with wonderful presence of mind, completely wrapped up and absorbed as he was in what he had read in his lying books!

Sancho Panza was hanging on his words, not saying anything. From time to time he would turn his head to see if he could make out the knights and giants his master was naming. Since he couldn't see any of them, he said:

"Sir, the Devil take it if any man, giant, or knight of all those your

---

[40] The river Guadalquivir.

de cuantos vuestra merced dice parece por todo esto; a lo menos,
yo no los veo; quizá todo debe ser encantamento, como las fantasmas de anoche.

—¿Cómo dices eso? —respondió don Quijote—. ¿No oyes el re-
linchar de los caballos, el tocar de los clarines, el ruido de los atam-
bores?

—No oigo otra cosa —respondió Sancho— sino muchos balidos
de ovejas y carneros.

Y así era la verdad, porque ya llegaban cerca los dos rebaños.

—El miedo que tienes —dijo don Quijote— te hace, Sancho,
que ni veas ni oyas a derechas; porque uno de los efectos del miedo
es turbar los sentidos y hacer que las cosas no parezcan lo que son;
y si es que tanto temes, retírate a una parte y déjame solo; que solo
basto a dar la victoria a la parte a quien yo diere mi ayuda.

Y diciendo esto, puso las espuelas a Rocinante, y, puesta la lanza
en el ristre, bajó de la costezuela como un rayo. Diole voces
Sancho, diciéndole:

—¡Vuélvase vuestra merced, señor don Quijote, que voto a Dios
que son carneros y ovejas las que va a embestir! ¡Vuélvase, desdichado del padre que me engendró! ¿Qué locura es ésta? Mire
que no hay gigante ni caballero alguno, ni gatos, ni armas, ni escu-
dos partidos ni enteros, ni veros azules ni endiablados. ¿Qué es lo
que hace? ¡Pecador soy yo a Dios!

Ni por ésas volvió don Quijote; antes, en altas voces, iba diciendo:

—¡Ea, caballeros, los que seguís y militáis debajo de las ban-
deras del valeroso emperador Pentapolín del Arremangado Brazo,
seguidme todos; veréis cuán fácilmente le doy venganza de su
enemigo Alifanfarón de la Trapobana!

Esto diciendo, se entró por medio del escuadrón de las ovejas, y
comenzó de alanceallas con tanto coraje y denuedo como si de
veras alanceara a sus mortales enemigos. Los pastores y ganaderos
que con la manada venían dábanle voces que no hiciese aquello;
pero, viendo que no aprovechaban, desciñéronse las hondas y
comenzaron a saludalle los oídos con piedras como el puño. Don
Quijote no se curaba de las piedras; antes, discurriendo a todas
partes, decía:

—¿Adónde estás, soberbio Alifanfarón? Vente a mí; que un caballero solo soy, que desea de solo a solo, probar tus fuerzas y

honor is mentioning is in sight, for all that! At least, I don't see them. Maybe it's all an enchantment, like last night's spooks."

"How can you say that?" Don Quixote replied. "Don't you hear the neighing of the horses, the blowing of the trumpets, the rumble of the drums?"

"I hear nothing," Sancho replied, "but a lot of bleating of ewes and rams."

And that was the truth, because the two flocks were now coming very close.

"The fear you feel, Sancho," said Don Quixote, "prevents you from seeing and hearing correctly; for one of the effects of fear is to cloud the senses and make things appear other than they are. If you're so afraid, withdraw to one side and leave me alone; for I by myself am sufficient to give the victory to the side I come to the aid of."

With these words, he spurred Rocinante and, his lance at the ready, he rode down the hill like a flash. Sancho shouted after him:

"Come back, your honor, sir Don Quixote, because I swear to God that it's rams and ewes you're on the way to attack! Come back—the unlucky father that begot me! What madness is this? Look, there isn't any giant or knight, or cats, or armor, or shields either divided or entire, or azure or any damned vairs. What are you doing? Poor sinner that I am!"

None of that made Don Quixote turn back. Instead, he rode on, calling loudly:

"Hey, you knights that follow and fight under the banners of the valiant emperor Pentapolín of the Rolled-up Sleeve, follow me, all of you! You'll see how easily I give him revenge on his enemy Alifanfarón of Taprobana!"

Saying this, he rode into the midst of the squadron of sheep, and began spearing them with as much ardor and energy as if he were really piercing his mortal enemies. The shepherds and breeders who were accompanying the flock shouted to him to desist. Then, seeing they weren't accomplishing anything, they detached their slings and started greeting his ears with stones as big as fists. Don Quixote paid no attention to the stones; instead, he dashed in every direction, saying:

"Where are you, haughty Alifanfarón? Come to me, for I am a lone knight who desires to test your strength in single combat and to take

quitarte la vida, en pena de la que das al valeroso Pentapolín Garamanta.

Llegó en esto una peladilla de arroyo, y, dándole en un lado, le sepultó dos costillas en el cuerpo. Viéndose tan maltrecho, creyó, sin duda, que estaba muerto o malferido y, acordándose de su licor, sacó su alcuza, y púsosela a la boca, y comenzó a echar licor en el estómago; mas, antes que acabase de envasar lo que a él le parecía que era bastante, llegó otra almendra y diole en la mano, y en el alcuza, tan de lleno que se la hizo pedazos, llevándole de camino tres o cuatro dientes y muelas de la boca, y machucándole malamente dos dedos de la mano.

Tal fue el golpe primero, y tal el segundo, que le fue forzoso al pobre caballero dar consigo del caballo abajo. Llegáronse a él los pastores, y creyeron que le habían muerto; y así, con mucha priesa, recogieron su ganado, y cargaron de las reses muertas, que pasaban de siete, y sin averiguar otra cosa, se fueron.

En lo que queda del Capítulo XVIII, don Quijote sostiene que un encantador ha transformado los ejércitos en ovejas; él y Sancho vomitan el uno encima del otro; Sancho descubre que sus alforjas—que contienen su comida—han desaparecido; y prosiguen, en busca de albergue.

## Capítulo XIX

*De las discretas razones que Sancho pasaba con su amo y de la aventura que le sucedió con un cuerpo muerto, con otros acontecimientos famosos*

—Paréceme, señor mío, que todas estas desventuras que estos días nos han sucedido, sin duda alguna han sido pena del pecado cometido por vuestra merced contra la orden de su caballería, no habiendo cumplido el juramento que hizo de no comer pan a manteles ni con la reina folgar, con todo aquello que a esto se sigue y vuestra merced juró de cumplir, hasta quitar aquel almete de Malandrino, o como se llama el moro, que no me acuerdo bien.

—Tienes mucha razón, Sancho —dijo don Quijote—; mas, para decirte verdad, ello se me había pasado de la memoria; y también puedes tener por cierto que por la culpa de no habérmelo tú acordado en

your life, as a penalty for the pain you give the valiant Pentapolín the Garamant!"

At that moment there arrived a "brook almond," a pebble, which, hitting him in the side, caved in two of his ribs. Seeing himself so mishandled, he believed for a certainty that he was dead or wounded. Remembering his potion, he took out his cruet, placed it to his lips, and started to pour liquid into his stomach. But before he had finished swallowing what he thought was a sufficient amount, another "almond" arrived, hitting his hand and the cruet so squarely that it broke the receptacle into bits. And, as the stone continued on its path, it knocked three or four teeth and molars out of his mouth and badly bruised two fingers on his hand.

The first blow was such, and the second such, that the poor knight was compelled to drop from his horse. The shepherds came up to him and thought they had killed him. So, with great haste, they reassembled their livestock, picked up the dead sheep, of which there were more than seven, and, without any further investigation, took off.

In the remainder of CHAPTER XVIII, Don Quixote claims that an enchanter changed the armies into sheep; he and Sancho vomit onto each other; Sancho discovers that his saddlebags—containing their food—are gone; and they proceed, seeking lodgings.

## Chapter XIX

*Concerning the Sensible Words Sancho Exchanged with His Master, and the Adventure Don Quixote Had with a Corpse, Along with Other Renowned Events*

"It seems to me, sir, as if all these misfortunes that have befallen us in the last few days have certainly been a punishment for the sin your honor committed against your order of chivalry by not fulfilling the vow[41] you made not to eat bread on a covered table, or sport with the queen, together with all the rest that your honor vowed to fulfill, until you captured that helmet of Malandrino,[42] or whatever that Moor is called, because I don't rightly remember."

"You're quite right, Sancho," said Don Quixote. "But, to tell you the truth, it had slipped my mind. You can also be sure that it was for the fault of not having reminded me of it in time that you suffered that

---

[41] This vow was made in Chapter X, omitted in the present selection. [42] A humorous mistake (*malandrín* = "scoundrel") for Mambrino.

tiempo te sucedió aquello de la manta; pero yo haré la enmienda; que modos hay de composición en la orden de la caballería para todo.

—Pues ¿juré yo algo, por dicha? —respondió Sancho.

—No importa que no hayas jurado —dijo don Quijote—: basta que yo entiendo que de participantes no estás muy seguro, y, por sí o por no, no será malo proveernos de remedio.

—Pues si ello es así —dijo Sancho—, mire vuestra merced no se le torne a olvidar esto, como lo del juramento; quizá les volverá la gana a las fantasmas de solazarse otra vez conmigo, y aun con vuestra merced, si le ven tan pertinaz.

En estas y otras pláticas les tomó la noche en mitad del camino, sin tener ni descubrir donde aquella noche se recogiesen; y lo que no había de bueno en ello era que perecían de hambre; que con la falta de las alforjas les faltó toda la despensa y matalotaje. Y para acabar de confirmar esta desgracia, les sucedió una aventura que, sin artificio alguno, verdaderamente lo parecía. Y fue que la noche cerró con alguna escuridad; pero, con todo esto, caminaban, creyendo Sancho que, pues aquel camino era real, a una o dos leguas, de buena razón hallaría en él alguna venta.

Yendo, pues, desta manera, la noche escura, el escudero hambriento y el amo con gana de comer, vieron que por el mesmo camino que iban venían hacia ellos gran multitud de lumbres, que no parecían sino estrellas que se movían. Pasmóse Sancho en viéndolas, y don Quijote no las tuvo todas consigo; tiró el uno del cabestro a su asno, y el otro de las riendas a su rocino, y estuvieron quedos, mirando atentamente lo que podía ser aquello, y vieron que las lumbres se iban acercando a ellos, y mientras más se llegaban, mayores parecían; a cuya vista Sancho comenzó a temblar como un azogado, y los cabellos de la cabeza se le erizaron a don Quijote, el cual, animándose un poco, dijo:

—Ésta, sin duda, Sancho, debe de ser grandísima y peligrosísima aventura, donde será necesario que yo muestre todo mi valor y esfuerzo.

—¡Desdichado de mí! —respondió Sancho—; si acaso esta aventura fuese de fantasmas, como me lo va pareciendo, ¿adónde habrá costillas que la sufran?

—Por más fantasmas que sean —dijo don Quijote—, no consentiré yo que te toque en el pelo de la ropa; que si la otra vez se burlaron contigo, fue porque no pude yo saltar las paredes del corral; pero ahora estamos en campo raso, donde podré yo como quisiere esgremir mi espada.

incident with the blanket. But I'll make amends, because in the order of chivalry there are ways of settling everything."

"But did *I* make a vow, by any chance?" Sancho replied.

"It doesn't matter whether you made a vow. It's enough that I can see you're quite likely to be an accomplice. One way or another, it will do no harm to seek a remedy."

"That being the case," said Sancho, "your honor must be sure not to forget it again, the way you did the vow. Maybe the spooks will get the urge again to have their fun with me another time, and even with your honor, if they find you so obstinate."

While they were engaged in this dialogue and others, night overtook them in the middle of the road, having and finding no place to shelter in that night. What was especially bad about this was that they were perishing with hunger, for with the loss of the saddlebags they had lost their entire larder and galley. To put the finishing touch to this misfortune, they had an adventure that really resembled one, all trickery aside: the night closed in quite darkly but they still kept traveling, because Sancho thought that, since it was a major thoroughfare, if he proceeded a league or two he would most likely find an inn beside it.

Well, then, going along this way, the night dark, the squire hungry, and the master quite willing to eat something, they saw that, on the same road they were following, a large number of lights were heading toward them, looking exactly like stars on the move. Sancho was chilled when he saw them, and Don Quixote was rather alarmed. The former pulled on his donkey's halter, the latter on his horse's reins, and they remained motionless, looking hard to see what that might be. They observed that the lights were approaching them, seeming to get bigger as they advanced. At that sight Sancho started shivering like a miner with mercury poisoning, and Don Quixote's hair stood on end. Gathering a little courage, he said:

"No doubt, Sancho, this must be a very great and perilous adventure, in which I shall have to display all my valor and prowess."

"Unlucky me!" replied Sancho. "If by chance this adventure were to be one with spooks, as it looks to me, where will I get ribs that can stand it?"

"No matter how many spooks there are," said Don Quixote, "I won't let them touch even a thread of your clothing. If they made sport of you that other time, it was because I couldn't leap the walls of the innyard, but now we're in open country where I'll be able to wield my sword as I wish."

—Y si le encantan y entomecen, como la otra vez lo hicieron —dijo Sancho—, ¿qué aprovechará estar en campo abierto o no?

—Con todo eso —replicó don Quijote—, te ruego, Sancho, que tengas buen ánimo, que la experiencia te dará a entender el que yo tengo.

—Sí tendré, si a Dios place —respondió Sancho.

Y, apartándose los dos a un lado del camino, tornaron a mirar atentamente lo que aquello de aquellas lumbres que caminaban podía ser, y de allí a muy poco descubrieron muchos encamisados, cuya temerosa visión de todo punto remató el ánimo de Sancho Panza, el cual comenzó a dar diente con diente, como quien tiene frío de cuartana; y creció más el batir y dentellear cuando distintamente vieron lo que era, porque descubrieron hasta veinte encamisados, todos a caballo, con sus hachas encendidas en las manos, detrás de los cuales venía una litera cubierta de luto, a la cual seguían otros seis de a caballo, enlutados hasta los pies de las mulas; que bien vieron que no eran caballos en el sosiego con que caminaban. Iban los encamisados murmurando entre sí, con una voz muy baja y compasiva. Esta estraña visión, a tales horas y en tal despoblado, bien bastaba para poner miedo en el corazón de Sancho, y aun en el de su amo; y así fuera en cuanto a don Quijote, que ya Sancho había dado al través con todo su esfuerzo. Lo contrario le avino a su amo, al cual en aquel punto se le representó en su imaginación al vivo que aquélla era una de las aventuras de sus libros.

Figurósele que la litera eran andas donde debía de ir algún mal ferido o muerto caballero, cuya venganza a él solo estaba reservada, y, sin hacer otro discurso, enristró su lanzón, púsose bien en la silla, y con gentil brío y continente se puso en la mitad del camino por donde los encamisados forzosamente habían de pasar, y cuando los vio cerca alzó la voz y dijo:

—Deteneos, caballeros, o quienquiera que seáis, y dadme cuenta de quién sois, de dónde venís, adónde vais, qué es lo que en aquellas andas lleváis; que, según las muestras, o vosotros habéis fecho, o vos han fecho, algún desaguisado, y conviene y es menester que yo lo sepa, o bien para castigaros del mal que fecistes, o bien para vengaros del tuerto que vos ficieron.

—Vamos de priesa —respondió uno de los encamisados—, y está la venta lejos, y no nos podemos detener a dar tanta cuenta como pedís.

"But if they enchant you and paralyze you as they did last time," said Sancho, "what will be the good of being in open country or not?"

"All the same," Don Quixote retorted, "I beg you, Sancho, to be of good courage, for experience will prove to you how much so I am."

"I will, if it so pleases God," replied Sancho.

They both withdrew to one side of the road, and once again looked hard to see what that affair with the walking lights might be. Shortly afterward, they made out a large number of what appeared to be soldiers wearing white identifying overshirts for a night attack.[43] That frightful sight totally finished off Sancho Panza's courage, and his teeth began to chatter as if he had malaria. The clatter and chatter increased when they saw clearly what was in front of them: they descried some twenty men in overshirts, all mounted, with flaming torches in their hands. Behind them came a litter covered with mourning, followed by six more mounted men, in mourning to the very feet of their she-mules (they saw clearly that they weren't horses from the calm pace at which they walked). The shirted men were murmuring to themselves in a very low, compassionate voice. This strange vision, at such an hour and in such a deserted spot, was quite enough to instill fear in Sancho's heart, and even in his master's; but it wasn't so in the case of Don Quixote, although Sancho had already lost every bit of his prowess. The opposite occurred with his master, who at that moment was filled with the vivid notion that this was an adventure out of his books.

He imagined that the litter was a stretcher that must be carrying a wounded or slain knight, the avenging of whom was reserved for him alone. Without further discourse, he put his short spear at the ready, settled himself firmly in his saddle, and, with noble dash and bearing, stationed himself in the middle of the road, where the shirted men had to pass. When he saw them near, he raised his voice, saying:

"Halt, knights or whoever you are, and give me an account of who you are, whence you come, whither you are bound, and what you are bearing on that stretcher; for, from the look of it, you have either committed or suffered some injustice, and it is fitting and needful for me to know of it, so that I may either punish you for the evil you have done or avenge you for the wrong others have done you."

"We're in a hurry," answered one of the shirted men, "and it's still a long way to the inn, so we can't stop and answer so many questions."

---

[43] Other commentators identify *encamisados* as masqueraders.

Y picando la mula, pasó delante. Sintióse desta respuesta grandemente don Quijote, y trabando del freno, dijo:

—Deteneos, y sed más bien criado, y dadme cuenta de lo que os he preguntado; si no, conmigo sois todos en batalla.

Era la mula asombradiza, y al tomarla del freno se espantó de manera que, alzándose en los pies, dio con su dueño por las ancas en el suelo. Un mozo que iba a pie, viendo caer al encamisado, comenzó a denostar a don Quijote, el cual, ya encolerizado, sin esperar más, enristrando su lanzón, arremetió a uno de los enlutados, y, mal ferido, dio con él en tierra; y revolviéndose por los demás, era cosa de ver con la presteza que los acometía y desbarataba, que no parecía sino que en aquel instante le habían nacido alas a Rocinante, según andaba de ligero y orgulloso.

Todos los encamisados era gente medrosa y sin armas, y así, con facilidad, en un momento dejaron la refriega y comenzaron a correr por aquel campo, con las hachas encendidas, que no parecían sino a los de las máscaras que en noche de regocijo y fiesta corren. Los enlutados asimesmo, revueltos y envueltos en sus faldamentos y lobas, no se podían mover; así que, muy a su salvo, don Quijote los apaleó a todos y les hizo dejar el sitio, mal de su grado, porque todos pensaron que aquél no era hombre, sino diablo del infierno que les salía a quitar el cuerpo muerto que en la litera llevaban.

Todo lo miraba Sancho, admirado del ardimiento de su señor, y decía entre sí:

—Sin duda este mi amo es tan valiente y esforzado como él dice.

Estaba una hacha ardiendo en el suelo, junto al primero que derribó la mula, a cuya luz le pudo ver don Quijote; y, llegándose a él, le puso la punta del lanzón en el rostro, diciéndole que se rindiese; si no, que le mataría. A lo cual respondió el caído:

—Harto rendido estoy, pues no me puedo mover, que tengo una pierna quebrada; suplico a vuestra merced, si es caballero cristiano, que no me mate; que cometerá un gran sacrilegio, que soy licenciado y tengo las primeras órdenes.

—Pues ¿quién diablos os ha traído aquí —dijo don Quijote—, siendo hombre de Iglesia?

—¿Quién, señor? —replicó el caído—. Mi desventura.

—Pues otra mayor os amenaza —dijo don Quijote—, si no me satisfacéis a todo cuanto primero os pregunté.

And, spurring his mule, he proceeded. Don Quixote was extremely annoyed at that answer, and, catching hold of the mule's bridle, said:

"Stop, be more polite, and answer the questions I have asked; otherwise, all of you must fight me."

The mule was shy by nature and, when her bridle was seized, she got so frightened that she reared up and threw her owner over her haunches to the ground. A servant traveling on foot, seeing the shirted man fall, began insulting Don Quixote, who, furious by now, waited no longer but, his short spear at the ready, charged one of the men in mourning, wounded him, and knocked him to the ground. Turning back for the others, he was a marvel of dexterity as he attacked them and threw them into confusion; it really seemed as if, at that moment, Rocinante had sprouted wings, he was so light of foot and proud.

All the shirted men were timorous, unarmed folk, and so they readily abandoned the fray in a moment and started to dash across the plain, their torches burning, looking exactly like masquers riding on a festive holiday night. The men in mourning, for their part, wrapped up and entangled in their ankle-length cassocks, were unable to move, so that, with no risk at all to himself, Don Quixote pummeled them all, making them yield ground much against their wishes, because they all thought he wasn't a man but a devil from hell, out to steal the corpse they were carrying on the litter.

Sancho was watching it all, amazed at his master's boldness, and saying to himself:

"Surely this master of mine is as valiant and vigorous as he says."

A torch was burning on the ground next to the first man the mule had thrown; by its light Don Quixote could see the man. Riding up to him, he placed the tip of the spear on his face, ordering him to give up or be killed. To which the fallen man replied:

"I give up any chance of moving; I'm worn out and have a broken leg. I beseech your honor, if you're a Christian knight, not to kill me; for you'd be committing a great sacrilege, since I'm a graduate[44] and have taken first priestly orders."

"Then who the devil brought you here," said Don Quixote, "if you're a man of the cloth?"

"Who, sir?" the fallen man rejoined. "My misfortune."

"Well, another one, and a bigger one, is threatening you," said Don Quixote, "if you don't give me full answers to everything I asked you before."

---

[44] A *licenciado*, someone who has taken the second-level university degree (usually in theology, at the time); the first-level degree, obtainable in two years, was that of *bachiller* ("bachelor").

—Con facilidad será vuestra merced satisfecho —respondió el licenciado—; y así sabrá vuestra merced que, aunque denantes dije que yo era licenciado, no soy sino bachiller, y llámome Alonso López; soy natural de Alcobendas; vengo de la ciudad de Baeza, con otros once sacerdotes, que son los que huyeron con las hachas; vamos a la ciudad de Segovia acompañando un cuerpo muerto, que van en aquella litera, que es de un caballero que murió en Baeza, donde fue depositado, y ahora, como digo, llevábamos sus huesos a su sepultura, que está en Segovia, de donde es natural.

—¿Y quién le mató? —preguntó don Quijote.

—Dios, por medio de unas calenturas pestilentes que le dieron —respondió el bachiller.

—Desa suerte —dijo don Quijote—, quitado me ha nuestro Señor del trabajo que había de tomar en vengar su muerte, si otro alguno le hubiera muerto; pero, habiéndole muerto quien le mató, no hay sino callar y encoger los hombros, porque lo mesmo hiciera si a mí mismo me matara. Y quiero que sepa vuestra reverencia que yo soy un caballero de la Mancha, llamado don Quijote, y es mi oficio y ejercicio andar por el mundo enderezando tuertos y desfaciendo agravios.

—No sé cómo pueda ser eso de enderezar tuertos —dijo el bachiller—, pues a mí de derecho me habéis vuelto tuerto, dejándome una pierna quebrada, la cual no se verá derecha en todos los días de su vida; y el agravio que en mí habéis deshecho ha sido dejarme agraviado de manera que me quedaré agraviado para siempre; y harta desventura ha sido topar con vos, que vais buscando aventuras.

—No todas las cosas —respondió don Quijote— suceden de un mismo modo. El daño estuvo, señor bachiller Alonso López, en venir, como veníades, de noche, vestidos con aquellas sobrepellices, con las hachas encendidas, rezando, cubiertos de luto, que propiamente semejábades cosa mala y del otro mundo; y así, yo no pude dejar de cumplir con mi obligación acometiéndoos, y os acometiera aunque verdaderamente supiera que érades los mesmos satanases del infierno, que por tales os juzgué y tuve siempre.

—Ya que así lo ha querido mi suerte —dijo el bachiller—, suplico a vuestra merced, señor caballero andante (que tan mala andanza me ha dado), me ayude a salir de debajo desta mula, que me tiene tomada una pierna entre el estribo y la silla.

—¡Hablara yo para mañana! —dijo don Quijote—. Y ¿hasta cuándo aguardábades a decirme vuestro afán?

"Your honor will be readily satisfied," the graduate replied; "and so, your honor should know that, even though I said before I was a graduate, I'm only a bachelor, and my name is Alonso López. I was born in Alcobendas. I'm now coming from the city of Baeza with eleven other priests, the men who ran away with the torches. We're on our way to the city of Segovia, escorting a corpse which is on that litter. It's the body of a knight who died in Baeza, where he was originally buried. Now, as I say, we were taking his bones to their final resting place, which is in Segovia, where he was born."

"And who killed him?" asked Don Quixote.

"God, by means of a plague fever that attacked him," the bachelor replied.

"Thus, said Don Quixote, "our Lord has relieved me of the labor I was to undertake to avenge his death, in case anyone else had killed him. But since his killer is Who He is, I have only to keep silent and shrug my shoulders, because I would do the same if He were killing me myself. And I wish your reverence to know that I am a knight of La Mancha, named Don Quixote, and my duty and practice is to travel the world making the crooked straight and redressing injuries."

"I don't know how that is about making the crooked straight," said the bachelor, "but you've turned me from straight to crooked, leaving me with a broken leg, which will never be straight again as long as I live. And the injury you've redressed for me has been to leave me so badly injured that I'll remain injured forever. It was quite a misadventure to run into you while you were in quest of adventures."

"Not all things," replied Don Quixote, "happen in the same way. The harm lay, sir bachelor Alonso López, in your coming at night, dressed in those surplices, with flaming torches, praying, clad in mourning, and looking exactly like evil things from the other world. And so I couldn't avoid doing my duty by attacking you; I would have attacked you even if I had known for a certainty that you were the very Satans of hell, which I took you for and considered you to be the whole time."

"Now that my fate has so willed it," said the bachelor, "I beseech your honor, sir knight-errant (who have done me such a bad errand), help me get out from under this mule, who's got my leg jammed between the stirrup and the saddle."

"Now you tell me!" exclaimed Don Quixote. "When were you waiting for to tell me your distress?"

Dio luego voces a Sancho Panza que viniese; pero él no se curó de venir, porque andaba ocupado desvalijando una acémila de repuesto que traían aquellos buenos señores, bien bastecida de cosas de comer. Hizo Sancho costal de su gabán, y recogiendo todo lo que pudo y cupo en el talego, cargó su jumento, y luego acudió a las voces de su amo, y ayudó a sacar al señor bachiller de la opresión de la mula, y, poniéndole encima della, le dio la hacha; y don Quijote le dijo que siguiese la derrota de sus compañeros, a quien de su parte pidiese perdón del agravio, que no había sido en su mano dejar de haberle hecho. Díjole también Sancho:

—Si acaso quisieren saber esos señores quién ha sido el valeroso que tales los puso, diráles vuestra merced que es el famoso don Quijote de la Mancha, que por otro nombre se llama *el Caballero de la Triste Figura*.

Con esto se fue el bachiller, y don Quijote preguntó a Sancho que qué le había movido a llamarle *el Caballero de la Triste Figura,* más entonces que nunca.

—Yo se lo diré —respondió Sancho—; porque le he estado mirando un rato a la luz de aquella hacha que lleva aquel malandante, y verdaderamente tiene vuestra merced la más mala figura, de poco acá, que jamás he visto; y débelo de haber causado, o ya el cansancio deste combate, o ya la falta de las muelas y dientes.

—No es eso —respondió don Quijote—; sino que el sabio a cuyo cargo debe de estar el escribir la historia de mis hazañas, le habrá parecido que será bien que yo tome algún nombre apelativo, como lo tomaban todos los caballeros pasados; cuál se llamaba *el de la Ardiente Espada;* cuál, *el del Unicornio;* aquél, *de las Doncellas;* aquéste, *el del Ave Fénix;* el otro, *el Caballero del Grifo;* estotro, *el de la Muerte;* y por estos nombres e insignias eran conocidos por toda la redondez de la tierra. Y así, digo que el sabio ya dicho te habrá puesto en la lengua y en el pensamiento ahora que me llamases *el Caballero de la Triste Figura,* como pienso llamarme desde hoy en adelante; y para que mejor me cuadre tal nombre, determino de hacer pintar, cuando haya lugar, en mi escudo una muy triste figura.

—No hay para qué gastar tiempo y dineros en hacer esa figura —dijo Sancho—; sino lo que se ha de hacer es que vuestra merced descubra la suya y dé rostro a los que le miraren; que, sin más ni más, y sin otra imagen ni escudo, le llamarán *el de la Triste Figura;* y créame, que le digo verdad; porque le prometo a vuestra merced, señor, y esto sea dicho en burlas, que le hace tan mala cara la ham-

Then he shouted to Sancho Panza to come over, but he had no thought of coming, because he was busy pilfering a supply mule those good gentlemen had with them, one well furnished with foodstuffs. Sancho made a sack out of his coat and, gathering all he could that would fit in that sack, he loaded his donkey. Only then did he heed his master's cries and help relieve the bachelor from the weight of his mule. Placing him on her back, he handed him the torch. Don Quixote told him to follow the route of his companions, and to ask them on his behalf to forgive the offense; it had been beyond his power to desist from committing it. Sancho also told the man:

"If by chance those gentlemen wish to know who the valiant man was who put them in that state, your honor can tell them that he is the renowned Don Quixote of La Mancha, also known as the Knight of the Woebegone Face."

The bachelor then moved off, and Don Quixote asked Sancho what had inspired him to call him the Knight of the Woebegone Face, at that time rather than any other.

"I'll tell you," Sancho replied. "It was because I had been looking at you a while by the light of the torch that that unhappy man is carrying, and, in truth, your honor has just about the most wretched face I've ever seen. The cause of it must be either your exhaustion after this combat or else the loss of your molars and teeth."

"It's not that," replied Don Quixote, "but because the sage entrusted with writing the history of my exploits must have thought it a good thing for me to assume some descriptive name, as all the knights in the past did. One called himiself the Knight of the Burning Sword; one, the Knight of the Unicorn; another, the Knight of the Damsels; yet another, the Knight of the Phoenix; one, the Knight of the Griffin; another, the Knight of Death. And by those names and terms they were known throughout the world. And so I say that the aforementioned sage must have now placed on your tongue and in your mind the idea of calling me the Knight of the Woebegone Face, which I intend to call myself from this day forward. In order for the name to suit me better, I resolve to have a very woebegone face painted on my shield at an opportune time."

"There's no need to spend time and money painting that face," said Sancho. "All your honor needs to do is to uncover your own and face up to those who look at you. Without any further effort, or any other picture or shield, they'll call you the Knight of the Woebegone Face. Believe me, I'm telling you the truth; because I promise your honor, sir, and let this be said as a joke, that hunger and the loss of teeth make

bre y la falta de las muelas, que, como ya tengo dicho, se podrá muy bien escusar la triste pintura.

Rióse don Quijote del donaire de Sancho; pero con todo, propuso de llamarse de aquel nombre en pudiendo pintar su escudo, o rodela, como había imaginado.

—Olvidábaseme de decir que advierta vuestra merced que queda descomulgado, por haber puesto las manos violentamente en cosa sagrada, *juxta illud: Si quis suadente diabolo,* etc.

—No entiendo ese latín —respondió don Quijote—, mas yo sé bien que no puse las manos, sino este lanzón; cuanto más, que yo no pensé que ofendía a sacerdotes ni a cosas de la Iglesia, a quien respeto y adoro como católico y fiel cristiano que soy, sino a fantasmas y a vestiglos del otro mundo. Y cuando eso así fuese, en la memoria tengo lo que le pasó al Cid Ruy Díaz, cuando quebró la silla del embajador de aquel rey delante de Su Santidad del Papa, por lo cual lo descomulgó, y anduvo aquel día el buen Rodrigo de Vivar como muy honrado y valiente caballero.

En oyendo esto el bachiller, se fue, como queda dicho, sin replicarle palabra. Quisiera don Quijote mirar si el cuerpo que venía en la litera eran huesos o no; pero no lo consintió Sancho, diciéndole:

—Señor, vuestra merced ha acabado esta peligrosa aventura lo más a su salvo de todas las que yo he visto; esta gente, aunque vencida y desbaratada, podría ser que cayese en la cuenta de que los venció sola una persona, y, corridos y avergonzados desto, volviesen a rehacerse y a buscarnos, y nos diesen en qué entender. El jumento está como conviene, la montaña cerca, la hambre carga, no hay que hacer sino retirarnos con gentil compás de pies, y, como dicen, váyase el muerto a la sepultura y el vivo a la hogaza.

Y antecogiendo su asno, rogó a su señor que le siguiese; el cual, pareciéndole que Sancho tenía razón, sin volverle a replicar le

your face so wretched that, as I said, you can very well do without the woebegone painting."

Don Quixote laughed at Sancho's wit, but, all the same, he decided to call himself by that name when he was able to paint his shield, or buckler, as he intended.

"I was forgetting to say, sir: your honor should take note that he is now excommunicated for laying violent hands on sacred objects— *juxta illud: Si quis suadente diabolo,* etc."[45]

"I don't understand that Latin," replied Don Quixote, "but I'm well aware that I didn't lay *hands* on them, but this spear. Especially because I didn't think I was offending priests or things of the Church, which I respect and worship as the Catholic and faithful Christian that I am; I thought they were specters and monsters from the other world. And even if I had done that knowingly, I recall what happened to the Cid, Ruy Díaz, when he broke the chair of that king's ambassador in front of His Holiness the Pope, who excommunicated him for it. That day the good Rodrigo de Vivar[46] acted like a most honorable and valiant knight."

Hearing that, the bachelor departed, as has been said, without a word of rejoinder. Don Quixote wanted to see whether the body on the litter was merely the dead man's bones, but Sancho wouldn't let him, saying:

"Sir, your honor has terminated this perilous adventure more unscathed than in any I've yet seen you in. These people, even though vanquished and thrown into confusion, may stop and consider that they were overcome by a single man. Embarrassed and ashamed at that, they might rally themselves again, come looking for us, and give us a bad time. The donkey is all fitted out, the mountains are close by, hunger is gnawing at us. The only thing for us to do is to withdraw with a quiet dance step. As they say, let the dead man go to the grave, and the living man go to the big loaf of bread."[47]

Driving his donkey ahead, he begged his master to follow him. Don Quixote, agreeing that Sancho was right, made no rejoinder but followed

---

[45] "In accordance with the following: If anyone, at the Devil's persuasion, . . ."—a quotation from a canon of the Council of Trent. These words must be spoken by the bachelor, who has come back for a moment, even though the text we possess fails to say so. Perhaps his first departure was an oversight. Some editions delete Don Quixote's statement about not understanding Latin, and have *him* quote the Latin. This seems like a tremendous distortion of Cervantes's intentions. [46] Another name of the same man, the Cid. The incident recalled is from a popular ballad. [47] This is the first of scores of proverbs quoted by Sancho and his wife in the course of the novel.

siguió. Y a poco trecho que caminaban por entre dos montañuelas, se hallaron en un espacioso y escondido valle, donde se apearon, y Sancho alivió el jumento, y tendidos sobre la verde yerba, con la salsa de su hambre, almorzaron, comieron, merendaron y cenaron a un mesmo punto, satisfaciendo sus estómagos con más de una fiambrera que los señores clérigos del difunto —que pocas veces se dejan mal pasar— en la acémila de su repuesto traían.

Mas sucedióles otra desgracia, que Sancho la tuvo por la peor de todas, y fue que no tenían vino que beber, ni aun agua que llegar a la boca; y, acosados de la sed, dijo Sancho, viendo que el prado donde estaban estaba colmado de verde y menuda yerba, lo que se dirá en el siguiente capítulo.

### Capítulo XX

*De la jamás vista ni oída aventura que con más poco peligro fue acabada de famoso caballero en el mundo, como la que acabó el valeroso don Quijote de la Mancha*

—No es posible, señor mío, sino que estas yerbas dan testimonio de que por aquí cerca debe de estar alguna fuente o arroyo que estas yerbas humedece, y así, será bien que vamos un poco más adelante; que ya toparemos donde podamos mitigar esta terrible sed que nos fatiga, que, sin duda, causa mayor pena que la hambre.

Parecióle bien el consejo a don Quijote, y tomando de la rienda a Rocinante, y Sancho del cabestro a su asno, después de haber puesto sobre él los relieves que de la cena quedaron, comenzaron a caminar por el prado arriba a tiento; porque la escuridad de la noche no les dejaba ver cosa alguna; mas no hubieron andado docientos pasos cuando llegó a sus oídos un grande ruido de agua, como que de algunos grandes y levantados riscos se despeñaba. Alegróles el ruido en gran manera; y parándose a escuchar hacia qué parte sonaba, oyeron a deshora otro estruendo que les aguó el contento del agua, especialmente a Sancho, que naturalmente era medroso y de poco ánimo. Digo que oyeron que daban unos golpes a compás, con un cierto crujir de hierros y cadenas, que, acom-

him. After journeying for a short distance between two low mountains, they came to a spacious remote valley, where they dismounted. Sancho unloaded the donkey and, stretching out on the green grass, with their hunger as a sauce, they ate their breakfast, dinner, afternoon snack, and supper all at the same time, contenting their stomachs with many a lunch box that the clergymen escorting the deceased—seldom do men of the cloth fail to travel in comfort—had loaded onto their supply mule.

But they suffered another misfortune, which Sancho considered the worst of all: they had no wine to drink, or even water to put in their mouths. Tortured by thirst as they were, Sancho, seeing that the meadow they were on was fully covered with thick, green grass, said what shall be reported in the following chapter.

## Chapter XX

*Of the Unique and Unheard-of Adventure That Any Other Famous Knight in the World Would Have Achieved at Less Peril Than the Valiant Don Quixote of La Mancha*[48]

"It is indisputable, sir, that this grass indicates that nearby there must be some spring or brook that waters it. And so, we would do well to proceed a little further, for we'll come across a place where we can quench this awful thirst that's bedeviling us and surely gives greater grief than hunger does."

Don Quixote found this to be good advice and took Rocinante by the reins, while Sancho took his donkey by the halter after loading him with the leftovers from their supper. They started walking up through the meadow tentatively, because the darkness of the night didn't permit them to see a thing. But they hadn't gone two hundred paces when their ears were assailed by a loud noise of water that sounded as if it were falling from great, high cliffs. The sound cheered them immensely; stopping to listen, so they could tell where the sound came from, they inopportunely heard another roar that watered down their pleasure in the water, especially for Sancho, who was timid and uncourageous by nature. I mean they heard blows being given in measured time, along with a certain creaking of irons and

---

[48] Thus according to a major recent Spanish annotation. Often rendered as "Adventure That . . . Don Quixote Achieved with Less Peril Than Any Other. . . ."

pañados del furioso estruendo del agua, que pusieran pavor a cualquier otro corazón que no fuera el de don Quijote.

Era la noche, como se ha dicho, escura, y ellos acertaron a entrar entre unos árboles altos, cuyas hojas, movidas del blando viento, hacían un temeroso y manso ruido; de manera que la soledad, el sitio, la escuridad, el ruido del agua con el susurro de las hojas, todo causaba horror y espanto, y más cuando vieron que ni los golpes cesaban, ni el viento dormía, ni la mañana llegaba; añadiéndose a todo esto el ignorar el lugar donde se hallaban. Pero don Quijote, acompañado de su intrépido corazón, saltó sobre Rocinante, y, embrazando su rodela, terció su lanzón y dijo:

—Sancho amigo, has de saber que yo nací, por querer del cielo, en esta nuestra edad de hierro, para resucitar en ella la de oro, o la dorada, como suele llamarse. Yo soy aquel para quien están guardados los peligros, las grandes hazañas, los valerosos hechos. Yo soy, digo otra vez, quien ha de resucitar los de la Tabla Redonda, los Doce de Francia y los Nueve de la Fama, y el que ha de poner en olvido los Platires, los Tablantes, Olivantes y Tirantes, los Febos y Belianises, con toda la caterva de los famosos caballeros andantes del pasado tiempo, haciendo en este en que me hallo tales grandezas, estrañezas y fechos de armas, que escurezcan las más claras que ellos ficieron. Bien notas, escudero fiel y legal, las tinieblas desta noche, su estraño silencio, el sordo y confuso estruendo destos árboles, el temeroso ruido de aquella agua en cuya busca venimos, que parece que se despeña y derrumba desde los altos montes de la Luna, y aquel incesable golpear que nos hiere y lastima los oídos; las cuales cosas, todas juntas y cada una por sí, son bastantes a infundir miedo, temor y espanto en el pecho del mesmo Marte, cuanto más en aquel que no está acostumbrado a semejantes acontecimientos y aventuras. Pues todo esto que yo te pinto son incentivos y despertadores de mi ánimo, que ya hace que el corazón me reviente en el pecho, con el deseo que tiene de acometer esta aventura, por más dificultosa que se muestra. Así que, aprieta un poco las cinchas a Rocinante, y quédate a Dios, y espérame aquí hasta tres días no más, en los cuales, si no volviere, puedes tú volverte a nuestra aldea, y desde allí, por hacerme merced y buena obra, irás al Toboso, donde dirás a la incomparable señora mía Dulcinea que su cautivo caballero murió por acometer cosas que le hiciesen digno de poder llamarse suyo.

Cuando Sancho oyó las palabras de su amo, comenzó a llorar con la mayor ternura del mundo, y a decille:

chains, which, accompanied by the furious roar of the water, would have struck fear into anyone's heart but Don Quixote's.

As stated above, the night was dark. They chanced to walk into the midst of some tall trees, the leaves of which, stirred by the gentle breeze, made a soft but frightening sound: so that the solitude, the location, the darkness, the noise of the water, and the whispering of the leaves all caused horror and terror, and more so when they found that the blows didn't cease, the breeze didn't die down, and the morning wouldn't come. On top of all that, they didn't know where they were. But Don Quixote, with his intrepid heart, leapt onto Rocinante, took up his buckler, gripped his short spear by the butt, and said:

"Sancho, my friend, let me tell you that, by the will of heaven, I was born into this iron age of ours in order to revive within it the age of gold, or golden age, as it is usually called. I am he for whom are reserved the perils, the mighty exploits, the deeds of valor. I am the one, I repeat, who is to recall to life the knights of the Round Table, the Twelve Peers of France, and the Nine Worthies. I am he who is to consign to oblivion all those like Platir, Tablante, Olivante and Tirante, Phoebus and Belianís, with that whole crew of famous knights-errant of past times, performing during the time in which I live such great and strange things, such feats of arms, that they will obscure the brightest ones they achieved. You well observe, loyal and perfect squire, the darkness of this night, its strange silence, the muffled and confused sound of these trees; the frightening noise of that water in quest of which we have come, which sounds as if it were tumbling and plunging from the lofty Mountains of the Moon; and that incessant pounding that wounds and injures our ears: Things which, in the aggregate or individually, are sufficient to instill fear, alarm, and fright into the heart of Mars himself, let alone a heart unaccustomed to such events and adventures. But all these things that I depict for you are incentives and spurs to my courage, which is already making my heart burst within my breast with the desire it has to undertake this adventure, no matter how difficult it seems. And so, tighten Rocinante's girths a little, remain with God, and await me here for three days only. If I fail to return within that time, you can go back to our village, and from there, to do me a favor and good service, you will go to El Toboso, where you will tell my incomparable lady Dulcinea that her captive knight died in an undertaking that would make him worthy of being able to call himself hers."

When Sancho heard his master's words, he started to weep with the greatest tenderness in the world, and to say:

—Señor, yo no sé por qué quiere vuestra merced acometer esta tan temerosa aventura; ahora es de anoche, aquí no nos vee nadie, bien podemos torcer el camino y desviarnos del peligro, aunque no bebamos en tres días; y pues no hay quien nos vea, menos habrá quien nos note de cobardes; cuanto más que yo he oído predicar al cura de nuestro lugar, que vuestra merced bien conoce, que quien busca el peligro perece en él; así, que no es bien tentar a Dios acometiendo tan desaforado hecho, donde no se puede escapar sino por milagro, y basta los que ha hecho el cielo con vuestra merced en librarle de ser manteado, como yo lo fui, y en sacarle vencedor, libre y salvo de entre tantos enemigos como acompañaban al difunto. Y cuando todo esto no mueva ni ablande ese duro corazón, muévale el pensar y creer que apenas se habrá vuestra merced apartado de aquí, cuando yo, de miedo, dé mi ánima a quien quisiere llevarla. Yo salí de mi tierra y dejé hijos y mujer por venir a servir a vuestra merced, creyendo valer más y no menos; pero como la cudicia rompe el saco, a mí me ha rasgado mis esperanzas, pues cuando más vivas las tenía de alcanzar aquella negra y malhadada ínsula que tantas veces vuestra merced me ha prometido, veo que, en pago y trueco della, me quiere ahora dejar en un lugar tan apartado del trato humano. Por un solo Dios, señor mío, que non se me faga tal desaguisado; y ya que del todo no quiera vuestra merced desistir de acometer este fecho, dilátelo, a lo menos, hasta la mañana; que, a lo que a mí me muestra la ciencia que aprendí cuando era pastor, no debe de haber desde aquí al alba tres horas, porque la boca de la bocina está encima de la cabeza, y hace la media noche en la línea del brazo izquierdo.

—¿Cómo puedes tú, Sancho —dijo don Quijote—, ver dónde hace esa línea, ni dónde está esa boca o ese colodrillo que dices, si hace la noche tan escura que no parece en todo el cielo estrella alguna?

—Así es —dijo Sancho—; pero tiene el miedo muchos ojos, y vee las cosas debajo de tierra, cuanto más encima en el cielo; puesto que, por buen discurso, bien se puede entender que hay poco de aquí al día.

—Falte lo que faltare —respondió don Quijote—; que no se ha de decir por mí, ahora ni en ningún tiempo, que lágrimas y ruegos me apartaron de hacer lo que debía a estilo de caballero; y así, te ruego, Sancho, que calles; que Dios, que me ha puesto en corazón

"Sir, I don't know why your honor wants to undertake an adventure as fearful as this. It's nighttime now, nobody sees us here, we can easily change route and avoid the danger, even if we don't drink for three days. And since there's nobody to see us, there surely won't be anyone to set us down as cowards. Especially since I've heard our village priest, whom your honor knows well, preaching that the man who seeks danger perishes in it. And so, it isn't good to tempt God by undertaking such an immense feat, from which no one can escape except by a miracle; and we've had enough miracles from heaven when your honor was spared from being tossed in a blanket as I was, and when you emerged victorious, free, and safe from the hands of so many enemies as those accompanying the dead man. And if all that doesn't move and soften that hard heart of yours, let it be moved at the thought and belief that, as soon as your honor has departed from here, I will give up my soul, out of fear, to whoever will take it. I left my land and abandoned my wife and children to come and serve your honor, thinking I would profit by it and not lose; but, just as greed tears the sack, so it has ripped up my hopes, since, just when I had the highest hopes of winning that accursed and ill-fated island your honor has promised me so often, I see that, in its place and stead, you now wish to desert me in a spot so remote from human traffic. By the one God, master, don't do me such an injury; and if your honor refuses to desist from undertaking this exploit, at least put it off until morning; for, according to the lore I acquired when I was a shepherd, it can't be even three hours short of dawn, because the mouth of the Horn[49] is above its head, and midnight falls along the line of its right arm."

"Sancho," said Don Quixote, "how can you see where that line is falling, or where that mouth is, or that drinking horn you're talking about, when the night is so dark that not a star is to be seen in the whole sky?"

"That's true," said Sancho, "but fear has many eyes. It sees the things underneath the earth, let alone those up above in the sky. And also, through proper reasoning, you can clearly tell that it won't be long until day breaks."

"No matter how little time is left," Don Quixote replied, "it shall not be said of me, now or any other time, that tears and entreaties swerved me from doing what I owe to my knightly status. And so, Sancho, I beg you to be silent; for God, Who has inspired my heart to

---

[49] The constellation Ursa Minor, or Little Dipper.

de acometer ahora esta tan no vista y tan temerosa aventura, tendrá cuidado de mirar por mi salud y de consolar tu tristeza. Lo que has de hacer es apretar bien las cinchas a Rocinante, y quedarte aquí; que yo daré la vuelta presto, o vivo o muerto.

Viendo, pues, Sancho la última resolución de su amo, y cuán poco valían con él sus lágrimas, consejos y ruegos, determinó de aprovecharse de su industria, y hacerle esperar hasta el día, si pudiese; y así, cuando apretaba las cinchas al caballo, bonitamente y sin ser sentido, ató con el cabestro de su asno ambos pies a Rocinante, de manera que cuando don Quijote se quiso partir, no pudo, porque el caballo no se podía mover sino a saltos. Viendo Sancho Panza el buen suceso de su embuste, dijo:

—Ea, señor, que el cielo, conmovido de mis lágrimas y plegarias, ha ordenado que no se pueda mover Rocinante; y si vos queréis porfiar, y espolear, y dalle, será enojar a la Fortuna, y dar coces, como dicen, contra el aguijón.

Desesperábase con esto don Quijote, y, por más que ponía las piernas al caballo, menos le podía mover; y, sin caer en la cuenta de la ligadura, tuvo por bien de sosegarse y esperar, o a que amaneciese, o a que Rocinante se menease, creyendo, sin duda, que aquello venía de otra parte que de la industria de Sancho; y así, le dijo:

—Pues así es, Sancho, que Rocinante no puede moverse, yo soy contento de esperar a que ría el alba, aunque yo llore lo que ella tardare en venir.

—No hay que llorar —respondió Sancho—, que yo entretendré a vuestra merced contando cuentos desde aquí al día, si ya no es que se quiere apear y echarse a dormir un poco sobre la verde yerba, a uso de caballeros andantes, para hallarse más descansado cuando llegue el día y punto de acometer esta tan desemejable aventura que le espera.

—¿A qué llamas apear o a qué dormir? —dijo don Quijote—. ¿Soy yo, por ventura, de aquellos caballeros que toman reposo en los peligros? Duerme tú, que naciste para dormir, o haz lo que quisieres, que yo haré lo que viere que más viene con mi pretensión.

—No se enoje vuestra merced, señor mío —respondió Sancho—, que no lo dije por tanto.

Y llegándose a él, puso la una mano en el arzón delantero y la otra en el otro, de modo que quedó abrazado con el muslo izquierdo de su amo, sin osarse apartar dél un dedo: tal era el miedo que tenía a los golpes, que todavía alternativamente sona-

undertake now this extremely rare and perilous adventure, will be concerned with looking out for my safety and consoling your sadness. What you must do is to tighten Rocinante's girths securely and remain here; for I shall soon return, dead or alive."

Well, then, when Sancho saw how fully resolved his master was, and how little he was affected by his tears, advice, and entreaties, he decided to use his wits to make him wait for daylight, if he could. And so, while he was tightening the horse's girths, artfully and without being heard, he tied together Rocinante's forelegs with his donkey's halter, so that when Don Quixote tried to depart, he was unable to, because the horse couldn't move except by hopping. Sancho Panza, seeing the fortunate outcome of his trick, said:

"There you are, sir! Heaven, moved by my tears and prayers, has decreed that Rocinante should be unable to move. If you want to persist, to spur him, and to keep at it, you'll be exasperating Fortune and, as the saying goes, kicking against the pricks."

With that, Don Quixote was losing hope; the more he spurred the horse, the less he could move him; and, never noticing he was tied, he agreed to calm down and wait, until either day came or Rocinante started moving. He doubtless believed that his immobility was due to some other cause than Sancho's cunning; and so, he said:

"Since it certainly appears, Sancho, that Rocinante cannot move, I am contented to wait until the dawn smiles, even though I weep for her slowness in arriving."

"There's no need to weep," Sancho replied, "for I'll entertain your honor telling stories from now till daybreak, unless you want to dismount and lie down to sleep for a while on the green grass, as knights-errant are accustomed to do, so you'll be more refreshed when the day comes, and the time for undertaking this most unusual adventure that awaits you."

"Why do you speak of dismounting or sleeping?" asked Don Quixote. "Am I perchance one of those knights who take a rest when danger is nigh? You can go to sleep, because you were born to sleep, or do whatever you like, for I shall do that which I see most suits my purpose."

"Don't get angry, your honor, sir," replied Sancho, "because I meant no harm by it."

And, coming up to him, he placed one hand on the pommel of his saddle and the other on its rear projection, so that he was embracing his master's left thigh, not daring to move away from him by an inch: such was his fear of that pounding, which was still to be heard at

ban. Díjole don Quijote que contase algún cuento para entretenerle, como se lo había prometido, a lo que Sancho dijo que sí hiciera, si le dejara el temor de lo que oía.

Sancho empieza un cuento antiguo confuso y aburrido sobre un cabrero, pero pierde el hilo cuando ni él ni don Quijote pueden llevar la cuenta de la cantidad de cabras que cruzan el río una por una. Después, el miedo le afloja los intestinos a Sancho y, renuente a dejar la seguridad de estar al lado de don Quijote, ofende el melindroso olfato de su amo. El CAPÍTULO XX concluye de la manera siguiente:

En estos coloquios y otros semejantes pasaron la noche amo y mozo. Mas, viendo Sancho que a más andar se venía la mañana, con mucho tiento desligó a Rocinante y se ató los calzones. Como Rocinante se vio libre, aunque él de suyo no era nada brioso, parece que se resintió, y comenzó a dar manotadas; porque corvetas —con perdón suyo— no las sabía hacer. Viendo, pues, don Quijote que ya Rocinante se movía, lo tuvo a buena señal, y creyó que lo era de que acometiese aquella temerosa aventura.

Acabó en esto de descubrirse el alba, y de parecer distintamente las cosas, y vio don Quijote que estaba entre unos árboles altos; que ellos eran castaños, que hacen la sombra muy escura. Sintió también que el golpear no cesaba, pero no vio quién lo podía causar; y así, sin más detenerse, hizo sentir las espuelas a Rocinante, y, tornando a despedirse de Sancho, le mandó que allí le aguardase tres días, a lo más largo, como ya otra vez se lo había dicho, y que, si al cabo dellos no hubiese vuelto, tuviese por cierto que Dios había sido servido de que en aquella peligrosa aventura se le acabasen sus días. Tornóle a referir el recado y embajada que había de llevar de su parte a su señora Dulcinea, y que, en lo que tocaba a la paga de sus servicios, no tuviese pena, porque él había dejado hecho su testamento antes que saliera de su lugar, donde se hallaría gratificado de todo lo tocante a su salario, rata por cantidad, del tiempo que hubiese servido; pero, que si Dios le sacaba de aquel peligro sano y salvo y sin cautela, se podía tener por muy más que cierta la prometida ínsula.

De nuevo tornó a llorar Sancho oyendo de nuevo las lastimeras razones de su buen señor, y determinó de no dejarle hasta el último tránsito y fin de aquel negocio.

Destas lágrimas y determinación tan honrada de Sancho Panza saca el autor desta historia que debía de ser bien nacido, y, por lo

regular intervals. Don Quixote asked him to tell him a story to entertain him, as he had promised. Sancho responded that he would do so
if the fear of the sounds he heard allowed him to.

Sancho begins a muddled, dull traditional tale about a goatherd, but loses the
thread when neither he nor Don Quixote can keep track of the number of
goats crossing a river one at a time. Then fear loosens Sancho's bowels and,
unwilling to leave the safety of Don Quixote's side, he offends his master's fas-
tidious nose. CHAPTER XX concludes as follows:

   In this conversation and others like it, master and man spent the
night. But Sancho, seeing that morning was approaching swiftly, very
cautiously untied Rocinante and tied up his own breeches. When
Rocinante found himself free, even though he wasn't at all frisky by
nature, he apparently came to himself and started to paw the
ground—because, I apologize for saying so, he was quite incapable of
curveting. Well, Don Quixote, seeing that Rocinante was now moving,
took it as a good sign, and thought it was a signal for him to undertake
that perilous adventure.

   By that time, dawn had finally come and things were clearly visible.
Don Quixote saw that he was among tall trees, and that they were
chestnut trees, which cast a very dark shadow. He also noticed that the
pounding didn't cease, but he saw no one who could be responsible
for it. And so, holding himself back no longer, he made Rocinante feel
the spurs and, once again taking leave of Sancho, he ordered him to
wait for him there three days at the outside, as he had told him earlier; if he wasn't back within that time, Sancho should be certain that
it had been God's will that his days should end on that dangerous adventure. Once more he mentioned the message and embassy he was
to make on his behalf to his lady Dulcinea; on the subject of payment
for his services, he was not to worry, because he had left his will drawn
up before leaving their village. In it he would be satisfied with regard
to his wages, pro-rated according to the length of time he served. But,
if God brought him out of that danger safe and sound, and without
need to exercise caution, Sancho could look upon the promised island
as much more than a certainty.

   Sancho started to weep again when hearing his good master's plaintive words once more, and he resolved not to abandon him until the
final terminus and ending of that business.

   From these tears and that honorable resolve of Sancho Panza, the
author deduces that he must have been of good birth, at least an "old

menos, cristiano viejo; cuyo sentimiento enterneció algo a su amo, pero no tanto que mostrase flaqueza alguna; antes, disimulando lo mejor que pudo, comenzó a caminar hacia la parte por donde le pareció que el ruido del agua y del golpear venía.

Seguíale Sancho a pie, llevando, como tenía de costumbre, del cabestro a su jumento, perpetuo compañero de sus prósperas y adversas fortunas; y habiendo andado una buena pieza por entre aquellos castaños y árboles sombríos, dieron en un pradecillo que al pie de unas altas peñas se hacía, de las cuales se precipitaba un grandísimo golpe de agua. Al pie de las peñas estaban unas casas mal hechas, que más parecían ruinas de edificios que casas, de entre las cuales advirtieron que salía el ruido y estruendo de aquel golpear, que aún no cesaba.

Alborotóse Rocinante con el estruendo del agua y de los golpes, y sosegándole don Quijote, se fue llegando poco a poco a las casas, encomendándose de todo corazón a su señora, suplicándole que en aquella temerosa jornada y empresa le favoreciese, y de camino se encomendaba también a Dios, que no le olvidase. No se le quitaba Sancho del lado, el cual alargaba cuanto podía el cuello y la vista, por entre las piernas de Rocinante, por ver si vería ya lo que tan suspenso y medroso le tenía.

Otros cien pasos serían los que anduvieron, cuando, al doblar de una punta, pareció descubierta y patente la misma causa, sin que pudiese ser otra, de aquel horrísono y para ellos espantable ruido, que tan suspensos y medrosos toda la noche los había tenido. Y eran —si no lo has, ¡oh lector!, por pesadumbre y enojo— seis mazos de batán, que con sus alternativos golpes aquel estruendo formaban.

Cuando don Quijote vio lo que era, enmudeció y pasmóse de arriba abajo. Miróle Sancho, y vio que tenía la cabeza inclinada sobre el pecho, con muestras de estar corrido. Miró también don Quijote a Sancho, y viole que tenía los carrillos hinchados, y la boca llena de risa, con evidentes señales de querer reventar con ella, y no pudo su melanconía tanto con él, que a la vista de Sancho pudiese dejar de reírse; y como vio Sancho que su amo había comenzado, soltó la presa de manera que tuvo necesidad de apretarse las ijadas con los puños, por no reventar riendo. Cuatro veces sosegó, y otras tantas volvió a su risa, con el mismo ímpetu que primero; de lo cual ya se daba al diablo don Quijote, y más cuando le oyó decir, como por modo de fisga:

Christian."[50] This sentiment softened his master's heart somewhat, but not so much that he displayed any weakness. Instead, hiding his feelings as best he could, he started heading in the direction from which he thought the noise of the water and pounding was coming.

Sancho followed him on foot, leading by the halter, as he was wont to do, his donkey, constant companion of his good and adverse fortunes. After traveling for some time among those chestnuts and dark trees, they emerged onto a small meadow located at the foot of some high rocks, from which a very large waterfall hurtled. At the foot of the rocks stood some poorly built houses, which resembled ruins of buildings rather than houses. They observed that it was from among them that that noise and roar of pouding came which still didn't cease.

Rocinante was upset by the roar of the water and the thuds. Don Quixote, quieting him down, approached the houses gradually, commending himself wholeheartedly to his lady and beseeching her to favor him in that perilous exploit and enterprise; at the same time, he also commended himself to God, asking Him not to forget him. Sancho didn't leave his side; as much as he could, he stretched out his neck and peeled his eyes, in between Rocinante's legs, to see if he could already see what was keeping him in so much suspense and fear.

They had probably proceeded another hundred paces when, coming around a point of rock, they found, manifest and open, the very cause—it could be no other—of that cacophonous noise which had frightened them so, which had kept them in such suspense and fear all night long. It was, reader, and please don't be grieved and vexed, six fulling-mill mallets that were creating that noise with their rhythmical beating.

When Don Quixote saw what it was, he fell silent and felt a chill from head to toe. Sancho looked at him and saw that he had his head bowed onto his chest and looked embarrassed. Don Quixote, on his part, looked at Sancho and saw that his cheeks were puffed out and his mouth full of laughter; there were obvious signs that he was bursting with it. His own melancholy wasn't so strong that he could refrain from laughing at the sight of Sancho. And when Sancho saw that his master had begun, he let himself go so hard that he had to press his sides with his fists to keep from exploding with laughter. Four times he calmed down, and each time he started laughing again just as hard as before. Don Quixote was getting infuriated at that, and even more so when he heard him say jokingly:

---

[50] That is, not descended from converted Jews or Muslims; "Aryan."

—«Has de saber, ¡oh Sancho amigo!, que yo nací, por querer del cielo, en esta nuestra edad de hierro, para resucitar en ella la dorada, o de oro. Yo soy aquel para quien están guardados los peligros, las hazañas grandes, los valerosos fechos . . .»

Y por aquí fue repitiendo todas o las más razones que don Quijote dijo la vez primera que oyeron los temerosos golpes.

Viendo, pues, don Quijote que Sancho hacía burla dél, se corrió y enojó en tanta manera, que alzó el lanzón y le asentó dos palos, tales, que si, como los recibió en las espaldas, los recibiera en la cabeza, quedara libre de pagarle el salario, si no fuera a sus herederos. Viendo Sancho que sacaba tan malas veras de sus burlas, con temor de que su amo no pasase adelante en ellas, con mucha humildad le dijo:

—Sosiéguese vuestra merced; que por Dios que me burlo.

—Pues, porque os burláis, no me burlo yo —respondió don Quijote—. Venid acá, señor alegre: ¿Paréceos a vos que si como éstos fueron mazos de batán, fueran otra peligrosa aventura, no había yo mostrado el ánimo que convenía para emprendella y acaballa? ¿Estoy yo obligado, a dicha, siendo, como soy, caballero, a conocer y destinguir los sones, y saber cuáles son de batán o no? Y más, que podría ser, como es verdad, que no los he visto en mi vida, como vos los habréis visto, como villano ruin que sois, criado y nacido entre ellos. Si no, haced vos que estos seis mazos se vuelvan en seis jayanes, y echádmelos a las barbas uno a uno, o todos juntos, y cuando yo no diere con todos patas arriba, haced de mí la burla que quisiéredes.

—No haya más, señor mío —replicó Sancho—; que yo confieso que he andado algo risueño en demasía. Pero dígame vuestra merced, ahora que estamos en paz (así Dios le saque de todas las aventuras que le sucedieren tan sano y salvo como le ha sacado désta), ¿no ha sido cosa de reír, y lo es de contar, el gran miedo que hemos tenido? A lo menos el que yo tuve; que de vuestra merced ya yo sé que no le conoce, ni sabe qué es temor ni espanto.

—No niego yo —respondió don Quijote— que lo que nos ha sucedido no sea cosa digna de risa; pero no es digna de contarse; que no son todas las personas tan discretas que sepan poner en su punto las cosas.

"'Let me tell you, Sancho, my friend, that, by the will of heaven I was born into this iron age of ours in order to revive within it the golden age, or age of gold. I am he for whom are reserved the perils, the mighty exploits, the deeds of valor . . .'"

And he went on, repeating all or most of the phrases Don Quixote had used when they first heard the fearful pounding.

Well, Don Quixote, seeing that Sancho was making fun of him, got so embarrassed and angry that he raised his spear and gave him two blows with it, so hard that, if he had received them on his head, instead of on his shoulders, as he did, his master would have had no further obligation to pay his wages, except to his heirs. Sancho, seeing that his jokes led to such an unpleasant reality, and afraid his master might continue, said in great humility:

"Calm yourself, your honor. By God, it was only a joke."

"Well, if you're joking, I'm not," replied Don Quixote.[51] "Come here, sir merryman. Do you think that, if they hadn't been fulling-mill mallets but rather some other perilous adventure, I wouldn't have displayed the necessary courage to undertake it and achieve it? Am I perhaps obligated, being a knight as I am, to recognize and distinguish all sounds, and to know which ones are from a fulling mill and which aren't? Furthermore, it might well be, and so it actually is, that I never saw any in my life, as you must have, being a low peasant, born and brought up among them. Otherwise, make these six mallets turn into six giants and beard me with them one at a time or all at once, and if I don't knock them flat on their back, make as much fun of me as you like."

"Let that be enough, master," Sancho rejoined, "for I confess that I went a bit too far with my humor. But tell me, your honor, now that we're at peace (may God bring you out of all the adventures that befall you just as safe as sound as He has brought you out of this one), wasn't it something to laugh at, and isn't it a good story, that great fear we felt? At least, the fear that I felt, because I know by now that your honor is unacquainted with it, that you don't know the meaning of fear or fright."

"I don't deny," replied Don Quixote, "that what happened to us is a thing worthy of laughter; but it isn't fit to be told as a story, because not everyone is so sensible that they can narrate things and give them their proper point."

---

[51] It is a sign of anger that Don Quixote suddenly addresses Sancho as *vos* in this passage, a term of address to inferiors.

—A lo menos —respondió Sancho—, supo vuestra merced poner en su punto el lanzón, apuntándome a la cabeza, y dándome en las espaldas, gracias a Dios y a la diligencia que puse en ladearme. Pero vaya, que todo saldrá en la colada; que yo he oído decir: «Ése te quiere bien, que te hace llorar»; y más, que suelen los principales señores, tras una mala palabra que dicen a un criado, darle luego unas calzas; aunque no sé lo que le suelen dar tras haberle dado de palos, si ya no es que los caballeros andantes dan tras palos ínsulas, o reinos en tierra firme.

—Tal podría correr el dado —dijo don Quijote—, que todo lo que dices viniese a ser verdad; y perdona lo pasado, pues eres discreto y sabes que los primeros movimientos no son en mano del hombre, y está advertido de aquí adelante en una cosa, para que te abstengas y reportes en el hablar demasiado conmigo; que en cuantos libros de caballerías he leído, que son infinitos, jamás he hallado que ningún escudero hablase tanto con su señor como tú con el tuyo. Y en verdad que lo tengo a gran falta, tuya y mía: tuya, en que me estimas en poco; mía, en que no me dejo estimar en más. Sí, que Gandalín, escudero de Amadís de Gaula, conde fue de la ínsula Firme; y se lee dél que siempre hablaba a su señor con la gorra en la mano, inclinada la cabeza y doblado el cuerpo, *more turquesco*. Pues, ¿qué diremos de Gasabal, escudero de don Galaor, que fue tan callado que, para declararnos la excelencia de su maravilloso silencio, sola una vez se nombra su nombre en toda aquella tan grande como verdadera historia? De todo lo que he dicho has de inferir, Sancho, que es menester hacer diferencia de amo a mozo, de señor a criado y de caballero a escudero. Así que, desde hoy en adelante, nos hemos de tratar con más respeto, sin darnos cordelejo, porque, de cualquiera manera que yo me enoje con vos, ha de ser mal para el cántaro. Las mercedes y beneficios que yo os he prometido llegarán a su tiempo; y si no llegaren, el salario, a lo menos, no se ha de perder, como ya os he dicho.

—Está bien cuanto vuestra merced dice —dijo Sancho—; pero querría yo saber, por si acaso no llegase el tiempo de las mercedes y fuese necesario acudir al de los salarios, cuánto ganaba un escudero de un caballero andante en aquellos tiempos, y si se concertaban por meses, o por días, como peones de albañir.

—No creo yo —respondió don Quijote— que jamás los tales escuderos estuvieron a salario, sino a merced. Y si yo ahora te le he señalado a ti en el testamento cerrado que dejé en mi casa, fue por

"At least," Sancho replied, "your honor knew how to give his spear the proper point, pointing it at my head and landing it on my shoulders, thanks to God and to the care I took in moving out of the way. But, come now, for everything will come out in the wash; for I've heard it said: 'The one who makes you cry really cares for you.' Even more so because high-born masters, after yelling at a servant, usually give him a pair of breeches immediately; although I don't know what they normally give him after beating him, unless knights-errant give out islands, or mainland kingdoms, after a beating."

"The die may fall in such a way," said Don Quixote, "that everything you've been saying turns out to be true. Forgive the past, because you're sensible and you know that people's first impulses are too strong for them. And be warned about one thing henceforth: control yourself and refrain from talking to me too much; for in all the books of chivalry I have read, which are infinite in number, I have never come across any squire talking to his lord as much as you do to yours. To tell the truth, I consider it a great fault, both yours and mine: yours, in that you have insufficient respect for me; mine, in that I fail to command more respect. Yes, Gandalín, squire of Amadís of Gaul, was earl of the Unshakable Island, and one reads of him that, whenever he addressed his lord, it was cap in hand, head bowed, and body bent in Turkish fashion. Then, what shall we say of Gasabal, squire of Don Galaor, who was so taciturn that, in order to proclaim to us the excellent nature of his wonderful silence, the author mentions his name only once in that entire history, which is as long as it is truthful? Of all I have told you, Sancho, you are to infer that a distinction must be made between master and man, lord and servant, and knight and squire. So that, from this day forward, we must treat each other with more respect and not make fun of each other, because, in whatever fashion I may get angry with you, the stone will always break the earthen pot when they collide. The favors and benefits I have promised you will come in time, and if they don't, your wages, at least, won't be lost, as I told you."

"All that your honor says is fine," Sancho said, "but I'd like to know, in case the time for favors never arrives and I have to resort to the wages, how much a knight-errant's squire used to earn in those days, and whether they were hired by the month or by the day like bricklayer's laborers."

"I don't believe," Don Quixote replied, "that their squires ever worked for wages, but for special rewards. And if now I have set wages aside for you in the sealed will I left at home, it was for future

lo que podía suceder; que aún no sé cómo prueba en estos tan calamitosos tiempos nuestros la caballería, y no querría que por pocas cosas penase mi ánima en el otro mundo. Porque quiero que sepas, Sancho, que en él no hay estado más peligroso que el de los aventureros.

—Así es verdad —dijo Sancho—, pues sólo el ruido de los mazos de un batán pudo alborotar y desasosegar el corazón de un tan valeroso andante aventurero como es vuestra merced. Mas bien puede estar seguro que de aquí adelante no despliegue mis labios para hacer donaire de las cosas de vuestra merced, si no fuere para honrarle, como a mi amo y señor natural.

—Desa manera —replicó don Quijote— vivirás sobre la haz de la tierra; porque, después de a los padres, a los amos se ha de respetar como si lo fuesen.

## Capítulo XXI

*Que trata de la alta aventura y rica ganancia del yelmo de Mambrino, con otras cosas sucedidas a nuestro invencible caballero*

En esto, comenzó a llover un poco, y quisiera Sancho que se entraran en el molino de los batanes; mas habíales cobrado tal aborrecimiento don Quijote por la pesada burla, que en ninguna manera quiso entrar dentro; y así, torciendo el camino a la derecha mano, dieron en otro como el que habían llevado el día de antes.

De allí a poco, descubrió don Quijote un hombre a caballo, que traía en la cabeza una cosa que relumbraba como si fuera de oro, y aun él apenas le hubo visto, cuando se volvió a Sancho y le dijo:

—Paréceme, Sancho, que no hay refrán que no sea verdadero, porque todos son sentencias sacadas de la mesma experiencia, madre de las ciencias todas, especialmente aquel que dice: «Donde una puerta se cierra, otra se abre». Dígolo, porque si anoche nos cerró la ventura la puerta de la que buscábamos, engañándonos con los batanes, ahora nos abre de par en par otra, para otra mejor y más cierta aventura, que si yo no acertare a entrar por ella, mía será la culpa, sin que la pueda dar a la poca noticia de batanes, ni a la escuridad de la noche. Digo esto, porque, si no me engaño, hacia nosotros viene uno que trae en su cabeza

eventualities, because I still don't know how knighthood will work out in these most disastrous times we live in, and I wouldn't want my soul to be in torment in the next world over trifles. Because I would have you know, Sancho, that in this one there is no occupation more perilous than that of the knight adventurer."

"That's true," said Sancho, "because the mere noise of the mallets of a fulling mill was able to alarm and unsettle the heart of such a valiant errant adventurer as your honor. But you can be very sure that from now on I won't open my lips to say anything witty about your honor's affairs, but only to do you honor as my master and natural lord."

"In that way," Don Quixote rejoined, "you'll live in peace on earth; because, after one's parents, one must respect one's masters as if they were one's very parents."

## Chapter XXI

*Which Relates the High Adventure and Rich Acquisition of the Helmet of Mambrino, Along with Other Things That Befell Our Invincible Knight*

At that moment, it started to rain a little, and Sancho wanted them to go into the fulling mill, but Don Quixote had taken such a loathing to it, on account of the poor joke, that he absolutely refused to go inside. And so, changing their course to the right, they came upon another road like the one they had followed the day before.

A little while later, Don Quixote espied a mounted man who was wearing on his head something that shone as if it were made of gold. The very moment he saw him, he turned to Sancho and said:

"Sancho, I believe there's no proverb that isn't true, because they're all maxims derived from experience itself, mother of all knowledge; especially the one that says: 'When one door closes, another opens.' I say this because, if last night fortune closed on us the door to the fortune we were seeking, deceiving us with the fulling mills, now it is opening another one wide for us, for another, better, and surer adventure. If I don't succeed in embarking on this one, the fault will be mine, and I won't be able to shift the blame to my small acquaintance with fulling mills or the darkness of the night. I saw this because, if I'm not mistaken, a man is coming toward us who bears on his head

puesto el yelmo de Mambrino, sobre que yo hice el juramento que sabes.

—Mire vuestra merced bien lo que dice, y mejor lo que hace— dijo Sancho—; que no querría que fuesen otros batanes que nos acabasen de abatanar y aporrear el sentido.

—¡Válate el diablo por hombre! —replicó don Quijote—. ¿Qué va de yelmo a batanes?

—No sé nada —respondió Sancho—; mas, a fe que si yo pudiera hablar tanto como solía, que quizá diera tales razones, que vuestra merced viera que se engañaba en lo que dice.

—¿Cómo me puedo engañar en lo que digo, traidor escrupuloso? —dijo don Quijote—. Dime, ¿no ves aquel caballero que hacia nosotros viene, sobre un caballo rucio rodado, que trae puesto en la cabeza un yelmo de oro?

—Lo que yo veo y columbro —respondió Sancho— no es sino un hombre sobre un asno, pardo como el mío, que trae sobre la cabeza una cosa que relumbra.

—Pues ése es el yelmo de Mambrino —dijo don Quijote—. Apártate a una parte y déjame con él a solas; verás cuán sin hablar palabra, por ahorrar del tiempo, concluyo esta aventura, y queda por mío el yelmo que tanto he deseado.

—Yo me tengo en cuidado el apartarme —replicó Sancho—; mas quiera Dios —tornó a decir— que orégano sea, y no batanes.

—Ya os he dicho, hermano, que no me mentéis, ni por pienso, más eso de los batanes —dijo don Quijote—; que voto . . . , y no digo más, que os batanee el alma.

Calló Sancho, con temor que su amo no cumpliese el voto que le había echado, redondo como una bola.

Es, pues, el caso que el yelmo, y el caballo y caballero que don Quijote veía, era esto: que en aquel contorno había dos lugares, el uno tan pequeño, que ni tenía botica ni barbero, y el otro, que estaba junto, sí; y así, el barbero del mayor servía al menor, en el cual tuvo necesidad un enfermo de sangrarse, y otro de hacerse la barba, para lo cual venía el barbero, y traía

the helmet of Mambrino, about which I swore the oath that you recall."[52]

"Think carefully about what you're saying, your honor, and even more so about what you're doing," said Sancho, "because I wouldn't like this to be more fulling mills that finish fulling us and beating our brains out."

"What a peculiar fellow you are!" Don Quixote retorted. "What's the connection between a helmet and fulling mills?"

"I don't know a thing," Sancho replied, "but, by my faith, if I could speak as freely as I used to, I might say a few things to make your honor see that you were mistaken in what you said."

"How can I be mistaken in what I say, you hair-splitting villain?" said Don Quixote. "Tell me, don't you see that rider coming toward us on a dapple-gray horse, wearing a golden helmet on his head?"

"What I see and make out," Sancho replied, "is nothing but a man on a donkey that's gray like mine, and he's wearing something shiny on his head."

"Well, that's the helmet of Mambrino," Don Quixote said. "Move off to one side and leave me alone with him. You shall see how quickly I achieve this adventure, without saying a word, to save time, and how quickly the helmet I have so desired becomes mine."

"I'll take good care about moving aside," Sancho rejoined, "but I repeat: may it be the will of God that we get marjoram and not fulling mills."[53]

"Brother, I've told you not to mention the affair of the fulling mills to me any more, or even dream of doing so," said Don Quixote, "because I swear to [God] that I'll full your soul for you—I say no more."

Sancho fell silent, afraid that his master might put into execution the oath he had flung at him so openly, without any euphemisms or circumlocutions.

Well, then, the truth of the matter is that the helmet, the horse, and the knight that Don Quixote saw were as follows: In that vicinity there were two villages, one so small that it had no pharmacy or barber, and the other nearby; so that the barber of the larger one serviced the smaller one, too. In the smaller village, a sick man needed a bloodletting, and another man needed a shave; and it was for that purpose that

---

[52] The oath was made in Chapter X (see the summary of that chapter). Mambrino was an enemy of Charlemagne from whom Renaut de Montauban won his golden helmet of invulnerability (references in the Italian mock-epics *Orlando innamorato*, by Boiardo, and *Orlando furioso*, by Ariosto). [53] A distortion of the Spanish proverb: "May it be marjoram and not turn into caraway on us."

una bacía de azófar; y quiso la suerte que, al tiempo que venía, comenzó a llover, y porque no se le manchase el sombrero, que debía de ser nuevo, se puso la bacía sobre la cabeza; y, como estaba limpia, desde media legua relumbraba. Venía sobre un asno pardo, como Sancho dijo, y ésta fue la ocasión que a don Quijote le pareció caballo rucio rodado, y caballero, y yelmo de oro; que todas las cosas que veía con mucha facilidad las acomodaba a sus desvariadas caballerías y malandantes pensamientos. Y cuando él vio que el pobre caballero llegaba cerca, sin ponerse con él en razones, a todo correr de Rocinante le enristró con el lanzón bajo, llevando intención de pasarle de parte a parte; mas cuando a él llegaba, sin detener la furia de su carrera, le dijo:

—¡Defiéndete, cautiva criatura, o entriégame de tu voluntad lo que con tanta razón se me debe!

El barbero, que, tan sin pensarlo ni temerlo, vio venir aquella fantasma sobre sí, no tuvo otro remedio, para poder guardarse del golpe de la lanza, sino fue el dejarse caer del asno abajo; y no hubo tocado al suelo, cuando se levantó más ligero que un gamo, y comenzó a correr por aquel llano, que no le alcanzara el viento. Dejóse la bacía en el suelo, con la cual se contentó don Quijote, y dijo que el pagano había andado discreto, y que había imitado al castor, el cual, viéndose acosado de los cazadores, se taraza y arpa con los dientes aquello por lo que él, por distinto natural, sabe que es perseguido. Mandó a Sancho que alzase el yelmo, el cual, tomándola en las manos, dijo:

—Por Dios que la bacía es buena, y que vale un real de a ocho como un maravedí.

Y dándosela a su amo, se la puso luego en la cabeza, rodeándola a una parte y a otra, buscándole el encaje; y como no se le hallaba, dijo:

—Sin duda que el pagano a cuya medida se forjó primero esta famosa celada, debía de tener grandísima cabeza; y lo peor dello es que le falta la mitad.

Cuando Sancho oyó llamar a la bacía celada, no pudo tener la risa; mas vínosele a las mientes la cólera de su amo, y calló en la mitad della.

—¿De qué te ríes, Sancho? —dijo don Quijote.

the barber was coming. He had brought along a brass basin, and, as fate would have it, while he was on his way it started to rain. To avoid getting stains on his hat, which must have been a new one, he put the basin on his head. Since it was clean and polished, it shone for the distance of half a league. He was riding a gray donkey, as Sancho said. This was the occasion for Don Quixote to believe it was a dapple-gray horse, a knight, and a golden helmet, because he mentally adapted everything he saw to his delirious ideas of chivalry and his aberrant train of thought. When he saw the poor rider drawing near, he didn't stop to address him, but charged him with his spear couched, as fast as Rocinante could run, with the intention of running him through. But when he was quite near him, without restraining the fury of his charge, he said:

"Defend yourself, miserable creature, or hand over freely that which is due to me with such good reason!"

The barber, who saw that specter coming at him so unexpectedly and without warning, had no other recourse, to protect himself from the blow of the lance, than to let himself drop off his donkey. The moment he touched the ground, he got up as nimbly as a deer and started running across the plain so fast that the wind couldn't have caught up with him. The basin was left on the ground. Don Quixote was contented with its possession. He said that the pagan had acted sensibly and had imitated the beaver, which, finding himself hemmed in by hunters, bites himself and rips away with his teeth the thing that he knows by instinct he is being hunted for.[54] He ordered Sancho to pick up the helmet. Sancho, taking it in his hands, said:

"God! It's a good basin, and it's worth a piece of eight if it's worth a cent."

He gave it to his master, who immediately put it on his head. He turned it round and round, looking for the piece connecting the headpiece with the neckpiece. Not finding it, he said:

"No doubt the pagan to whose measure this famous helmet was originally forged must have had a very big head. It's really too bad that half of it is missing."

When Sancho heard the basin called a helmet, he couldn't keep from laughing, but he recalled his master's fits of anger, and he stopped short.

"What are you laughing about, Sancho?" asked Don Quixote.

---

[54] A substance, used in medicines and perfumes, contained in a male beaver's genitals. The notion that the beaver bites off his organs is, of course, an old wives' tale.

—Ríome —respondió el— de considerar la gran cabeza que tenía el pagano dueño deste almete, que no semeja sino una bacía de barbero pintiparada.

—¿Sabes qué imagino, Sancho? Que esta famosa pieza deste encantado yelmo, por algún estraño acidente debió de venir a manos de quien no supo conocer ni estimar su valor, y, sin saber lo que hacía, viéndola de oro purísimo, debió de fundir la otra mitad para aprovecharse del precio, y de la otra mitad hizo ésta, que parece bacía de barbero, como tú dices; pero sea lo que fuere, que para mí que la conozco no hace al caso su trasmutación, que yo la aderezaré en el primer lugar donde haya herrero, y de suerte que no le haga ventaja, ni aun le llegue, la que hizo y forjó el dios de las herrerías para el dios de las batallas; y en este entretanto, la traeré como pudiere, que más vale algo que no nada; cuanto más que bien será bastante para defenderme de alguna pedrada.

En lo que queda del CAPÍTULO XXI, Sancho se apropia de los arreos del asno del barbero, que son mejores que los suyos. A la pregunta de Sancho de por qué no se enlista al servicio de algún monarca en guerra, don Quijote responde que primero tiene que hacerse de un nombre como aventurero solitario. Tanto el amo como el escudero fantasean largamente sobre su gloria futura.

## Capítulo XXII

*De la libertad que dio don Quijote
a muchos desdichados que, mal de su grado,
los llevaban donde no quisieran ir*

Cuenta Cide Hamete Benengeli, autor arábigo y manchego, en esta gravísima, altisonante, mínima, dulce e imaginada historia, que, después que entre el famoso don Quijote de la Mancha y Sancho Panza, su escudero, pasaron aquellas razones que en el fin del capítulo veinte y uno quedan referidas, que don Quijote alzó los ojos y vio que por el camino que llevaba venían hasta doce hombres a pie, ensartados como cuentas en una gran cadena de hierro, por los cuellos, y todos con esposas a las manos. Venían ansimismo con ellos dos hombres de a caballo y dos de a pie; los de a caballo, con escopetas de rueda, y los de a pie, con dardos y espadas; y que así como Sancho Panza los vido, dijo:

"I'm laughing," he replied, "at the thought of the big head the pagan had who owned this headpiece, which looks exactly like a barber's basin."

"Do you know what I think, Sancho? That this famous enchanted helmet, by some strange accident, must have fallen into the hands of someone unable to recognize and appreciate its value, and that, without knowing what he was doing, but seeing that it was of purest gold, he must have melted down one half to turn it into ready money. From the other half he made this, which resembles a barber's basin, as you say. But be it as it may, to me, since I recognize it, its transformation makes no difference, because I shall repair it in the nearest village that has a blacksmith, and in such a way that it will not be surpassed, or even equaled, by the one made and forged by the god of smithies for the god of war.[55] Meanwhile I'll wear it as best I can, because something is better than nothing; especially since it will be quite sufficient to protect me from a volley of stones."

In the remainder of CHAPTER XXI, Sancho appropriates the trappings of the barber's donkey, which are finer than his own. Asked by Sancho why he doesn't enter the service of some monarch at war, Don Quixote replies that he must first make a name for himself as a lone adventurer. Master and man both fantasize at great length about their future glory.

## Chapter XXII

### *Concerning the Freedom Bestowed by Don Quixote on Numerous Unfortunates Who Were Being Taken Unwillingly Where They Didn't Wish to Go*

Cid Hamet Benengeli, Arabic author from La Mancha, recounts in this most grave, eloquent, detailed, pleasant, and cleverly contrived history that, after the conversation between the famous Don Quixote of La Mancha and his squire Sancho Panza that was reported at the end of Chapter XXI, Don Quixote raised his eyes and saw that along the road he was following there were coming about twelve men on foot, strung out like beads on a long iron chain, attached to it by their necks, and all with manacles on their wrists. Along with them were coming two men on horseback and two on foot. The riders carried wheel-lock guns and those on foot carried javelins and swords. When Sancho Panza saw them, he said:

---

[55] By Vulcan for Mars.

—Ésta es cadena de galeotes, gente forzada del rey, que va a las galeras.

—¿Cómo gente forzada? —preguntó don Quijote—. ¿Es posible que el rey haga fuerza a ninguna gente?

—No digo eso —respondió Sancho—, sino que es gente que por sus delitos va condenada a servir al rey, en las galeras, de por fuerza.

—En resolución —replicó don Quijote—, como quiera que ello sea, esta gente, aunque los llevan, van de por fuerza, y no de su voluntad.

—Así es —dijo Sancho.

—Pues desa manera —dijo su amo—, aquí encaja la ejecución de mi oficio; desfacer fuerzas y socorrer y acudir a los miserables.

—Advierta vuestra merced —dijo Sancho—, que la justicia, que es el mesmo rey, no hace fuerza ni agravio a semejante gente, sino que los castiga en pena de sus delitos.

Llegó, en esto, la cadena de los galeotes, y don Quijote, con muy corteses razones, pidió a los que iban en su guarda fuesen servidos de informalle y decille la causa o causas por que llevan aquella gente de aquella manera.

Una de las guardas de a caballo respondió que eran galeotes, gente de su Majestad, que iba a galeras, y que no había más que decir, ni él tenía más que saber.

—Con todo eso —replicó don Quijote—, querría saber de cada uno dellos en particular la causa de su desgracia.

Añadió a éstas otras tales y tan comedidas razones para moverlos a que le dijesen lo que deseaba, que la otra guarda de a caballo le dijo:

—Aunque llevamos aquí el registro y la fe de las sentencias de cada uno destos malaventurados, no es tiempo éste de detenerles a sacarlas ni a leellas; vuestra merced llegue y se lo pregunte a ellos mesmos, que ellos lo dirán si quisieren, que sí querrán, porque es gente que recibe gusto de hacer y decir bellaquerías.

Con esta licencia, que don Quijote se tomara aunque no se la dieran, se llegó a la cadena, y al primero le preguntó que por qué pecados iba de tan mala guisa. Él le respondió que por enamorado iba de aquella manera.

—¿Por eso no más? —replicó don Quijote—. Pues si por ena-

"This is a chain gang of galley rowers, people under the king's constraint, on their way to the galleys."

"What do you mean, under constraint?" asked Don Quixote. "Is it possible that the king exerts undue force on anyone?"

"That's not what I mean," Sancho replied. "They're people sentenced for their crimes to serve the king on the galleys, by force of the law."

"In short," Don Quixote rejoined, "however it may be, these people, although they're being taken, are going by force and not voluntarily."

"That's right," said Sancho.

"So, then, if that's the case," his master said, "the performance of my knightly duties comes into play here: to undo acts of violence and aid and rescue the needy."

"Please observe, your honor," Sancho said, "that justice—that is, the king himself—does no violence or injury to such people, but punishes them for their crimes."

At that moment, the chain of galley rowers arrived, and Don Quixote, in very polite terms, asked their guards to be good enough to inform him and tell him the reason or reasons for which they were transporting those people that way.

One of the mounted guards replied that they were galley rowers, servants of His Majesty, on their way to the galleys, that there was nothing more to say, and he had nothing more to learn.

"Despite all that," retorted Don Quixote, "I'd like to know the reason for the misfortune of each one of them individually."

To these words he added others that were such, and so courteous, urging them to tell him what he wanted to know, that the second mounted guard said:

"Even though we have with us the registry and the proof of the sentences of each one of these unfortunate men, this is not the time to delay their journey by taking the papers out and reading them. Your honor can come and ask them themselves. They'll tell you if they feel like it, and they *will* feel like it, because they're people who enjoy both committing knaveries and talking about them."

With that permission, which Don Quixote would have taken even if it hadn't been granted, he rode up to the chain gang and asked the first man for what sins he was in such a sorry plight. The man answered that he was in that state because he had fallen in love.

"And for nothing else?" rejoined Don Quixote. "Well, if being in

morados echan a galeras, días ha que pudiera yo estar bogando en ellas.

—No son los amores como los que vuestra merced piensa —dijo el galeote—; que los míos fueron que quise tanto a una canasta de colar, atestada de ropa blanca, que la abracé conmigo tan fuertemente, que a no quitármela la justicia por fuerza, aún hasta agora no la hubiera dejado de mi voluntad. Fue en fragante, no hubo lugar de tormento; concluyóse la causa, acomodáronme las espaldas con ciento, y por añadidura tres precisos de gurapas, y acabóse la obra.

—¿Qué son gurapas? —preguntó don Quijote.

—Gurapas son galeras —respondió el galeote.

El cual era un mozo de hasta edad de veinte y cuatro años, y dijo que era natural de Piedrahíta. Lo mesmo preguntó don Quijote al segundo, el cual no respondió palabra, según iba de triste y malencónico; mas respondió por él el primero, y dijo:

—Éste, señor, va por canario, digo, por músico y cantor.

—Pues ¿cómo? —repitió don Quijote—. ¿Por músicos y cantores van también a galeras?

—Sí, señor —respondió el galeote—; que no hay peor cosa que cantar en el ansia.

—Antes he yo oído decir —dijo don Quijote— que quien canta, sus males espanta.

—Acá es al revés —dijo el galeote—; que quien canta una vez, llora toda la vida.

—No lo entiendo —dijo don Quijote.

Mas una de las guardas le dijo:

—Señor caballero, cantar en el ansia se dice entre esta gente *non santa* confesar en el tormento. A este pecador le dieron tormento y confesó su delito, que era ser cuatrero, que es ser ladrón de bestias, y por haber confesado le condenaron por seis años a galeras, amén de docientos azotes, que ya lleva en las espaldas; y va siempre pensativo y triste, porque los demás ladrones que allá quedan y aquí van le maltratan y aniquilan, y escarnecen, y tienen en poco, porque confesó y no tuvo ánimo de decir nones. Porque dicen ellos que tantas letras tiene un *no* como un *sí*, y que harta ventura tiene un delincuente, que está en su lengua su vida o su

love brings you to the galleys, for some time now I could have been rowing in them."

"The love affair isn't the sort your honor imagines," said the prisoner. "In my case, I so loved a laundry basket full of linens that I hugged it so tightly that, if the law hadn't taken it from me by force, I wouldn't have let it go willingly up to this very moment. I was caught in the act,[56] there was no occasion to torture me for a confession; the case was wrapped up, I was given a hundred on my back and, in addition, three full years on the tubs—and that was that."

"What are the tubs?" Don Quixote asked.

"The tubs are the galleys," the prisoner replied.

He was a young man of about twenty-four, and said he was a native of Piedrahita. Don Quixote addressed the same question to the second man, who made no reply, he was so gloomy and melancholy. But the first man replied in his place, saying:

"Sir, this man is here because he was a canary; I mean, a musician and singer."

"How's that?" Don Quixote repeated. "People are also sent to the galleys for being musicians and singers?"

"Yes, sir," replied the prisoner, "because there's nothing worse than singing when the heat's on."

"In the past I've heard it said," Don Quixote said, "that the man who sings scares away his troubles."

"Here it's the other way around," the prisoner said. "The man who sings once, bewails it all his life."

"I don't understand," said Don Quixote.

But one of the guards told him:

"Sir knight, among these unholy people, to sing when the heat's on means to confess during torture. This sinner was tortured and confessed his crime, which was being a rustler—that is, a livestock thief—and because he confessed, he was sentenced to six years in the galleys, not to mention two hundred lashes, which he already carries on his back. He always goes around thoughtful and sad because the other thieves remaining there and marching here mistreat him, heap abuse on him, mock him, and have no use for him because he confessed and didn't have the courage to say no. Because they say there's the same number of letters in *no* as in *sí,* and that a criminal has plenty of luck, because his

---

[56] The prisoner's term *fragante,* instead of *flagrante,* possibly is a pun connected with the "sweet-smelling" laundered linen.

muerte, y no en la de los testigos y probanzas; y para mí tengo que no van muy fuera de camino.

—Y yo lo entiendo así —respondió don Quijote.

El cual, pasando al tercero, preguntó lo que a los otros; el cual, de presto y con mucho desenfado, respondió y dijo:

—Yo voy por cinco años a las sonoras gurapas por faltarme diez ducados.

—Yo daré veinte de muy buena gana —dijo don Quijote— por libraros desa pesadumbre.

—Eso me parece —respondió el galeote— como quien tiene dineros en mitad del golfo y se está muriendo de hambre, sin tener adonde comprar lo que ha menester. Dígolo, porque si a su tiempo tuviera yo esos veinte ducados que vuestra merced ahora me ofrece, hubiera untado con ellos la péndola del escribano y avivado el ingenio del procurador, de manera que hoy me viera en mitad de la plaza de Zocodover, de Toledo, y no en este camino, atraillado como galgo; pero Dios es grande: paciencia, y basta.

Pasó don Quijote al cuarto, que era un hombre de venerable rostro, con una barba blanca que le pasaba del pecho; el cual, oyéndose preguntar la causa por que allí venía, comenzó a llorar y no respondió palabra; mas el quinto condenado le sirvió de lengua, y dijo:

—Este hombre honrado va por cuatro años a galeras, habiendo paseado las acostumbradas, vestido, en pompa y a caballo.

—Eso es —dijo Sancho Panza—, a lo que a mí me parece, haber salido a la vergüenza.

—Así es —replicó el galeote—; y la culpa por que le dieron esta pena es por haber sido corredor de oreja, y aun de todo el cuerpo. En efecto quiero decir que este caballero va por alcahuete, y por tener asimesmo sus puntas y collar de hechicero.

—A no haberle añadido esas puntas y collar —dijo don Quijote—, por solamente el alcahuete limpio no merecía él ir a bogar en las galeras, sino a mandallas y a ser general dellas. Porque no es así como quiera el oficio de alcahuete; que es oficio de discretos y necesarísimo en la república bien ordenada, y que no le debía ejercer sino gente muy bien nacida; y aun había de haber veedor y examinador de los tales, como le hay de los demás oficios,

life or death depends on his own statements and not those of the witnesses and evidence. For my part, I don't think they're far wrong there."

"I agree, too," replied Don Quixote.

Moving on to the third man, he put him the same question as before. This man, quickly and very frankly, answered, saying:

"I'm going to the well-known tubs for five years for the lack of ten
ducats."

"I'll very gladly give you twenty," said Don Quixote, "to free you
from this grief."

"That sounds to me," the prisoner replied, "like a man who pos-
sesses money in the middle of the ocean but is dying of hunger because he has no place where he can buy what he needs. I say this
because, if I had had those twenty ducats your honor is now offering
me at the right time, I would have used them to grease the clerk's
palm and sharpen my lawyer's wits, so that today I'd be in the middle
of the Zocodover square in Toledo and not on this road, leashed like
a hunting dog. But God is great: patience, and that's enough."

Don Quixote passed along to the fourth prisoner, who was a man
with a venerable face and a white beard that descended past his chest.
This man, when asked for the reason he was present there, started to
weep and said not a word in reply. But the fifth prisoner acted as an
interpreter for him, saying:

"This honorable man is going to the galleys for four years, having already ridden through the usual streets in pompous garb."

"That," said Sancho Panza, "to my way of thinking, is being put to
public shame."

"True," rejoined the prisoner, "and the fault for which he was given
this penalty is having been a go-between in money loans,[57] and a go-
between with people's bodies. In fact, I mean to say that this fine gentleman is here because he was a pimp, and also because there was a
little evidence that he cast spells on people."

"If you hadn't added that extra evidence," said Don Quixote, "but if
he had merely been a procurer, he wouldn't deserve to go rowing in the
galleys, but to command them and be their admiral. Because the profession of procurer isn't just any old thing. It's a profession for thinking
people, and a very necessary one in a well-ordered state; it should only
be entered into by very well-born people. In fact, there should be an
overseer and inspector for it, as there are for the other professions,

---

[57] A totally untranslatable pun here. *Corredor de oreja* is literally "go-between for
the ear," and this is linked to the *todo el cuerpo* ("the whole body") that follows.

con número deputado y conocido, como corredores de lonja, y desta manera se escusarían muchos males que se causan por andar este oficio y ejercicio entre gente idiota y de poco entendimiento, como son mujercillas de poco más o menos, pajecillos y truhanes de pocos años y de poca experiencia, que a la más necesaria ocasión, y cuando es menester dar una traza que importe, se les yelan las migas entre la boca y la mano, y no saben cuál es su mano derecha. Quisiera pasar adelante y dar las razones por que convenía hacer elección de los que en la república habían de tener tan necesario oficio; pero no es el lugar acomodado para ello: algún día lo diré a quien lo pueda proveer y remediar. Sólo digo ahora que la pena que me ha causado ver estas blancas canas y este rostro venerable en tanta fatiga, por alcahuete, me la ha quitado el adjunto de ser hechicero. Aunque bien sé que no hay hechizos en el mundo que puedan mover y forzar la voluntad, como algunos simples piensan; que es libre nuestro albedrío, y no hay yerba ni encanto que le fuerce. Lo que suelen hacer algunas mujercillas simples y algunos embusteros bellacos es algunas misturas y venenos, con que vuelven locos a los hombres, dando a entender que tienen fuerza para hacer querer bien, siendo, como digo, cosa imposible forzar la voluntad.

—Así es —dijo el buen viejo—; y, en verdad, señor, que en lo de hechicero que no tuve culpa; en lo de alcahuete, no lo pude negar. Pero nunca pensé que hacía mal en ello: que toda mi intención era que todo el mundo se holgase y viviese en paz y quietud, sin pendencias ni penas; pero no me aprovechó nada este buen deseo para dejar de ir adonde no espero volver, según me cargan los años y un mal de orina que llevo, que no me deja reposar un rato.

Y aquí tornó a su llanto, como de primero; y túvole Sancho tanta compasión, que sacó un real de a cuatro del seno y se le dio de limosna.

Pasó adelante don Quijote, y preguntó a otro su delito, el cual respondió con no menos, sino con mucha más gallardía que el pasado:

—Yo voy aquí porque me burlé demasiadamente con dos primas hermanas mías, y con otras dos hermanas que no lo eran

with a known, predetermined number set for them, as for brokers in mercantile transactions. In that way one could avoid many problems that arise because that profession and practice is now confined to stupid folk with little intelligence, such as no-account strumpets, little pages, and young clowns without enough experience, who, in the most crucial situations, when they have to take an important step, let things fall to pieces in their hands, not knowing their right from their left. I'd like to continue and give the reasons for which it would be fitting to choose those who were to play such an important part in the state, but this isn't a suitable time for it. Some day I'll tell them to someone who can look into the situation and rectify it. I merely say for the moment that the sorrow caused me by the sight of his white hair and his venerable face in such distress, because he was a procurer, has been dispelled in my mind by the additional information that he was a wizard. Although I'm well aware that there are no spells in the world that can change and force one's will, as some simple folk think; for we have free will, and there is no herb or incantation that can force it. What some foolish tarts and rascally swindlers do is to concoct some compounds and poisons with which they drive men crazy, making people believe they have the power to make them fall in love, although, as I say, the forcing of the will is an impossibility."[58]

"That's true," said the good old man, "and indeed, sir, I was not guilty in the matter of being a wizard; as for being a pimp, I couldn't deny it. But I never thought I was doing any harm by it: my sole intention was for everybody to have a good time and live in peace and quiet, without quarrels or sorrows. But this benevolent desire was of no use in keeping me from going where I don't expect to return from, since I am so burdened by years and a urinary complaint that I have, which doesn't let me relax for even a little while."

And at this point he started crying again as before. Sancho took such pity on him that he drew a four-*real* coin from his bosom and gave it to him as alms.

Don Quixote passed onward and asked another man about his crime. This man replied with no less, but much more verve than the one before:

"I'm here because I fooled around too much with two female first cousins of mine, and with two other cousins who weren't mine. In

---

[58] How well does this jibe with Don Quixote's implicit belief in romances of chivalry? Is this Cervantes speaking for himself, to the detriment of his characterization?

mías; finalmente, tanto me burlé con todas, que resultó de la burla crecer la parentela tan intricadamente, que no hay diablo que la declare. Probóseme todo, faltó favor, no tuve dineros, víame a pique de perder los tragaderos, sentenciáronme a galeras por seis años, consentí: castigo es de mi culpa; mozo soy; dure la vida, que con ella todo se alcanza. Si vuestra merced, señor caballero, lleva alguna cosa con que socorrer a estos pobretes, Dios se lo pagará en el cielo, y nosotros tendremos en la tierra cuidado de rogar a Dios en nuestras oraciones por la vida y salud de vuestra merced, que sea tan larga y tan buena como su buena presencia merece.

Éste iba en hábito de estudiante, y dijo una de las guardas que era muy grande hablador y muy gentil latino.

Tras todos éstos, venía un hombre de muy buen parecer, de edad de treinta años, sino que al mirar metía el un ojo en el otro un poco. Venía diferentemente atado que los demás, porque traía una cadena al pie, tan grande, que se la liaba por todo el cuerpo, y dos argollas a la garganta, la una en la cadena, y la otra de las que llaman guardaamigo o pie de amigo, de la cual decendían dos hierros que llegaban a la cintura, en los cuales se asían dos esposas, donde llevaba las manos, cerradas con un grueso candado, de manera que ni con las manos podía llegar a la boca, ni podía bajar la cabeza a llegar a las manos. Preguntó don Quijote que cómo iba aquel hombre con tantas prisiones más que los otros. Respondióle la guarda porque tenía aquel solo más delitos que todos los otros juntos, y que era tan atrevido y tan grande bellaco, que, aunque le llevaban de aquella manera, no iban seguros dél, sino que temían que se les había de huir.

—¿Qué delitos puede tener —dijo don Quijote—, si no han merecido más pena que echalle a las galeras?

—Va por diez años —replicó la guarda—, que es como muerte cevil. No se quiera saber más sino que este buen hombre es el famoso Ginés de Pasamonte, que por otro nombre llaman Ginesillo de Parapilla.

—Señor comisario —dijo entonces el galeote—, váyase poco a poco, y no andemos ahora a deslindar nombres y sobrenombres. Ginés me llamo y no Ginesillo, y Pasamonte es mi alcurnia y no

short, I fooled around with all of them so much that the result of the sport was such a complicated increase in the family that even the Devil can't straighten it out. Everything was proved against me, I had no protector, I had no money, I came within an ace of having my neck stretched, I was sentenced to the galleys for six years, and I consented: it's a punishment for my crime; I'm still young; just let me live, because if you live long enough, everything comes your way. If, sir knight, your honor has anything with which to help out these poor people, God will reward you for it in heaven, and we on earth will make sure to ask God in our prayers to give your honor health and a life as long and prosperous as you deserve, to judge by your fine appearance."

This man was dressed in a student's outfit, and one of the guards said he was a big talker and quite a good Latin scholar.

After all of these came a quite good-looking man of thirty; his only flaw was being slightly cross-eyed when he looked at you. His fetters were different from the rest: he had a chain on his foot so long that it wrapped around his whole body, and two iron collars on his neck, one attached to the gang chain, and the other of the sort called *guardaamigo* or *pie de amigo*,[59] from which hung two irons reaching to his waist; to those irons were attached two manacles enclosing his hands and locked with a heavy padlock, so that he could neither bring his hands to his mouth nor lower his head to his hands. Don Quixote asked why that man was loaded with so many more fetters than the rest. The guard replied that it was because that single man had more crimes on his head than all the rest put together, and because he was such a bold and great rogue that, even transporting him that way, they weren't sure of him but feared he would escape.

"What crimes can he have committed," asked Don Quixote, "if they haven't incurred a greater penalty than sending him to the galleys?"

"He's going for ten years," the guard rejoined, "which is tantamount to loss of civil rights. All you need to know is that this fine fellow is the notorious Ginés de Pasamonte, also known as Ginesillo de Parapilla."

"Sergeant," the prisoner then said, "don't push things too far, and let's not be defining names and aliases. My first name is Ginés, not Ginesillo, and my ancestral name is Pasamonte, not Parapilla as you

---

[59] *Guardaamigo* ("guard-the-friend"), or *pie de amigo* ("friend's foot," also defined as "prop" or "support") was a collar below the chin that prevented the wearer from hiding his face when put on public display.

Parapilla, como voacé dice; y cada uno se dé una vuelta a la redonda, y no hará poco.

—Hable con menos tono —replicó el comisario—, señor ladrón de más de la marca, si no quiere que le haga callar, mal que le pese.

—Bien parece —respondió el galeote— que va el hombre como Dios es servido; pero algún día sabrá alguno si me llamo Ginesillo de Parapilla o no.

—Pues ¿no te llaman ansí, embustero? —dijo la guarda.

—Sí llaman —respondió Ginés—; mas yo haré que no me lo llamen, o me las pelaría donde yo digo entre mis dientes. Señor caballero, si tiene algo que darnos, dénoslo ya, y vaya con Dios; que ya enfada con tanto querer saber vidas ajenas; y si la mía quiere saber, sepa que yo soy Ginés de Pasamonte, cuya vida está escrita por estos pulgares.

—Dice verdad —dijo el comisario—; que él mesmo ha escrito su historia, que no hay más, y deja empeñado el libro en la cárcel, en docientos reales.

—Y le pienso quitar —dijo Ginés— si quedara en docientos ducados.

—¿Tan bueno es? —dijo don Quijote.

—Es tan bueno —respondió Ginés—, que mal año para *Lazarillo de Tormes* y para todos cuantos de aquel género se han escrito o escribieren. Lo que le sé decir a voacé es que trata verdades, y que son verdades tan lindas y tan donosas, que no pueden haber mentiras que se le igualen.

—¿Y cómo se intitula el libro? —preguntó don Quijote.

—*La vida de Ginés de Pasamonte* —respondió él mismo.

—¿Y está acabado? —preguntó don Quijote.

—¿Cómo puede estar acabado —respondió él—, si aún no está acabada mi vida? Lo que está escrito es desde mi nacimiento hasta el punto que esta última vez me han echado en galeras.

—Luego ¿otra vez habéis estado en ellas? —dijo don Quijote.

—Para servir a Dios y al rey, otra vez he estado cuatro años, y ya sé a qué sabe el bizcocho y el corbacho —respondió Ginés—; y no me pesa mucho de ir a ellas, porque allí tendré lugar de acabar mi libro, que me quedan muchas cosas que decir, y en las galeras de España hay más sosiego de aquel que sería menester, aunque no es

say. If everyone would just take a good look at himself first, he'd be making a good start."

"Be a little less uppity when you talk to me, superthief," the sergeant retorted, "if you don't want me to make you shut up in spite of yourself."

"It's obvious," the prisoner replied, "that man fares as God wills. But some day somebody will know if my name is Ginesillo de Parapilla, or not."

"Well, isn't that what they call you, liar?" asked the guard.

"Yes, it is," replied Ginés, "but I'll see to it that they don't, or else I'll pluck out my hair from a place I only mention under my breath. Sir knight, if you have something to give us, then give it and good-bye; because you're becoming a pest with your great desire to hear about other people's lives. If you want to know mine, know that I am Ginés de Pasamonte, whose life has been written by these very fingers."

"He's telling the truth," the sergeant said. "He has written his own life story, just as finely as you please, and has left it in pawn at the prison for two hundred pieces of silver."

"And I intend to get it out of hock," said Ginés, "even if it costs me two hundred pieces of gold."

"It's that good?" asked Don Quixote.

"It's so good," Ginés replied, "that it will bury *Lazarillo de Tormes*[60] and all the other books of that genre that have been written, or will be. What I can tell you is that it deals with true facts, and facts that are so attractive and entertaining that no fiction can possibly equal them."

"And what is the book called?" asked Don Quixote.

*"The Life of Ginés de Pasamonte,"* Ginés himself replied.

"And is it finished?" asked Don Quixote.

"How can it be finished," he answered, "if my life isn't finished yet? The part I've written goes from my birth up to this latest time they've sent me to the galleys."

"And so, you've been there before?" asked Don Quixote.

"In the service of God and the king, I was there before for four years, and I already know the taste of ship's biscuit and the lash," Ginés replied. "And I'm not too sorry to be going back, because there I'll have the opportunity to finish my book. I've still got lots of things to say, and in the Spanish galleys there's more than enough spare

---

[60] The first and best picaresque novel (1554).

menester mucho más para lo que yo tengo de escribir, porque me lo sé de coro.

—Hábil pareces —dijo don Quijote.

—Y desdichado —respondió Ginés—; porque siempre las desdichas persiguen al buen ingenio.

—Persiguen a los bellacos —dijo el comisario.

—Ya le he dicho, señor comisario —respondió Pasamonte—, que se vaya poco a poco; que aquellos señores no le dieron esa vara para que maltratase a los pobretes que aquí vamos, sino para que nos guiase y llevase adonde su Majestad manda. Si no, ¡por vida de . . . basta!, que podría ser que saliesen algún día en la colada las manchas que se hicieron en la venta; y todo el mundo calle, y viva bien, y hable mejor, y caminemos; que ya es mucho regodeo éste.

Alzó la vara en alto el comisario para dar a Pasamonte, en respuesta de sus amenazas; mas don Quijote se puso en medio, y le rogó que no le maltratase, pues no era mucho que quien llevaba tan atadas las manos tuviese algún tanto suelta la lengua. Y volviéndose a todos los de la cadena, dijo:

—De todo cuanto me habéis dicho, hermanos carísimos, he sacado en limpio que, aunque os han castigado por vuestras culpas, las penas que vais a padecer no os dan mucho gusto, y que vais a ellas muy de mala gana y muy contra vuestra voluntad; y que podría ser que el poco ánimo que aquél tuvo en el tormento, la falta de dineros déste, el poco favor del otro y, finalmente el torcido juicio del juez, hubiese sido causa de vuestra perdición, y de no haber salido con la justicia que de vuestra parte teníades. Todo lo cual se me representa a mí ahora en la memoria, de manera que me está diciendo, persuadiendo y aun forzando, que muestre con vosotros el efeto para que el Cielo me arrojó al mundo, y me hizo profesar en él la orden de caballería que profeso, y el voto que en ella hice de favorecer a los menesterosos y opresos de los mayores. Pero, porque sé que una de las partes de la prudencia es que lo que se puede hacer por bien no se haga por mal, quiero rogar a estos señores guardianes y comisario sean servidos de desataros y dejaros ir en paz; que no faltarán otros que sirvan al rey en mejores ocasiones; porque me parece duro caso hacer esclavos a los que Dios y naturaleza hizo libres. Cuanto más, señores guardas —añadió don Quijote—, que estos pobres no han cometido nada contra vosotros. Allá se lo haya cada uno con su pecado; Dios hay en el cielo, que no se descuida de castigar al malo, ni de premiar al bueno, y no es bien que los

time—even though I don't need much more for what I have to write, since I know it by heart."

"You seem to be clever," said Don Quixote.

"And unlucky," Ginés replied, "because bad luck always hounds intelligent people."

"It hounds scoundrels," said the sergeant.

"I've already told you, sergeant," Pasamonte replied, "not to go too far. Those gentlemen didn't give you that staff of office so you could beat us poor folk here, but so you could guide us and take us where His Majesty commands. Otherwise, by God! Oh, let it go, because maybe some day the stains made at the inn will come out in the wash. Let us all keep quiet, and act well, and speak even better, and let's hit the road; because we've been fooling around too much here."

The sergeant raised his staff to strike Pasamonte, as a reply to his threats, but Don Quixote intervened, asking him not to hit him, because it wasn't surprising that a man whose hands were so tightly confined should be a bit free with his tongue. Turning toward the entire gang, he said:

"From all you've told me, dearest brothers, I have gathered that, even though it is as a punishment for crimes you've committed, the sorrows you're going to suffer don't give you much pleasure, and that you're heading for them most reluctantly and against your will. It may well be that this man's lack of courage under torture, this other man's lack of money, this other man's lack of protection, and, in short, the judge's warped decision, have been the cause of your ruin, and the reason why you didn't receive the justice that should have been yours. All of this is now present in my mind so strongly that it is telling me, persuading me, and even compelling me to make manifest in your case the reason why heaven thrust me into the world, making me profess in it the order of knighthood that I do profess, and the vow that I took in that order to protect those in distress and oppressed by the stronger. But, because I know it is a great part of prudence that what can be done amicably should not be done by force, I wish to ask these gentlemen, the guards and the sergeant, to be so kind as to unchain you and let you depart in peace; for there will be no lack of others to serve the king on better occasions, since I find it a terrible thing to enslave those whom God and nature created free. Especially, guards," Don Quixote added, "because these poor men haven't harmed *you* in any way. Let each of them deal with his own sin in the next world. There's a God in heaven Who does not neglect to punish the evil or reward the good, and it is not right for respectable men to act as

hombres honrados sean verdugos de los otros hombres, no yéndoles nada en ello. Pido esto con esta mansedumbre y sosiego, porque tenga, si lo cumplís, algo que agradeceros; y cuando de grado no lo hagáis, esta lanza y esta espada, con el valor de mi brazo, harán que lo hagáis por fuerza.

—¡Donosa majadería! —respondió el comisario—. ¡Bueno está el donaire con que ha salido a cabo de rato! ¡Los forzados del rey quiere que le dejemos, como si tuviéramos autoridad para soltarlos, o él la tuviera para mandárnoslo! Váyase vuestra merced, señor, norabuena su camino adelante, y enderécese ese bacín que trae en la cabeza, y no ande buscando tres pies al gato.

—¡Vos sois el gato, y el rato, y el bellaco! —respondió don Quijote.

Y, diciendo y haciendo, arremetió con él tan presto, que, sin que tuviese lugar de ponerse en defensa, dio con él en el suelo, malherido de una lanzada; y avínole bien, que éste era el de la escopeta. Las demás guardas quedaron atónitas y suspensas del no esperado acontecimiento; pero, volviendo sobre sí, pusieron mano a sus espadas los de a caballo, y los de a pie a sus dardos, y arremetieron a don Quijote, que con mucho sosiego los aguardaba; y sin duda lo pasara mal, si los galeotes, viendo la ocasión que se les ofrecía de alcanzar libertad, no la procuraran, procurando romper la cadena donde venían ensartados. Fue la revuelta de manera, que las guardas, ya por acudir a los galeotes, que se desataban, ya por acometer a don Quijote, que los acometía, no hicieron cosa que fuese de provecho.

Ayudó Sancho, por su parte, a la soltura de Ginés de Pasamonte, que fue el primero que saltó en la campaña libre y desembarazado, y arremetiendo al comisario caído, le quitó la espada y la escopeta, con la cual, apuntando al uno y señalando al otro, sin disparalla jamás, no quedó guarda en todo el campo, porque se fueron huyendo, así de la escopeta de Pasamonte como de las muchas pedradas que los ya sueltos galeotes les tiraban.

Entristecióse mucho Sancho deste suceso, porque se le representó que los que iban huyendo habían de dar noticia del caso a la Santa Hermandad, la cual, a campana herida, saldría a buscar los delincuentes, y así se lo dijo a su amo, y le rogó que

executioners of other men when they are not personally concerned. I make this request in this gentle and calm fashion so that, if you grant it, I will have something to be grateful to you for. But if you don't do it willingly, this lance and this sword, together with the might of my arm, will make you do it by force."

"Stuff and nonsense!" the sergeant replied. "It's a good joke he's come out with all of a sudden! He wants us to release the king's prisoners, as if we had the authority to turn them loose, or he had the authority to order us to do so! Get along with you, your honor, take the road, and good riddance! And straighten up that chamberpot you're wearing on your head, and stop picking quarrels with the cat!"

"You're the one who's the cat, and the rat, and the scoundrel!" Don Quixote replied.

And, putting words into action, he charged at him so quickly that, the man having no chance to put himself in a posture of defense, he hurled him to the ground, wounded by a spear thrust; and it was lucky for Don Quixote, because he was the one with the gun.[61] The rest of the guards were thunderstruck and bewildered by the unexpected event; but, recovering their wits, the ones on horse laid hands to their swords, and those on foot to their javelins. They charged Don Quixote, who was awaiting them quite coolly. Things would surely have gone badly with him, had not the prisoners seen the opportunity offered them to gain their freedom and made a try at it, trying to break the chain on which they were strung. The hurlyburly was so great that the guards, who were now giving their attention to the prisoners breaking loose, and now attacking Don Quixote, couldn't do anything useful.

For his part, Sancho assisted in the freeing of Ginés de Pasamonte, who was the first to leap into the countryside free and unfettered. Attacking the fallen sergeant, Ginés took his sword and gun. Aiming the gun at one guard and pointing to another, but never firing it, he cleared the whole area of guards. The guards ran away, both from Pasamonte's gun and from the frequent volleys of stones flung at them by the now liberated prisoners.

Sancho was greatly distressed by this turn of events,[62] because it occurred to him that the fleeing guards would surely report the case to the constabulary of the Holy Brotherhood, which, with alarm bells wildly ringing, would come out in search of the criminals. He said as

---

[61] At the beginning of the chapter, two guards have guns. In the next sentence, Cervantes speaks of a plurality of mounted guards still remaining, whereas only one should be left.    [62] Then, why did he free Ginés?

luego de allí se partiesen, y se emboscasen en la sierra, que estaba cerca.

—Bien está eso —dijo don Quijote—; pero yo sé lo que ahora conviene que se haga.

Y llamando a todos los galeotes, que andaban alborotados y habían despojado al comisario hasta dejarle en cueros, se le pusieron todos a la redonda para ver lo que les mandaba, y así les dijo:

—De gente bien nacida es agradecer los beneficios que reciben, y uno de los pecados que más a Dios ofende es la ingratitud. Dígolo porque ya habéis visto, señores, con manifiesta experiencia, el que de mí habéis recebido; en pago del cual querría, y es mi voluntad, que, cargados de esa cadena que quité de vuestros cuellos, luego os pongáis en camino y vais a la ciudad del Toboso, y allí os presentéis ante la señora Dulcinea del Toboso, y le digáis que su caballero, el de la Triste Figura, se le envía a encomendar, y le contéis, punto por punto, todos los que ha tenido esta famosa aventura hasta poneros en la deseada libertad; y, hecho esto, os podréis ir donde quisiéredes, a la buena ventura.

Respondió por todos Ginés de Pasamonte, y dijo:

—Lo que vuestra merced nos manda, señor y libertador nuestro, es imposible de toda imposibilidad cumplirlo, porque no podemos ir juntos por los caminos, sino solos y divididos, y cada uno por su parte, procurando meterse en las entrañas de la tierra, por no ser hallado de la Santa Hermandad, que, sin duda alguna, ha de salir en nuestra busca. Lo que vuestra merced puede hacer, y es justo que haga, es mudar ese servicio y montazgo de la señora Dulcinea del Toboso en alguna cantidad de avemarías y credos, que nosotros diremos por la intención de vuestra merced, y ésta es cosa que se podrá cumplir de noche y de día, huyendo o reposando, en paz o en guerra; pero pensar que hemos de volver ahora a las ollas de Egipto, digo, a tomar nuestra cadena, y a ponernos en camino del Toboso, es pensar que es ahora de noche, que aún no son las diez del día, y es pedir a nosotros eso como pedir peras al olmo.

—Pues ¡voto a tal! —dijo don Quijote, ya puesto en cólera—, don hijo de puta, don Ginesillo de Paropillo, o como os llamáis, que habéis de ir vos solo, rabo entre piernas, con toda la cadena a cuestas.

Pasamonte, que no era nada bien sufrido, estando ya enterado que don Quijote no era muy cuerdo, pues tal disparate había cometido como el de querer darles libertad, viéndose tratar de

much to his master, asking him to leave the spot at once so they could take cover in the mountains, which were nearby.

"You're right," said Don Quixote. "But I know what should fittingly be done now."

He summoned all the prisoners, who were unruly and had stripped the sergeant to his skin. They surrounded him in a circle to hear what instructions he had for them. He said:

"It is a sign of well-born people to be grateful for the services done them, and one of the sins that most offend God is ingratitude. I say this, gentlemen, because you have seen clearly with your own eyes the service I have done you. In return for it, I request, and it is my firm will, that, laden with this chain that I have removed from your necks, you immediately set out for the town of El Toboso and there present yourselves to the lady Dulcinea of El Toboso, and tell her that her knight, he of the Woebegone Face, commends himself to her. You are to recount to her in detail every item of this glorious adventure up to the moment I restored the freedom you longed for. Once you have done that, you may go wherever you like, and good luck be with you."

Ginés de Pasamonte replied in the name of everybody, saying:

"What your honor orders us to do, lord and liberator, is absolutely impossible to comply with, because we cannot travel the roads in company, but alone and separately, every man for himself, while we try to hide in the bowels of the earth so as not to be found by the Holy Brotherhood, which will certainly come out looking for us. What your honor can do, and what is proper for you to do, is to commute this sort of customs duty involving the lady Dulcinea of El Toboso into a given number of "Hail, Mary"'s and Creeds which we'll recite with your honor in mind. That's something that can be carried out day or night, on the run or relaxing, in peace or in war. But to imagine that we are now to return to the fleshpots of Egypt—I mean, to take up our chain again—and set out for El Toboso, is like imagining that it's now night-time, when it isn't even ten in the morning; and to ask that of us is like asking for pears from the elm tree."

"Then, I swear to heaven," said Don Quixote, now angry, "Don Whoreson, Don Ginesillo de Paropillo, or whatever your name is, that you are to go there alone, your tail between your legs, carrying the whole chain on your back."

Pasamonte, who was in no way a patient man, having already caught on that Don Quixote wasn't in his right mind, because he had committed the great folly of wanting to free them, and now finding himself

aquella manera, hizo del ojo a los compañeros, y apartándose aparte, comenzaron a llover tantas piedras sobre don Quijote, que no se daba manos a cubrirse con la rodela; y el pobre de Rocinante no hacía más caso de la espuela que si fuera hecho de bronce. Sancho se puso tras su asno, y con él se defendía de la nube y pedrisco que sobre entrambos llovía. No se pudo escudar tan bien don Quijote, que no le acertasen no sé cuántos guijarros en el cuerpo, con tanta fuerza, que dieron con él en el suelo; y apenas hubo caído, cuando fue sobre él el estudiante y le quitó la bacía de la cabeza, y diole con ella tres o cuatro golpes en las espaldas y otros tantos en la tierra, con que la hizo pedazos. Quitáronle una ropilla que traía sobre las armas, y las medias calzas le querían quitar, si las grebas no lo estorbaran. A Sancho le quitaron el gabán, y, dejándole en pelota, repartiendo entre sí los demás despojos de la batalla, se fueron cada uno por su parte, con más cuidado de escaparse de la Hermandad, que temían, que de cargarse de la cadena e ir a presentarse ante la señora Dulcinea del Toboso.

Solos quedaron jumento y Rocinante, Sancho y don Quijote; el jumento, cabizbajo y pensativo, sacudiendo de cuando en cuando las orejas, pensando que aún no había cesado la borrasca de las piedras, que le perseguían los oídos; Rocinante, tendido junto a su amo, que también vino al suelo de otra pedrada; Sancho, en pelota y temeroso de la Santa Hermandad; don Quijote, mohinísimo de verse tan malparado por los mismos a quien tanto bien había hecho.

CAPÍTULOS **XXIII–XXIX**: Para darle gusto a Sancho, don Quijote accede a refugiarse en la Sierra Morena. Allí, mientras duermen, Ginés de Pasamonte se roba el asno de Sancho. Don Quijote y Sancho encuentran un bolso de cuero que contiene poemas y cartas de amor no correspondido. Se encuentran con el dueño, un joven de buena crianza llevado por la desesperación a vivir como salvaje en lugares inhóspitos. El joven, Cardenio, empieza a contar su historia: Cuando le solicitó a su padre que pidiera la mano de su amada de la infancia, Luscinda, lo que hizo su padre fue enviarlo a adelantar su carrera al servicio de un duque, un noble de España. Un hijo del duque, Fernando, se hizo su amigo y confidente. Fernando había estado enamorado de la hija de un labrador acaudalado; habiendo gozado de sus favores después de prometerle matrimonio, se había cansado de ella, y acompañó a Cardenio de regreso a casa. Una vez allá, Fernando también puso en mira a Luscinda. Aquí don Quijote interrumpe el relato con una divagación sobre la

addressed in that way, gave a wink to his companions. Moving away, they began to shower so many stones onto Don Quixote that he found it impossible to cover himself with his buckler; and poor Rocinante paid no more attention to the spurs than if he were made of bronze. Sancho took cover behind his donkey, using him as protection against the cloud of hailstones raining down on both of them. Don Quixote couldn't shield himself well enough to prevent any number of stones from striking him squarely in the body, and so hard that they knocked him to the ground. The moment he fell, the student was upon him; he took the basin off his head, hit him on the shoulders with it three or four times, and dashed it onto the ground the same number of times, breaking it into bits.[63] They removed a short jerkin he wore over his armor, and would have taken his stockings, too, if his greaves hadn't prevented it. From Sancho they took his coat, leaving him without outerwear. Dividing among themselves the other spoils of the battle, they departed separately, with much more eagerness to escape the Brotherhood, which they feared, than to load themselves with the chain and go to present themselves to the lady Dulcinea of El Toboso.

The only ones[64] left on the spot were the donkey, Rocinante, Sancho, and Don Quixote. The donkey, crestfallen and pensive, wiggled his ears from time to time, imagining that the storm of stones, which had tormented his sense of hearing, was not yet over. Rocinante was stretched out next to his master; he, too, had been knocked over by a different volley of stones. Sancho, bereft of outerwear, was afraid of the Holy Brotherhood. Don Quixote was extremely sulky, seeing himself so mistreated by those very people whom he had rendered such a great service.

CHAPTERS **XXIII–XXIX**: To humor Sancho, Don Quixote agrees to take refuge in the Sierra Morena. There, while they sleep, Ginés de Pasamonte steals Sancho's donkey. Don Quixote and Sancho find a leather bag containing poems and letters of unrequited love. They fall in with its owner, a well-bred young man driven by despair to live like a wild man in inhospitable places. The youth, Cardenio, begins to tell his story: When he asked his father to request for him the hand of his childhood sweetheart Luscinda, his father instead sent him away to further his career by serving a duke, a grandee of Spain. A son of the duke, Fernando, became his friend and confidant. Fernando had been in love with a wealthy farmer's daughter; having enjoyed her favors after promising to marry her, he was now tired of her, and he accompanied Cardenio back home. There Fernando set his sights on Luscinda as well. Here Don Quixote interrupts the story with a digression on chivalry,

---

[63] Other editions have: "almost breaking it into bits."  [64] The wounded sergeant is completely forgotten.

caballería y él y Cardenio disputan por el honor de una reina ficticia. Después desaparece Cardenio. Adentrándose más en la sierra, don Quijote decide hacer penitencia en el monte en honor de Dulcinea, a manera de la que hizo Amadís de Gaula cuando fue rechazado por su amada, Oriana. Envía a Sancho a casa montado en Rocinante después de escribir una carta a Dulcinea y una nota a su sobrina para que ésta le diera a Sancho tres pollinos para compensar por su pérdida. Sancho, dándose cuenta al fin de que Dulcinea es realmente Aldonza Lorenzo, la recuerda como a una campesina robusta y ordinaria. Olvidando sus papeles, se aleja, dejando marcas en el camino. Al llegar a la venta donde lo habían manteado, se encuentra con el cura y el barbero del pueblo, quienes andaban en busca de don Quijote. Sin que Sancho oyera, el cura planea disfrazar al barbero de doncella menesterosa y disfrazarse él mismo de escudero; la "doncella" involucrará a don Quijote en una "aventura" que lo tentará a regresar a casa. Confiando en Sancho sólo parcialmente, porque éste aún espera seriamente una gobernación, lo hacen dar vuelta y guiarlos a las inmediaciones de don Quijote. Mandan a Sancho por delante con un recado falso de que Dulcinea le pide a don Quijote que regrese a casa, y se topan con Cardenio, quien les cuenta el resto de su historia: Fernando, diciendo que él va a pedir la mano de Luscinda para Cardenio, lo hace para sí mismo. Espectador secreto en la boda, Cardenio ve a Luscinda desmayarse después dar el "sí." Entonces huyó, abandonando la civilización, y se asentó en el monte. (Aquí termina la tercera de las cuatro secciones en que se divide originalmente la Parte Primera de la novela.) El cura, el barbero y Cardenio se topan con una hermosa muchacha disfrazada con ropas masculinas de labriego—Dorotea, la amante desechada de Fernando, quien lo anda buscando por doquiera: éste huyó cuando Luscinda, volviendo en sí de su desmayo, afirmó que ya estaba casada con Cardenio. Cardenio promete ayudar a Dorotea. Mientras tanto, a pesar de sus propias dificultades, Dorotea consiente en participar en el plan revisado del cura: *ella* personificará a la princesa Micomicona, la doncella menesterosa. Con el barbero como escudero (a Sancho, que no ha podido persuadir a don Quijote y ahora los guía, se le prohibe revelar la identidad del barbero, ya que él mismo está engañado con la de la falsa princesa), Dorotea hace prometer a don Quijote que no se embarcará en ninguna otra aventura sino hasta después de matar al gigante que le usurpó el trono. La cuadrilla entera se dirige al pueblo de don Quijote.

## Capítulo XXX

*Que trata del gracioso artificio y orden que se tuvo en sacar a nuestro enamorado caballero de la asperísima penitencia en que se había puesto*

En las primeras páginas del Capítulo XXX, don Quijote golpea a Sancho por éste insistir en que su amo se case con la princesa Micomicona por el reino, a pesar de la deslealtad que esto significaría para Dulcinea. La cuadrilla se topa con Ginés de Pasamonte montado en el asno de Sancho. Lo amedrentan y recobran el asno.

and he and Cardenio tussle over the honor of a fictional queen. Cardenio then disappears. Traveling farther into the sierra, Don Quixote determines to perform a wilderness penance in honor of Dulcinea like the one Amadís of Gaul performed when rejected by his sweetheart Oriana. He sends Sancho back home on Rocinante after writing a letter to Dulcinea and a note to his niece to give Sancho three donkey foals to make up for his loss. Sancho, finally learning that Dulcinea is really Aldonza Lorenzo, recalls her as being a hearty, strapping wench. Forgetting his paperwork, he sets out, marking his trail. Reaching the inn where he had been tossed in a blanket, he meets there his village priest and barber, out searching for Don Quixote. Out of Sancho's hearing, the priest plans to disguise the barber as a damsel in distress, and himself as her squire; the "damsel" will involve Don Quixote in an "adventure" that will lure him home. Taking Sancho only partly into their confidence, because he still seriously expects a governorship, they make him turn back again and lead them to the vicinity of Don Quixote. Sending Sancho ahead with a false message that Dulcinea has asked Don Quixote to come home, they fall in with Cardenio, who tells them the rest of his story: Fernando, saying he would request Luscinda's hand for Cardenio, did so for himself. A secret spectator at the wedding, Cardenio saw Luscinda faint after saying "I do." Then he ran off, abandoned civilization, and took up residence in the wild. (Here ends the third of the four sections into which Part One of the novel was originally divided.) The priest, the barber, and Cardenio find a beautiful girl disguised as a peasant boy—Dorotea, the cast-off mistress of Fernando who is looking for him everywhere: he ran away when Luscinda, reviving from her faint, stated that she was already married to Cardenio. Cardenio promises to help Dorotea. Meanwhile, despite her own troubles, she agrees to take part in the priest's revised plan: *she* will impersonate the Princess Micomicona, the damsel in distress. With the barber as her squire (Sancho, who has failed to persuade Don Quixote and who now leads them, is enjoined not to reveal the barber's identity, he himself being taken in by the false princess), she makes Don Quixote promise not to embark on any other adventure before he has killed the giant who usurped her throne. The whole party sets out for Don Quixote's village.

## Chapter XXX

*Concerning the Witty Trick and Plan Used to Make Our Lovesick Knight Abandon the Most Severe Penance He Had Been Performing*

In the first pages of CHAPTER XXX, Don Quixote beats Sancho for insisting he should marry Micomicona for her kingdom, despite the disloyalty to Dulcinea this would mean. The party comes across Ginés de Pasamonte riding on Sancho's donkey. They scare him off and the donkey is recovered.

En tanto que ellos iban en esta conversación, prosiguió don Quijote con la suya y dijo a Sancho:

—Echemos, Panza amigo, pelillos a la mar en esto de nuestras pendencias, y dime ahora, sin tener cuenta con enojo ni rencor alguno: ¿Dónde, cómo y cuándo hallaste a Dulcinea? ¿Qué hacía? ¿Qué le dijiste? ¿Qué te respondió? ¿Qué rostro hizo cuando leía mi carta? ¿Quién te la trasladó? Y todo aquello que vieres que en este caso es digno de saberse, de preguntarse y satisfacerse, sin que añadas o mientas por darme gusto, ni menos te acortes por no quitármele.

—Señor —respondió Sancho—, si va a decir la verdad, la carta no me la trasladó nadie, porque yo no llevé carta alguna.

—Así es como tú dices —dijo don Quijote—; porque el librillo de memoria donde yo la escribí le hallé en mi poder a cabo de dos días de tu partida, lo cual me causó grandísima pena, por no saber lo que habías tú de hacer cuando te vieses sin carta y creí siempre que te volvieras desde el lugar donde la echaras menos.

—Así fuera —respondió Sancho—, si no la hubiera yo tomado en la memoria cuando vuestra merced me la leyó, de manera que se la dije a un sacristán, que me la trasladó del entendimiento tan punto por punto, que dijo que en todos los días de su vida, aunque había leído muchas cartas de descomunión, no había visto ni leído tan linda carta como aquélla.

—Y ¿tiénesla todavía en la memoria, Sancho? —dijo don Quijote.

—No, señor —respondió Sancho—, porque después que la di, como vi que no había de ser de más provecho, di en olvidalla; y si algo se me acuerda, es aquello del *sobajada,* digo, del *soberana señora,* y lo último: *Vuestro hasta la muerte, el Caballero de la Triste Figura.* Y en medio destas dos cosas le puse más de trecientas almas, y vidas, y ojos míos.

## Capítulo XXXI

*De los sabrosos razonamientos que pasaron entre don Quijote*
*y Sancho Panza su escudero, con otros sucesos*

—Toda eso no me descontenta; prosigue adelante —dijo don Quijote—. Llegaste, ¿y qué hacía aquella reina de la hermosura? A buen seguro que la hallaste ensartando perlas, o bordando alguna empresa con oro de cañutillo para este su cautivo caballero.

While the others were going along conversing thus, Don Quixote continued his own conversation, saying to Sancho:

"Panza, my friend, let us bury the hatchet when it comes to our quarrels. Tell me now, without any consideration of annoyance or ill-will: Where, how, and when did you find Dulcinea? What was she doing? What did you say to her? What did she answer you? What was her expression when she read my letter? Who made a clean copy of it for you? And tell me everything on this subject you consider worth knowing, asking, and answering; don't add anything or make up anything to give me pleasure, or leave out anything and so deprive me of it."

"Sir," Sancho replied, "if truth must be told, nobody made a clean copy of the letter because I didn't have any letter with me."

"What you say is true," said Don Quixote, "because I found the memorandum book in which I wrote it still in my possession two days after you left. That caused me extreme grief because I didn't know what you could do when you found you had no letter. I kept on expecting you to turn back from wherever it was that you noticed you didn't have it."

"I would have," replied Sancho, "if I hadn't already memorized it when your honor read it to me. And so I recited it to a sacristan, who wrote out a copy from my dictation so faithfully that he said that, although he had read many a letter of excommunication, never in his whole life had he seen or read a letter as neat as that one."

"And do you still remember it, Sancho?" asked Don Quixote.

"No, sir," Sancho replied, "because after I dictated it, seeing it wouldn't be necessary any more, I decided to forget it. If I remember any of it, it's the part about the 'highly rank lady'—I mean, the 'high-ranking lady'—and the ending: 'Yours till death, The Knight of the Woebegone Face.' Between those two parts I put in more than three hundred 'my soul's, 'my life's, and 'my eyes.'"

### Chapter XXXI

*Concerning the Delightful Conversations of Don Quixote and Sancho Panza His Squire, Along with Other Happenings*

"All that does not displease me. Go on," said Don Quixote. "You arrived, and what was that queen of beauty doing? Surely you found her stringing pearls or embroidering some chivalric device in gold thread for this captive knight of hers."

—No la hallé —respondió Sancho— sino ahechando dos hanegas de trigo en un corral de su casa.

—Pues haz cuenta —dijo don Quijote— que los granos de aquel trigo eran granos de perlas, tocados de sus manos. Y si miraste, amigo, el trigo ¿era candeal o trechel?

—No era sino rubión —respondió Sancho.

—Pues yo te aseguro —dijo don Quijote— que, ahechado por sus manos, hizo pan candeal, sin duda alguna. Pero pasa adelante: cuando le diste mi carta, ¿besóla? ¿Púsosela sobre la cabeza? ¿Hizo alguna ceremonia digna de tal carta, o qué hizo?

—Cuando yo se la iba a dar —respondió Sancho—, ella estaba en la fuga del meneo de una buena parte de trigo que tenía en la criba, y díjome: «Poned, amigo, esa carta sobre aquel costal; que no la puedo leer hasta que acabe de acribar todo lo que aquí está.»

—¡Discreta señora! —dijo don Quijote—. Eso debió de ser por leerla despacio y recrearse con ella. Adelante, Sancho. Y en tanto que estaba en su menester, ¿qué coloquios pasó contigo? ¿Qué te preguntó de mí? Y tú, ¿qué le respondiste? Acaba, cuéntamelo todo; no se te quede en el tintero una mínima.

—Ella no me preguntó nada —dijo Sancho—; mas yo le dije de la manera que vuestra merced, por su servicio, quedaba haciendo penitencia, desnudo de la cintura arriba, metido entre estas sierras como si fuera salvaje, durmiendo en el suelo, sin comer pan a manteles ni sin peinarse la barba, llorando y maldiciendo su fortuna.

—En decir que maldecía mi fortuna dijiste mal —dijo don Quijote—; porque antes la bendigo y bendeciré todos los días de mi vida, por haberme hecho digno de merecer amar tan alta señora como Dulcinea del Toboso.

—Tan alta es —respondió Sancho—, que a buena fe que me lleva a mí más de un coto.

—Pues ¿cómo, Sancho? —dijo don Quijote—. ¿Haste medido tú con ella?

—Medíme en esta manera —le respondió Sancho—: que llegándole a ayudar a poner un costal de trigo sobre un jumento, llegamos tan juntos, que eché de ver que me llevaba más de un gran palmo.

—Pues ¡es verdad —replicó don Quijote—, que no acompaña esa grandeza y la adorna con mil millones de gracias del alma! Pero no me negarás, Sancho, una cosa: cuando llegaste junto a ella, ¿no sentiste un olor sabeo, una fragancia aromática, y un no sé qué de

"I didn't find her doing that," Sancho replied, "but winnowing two bushels of wheat in a yard at her house."

"Then," said Don Quixote, "just imagine that the grains of that wheat were pearls, when touched by her hands. And did you look to see, my friend, whether the wheat was the kind that makes the finest white flour, or if it was winter wheat, the next best?"

"It was just plain red wheat," Sancho replied.

"Then I assure you," said Don Quixote, "that, once winnowed by her hands, it made the best white bread, without a doubt. But continue. When you gave her my letter, did she kiss it? Did she place it on her head, out of respect? Did she perform any ceremony worthy of such a letter, or what else did she do?"

"When I was about to hand it to her," Sancho replied, "she was terrifically busy shaking up a large amount of wheat she had in her sieve, and she said: 'My friend, put that letter on that sack over there, because I can't read it till I finish sifting all I've got here.'"

"Sensible lady!" exclaimed Don Quixote. "She must have done that so she could read it slowly and enjoy it. Go on, Sancho. While she was at her task, what conversation did she have with you? What did she ask you about me? And what did you reply? Finish the story, tell me all of it; don't leave out the slightest detail."

"She didn't ask me a thing," Sancho said, "but I told her about the way your honor was doing penance in her service, stripped to the waist, stuck in these mountains as if you were a savage, sleeping on the bare ground, not eating bread from a covered table, not combing your beard, but weeping and cursing your fate."

"When you said I was cursing my fate, you spoke incorrectly," said Don Quixote. "On the contrary, I bless it and will bless it each day of my life, because it has made me worthy of deserving to love such a high lady as Dulcinea of El Toboso."

"She's so high," Sancho replied, "that I swear she's more than half a span taller than me."

"What's that, Sancho?" Don Quixote said. "You've measured yourself against her?"

"I measured myself in this way," Sancho replied. "Going over to help her load a sack of wheat on a donkey, I got so close to her that I noticed she was more than a good span taller than me."

"Well, isn't it true," Don Quixote rejoined, "that she accompanies and adorns that height with a thousand million spiritual graces? But one thing, Sancho, you won't deny: when you came close to her, didn't you smell an Arabian fragrance, an aromatic perfume, and

bueno, que yo no acierto a dalle nombre? Digo, ¿un tuho o tufo como si estuvieras en la tienda de algún curioso guantero?

—Lo que sé decir —dijo Sancho— es que sentí un olorcillo algo hombruno; y debía de ser que ella, con el mucho ejercicio, estaba sudada y algo correosa.

—No sería eso —respondió don Quijote—; sino que tú debías de estar romadizado, o te debiste de oler a ti mismo; porque yo sé bien a lo que huele aquella rosa entre espinas, aquel lirio del campo, aquel ámbar desleído.

—Todo puede ser —respondió Sancho—; que muchas veces sale de mí aquel olor que entonces me pareció que salía de su merced de la señora Dulcinea; pero no hay de qué maravillarse, que un diablo parece a otro.

—Y bien —prosiguió don Quijote—, he aquí que acabó de limpiar su trigo y de enviallo al molino. ¿Qué hizo cuando leyó la carta?

—La carta —dijo Sancho— no la leyó, porque dijo que no sabía leer ni escribir; antes la rasgó y la hizo menudas piezas, diciendo que no la quería dar a leer a nadie, porque no se supiesen en el lugar sus secretos, y que bastaba lo que yo le había dicho de palabra acerca del amor que vuestra merced le tenía y de la penitencia extraordinaria que por su causa quedaba haciendo. Y, finalmente, me dijo que dijese a vuestra merced que le besaba las manos, y que allí quedaba con más deseo de verle que de escribirle; y que, así, le suplicaba y mandaba que, vista la presente, saliese de aquellos matorrales y se dejase de hacer disparates, y se pusiese luego luego en camino del Toboso, si otra cosa de más importancia no le sucediese, porque tenía gran deseo de ver a vuestra merced. Rióse mucho cuando le dije como se llamaba vuestra merced *el Caballero de la Triste Figura*. Pregúntéle si había ido allá el vizcaíno de marras; díjome que sí, y que era un hombre muy de bien. También le pregunté por los galeotes; mas díjome que no había visto hasta entonces alguno.

—Toda va bien hasta agora —dijo don Quijote—. Pero dime: ¿qué joya fue la que te dio al despedirte, por las nuevas que de mí le llevaste? Porque es usada y antigua costumbre entre los caballeros y damas andantes dar a los escuderos, doncellas o enanos que les llevan nuevas, de sus damas a ellos, a ellas de sus andantes, alguna rica joya en albricias, en agradecimiento de su recado.

—Bien puede eso ser así, y yo la tengo por buena usanza; pero

something good that I can't put a name to? I mean, a scent or aroma as if you were in the shop of an elegant glovemaker?"

"All I can say," Sancho said, "is that I smelled a smell that was pretty mannish; it must have been because, with all that heavy labor, she was sweaty and a little grimy."

"That can't be," Don Quixote replied, "but you must have had a head cold, or you must have smelled yourself; for I well know what that rose among thorns smells like, that lily of the field, that dilute ambergris."

"That may well be," Sancho replied, "because I often give off the smell that I thought her honor the lady Dulcinea was giving off at the time. But it isn't any wonder, because one devil is just like another."

"Well," Don Quixote continued, "by now she has finished cleaning her wheat and sending it to the mill. What did she do when she read the letter?"

"She didn't read the letter," Sancho said, "because she said she couldn't read or write; instead, she tore it up into tiny pieces, saying she didn't want to give it to anyone to read, so that the people in town wouldn't know her secrets. She said she was satisfied with what I had told her orally about your honor's love for her and the unusual penance you were performing for her sake. Finally, she told me to tell your honor that she kissed your hands and was much more eager to see you than to write to you. And so, she begged you and commanded you, when you got this message, to leave these thickets, stop acting ridiculous, and set out at once for El Toboso, providing something more important didn't happen, because she had a great desire to see your honor. She laughed a lot when I told her your honor was now called the Knight of the Woebegone Face. I asked her whether the Basque from a while back had come to see her. She said he had, and that he was a very decent fellow. I also asked her about the prisoners, but she said she hadn't seen any of them yet."

"All is well up to this point," said Don Quixote. "But tell me, what sort of jewel did she give you when you took your leave, as thanks for the news of me you had brought her? Because it's an honored old custom among knights-errant and their ladies to give the squires, damsels, or dwarfs who bring them news—either from the ladies to their knights, or from the knights to their ladies—some rich jewel as a reward, in gratitude for their message."

"That may very well be, and I consider it a good custom. But that

eso debió de ser en los tiempos pasados: que ahora sólo se debe de acostumbrar a dar un pedazo de pan y queso, que esto fue lo que me dio mi señora Dulcinea, por las bardas de un corral, cuando della me despedí; y aun, por más señas, era el queso ovejuno.

—Es liberal en estremo —dijo don Quijote—; y si no te dio joya de oro, sin duda debió de ser porque no la tendría allí a la mano para dártela; pero buenas son mangas después de Pascua: yo la veré, y se satisfará todo. ¿Sabes de qué soy maravillado, Sancho? De que me parece que fuiste y veniste por los aires, pues poco más de tres días has tardado en ir y venir desde aquí al Toboso, habiendo de aquí allá más de treinta leguas; por lo cual me doy a entender que aquel sabio nigromante que tiene cuenta con mis cosas y es mi amigo (porque por fuerza le hay, y le ha de haber, so pena que yo no sería buen caballero andante), digo que este tal te debió de ayudar a caminar, sin que tú lo sintieses; que hay sabio déstos que coge a un caballero andante durmiendo en su cama, y sin saber cómo o en qué manera, amanece otro día más de mil leguas de donde anocheció. Y si no fuese por esto, no se podrían socorrer en sus peligros los caballeros andantes unos a otros, como se socorren a cada paso. Que acaece estar uno peleando en las sierras de Armenia con algún endriago, o con algún fiero vestiglo, o con otro caballero, donde lleva lo peor de la batalla y está ya a punto de muerte, y cuando no os me cato, asoma por acullá, encima de una nube, o sobre un carro de fuego, otro caballero amigo suyo, que poco antes se hallaba en Ingalaterra, que le favorece y libra de la muerte, y a la noche se halla en su posada, cenando muy a su sabor; y suele haber de la una a la otra parte dos o tres mil leguas. Y todo esto se hace por industria y sabiduría destos sabios encantadores que tienen cuidado destos valerosos caballeros. Así que, amigo Sancho, no se me hace dificultoso creer que en tan breve tiempo hayas ido y venido desde este lugar al del Toboso, pues, como tengo dicho, algún sabio amigo te debió de llevar en volandillas, sin que tú lo sintieses.

—Así sería —dijo Sancho—; porque a buena fe que andaba Rocinante como si fuera asno de gitano con azogue en los oídos.

A mediados del Capítulo XXXI, don Quijote afirma que su compromiso con la princesa Micomicona le impide visitar a Dulcinea inmediatamente, y que no es necesario que se case con la princesa para que Sancho pueda gobernar

must have been in the past, because now the practice must be merely to give a piece of bread and cheese. That's what my lady Dulcinea handed me, over the top of her courtyard wall, when I took leave of her. In fact, to be specific, it was sheep cheese."

"She is extremely generous," said Don Quixote, "and if she didn't give you a golden jewel, it must certainly have been because she didn't have one handy to give you. But a belated gift is none the worse for the waiting. I'll see her, and the whole thing will be settled. Do you know what surprises me, Sancho? You seem to me to have gone and come through the air, because your journey from here to El Toboso and back took you not much over three days, although it's over thirty leagues from here. Therefore I take it that the wise necromancer who keeps tabs on my doings and who is my friend (there must be one, he has to exist, or else I wouldn't be a proper knight-errant), I say, he must have helped you in your travels without your realizing it. For there are magicians among them that can take hold of a knight-errant asleep in his bed, and, without knowing how or in what way, he wakes up the next day more than a thousand leagues away from where he turned in at night. Otherwise, knights-errant wouldn't be able to come to one another's aid in time of peril, the way they do on every occasion. For instance, one of them happens to be in the mountains of Armenia fighting a dragon or a fierce monster or another knight. He's getting the worst of the battle and is on the point of dying, when, out of the blue, there appears, either borne on a cloud or riding in a fiery chariot, another knight, a friend of his, who just a while before had been in England. Now he protects him and saves him from death, and that night he's back in his lodgings, enjoying his supper; and from one place to another it's usually a distance of two or three thousand leagues. And all this occurs through the skill and wisdom of these wise enchanters who watch over these valiant knights. And so, my friend Sancho, I don't find it hard to believe that you have gone from here to El Toboso, and returned, in such a short time, because, as I said, some friendly sage must have carried you through the sky without your knowing it."

"It must have been that way," Sancho said, "because I swear that Rocinante was traveling as fast as a donkey whose Gypsy master had put mercury in its ears."

In the middle portion of CHAPTER XXXI, Don Quixote states that his commitment to Princess Micomicona prevents him from visiting Dulcinea at once, and that it isn't necessary for him to marry the princess for Sancho to

su propia ínsula. La cuadrilla entera—don Quijote, Sancho, el cura, el bar-bero, Cardenio, y Dorotea—se detiene en una fuente para merendar. El CAPÍTULO XXXI concluye de la siguiente manera:

Estando en esto, acertó a pasar por allí un muchacho que iba de camino, el cual, poniéndose a mirar con mucha atención a los que en la fuente estaban, de allí a poco arremetió a don Quijote y, abrazán-dole por las piernas, comenzó a llorar muy de propósito, diciendo:

—¡Ay, señor mío! ¿No me conoce vuestra merced? Pues míreme bien; que yo soy aquel mozo Andrés que quitó vuestra merced de la encina donde estaba atado.

Reconocióle don Quijote, y asiéndole por la mano se volvió a los que allí estaban, y dijo:

—Porque vean vuestras mercedes cuán de importancia es haber caballeros andantes en el mundo, que desfagan los tuertos y agravios que en él se hacen por los insolentes y malos hombres que en él viven, sepan vuestras mercedes que los días pasados, pasando yo por un bosque, oí unos gritos y unas voces muy las-timosas, como de persona afligida y menesterosa; acudí luego, llevado de mi obligación, hacia la parte donde me pareció que las lamentables voces sonaban, y hallé atado a una encina a este muchacho que ahora está delante, de lo que me huelgo en la alma, porque será testigo que no me dejará mentir en nada. Digo que estaba atado a la encina, desnudo del medio cuerpo arriba, y estábale abriendo a azotes con las riendas de una yegua un villano, que después supe que era amo suyo; y así como yo le vi le pregunté la causa de tan atroz vapulamiento; respondió el zafio que le azotaba porque era su criado, y que ciertos descui-dos que tenía nacían más de ladrón que de simple; a lo cual este niño dijo: «Señor, no me azota sino porque le pido mi salario.» El amo replicó no sé qué arengas y disculpas, las cuales, aunque de mí fueron oídas, no fueron admitidas. En resolución, yo le hice desatar, y tomé juramento al villano de que le llevaría con-sigo y le pagaría un real sobre otro, y aun sahumados. ¿No es verdad todo esto, hijo Andrés? ¿No notaste con cuánto imperio se lo mandé, y con cuánta humildad prometió de hacer todo cuanto yo le impuse, y notifiqué y quise? Responde; no te turbes ni dudes en nada; di lo que pasó a estos señores, porque se vea y considere ser del provecho que digo haber caballeros andantes por los caminos.

—Todo lo que vuestra merced ha dicho es mucha verdad —res-

rule his own territory. The whole party—Don Quixote, Sancho, the priest, the barber, Cardenio, and Dorotea—stop at a spring for lunch. CHAPTER XXXI concludes as follows:

While they were thus engaged, there happened to pass by a boy who was on a journey. This boy, stopping to look very attentively at the people by the spring, soon made a dash for Don Quixote, embraced his legs, and began weeping most opportunely, saying:

"Oh, master! Doesn't your honor recognize me? Take a good look at me; I'm that boy Andrés whom your honor freed from the oak I was tied to."

Don Quixote, recognizing him, took him by the hand and turned toward the entire group, saying:

"So that your worships may see how important it is to have knights-errant in the world to redress the wrongs and injuries done in it by the insolent, evil men who live in it, let me inform your worships that, some days back, as I was passing through a forest, I heard shouts and very plaintive calls as if uttered by an afflicted and distressed person. I immediately betook myself, impelled by the laws of my calling, to the place from which the piteous calls seemed to proceed, and I found tied to an oak this boy who now stands before us. And I rejoice in my soul that he does, because he will be a witness who will not permit me to make any false statement. As I said, he was tied to the oak and stripped to the waist, and his flesh was being torn with strokes of a mare's reins by a rustic who I later learned was his master. As soon as I saw him, I asked the reason for such a terrible beating. The lout replied that he was whipping him because he was his servant, and certain acts of carelessness of his pointed more toward his being a thief than a simpleton. To which this child replied: 'Sir, he's only whipping me because I'm asking for my wages.' His master retorted by haranguing me with all kinds of excuses, which I listened to but did not accept. In short, I had him untied and received a vow from the rustic that he would take him with him and pay him every single *real*, and with the best will in the world. Isn't all that true, Andrés, my boy? Didn't you observe how imperiously I gave him the order, and how humbly he promised to do everything I enjoined upon him, instructed him to do, and desired of him? Answer. Don't let anything upset you or give you pause. Tell these people what happened, so that they can see and deem that it is as advantageous as I say it is for knights-errant to roam the world."

"Everything your honor said is quite true," the boy said, "but the

pondió el muchacho—; pero el fin del negocio sucedió muy al revés de lo que vuestra merced se imagina.

—¿Cómo al revés? —replicó don Quijote—. Luego ¿no te pagó el villano?

—No sólo no me pagó —respondió el muchacho—, pero así como vuestra merced traspuso del bosque y quedamos solos, me volvió a atar a la mesma encina, y me dio de nuevo tantos azotes, que quedé hecho un San Bartolomé desollado; y a cada azote que me daba, me decía un donaire y chufeta acerca de hacer burla de vuestra merced, que, a no sentir yo tanto dolor, me riera de lo que decía. En efecto: él me paró tal, que hasta ahora he estado curándome en un hospital del mal que el mal villano entonces me hizo. De todo lo cual tiene vuestra merced la culpa; porque si se fuera su camino adelante y no viniera donde no le llamaban, ni se entremetiera en negocios ajenos, mi amo se contentara con darme una o dos docenas de azotes, y luego me soltara y pagara cuanto me debía. Mas como vuestra merced le deshonró tan sin propósito, y le dijo tantas villanías, encendiósele la cólera, y como no la pudo vengar en vuestra merced, cuando se vio solo descargó sobre mí el nublado, de modo que me parece que no seré más hombre en toda mi vida.

—El daño estuvo —dijo don Quijote— en irme yo de allí, que no me había de ir hasta dejarte pagado; porque bien debía yo de saber, por luengas experiencias, que no hay villano que guarde palabra que tiene, si él vee que no le está bien guardalla. Pero ya te acuerdas, Andrés, que yo juré que si no te pagaba, que había de ir a buscarle, y que le había de hallar, aunque se escondiese en el vientre de la ballena.

—Así es la verdad —dijo Andrés—; pero no aprovechó nada.

—Ahora verás si aprovecha —dijo don Quijote.

Y diciendo esto, se levantó muy apriesa y mandó a Sancho que enfrenase a Rocinante, que estaba paciendo en tanto que ellos comían.

Preguntóle Dorotea qué era lo que hacer quería. Él le respondió que quería ir a buscar al villano y castigalle de tan mal término, y hacer pagado a Andrés hasta el último maravedí, a despecho y pesar de cuantos villanos hubiese en el mundo. A lo que ella respondió que advirtiese que no podía, conforme al don prometido, entremeterse en ninguna empresa hasta acabar la suya; y que pues esto sabía él mejor que otro alguno, que sosegase el pecho hasta la vuelta de su reino.

—Así es verdad —respondió don Quijote—, y es forzoso que Andrés tenga paciencia hasta la vuelta, como vos, señora, decís;

end of the affair turned out just the opposite of how your honor pictures it."

"What do you mean, the opposite?" Don Quixote rejoined. "Didn't the rustic pay you, then?"

"Not only didn't he pay me," the boy replied, "but as soon as your honor vanished from the forest and we were left alone, he tied me to the same oak again, and resumed giving me so many lashes that I was flayed like Saint Bartholomew. At each stroke he gave me, he uttered a joke or a sarcastic remark about having fooled your honor, so that, if I wasn't undergoing such pain, I would have laughed at his patter. In fact, he left me in such a state that up to now I've been in a hospital being healed of the damage that the damned rustic did me then. And for all of that, your honor is to blame; because if you had continued on your way and hadn't come where no one was asking for you, and hadn't meddled in other people's affairs, my master would have been content to give me one or two dozen lashes and would then have set me free and paid me all he owed me. But since your honor put him to shame so inopportunely and called him so many bad names, he got enraged and, being unable to take it out on your honor, when he found us alone again, he vented the whole storm on me, so that I think I'll never be a sound man again as long as I live."

"The mistake was," said Don Quixote, "in my leaving. I shouldn't have left until I saw you paid. Because I should have known from long experience that no rustic will keep the word he's given if he finds it inconvenient to keep it. But you surely remember, Andrés, that I swore that if he didn't pay you, I would go in search of him and would find him even if he hid in the whale's belly."

"That's true," said Andrés, "but it did no good."

"Now you'll see whether it will do any good," said Don Quixote.

And with those words, he got up very quickly and ordered Sancho to bridle Rocinante, who was grazing while they were eating.

Dorotea asked him what he intended to do. He replied that he intended to search for the rustic and punish him for giving the affair such a bad ending; he would see Andrés paid every last cent, despite and notwithstanding all the rustics in the world. To which she replied that he should observe that he couldn't do so without retracting the boon he had promised her: not to embark on any enterprise before achieving hers. And since he knew this better than anyone else, he should calm his emotions until his return from her kingdom.

"That's true," replied Don Quixote, "and Andrés will just have to be patient until I return, as you say, lady. For I swear to him again, and

que yo le torno a jurar y a prometer de nuevo de no parar hasta hacerle vengado y pagado.

—No me creo desos juramentos —dijo Andrés—; más quisiera tener agora con que llegar a Sevilla que todas las venganzas del mundo: déme, si tiene ahí, algo que coma y lleve, y quédese con Dios su merced y todos los caballeros andantes, que tan bien andantes sean ellos para castigo como lo han sido para conmigo.

Sacó de su repuesto Sancho un pedazo de pan y otro de queso, y dándoselo al mozo, le dijo:

—Tomá, hermano Andrés; que a todos nos alcanza parte de vuestra desgracia.

—Pues ¿qué parte os alcanza a vos? —preguntó Andrés.

—Esta parte de queso y pan que os doy —respondió Sancho—, que Dios sabe si me ha de hacer falta o no; porque os hago saber, amigo, que los escuderos de los caballeros andantes estamos sujetos a mucha hambre y a mala ventura, y aun a otras cosas que se sienten mejor que se dicen.

Andrés asió de su pan y queso y, viendo que nadie le daba otra cosa, abajó su cabeza y tomó el camino en las manos, como suele decirse. Bien es verdad que, al partirse, dijo a don Quijote:

—Por amor de Dios, señor caballero andante, que si otra vez me encontrare, aunque vea que me hacen pedazos, no me socorra ni ayude, sino déjeme con mi desgracia; que no será tanta, que no sea mayor la que me vendrá de su ayuda de vuestra merced, a quien Dios maldiga, y a todos cuantos caballeros andantes han nacido en el mundo.

Íbase a levantar don Quijote para castigalle; mas él se puso a correr de modo que ninguno se atrevió a seguille. Quedó corridísimo don Quijote del cuento de Andrés, y fue menester que los demás tuviesen mucha cuenta con no reírse, por no acaballe de correr del todo.

CAPÍTULOS **XXXII–XXXIV**: La cuadrilla de viajeros llega a la venta del manteo. Don Quijote se acuesta. Los otros hacen discurso sobre libros de caballería con el ventero. Encontran el manuscrito de una novelita que alguien había dejado en la venta—*El curioso impertinente:* En Florencia, Anselmo se casa con Camila, una esposa absolutamente perfecta. Neciamente dispuesto a probar la castidad de ella, recluta a su íntimo amigo Lotario (quien se muestra sumamente reacio); Lotario ha de hacer simulacro de seducir a Camila. Tras repetidas ocasiones en que se juntan, Lotario empieza a rendirse ante la bondad y la belleza de Camila, pero ella no vacila sino hasta

promise him once more, never to rest until I see him avenged and paid."

"I have no faith in those oaths," said Andrés. "I'd rather now have the wherewithal to get to Seville than all the vengeances in the world. If you can, give me something to eat and take along, and your honor and all knights-errant can stay right where they are. May they be as lucky on their errands in reaching perdition as they've been for me!"

Sancho took a piece of bread and a piece of cheese out of his larder. Handing them to the boy, he said:

"Take this, brother Andrés, because we all have a part in your misfortune."

"What is your part in it?" asked Andrés.

"My parting with this bit of bread and cheese," Sancho replied. "Because only God knows whether I'm going to miss it sorely or not. Let me tell you, friend, that we squires of knights-errant are subject to much hunger and bad luck, not to mention other things that are more easily felt than said."

Andrés took hold of his bread and cheese. Seeing that no one was giving him anything else, he bowed his head and took to the road again, as the expression goes. To tell the truth, as he departed he said to Don Quixote:

"For the love of God, sir knight-errant, if you ever meet me again, even if you see me being torn to pieces, don't aid or assist me, but leave me alone with my misfortune. It can't be so great that the one that befalls me as a result of your honor's assistance won't be much greater. May God curse you and all the knights-errant who have ever been born into the world!"

Don Quixote wanted to get up and chastise him, but the boy started running so fast that no one ventured to follow him. Don Quixote was extremely embarrassed by Andrés's story, and the others had to be very careful not to laugh, so as not to embarrass him completely.

CHAPTERS XXXII–XXXIV: The party of travelers reaches the inn of the blanket-tossing. Don Quixote goes to bed. The others discuss books of chivalry with the innkeeper. They discover the manuscript of a long novella that has been left in the inn—*The Story of the Excessively Inquisitive Man:* In Florence, Anselmo marries Camila, an altogether perfect wife. Foolishly bent on testing her chastity, he enlists the services of his bosom friend Lotario (who is extremely reluctant); Lotario is to simulate an attempt to seduce Camila. After they are repeatedly thrown at each other, Lotario begins to succumb to Camila's goodness and beauty, but she doesn't waver until

cuando el esposo ciegamente deja de responder a las señales de peligro. Lotario y Camila se hacen amantes, pero él no le dice a ella que esto es el resultado de un plan fallido del esposo; ni le informa tampoco a Anselmo la verdadera situación. La caída de Camila anima a su lujuriosa criada Leonela a traer a casa a su amante, y Lotario cree que Camila recibe a otro visitante. Por despecho, éste revela parte de la verdad a Anselmo, diciéndole que Camila está a punto de caer. Los amantes, reconciliados, preparan un plan para burlarse de Anselmo más aún. Con Anselmo como testigo escondido, Camila pretende que quiere apuñalar a Lotario por sus malas intenciones para con ella, y realmente se apuñala levemente a sí misma. Anselmo ahora está totalmente despistado y los amoríos de Lotario y Camila siguen su curso sin perturbación por meses.

## Capítulo XXXV

### *Donde se da fin a la novela del Curioso impertinente*

Poco más quedaba por leer de la novela, cuando del caramanchón donde reposaba don Quijote salió Sancho Panza todo alborotado, diciendo a voces:

—Acudid, señores, presto y socorred a mi señor, que anda envuelto en la más reñida y trabada batalla que mis ojos han visto. ¡Vive Dios, que ha dado una cuchillada al gigante enemigo de la señora princesa Micomicona, que le ha tajado la cabeza cercen a cercen, como si fuera un nabo!

—¿Qué dices, hermano? —dijo el cura, dejando de leer lo que de la novela quedaba—. ¿Estáis en vos, Sancho? ¿Cómo diablos puede ser eso que decís, estando el gigante dos mil leguas de aquí?

En esto, oyeron un gran ruido en el aposento, y que don Quijote decía a voces:

—¡Tente, ladrón, malandrín, follón; que aquí te tengo, y no te ha de valer tu cimitarra!

Y parecía que daba grandes cuchilladas por las paredes. Y dijo Sancho:

—No tienen que pararse a escuchar, sino entren a despartir la pelea, o a ayudar a mi amo; aunque ya no será menester, porque, sin duda alguna, el gigante está ya muerto, y dando cuenta a Dios de su pasada y mala vida; que yo vi correr la sangre por el suelo, y la cabeza cortada y caída a un lado, que es tamaña como un gran cuero de vino.

—Que me maten —dijo a esta sazón el ventero— si don Quijote,

her husband blindly fails to respond to her danger signals. Lotario and Camila become lovers, but he doesn't tell her that it was because a plan of her husband's backfired; nor does he inform Anselmo of the true state of affairs. Camila's fall from virtue emboldens her lustful maid Leonela to bring her own lover into the house, and Lotario believes Camila is receiving another visitor. Out of pique, he reveals a small part of the truth to Anselmo, telling him that Camila is on the point of falling. The lovers, reconciled, work out a scheme to hoodwink Anselmo further. With Anselmo as a hidden witness, Camila pretends she wants to stab Lotario for his wicked designs on her, and actually stabs herself very slightly. Anselmo is now totally deluded, and the affair between Lotario and Camila runs an untroubled course for months.

## Chapter XXXV

*In Which the Story of the Excessively Inquisitive Man Is Concluded*

Only a small part of the story remained to be read, when, from the garret where Don Quixote was resting, Sancho emerged in great agitation, shouting:

"Come, gentlemen, hurry and help my master, who's engaged in the most hard-fought, fierce battle I've ever beheld. As God lives, he's given such a blow of the sword to the giant who's the enemy of lady Princess Micomicona that he's sliced his head clean off like a turnip!"

"What are you saying, brother?" said the priest, leaving off his reading of the rest of the story. "Are you in your right mind, Sancho? How in heaven's name can what you say be so, if the giant is two thousand leagues from here?"

At that moment, they heard a loud noise from that room, and Don Quixote shouting:

"Stop where you are, thief, scoundrel, coward! Now I have you, and your scimitar won't help you!"

And it sounded as if he was leveling mighty sword strokes at the walls. Sancho said:

"This isn't the time to stand still listening! Go in and either break up the fight or help my master! Although by this time it won't be necessary, because I'm sure the giant is already dead and rendering an account to God for the evils of his past life. For I saw his blood flowing on the floor, and his head cut off and fallen on one side, a head the size of a big wineskin."

"May I be killed," the innkeeper said at that point, "if Don Quixote,

o don diablo, no ha dado alguna cuchillada en alguno de los cueros de vino tinto que a su cabecera estaban llenos, y el vino derramado debe de ser lo que le parece sangre a este buen hombre.

Y con esto, entró en el aposento, y todos tras él, y hallaron a don Quijote en el más estraño traje del mundo. Estaba en camisa, la cual no era tan cumplida, que por delante le acabase de cubrir los muslos, y por detrás tenía seis dedos menos; las piernas eran muy largas y flacas, llenas de vello y no nada limpias; tenía en la cabeza un bonetillo colorado, grasiento, que era del ventero; en el brazo izquierdo tenía revuelta la manta de la cama, con quien tenía ojeriza Sancho, y él se sabía bien el porqué; y en la derecha, desenvainada la espada, con la cual daba cuchilladas a todas partes, diciendo palabras como si verdaderamente estuviera peleando con algún gigante. Y es lo bueno que no tenía los ojos abiertos, porque estaba durmiendo y soñando que estaba en batalla con el gigante; que fue tan intensa la imaginación de la aventura que iba a fenecer, que le hizo soñar que ya había llegado al reino de Micomicón, y que ya estaba en la pelea con su enemigo. Y había dado tantas cuchilladas en los cueros, creyendo que las daba en el gigante, que todo el aposento estaba lleno de vino. Lo cual visto por el ventero, tomó tanto enojo, que arremetió con don Quijote, y a puño cerrado le comenzó a dar tantos golpes, que si Cardenio y el cura no se le quitaran, él acabara la guerra del gigante; y, con todo aquello, no despertaba el pobre caballero, hasta que el barbero trujo un gran caldero de agua fría del pozo y se le echó por todo el cuerpo de golpe, con lo cual despertó don Quijote; mas no con tanto acuerdo, que echase de ver de la manera que estaba.

Dorotea, que vio cuán corta y sotilmente estaba vestido, no quiso entrar a ver la batalla de su ayudador y de su contrario.

Andaba Sancho buscando la cabeza del gigante por todo el suelo, y como no la hallaba, dijo:

—Ya yo sé que todo lo desta casa es encantamento; que la otra vez, en este mesmo lugar donde ahora me hallo, me dieron muchos mojicones y porrazos, sin saber quién me los daba, y nunca pude ver a nadie; y ahora no parece por aquí esta cabeza que vi cortar por mis mismísimos ojos, y la sangre corría del cuerpo como de una fuente.

—¿Qué sangre ni qué fuente dices, enemigo de Dios y de sus santos? —dijo el ventero—. ¿No vees, ladrón, que la sangre y la fuente no es otra cosa que estos cueros que aquí están horadados y el vino tinto que nada en este aposento, que nadando vea yo el alma en los infiernos de quien los horadó?

or Don Devil, hasn't run his sword into one of the skins full of red wine that were hanging at the head of his bed. The spilled wine must be what looks like blood to this poor fool."

With those words, he entered the room, with everyone at his heels. They discovered Don Quixote in the world's strangest costume. He was in his shirt, which wasn't long enough to cover his thighs completely in front, and was six fingers shorter in the back. His legs were very long and skinny, very hairy, and not at all clean. On his head he wore a greasy red nightcap that belonged to the innkeeper. Wrapped around his left arm was the bed blanket that Sancho had a grudge against, knowing very well why. In his right hand was his unsheathed sword, with which he was dealing thrusts in every direction, while he kept shouting as if he were really fighting a giant. And the funniest thing was that his eyes were closed, because he was asleep and dreaming that he was engaged in combat with the giant. For his mental concentration on the adventure he was on the way to achieve was so intense that it made him dream he had already arrived in the kingdom of Micomicón and was fighting his enemy. He had given so many thrusts to the wineskins, thinking that he was striking the giant, that the whole room was full of wine. When the innkeeper saw that, he was so irritated that he charged at Don Quixote and started giving him so many blows with his fist that, if Cardenio and the priest hadn't pulled him away, he would have brought the war with the giant to an end. But despite all this, the poor knight didn't wake up until the barber brought a big cauldron of cold water from the well and dashed it suddenly over his whole body. That awakened Don Quixote, but he still didn't have enough wits about him to see what a state he was in.

Dorotea, seeing the scantiness and thinness of his clothing, decided not to go in and witness the battle between her protector and her opponent.

Sancho was going around looking for the giant's head all over the floor. Not finding it, he said:

"Now I know that everything about this place is enchanted. The last time, in this very room where I now stand, somebody gave me a bunch of thumps and blows, without my knowing who was doing it, because I never saw anyone. And now this head won't show up here, even though I saw it cut off with my own eyes, and the blood was flowing from the body as if from a fountain."

"What blood or fountain are you talking about, you enemy of God and His saints?" said the innkeeper. "Don't you see, thief, that the blood and the fountain are nothing but these pierced wineskins here and the red wine swimming in this room?—May I see the soul of the man who pierced them swimming in hell!"

—No sé nada —respondió Sancho—: sólo sé que vendré a ser tan desdichado, que, por no hallar esta cabeza, se me ha de deshacer mi condado como la sal en el agua.

Y estaba peor Sancho despierto que su amo durmiendo: tal le tenían las promesas que su amo le había hecho. El ventero se desesperaba de ver la flema del escudero y el maleficio del señor, y juraba que no había de ser como la vez pasada, que se le fueron sin pagar, y que ahora no le habían de valer los previlegios de su caballería para dejar de pagar lo uno y lo otro, aun hasta lo que pudiesen costar las botanas que se habían de echar a los rotos cueros.

Tenía el cura de las manos a don Quijote, el cual, creyendo que ya había acabado la aventura, y que se hallaba delante de la princesa Micomicona, se hincó de rodillas delante del cura, diciendo:

—Bien puede la vuestra grandeza, alta y famosa señora, vivir, de hoy más, segura que le pueda hacer mal esta mal nacida criatura; y yo también, de hoy más, soy quito de la palabra que os di, pues, con el ayuda del alto Dios y con el favor de aquella por quien yo vivo y respiro, tan bien la he cumplido.

—¿No lo dije yo? —dijo oyendo esto Sancho—. Sí que no estaba yo borracho: ¡mirad si tiene puesto ya en sal mi amo al gigante! ¡Ciertos son los toros: mi condado está de molde!

En lo que queda del Capítulo XXXV, el cura termina de leer la narración florentina: Por la fuerte sospecha de que la criada Leonela le contará lo de ella a Anselmo para salvarse a sí misma, Camila huye y se esconde en un convento. Lotario, igualmente, desaparece de la ciudad. Anselmo se entera de la verdad y muere de dolor; Lotario se une al ejército y muere en combate; y Camila se hace monja y pronto muere en el convento.

Capítulos XXXVI–XLII: Otros caminantes llegan a la venta y resultan ser Luscinda y Don Fernando. Las súplicas de las mujeres ablandan el corazón del ex seductor, el cual se reforma, y las parejas se emparejan debidamente: Cardenio con Luscinda y Fernando con Dorotea, de quien Sancho se entera ahora de que no es la tal princesa Micomicona, muy a pesar suyo. (Poco antes de la llegada a la venta, Fernando, aún no reformado, ha raptado a Luscinda del convento donde se había refugiado.) Don Quijote es ahora el único que cree en la princesa Micomicona, animado por todos los demás, quienes quieren verlo de regreso sano y salvo en su casa. Antes de partir, otra pareja más llega a la venta: un español recientemente libertado de cautiverio en el norte de África, y una dama mora que se ha ido con él. A partir de este punto, más de un capítulo se dedica a un discurso muy lúcido de don Quijote para

"All I know," Sancho replied, "is that I'll come to be so unlucky that, if I don't find this head, my earldom is sure to dissolve like salt in water."

Sancho awake was worse than his master asleep, so obsessed was he by the promises his master had made him. The innkeeper was in despair at the squire's placidity and his master's penchant for damage; he swore that it wouldn't be like last time, when they left without paying, but that this time Don Quixote's privileges of knighthood wouldn't exempt him from paying for both stays, including whatever it might cost to patch up the torn wineskins.

The priest was holding the hands of Don Quixote, who, in the belief that the entire adventure was now achieved, and that he was standing before Princess Micomicona, fell to his knees before the priest and said:

"From today on, lofty and renowned lady, your magnificence may live free of fear lest this ill-born creature be able to do you any ill. As for me, from today on, I am free of the promise I made you, since, with the aid of God above and under the protection of her for whom I live and breathe, I have kept that promise so fully."

"Didn't I say so?" said Sancho, hearing this. "You see, I wasn't drunk! Just look and see whether my master hasn't slaughtered and salted the giant! The bulls are safely penned in, and my earldom is a sure thing!"

In the remainder of CHAPTER XXXV, the priest finishes reading the Florentine story: Strongly suspecting that her maid Leonela will inform Anselmo about her to save herself, Camila runs away and hides in a convent. Lotario leaves town, as well. Anselmo learns the truth and dies of grief; Lotario joins the army and is killed in battle; and Camila becomes a nun and soon dies in the convent.

CHAPTERS XXXVI–XLII: New wayfarers arrive at the inn, and prove to be Luscinda and Don Fernando. The woman's pleas soften the ex-seducer's heart, he reforms, and the proper couples pair off: Cardenio with Luscinda, and Fernando with Dorotea, who Sancho now learns is not the Princess Micomicona, much to his sorrow. (Very shortly before their arrival at the inn, Fernando, not yet reformed, had abducted Luscinda from the convent in which she had taken refuge.) Don Quixote is now the only one who believes in Princess Micomicona, encouraged by all the others, who want to see him brought safely home. Before they can leave, yet another couple arrives at the inn: a Spaniard recently released from captivity in North Africa, and a Moorish lady who has left her home with him. At this point, over a chapter is occupied by a very lucid lecture

probar que la profesión de soldado es superior a la vida de estudiante o erudito. Después, tres capítulos presentan la narración del ex cautivo, una interpolación larguísima (el presente sumario tiene que ser drásticamente conciso): Habiendo hecho profesión de soldado a los dieciocho años y llegado al rango de capitán, el narrador fue capturado por los turcos en la famosa batalla de Lepanto en 1571. Tras varios años como condenado a galera, fue trasladado por un nuevo amo a Argel, donde se le mantuvo en una prisión designada para cautivos cristianos a quienes se esperaba fuesen rescatados. Desde la ventana de una casa vecina recibió regalos de dinero y una nota indicando que la hija del propietario, un alto dignatario, financiaría su escape si él se la llevaba a ella para poder hacerse cristiana; ella pronto estaría en una casa campestre en la costa. El cautivo se rescató a sí mismo junto con unos cuantos compañeros, y compró una embarcación por medio de un intermediario. El rapto tuvo éxito pero la pareja tuvo que soportar mal tiempo y captura por parte de piratas franceses antes de llegar a España en un botecito, despojados de sus posesiones. El ex cautivo y su desposada mora han llegado a la venta durante sus recorridos en busca del padre y de los hermanos de él, o por lo menos noticias de los mismos. (Fin de la narración del cautivo.) Después, esta venta, de seguro la más popular de España, recibe la visita de un oidor en camino a ocupar una plaza en México; viaja acompañado por su hija adolescente. ¡Pronto se descubre que este oidor es uno de los hermanos del ex cautivo! Todo saldrá bien para la pareja. Esa noche, con don Quijote al aire libre haciendo de centinela de lo que él estima castillo, un mozo de mulas canta en serenata para la hija del oidor.

## Capítulo XLIII

*Donde se cuenta la agradable historia del mozo de mulas,*
*con otros estraños acaecimientos en la venta sucedidos*

En las primeras páginas del capítulo, la hija del oidor le confiesa a Dorotea, su compañera de habitación esa noche, que el cantante es realmente un estudiante rico que la va siguiendo disfrazado porque está locamente enamorado de ella. Ella le corresponde la pasión, pero teme que su padre nunca consentirá a un matrimonio económicamente desventajoso. Dorotea la consuela, prometiéndole su ayuda al día siguiente.

Sosegáronse con esto, y en toda la venta se guardaba un grande silencio; solamente no dormían la hija de la ventera y Maritornes su criada, las cuales, como ya sabían el humor de que pecaba don Quijote, y que estaba fuera de la venta, armado y a caballo haciendo la guarda determinaron las dos de hacelle alguna burla, o, a lo menos, de pasar un poco el tiempo oyéndole sus disparates.

delivered by Don Quixote to prove that a soldier's profession is superior to the life of a student and scholar. Then, three chapters are occupied by the ex-captive's narrative, a lengthy interpolation (the present summary must be severely concise): Becoming a soldier at eighteen and rising to the rank of captain, the narrator was captured by the Turks at the famous battle of Lepanto in 1571. After a few years as a galley rower, he was transferred by a new master to Algiers, where he was kept in a prison meant for Christian captives expected to be ransomed. From the window of an adjoining house he received gifts of money and a note stating that the daughter of the owner, a high dignitary, would finance his escape if he took her along so she could become a Christian; she would soon be staying at a country house on the coast. The captive ransomed himself and a few companions, and bought a ship through a go-between. The abduction was successful, but the couple had to endure bad weather and capture by French pirates before reaching Spain in a small boat, robbed of their possessions. The ex-captive and his Moorish bride have come to the inn on their travels in quest of his father and brothers, or at least news of them. (End of captive's narrative.) Now this inn, surely the most popular in Spain, is visited by a judge on his way to a term in the Mexican supreme court; he is traveling with his teenage daughter. This judge soon proves to be one of the brothers of the ex-captive! All will be well with the couple. That night, with Don Quixote outdoors standing guard over the castle, as he takes it to be, the judge's daughter is serenaded by a young mule handler.

## Chapter XLIII

*Which Relates the Pleasant History of the Mule Handler,*
*Along with Other Strange Events at the Inn*

In the first pages of the chapter, the judge's daughter discloses to Dorotea, her roommate for the night, that the singer is really a wealthy student following her in disguise because he is madly in love with her. She reciprocates his passion, but is afraid his father will never consent to a financially unadvantageous marriage. Dorotea consoles her, promising to help the next day.

After that, they went to their rest, and throughout the inn deep silence prevailed. The only ones not sleeping were the daughter of the innkeeper's wife and her maid Maritornes, who, acquainted with Don Quixote's special eccentricities, and knowing he was outside the inn, armed, mounted, and on guard, decided between them to play some trick on him or at least to while away a little time listening to his foolish remarks.

Es, pues, el caso, que en toda la venta no había ventana que saliese al campo, sino un agujero de un pajar, por donde echaban la paja por defuera. A este agujero se pusieron las dos semidoncellas, y vieron que don Quijote estaba a caballo, recostado sobre su lanzón, dando de cuando en cuando tan dolientes y profundos suspiros, que parecía que con cada uno se le arrancaba el alma. Y asimesmo oyeron que decía con voz blanda, regalada y amorosa:

—¡Oh mi señora Dulcinea del Toboso, estremo de toda hermosura, fin y remate de la discreción, archivo del mejor donaire, depósito de la honestidad, y, ultimadamente, idea de todo lo provechoso, honesto y deleitable que hay en el mundo! Y ¿qué fará agora la tu merced? ¿Si tendrás por ventura las mientes en tu cautivo caballero, que a tantos peligros, por sólo servirte, de su voluntad ha querido ponerse? Dame tú nuevas della, ¡oh luminaria de las tres caras! Quizá con envidia de la suya la estás ahora mirando, que, o paseándose por alguna galería de sus suntuosos palacios, o ya puesta de pechos sobre algún balcón, está considerando cómo, salva su honestidad y grandeza, ha de amansar la tormenta que por ella este mi cuitado corazón padece, qué gloria ha de dar a mis penas, qué sosiego a mi cuidado y, finalmente, qué vida a mi muerte y qué premio a mis servicios. Y tú, sol, que ya debes de estar apriesa ensillando tus caballos, por madrugar y salir a ver a mi señora, así como la veas, suplícote que de mi parte la saludes; pero guárdate que al verla y saludarla no le des paz en el rostro; que tendré más celos de ti que tú los tuvistes de aquella ligera ingrata que tanto te hizo sudar y correr por los llanos de Tesalia, o por las riberas de Peneo, que no me acuerdo bien por dónde corriste entonces celoso y enamorado.

A este punto llegaba entonces don Quijote en su tan lastimero razonamiento, cuando la hija de la ventera le comenzó a cecear y a decirle:

—Señor mío, lléguese acá la vuestra merced, si es servido.

A cuyas señas y voz volvió don Quijote la cabeza, y vio, a la luz de la luna, que entonces estaba en toda su claridad, cómo le llamaban del agujero que a él le pareció ventana, y aun con rejas doradas, como conviene que las tengan tan ricos castillos como él

Well, it so happened that on the whole facade of the inn facing the open country there was no window, but just the opening of a straw loft through which the straw was tossed outside. The two *demi-vierges* posted themselves at that opening, and saw that Don Quixote was on horseback, leaning on his short spear, and from time to time emitting such pained and deep sighs that it seemed as if his soul was being torn out with each one. Likewise, they heard him say gently, delicately, and lovingly:

"Oh, my lady Dulcinea of El Toboso, pinnacle of all beauty, tip and crown of prudence, storehouse of the finest wit, treasury of chastity, and, lastly, embodiment of all that is advantageous, honorable, and delightful in the world! What might your grace be doing right now? Are you perchance thinking about your captive knight, who has voluntarily consented to expose himself to so many perils merely to serve you? Give me news of her, O luminary with the three faces![65] Perhaps you are now gazing at her, envying *her* face, as she either strolls along a gallery of her sumptuous palace or, resting her bosom on the railing of a balcony, is meditating ways how, without prejudice to her chastity and grandeur, she can alleviate the storm my sorrowful heart is suffering for her sake; meditating on what glory she can give me as reward for my labors, what relief for my cares, and, finally, what life for my death and payment for my services. And you, sun, who must now be rapidly saddling your horses, in order to make an early showing and visit my lady: as soon as you see her, I beseech you to greet her on my behalf. But when you see her and greet her, take care not to kiss her on the face, or else I shall be more jealous of you than you were jealous over that ungrateful fleet-footed girl who made you sweat so, running over the plains of Thessaly, or alongside the banks of the Peneus, for I don't rightly recall where you were running then in your jealousy and amorous ardor."[66]

Don Quixote had reached that point in his most plaintive discourse when the daughter of the innkeeper's wife began calling "psst" to him and saying:

"Sir! Come over here, your honor, if you don't mind."

At those signals and words Don Quixote turned his head and, by the light of the moon, which had then reached full brightness, he saw that he was being called to from the opening, which he took for a window, and indeed one with a golden grille, as befitted a castle as rich as the

---

[65] The moon.   [66] Here the sun is equated with Apollo, who pursued the nymph Daphne until she was transformed into a laurel. The river Peneus was in Thessaly, so that Don Quixote was right on both counts.

se imaginaba que era aquella venta; y luego en el instante se le representó en su loca imaginación que otra vez, como la pasada, la doncella fermosa, hija de la señora de aquel castillo, vencida de su amor, tornaba a solicitarle; y con este pensamiento, por no mostrarse descortés y desagradecido, volvió las riendas a Rocinante y se llegó al agujero, y así como vio a las dos mozas, dijo:

—Lástima os tengo, fermosa señora, de que hayades puesto vuestras amorosas mientes en parte donde no es posible corresponderos conforme merece vuestro gran valor y gentileza; de lo que no debéis dar culpa a este miserable andante caballero, a quien tiene amor imposibilitado de poder entregar su voluntad a otra que aquella que, en el punto que sus ojos la vieron, la hizo señora absoluta de su alma. Perdonadme, buena señora, y recogeos en vuestro aposento, y no queráis, con significarme más vuestros deseos, que yo me muestre más desagradecido; y si del amor que me tenéis halláis en mí otra cosa con que satisfaceros que el mismo amor no sea, pedídmela; que yo os juro por aquella ausente enemiga dulce mía de dárosla encontinente, si bien me pidiésedes una guedeja de los cabellos de Medusa, que eran todos culebras, o ya los mesmos rayos del sol, encerrados en una redoma.

—No ha menester nada deso mi señora, señor caballero —dijo a este punto Maritornes.

—Pues ¿qué ha menester, discreta dueña, vuestra señora? —respondió don Quijote.

—Sola una de vuestras hermosas manos —dijo Maritornes—, por poder deshogar con ella el gran deseo que a este agujero la ha traído, tan a peligro de su honor, que si su señor padre la hubiera sentido, la menor tajada della fuera la oreja.

—¡Ya quisiera yo ver eso! —respondió don Quijote—. Pero él se guardará bien deso, si ya no quiere hacer el más desastrado fin que padre hizo en el mundo, por haber puesto las manos en los delicados miembros de su enamorada hija.

Parecióle a Maritornes que sin duda don Quijote daría la mano que le habían pedido, y, proponiendo en su pensamiento lo que había de hacer, se bajó del agujero y se fue a la caballeriza, donde tomó el cabestro del jumento de Sancho Panza, y con mucha presteza se volvió a su agujero, a tiempo que don Quijote se había puesto de pies sobre la silla de Rocinante, por alcanzar a la ventana enrejada donde se imaginaba estar la ferida doncella; y al darle la mano, dijo:

—Tomad, señora, esa mano, o, por mejor decir, ese verdugo de

one he imagined that inn to be. Immediately he conceived the idea in his sick imagination that once again, like the last time, the lovely damsel, daughter of the lady of that castle, overcome by love for him, was accosting him. With that idea in mind, so as not to appear discourteous and ungrateful, he turned Rocinante around and rode up to the opening. As soon as he saw the two young women, he said:

"I feel sorry for you, lovely lady, because you have turned your loving thoughts toward one who cannot reciprocate them as your great worth and nobility merit. You must not lay the blame for that on this wretched knight-errant, whom love prevents from being able to offer his affections to any other woman than the one he made absolute mistress of his soul the moment he set eyes on her. Forgive me, kind lady, and withdraw to your room. Do not make me appear more ungrateful by revealing your desires to me any further. If, in the love you bear me, you find another way in which I can do you any pleasure that falls short of love itself, request it of me. For I swear to you, by that sweet enemy of mine now absent, that I will comply at once, even if you should ask me for a curl of Medusa's hair, which was all snakes, or even for the rays of the sun bottled up in a flask."

"My lady has no need for any of that, sir knight," Maritornes said at that point.

"Then, what has your lady need of, discreet duenna?" replied Don Quixote.

"Merely one of your handsome hands," said Maritornes, "so that she can vent upon it the hot desire that drew her to this opening, in such great peril to her honor that if her lord father had heard her, the least part of her he'd cut off would be her ear."

"I'd like to see that!" Don Quixote replied. "But he won't dare do that, unless he wishes to come to the most disastrous end any father in the world ever came to, for laying hands on the delicate limbs of his lovesick daughter."

Maritornes thought it a sure thing that Don Quixote would offer them the hand they had requested, and, planning in her mind what she needed to do, she left the opening and ran downstairs to the stable. There she took the halter belonging to Sancho Panza's donkey, and very quickly returned to the opening, just when Don Quixote had stood up erect on Rocinante's saddle so he could reach the barred window where he imagined the stricken damsel to be. Giving her his hand, he said:

"Lady, take this hand, or rather, this executioner of the world's

los malhechores del mundo; tomad esa mano, digo, a quien no ha tocado otra de mujer alguna, ni aun la de aquella que tiene entera posesión de todo mi cuerpo. No os la doy para que la beséis, sino para que miréis la contextura de sus nervios, la trabazón de sus músculos, la anchura y espaciosidad de sus venas; de donde sacaréis qué tal debe de ser la fuerza del brazo que tal mano tiene.

—Ahora lo veremos —dijo Maritornes.

Y haciendo una lazada corrediza al cabestro, se la echó a la muñeca, y bajándose del agujero, ató lo que quedaba al cerrojo de la puerta del pajar, muy fuertemente. Don Quijote, que sintió la aspereza del cordel en su muñeca, dijo:

—Más parece que vuestra merced me ralla que no que me regala la mano; no la tratéis tan mal, pues ella no tiene la culpa del mal que mi voluntad os hace, ni es bien que en tan poca parte venguéis el todo de vuestro enojo. Mirad que quien quiere bien no se venga tan mal.

Pero todas estas razones de don Quijote ya no las escuchaba nadie, porque, así como Maritornes le ató, ella y la otra se fueron, muertas de risa, y le dejaron asido de manera que fue imposible soltarse.

Estaba, pues, como se ha dicho, de pies sobre Rocinante, metido todo el brazo por el agujero, y atado de la muñeca, y al cerrojo de la puerta, con grandísimo temor y cuidado, que si Rocinante se desviaba a un cabo o a otro, había de quedar colgado del brazo; y así, no osaba hacer movimiento alguno, puesto que de la paciencia y quietud de Rocinante bien se podía esperar que estaría sin moverse un siglo entero.

En resolución, viéndose don Quijote atado, y que ya las damas se habían ido, se dio a imaginar que todo aquello se hacía por vía de encantamento, como la vez pasada, cuando en aquel mesmo castillo le molió aquel moro encantado del arriero; y maldecía entre sí su poca discreción y discurso, pues habiendo salido tan mal la vez primera de aquel castillo, se había aventurado a entrar en él la segunda, siendo advertimiento de caballeros andantes que cuando han probado una aventura y no salido bien con ella, es señal que no está para ellos guardada, sino para otros; y así, no tienen necesidad de probarla segunda vez. Con todo esto, tiraba de su brazo, por ver si podía soltarse; mas él estaba tan bien asido, que todas sus pruebas fueron en vano. Bien es verdad que tiraba con tiento, porque Rocinante no se moviese; y aunque él quisiera sentarse y ponerse en la silla, no podía sino estar en pie, o arrancarse la mano.

malefactors. Take this hand, I say, which that of no other woman has touched, not even that of the woman who has entire possession of my whole body. I give it to you, not for you to kiss, but so you can examine the network of its sinews, the knotting of its muscles, the width and capacity of its veins. From that you will deduce what must be the might of the arm that ends in such a hand."

"Now we'll see," said Maritornes.

Making a slip knot in the halter, she threw it over his wrist. Stepping down from the opening, she tied the other end to the bolt of the straw-loft door, very tightly. Don Quixote, feeling the roughness of the cord on his wrist, said:

"Your worship seems to be grating my hand rather than gracing it. Don't treat it so badly, because it isn't to blame for the injury my affections do you, and it isn't right for you to avenge the totality of your vexation on such a small part of me. Observe that a person who loves well doesn't avenge himself so ill."

But all these words of Don Quixote were by this time listened to by no one, because as soon as Maritornes had bound him, she and the other woman departed, collapsing with laughter, leaving him attached so that he couldn't get loose.

Well, as I said, he was standing erect on Rocinante, his entire arm inside the opening, tied by the wrist to the bolt of the door, and a prey to terrible fear and apprehension, because if Rocinante moved away in any direction, he would be left hanging by his arm. Thus, he didn't dare to make a move, even though Rocinante's patience and placid disposition could lead him to expect that he would remain a full century without budging.

In short, Don Quixote, finding that he was tied up and the ladies were already gone, began imagining that all of this was happening through enchantment, like the time before, when in that same castle he had been beaten by that muleteer, the enchanted Moor. He silently cursed his lack of sense and reflection, in that, having fared so badly in that castle the last time, he had ventured to enter it again, although it was a precept for knights-errant that, when they attempted an adventure that worked out badly for them, that was a sign that the adventure wasn't reserved for them but for others, and so there was no need for them to attempt it again. Despite all that, he tugged on the knot to see if he could get loose; but he was so firmly attached that all his attempts were in vain. It's true that he was tugging gingerly, so Rocinante wouldn't move; even though he would have liked to sit down and rest in the saddle, all he could do was either stand upright or tear off his hand.

Allí fue el desear de la espada de Amadís, contra quien no tenía fuerza de encantamento alguno; allí fue el maldecir de su fortuna; allí fue el exagerar la falta que haría en el mundo su presencia el tiempo que allí estuviese encantado, que sin duda alguna se había creído que lo estaba; allí el acordarse de nuevo de su querida Dulcinea del Toboso; allí fue el llamar a su buen escudero Sancho Panza, que, sepultado en sueño y tendido sobre el albarda de su jumento, no se acordaba en aquel instante de la madre que lo había parido; allí llamó a los sabios Lirgandeo y Alquife, que le ayudasen; allí invocó a su buena amiga Urganda, que le socorriese, y, finalmente, allí le tomó la mañana, tan desesperado y confuso, que bramaba como un toro; porque no esperaba él que con el día se remediaría su cuita, porque la tenía por eterna, teniéndose por encantado. Y hacíale creer esto ver que Rocinante poco ni mucho se movía, y creía que de aquella suerte, sin comer ni beber ni dormir, habían de estar él y su caballo, hasta que aquel mal influjo de las estrellas se pasase, o hasta que otro más sabio encantador le desencantase.

Pero engañóse mucho en su creencia, porque apenas comenzó a amanecer, cuando llegaron a la venta cuatro hombres de a caballo, muy bien puestos y aderezados, con sus escopetas sobre los arzones. Llamaron a la puerta de la venta, que aún estaba cerrada, con grandes golpes; lo cual, visto por don Quijote desde donde aún no dejaba de hacer la centinela, con voz arrogante y alta dijo:

—Caballeros, o escuderos, o quienquiera que seáis: no tenéis para qué llamar a las puertas deste castillo; que asaz de claro está que a tales horas, o los que están dentro duermen, o no tienen por costumbre de abrirse las fortalezas hasta que el sol esté tendido por todo el suelo. Desviaos afuera, y esperad que aclare el día, y entonces veremos si será justo o no que os abran.

—¿Qué diablos de fortaleza o castillo es éste —dijo uno—, para obligarnos a guardar esas ceremonias? Si sois el ventero, mandad que nos abran; que somos caminantes que no queremos más de dar cebada a nuestras cabalgaduras y pasar adelante, porque vamos de priesa.

—¿Paréceos, caballeros, que tengo yo talle de ventero? —respondió don Quijote.

—No sé de qué tenéis talle —respondió el otro—; pero sé que decís disparates en llamar castillo a esta venta.

Then did he wish for the sword of Amadís, against which all enchantments were powerless. Then did he curse his fate. Then did he exaggerate the extent to which his presence would be missed in the world all the time he remained spellbound there, for he certainly believed that was what had happened to him. Then did he recall anew his beloved Dulcinea of El Toboso. Then did he call upon his good squire Sancho Panza, who, buried in sleep and stretched out on his donkey's packsaddle, at that instant didn't even recall the mother who had given him birth. Then did he call upon the sages Lirgandeo and Alquife to come to his aid. Then did he summon his good friend Urganda[67] to help him. Finally, there did morning overtake him, in such despair and confusion that he was bellowing like a bull; because he didn't expect his anguish to be remedied at daybreak, but deemed it to be eternal, considering himself under a spell. This belief was strengthened when he saw that Rocinante wasn't budging an inch. He was sure that he and his horse were destined to remain that way, without eating, drinking, or sleeping, until that evil influence of the stars had passed or another, wiser, enchanter broke his spell.

But he was much mistaken in that belief, because as soon as it started to get light, four mounted men arrived at the inn, very well dressed and equipped, with guns on their saddlebows. They called at the inn door, which was still locked, pounding on it loudly. Don Quixote, seeing this from the place where he was continuing to act as sentinel, called in loud, arrogant tones:

"Knights or squires or whoever you are, you have no reason to call at the doors of this castle. For it is quite obvious that, at such an hour, either those inside are asleep, or else fortresses are not usually opened until the sun reaches all over the ground. Move off outside and wait for the day to grow bright; then we shall see if it's proper or not for them to let you in."

"What the hell sort of fortress or castle is this," one of them said, "that we should be obliged to stand on ceremony this way? If you're the innkeeper, order them to open up. We're on a journey and merely want to give our horses barley and proceed on our way, because we're in a hurry."

"Knights, do I look to you like an innkeeper?" Don Quixote replied.

"I don't know what you look like," the other man answered, "but I know you're talking nonsense when you call this inn a castle."

---

[67] The benevolent enchantress in *Amadís of Gaul*.

—Castillo es —replicó don Quijote—, y aun de los mejores de toda esta provincia; y gente tiene dentro que ha tenido cetro en la mano y corona en la cabeza.

—Mejor fuera al revés —dijo el caminante—; el cetro en la cabeza y la corona en la mano. Y será, si a mano viene, que debe estar dentro alguna compañía de representantes, de los cuales es tener a menudo esas coronas y cetros que decís; porque en una venta tan pequeña, y adonde se guarda tanto silencio como ésta, no creo yo que se alojan personas dignas de corona y cetro.

—Sabéis poco del mundo —replicó don Quijote—, pues ignoráis los casos que suelen acontecer en la caballería andante.

Cansábanse los compañeros que con el preguntante venían del coloquio que con don Quijote pasaba, y así, tornaron a llamar con grande furia; y fue de modo que el ventero despertó, y aun todos cuantos en la venta estaban, y así, se levantó a preguntar quién llamaba. Sucedió en este tiempo que una de las cabalgaduras en que venían los cuatro que llamaban se llegó a oler a Rocinante, que, melancólico y triste, con las orejas caídas, sostenía sin moverse a su estirado señor; y como, en fin, era de carne, aunque parecía de leño, no pudo dejar de resentirse y tornar a oler a quien le llegaba a hacer caricias; y así, no se hubo movido tanto cuanto, cuando se desviaron los juntos pies de don Quijote, y, resbalando de la silla, dieran con él en el suelo, a no quedar colgado del brazo; cosa que le causó tanto dolor, que creyó, o que la muñeca le cortaban, o que el brazo se le arrancaba; porque él quedó tan cerca del suelo, que con los estremos de las puntas de los pies besaba la tierra, que era en su perjuicio, porque, como sentía lo poco que le faltaba para poner las plantas en la tierra, fatigábase y estirábase cuanto podía por alcanzar al suelo, bien así como los que están en el tormento de la garrucha, puestos a toca, no toca, que ellos mesmos son causa de acrecentar su dolor, con el ahínco que ponen en estirarse, engañados de la esperanza que se les representa, que con poco más que se estiren llegarán al suelo.

"It *is* a castle," Don Quixote retorted, "and, in fact, one of the finest in this whole province; and there are people inside who have had a scepter in their hand and a crown on their head."

"It would be better the other way around," said the wayfarer, "the scepter on their head and the crown in their hand.[68] But perhaps there's some troupe of wandering players inside, and people like that often have those crowns and scepters you mention. Because in such a small inn, and one that's as quiet as this one, I don't believe anyone meriting a crown and scepter would be staying."

"You know little of the world," Don Quixote rejoined, "since you're ignorant of the situations that are wont to arise in the life of a knight-errant."

The companions of the man who was asking questions were growing weary of the conversation he was having with Don Quixote, and so they resumed calling with great fury. They were so loud that the innkeeper woke up—as did everyone in the inn—and got out of bed to ask who was calling. At that moment one of the horses ridden by those four calling men came over to smell Rocinante, who, melancholy and sad, his ears drooping, was supporting his stretched-out master without moving. Since he was made of flesh and blood, after all, even though he seemed to be made of wood, he couldn't refrain from coming to life and smelling in his turn the one who came over to greet him tenderly. And so, no sooner had he moved ever so little, than Don Quixote's joined feet flew apart and, sliding off the saddle, he would have touched the ground with them had he not been hanging by his arm.[69] This caused him such pain that he thought that either his wrist was being cut or his arm was being pulled out—because he was so near the ground that he could graze the earth with the very tips of his feet. This was not to his benefit because, sensing how little more was necessary to place his soles on the earth, he kept on making efforts and stretching himself as much as he could to reach the ground, just like people being tortured by the strappado and lowered so that their feet are ever so little away from a firm base. They increase their pain themselves by their persistence in stretching themselves, deceived by the hope in their mind that, by stretching just a little more, they will reach the ground.

---

[68] It has been suggested that the crown in (or on) the hand refers to the branding of a criminal.   [69] If Don Quixote was pulled up so tightly while standing on Rocinante, how could his feet now be grazing the ground?

## Capítulo XLIV

*Donde se prosiguen los inauditos sucesos de la venta*

En efeto, fueron tantas las voces que don Quijote dio, que, abriendo de presto las puertas de la venta, salió el ventero, despavorido, a ver quién tales gritos daba, y los que estaban fuera hicieron lo mesmo. Maritornes, que ya había despertado a las mismas voces, imaginando lo que podía ser, se fue al pajar y desató, sin que nadie lo viese, el cabestro que a don Quijote sostenía, y él dio luego en el suelo, a vista del ventero y de los caminantes, que, llegándose a él, le preguntaron qué tenía, que tales voces daba. Él, sin responder palabra, se quitó el cordel de la muñeca, y levantándose en pie, subió sobre Rocinante, embrazó su adarga, enristró su lanzón, y tomando buena parte del campo, volvió a medio galope, diciendo:

—Cualquiera que dijere que yo he sido con justo título encantado, como mi señora la princesa Micomicona me dé licencia para ello, yo le desmiento, le rieto y desafío a singular batalla.

En lo que queda del Capítulo XLIV, nos enteramos de que los caminantes eran criados del padre del estudiante disfrazado. Lo encuentran dormido en los predios y lo instan a que los acompañe de regreso a casa. Éste apela al oidor, el padre de su amada, quien le permite que se quede hasta que haya consultado con el padre del joven. Don Quijote no trata de contener a dos huéspedes revoltosos que vapulean al ventero porque no son caballeros como él. De pronto, la calidad magnética de la venta también atrae al barbero, que había sido despojado de su bacía y de la albarda de su asno. Demanda restitución o justicia.

Capítulos XLV–XLVI: Por burla, los otros hombres de la cuadrilla de don Quijote se ponen de parte del caballero en la disputa, afirmando que la bacía es realmente un yelmo. Cuando los otros huéspedes intervienen, inclusive los cuadrilleros de la Santa Hermandad, se forma una gran refriega. Uno de los cuadrilleros reconoce a don Quijote como el que liberó a los condenados a galeras; tienen un mandamiento de prenderlo. Don Quijote se resiste y se ve en grave peligro hasta que el cura convence al cuadrillero que el caballero está loco y por lo tanto, no es responsable. Don Fernando convence a los criados del estudiante enamorado para que suelten al joven y lo dejen a su cargo y protección. Los amigos de don Quijote le pagan al barbero por la bacía y la

## Chapter XLIV

*In Which the Amazing Events at the Inn Are Continued*

Indeed, Don Quixote yelled so loudly that the inn doors quickly opened and the terrified innkeeper came out to see who was shouting like that. Those who were outside also approached. Maritornes, who had already been awakened by the same cries,[70] realizing what the possible cause was, went up to the straw loft and, unseen by everyone, untied the halter that was holding Don Quixote up. He immediately fell to the ground, in full view of the innkeeper and the wayfarers. Coming up to him, they asked him what was wrong that made him shout so. He didn't say a word in reply, but took the cord off his wrist and, standing up, mounted Rocinante, took up his shield, couched his short spear, rode a good distance onto the plain, and returned at a half-gallop, saying:

"Anyone who says that I was enchanted with just cause—if my lady the Princess Micomicona permits me—I give him the lie, defy him, and challenge him to single combat."

In the remainder of CHAPTER XLIV, we learn that the wayfarers are servants of the disguised student's father. They find him sleeping on the premises and urge him to accompany them back home. He appeals to the judge, his sweetheart's father, who allows him to stay until his father can be conferred with. Don Quixote fails to stop two unruly guests from beating up the innkeeper because they are not his knightly equals. Suddenly the magnetic quality of that inn also attracts the barber whose basin and donkey harness had been taken from him. He demands restitution or justice.

CHAPTERS XLV–XLVI: As a joke, the other men in Don Quixote's party take the knight's side in the dispute, insisting the basin is really a helmet. When other inn guests interfere, including bowmen of the Holy Brotherhood, a wild free-for-all ensues. One of the bowmen recognizes Don Quixote as the man who freed the galley rowers; they have a warrant for his arrest. Don Quixote resists and is in serious trouble until the priest convinces the bowmen he is mad and thus legally not accountable. Don Fernando convinces the servants of the amorous student to release the young man into his own charge and protection. Don Quixote's friends pay the barber for his basin and donkey harness, and the innkeeper for

---

[70] It was stated a moment ago that everyone in the inn was awakened by the shouts of the arriving horsemen, even before Don Quixote's tumble.

albarda, y al ventero por todos los gastos de don Quijote y los daños en la venta. Sancho le dice a don Quijote que Dorotea no es la verdadera princesa Micomicona, pero don Quijote no le cree, mientras que los demás dicen que Sancho está engañado por el encantamiento de la venta/castillo. A fin de que todos los que no son del pueblo de don Quijote puedan seguir libremente sus propios caminos, los amigos de don Quijote, disfrazados de demonios, esperan hasta que el caballero esté dormido y lo meten en una jaula de madera, la cual acomodan en un carro de bueyes que han alquilado. Él ahora cree que está encantado y completamente impotente. Le prometen que un día se casará con Dulcinea y tendrá formidable descendencia.

## Capítulo XLVII

*Del estraño modo con que fue encantado don Quijote de la Mancha, con otros famosos sucesos*

Cuando don Quijote se vio de aquella manera enjaulado y encima del carro, dijo:

—Muchas y muy graves historias he yo leído de caballeros andantes; pero jamás he leído, ni visto, ni oído, que a los caballeros encantados los lleven desta manera y con el espacio que prometen estos perezosos y tardíos animales; porque siempre los suelen llevar por los aires, con estraña ligereza, encerrados en alguna parda y escura nube, o en algún carro de fuego, o ya sobre algún hipogrifo o otra bestia semejante; pero que me lleven a mí agora sobre un carro de bueyes, ¡vive Dios que me pone en confusión! Pero quizá la caballería y los encantos destos nuestros tiempos deben de seguir otro camino que siguieron los antiguos. Y también podría ser que, como yo soy nuevo caballero en el mundo, y el primero que ha resucitado el ya olvidado ejercicio de la caballería aventurera, también nuevamente se hayan inventado otros géneros de encantamentos y otros modos de llevar a los encantados. ¿Qué te parece desto, Sancho hijo?

—No sé yo lo que me parece —respondió Sancho—, por no ser tan leído como vuestra merced en las escrituras andantes; pero, con todo eso, osaría afirmar y jurar que estas visiones que por aquí andan, que no son del todo católicas.

—¿Católicas? ¡Mi padre! —respondió don Quijote—. ¿Cómo han de ser católicas si son todos demonios que han tomado cuerpos fantásticos para venir a hacer esto y a ponerme en este estado?

all of Don Quixote's inn bill and damages. Sancho tells Don Quixote that Dorotea isn't really Princess Micomicona, but Don Quixote won't believe him, while the others say that Sancho is deluded by the enchantment of the inn/castle. In order that all those not from Don Quixote's village may now be free to go their own ways, Don Quixote's friends, disguised as demons, wait until he is asleep and put him in a wooden cage, which they place on a hired oxcart. He now believes he is under a spell and completely powerless. They promise him that some day he will marry Dulcinea and have mighty offspring.

## Chapter XLVII

*Concerning the Odd Way in Which Don Quixote of La Mancha Was Enchanted, Along with Other Famous Events*

When Don Quixote found himself caged and placed in the cart that way, he said:

"I have read many very weighty histories of knights-errant, but I have never read, seen, nor heard of enchanted knights being transported in this manner, and as slowly as I can foresee from the laziness and deliberateness of such animals. Because they are always wont to be transported through the air, with amazing nimbleness, cloaked in a dark gray cloud, or else on some fiery chariot, or even on a hippogryph or other beast of that sort. But to have people now transport me on an oxcart, God, but that bewilders me! But maybe, in these times we live in, knighthood and enchantments must follow a different path from that followed in the past. And it may also be that, since I am a recent knight in the world, and the first to revive the already forgotten practice of knights adventurers, there have also been recently invented new types of enchantments and new modes of transportation for enchanted people. What do you think about it, Sancho my son?"

"I don't know what I think about it," Sancho replied, "because I'm not as well read as your honor is in writings-errant. But, in spite of everything, I'd risk stating and swearing that these apparitions walking around here aren't altogether Catholic."[71]

"Catholic! My stars!" Don Quixote replied. "How can they be Catholic when they're all demons who have assumed fantastic shapes to come and do this and put me in this condition? If you want to be

---

[71] Sancho's meaning is: there's something fishy about them.

Y si quieres ver esta verdad, tócalos y pálpalos, y verás como no tienen cuerpo sino de aire, y como no consiste más de en la apariencia.

—Par Dios, señor —replicó Sancho—, ya yo los he tocado; y este diablo que aquí anda tan solícito es rollizo de carnes, y tiene otra propiedad muy diferente de la que yo he oído decir que tienen los demonios; porque, según se dice, todos huelen a piedra azufre y a otros malos olores; pero éste huele a ámbar de media legua.

Decía esto Sancho por don Fernando, que, como tan señor, debía de oler a lo que Sancho decía.

—No te maravilles deso, Sancho amigo —respondió don Quijote—; porque te hago saber que los diablos saben mucho, y puesto que traigan olores consigo, ellos no huelen nada, porque son espíritus, y si huelen, no pueden oler cosas buenas, sino malas y hidiondas. Y la razón es que como ellos, dondequiera que están, traen el infierno consigo, y no pueden recebir género de alivio alguno en sus tormentos, y el buen olor sea cosa que deleita y contenta, no es posible que ellos huelan cosa buena. Y si a ti te parece que ese demonio que dices huele a ámbar, o tú te engañas, o él quiere engañarte con hacer que no le tengas por demonio.

Todos estos coloquios pasaron entre amo y criado; y temiendo don Fernando y Cardenio que Sancho no viniese a caer del todo en la cuenta de su invención, a quien andaba ya muy en los alcances, determinaron de abreviar con la partida; y llamando aparte al ventero, le ordenaron que ensillase a Rocinante y enalbardase el jumento de Sancho; el cual lo hizo con mucha presteza.

Ya en esto, el cura se había concertado con los cuadrilleros que le acompañasen hasta su lugar, dándoles un tanto cada día. Colgó Cardenio del arzón de la silla de Rocinante, del un cabo la adarga y del otro la bacía, y por señas mandó a Sancho que subiese en su asno y tomase de las riendas a Rocinante, y puso a los dos lados del carro a los dos cuadrilleros con sus escopetas. Pero antes que se moviese el carro, salió la ventera, su hija y Maritornes a despedirse de don Quijote, fingiendo que lloraban de dolor de su desgracia; a quien don Quijote dijo:

—No lloréis, mis buenas señoras, que todas estas desdichas son anexas a los que profesan lo que yo profeso; y si estas calamidades no me acontecieran no me tuviera yo por famoso caballero andante; porque a los caballeros de poco nombre y fama nunca les suceden semejantes casos, porque no hay en el mundo quien se

sure it's true, touch them and feel them, and you'll see they aren't solid but made of air, and have no consistency but merely an appearance."

"By God, master," Sancho retorted, "I've already touched them; and this devil walking around here so busily has a plump body and has another characteristic very different from what I've heard it said demons have: people say they all smell of sulphur and other unpleasant things, but this one reeks of ambergris a half-league away."

Sancho was saying this about Don Fernando, who, being such a great gentleman, must surely have emitted the scent Sancho mentioned.

"Don't let that surprise you, Sancho, my friend," Don Quixote replied, "because I can tell you that devils are very wise and, even though they have odors with them, you can't smell them because they're spirits; when they do smell of anything, it can't be anything good, but bad and fetid. The reason is that, since they carry hell around with them no matter where they are, and can't receive any sort of relief from their torments, and a pleasant odor is something that gives delight and contentment, it's impossible for them to give off a good smell. If it seems to you that this demon you speak of reeks of ambergris, either you are deceiving yourself or he wishes to deceive you by making you think he isn't a demon."

This entire conversation was held by the master and his servant. Don Fernando and Cardenio, afraid that Sancho might altogether see through their trick, which he was already close to doing, decided to speed up the departure. Calling the innkeeper to one side, they ordered him to saddle Rocinante and put the packsaddle on Sancho's donkey; he did this very quickly.

By this time, the priest had made an arrangement with the bowmen to accompany him all the way to his village, at a fixed daily rate. Cardenio hung the shield on one side of Rocinante's saddlebow and the basin on the other, and made a sign to Sancho to mount his donkey and lead Rocinante by the reins; he placed the two bowmen with their guns on either side of the cart. But before the cart began moving, the innkeeper's wife, her daughter, and Maritornes came out to say good-bye to Don Quixote, pretending to be weeping with grief at his misfortune. To them Don Quixote said:

"Do not weep, kind ladies, for all these mishaps are common to those whose profession is the same as mine. If these disasters didn't befall me, I wouldn't consider myself a famous knight-errant; because things of this sort never happen to knights of little fame and renown, since no one in the world pays any attention to them. But

acuerde dellos. A los valerosos sí, que tienen envidiosos de su virtud y valentía a muchos príncipes y a muchos otros caballeros, que procuran por malas vías destruir a los buenos. Pero, con todo eso, la virtud es tan poderosa que, por sí sola, a pesar de toda la nigromancía que supo su primer inventor, Zoroastes, saldrá vencedora de todo trance, y dará de sí luz en el mundo, como la da el sol en el cielo. Perdonadme, fermosas damas, si algún desaguisado, por descuido mío, os he fecho, que de voluntad y a sabiendas jamás le di a nadie, y rogad a Dios me saque destas prisiones, donde algún mal intencionado encantador me ha puesto; que si de ellas me veo libre, no se me caerá de la memoria las mercedes que en este castillo me habedes fecho, para gratificallas, servillas y recompensallas como ellas merecen.

En tanto que las damas del castillo esto pasaban con don Quijote, el cura y el barbero se despidieron de don Fernando y sus camaradas, y del capitán y de su hermano y todas aquellas contentas señoras, especialmente de Dorotea y Luscinda. Todos se abrazaron y quedaron de darse noticia de sus sucesos, diciendo don Fernando al cura dónde había de escribirle para avisarle en lo que paraba don Quijote, asegurándole que no habría cosa que más gusto le diese que saberlo; y que él, asimesmo le avisaría de todo aquello que él viese que podría darle gusto, así de su casamiento como del bautismo de Zoraida, y suceso de don Luis, y vuelta de Luscinda a su casa. El cura ofreció de hacer cuanto se le mandaba, con toda puntualidad. Tornaron a abrazarse otra vez, y otra vez tornaron a nuevos ofrecimientos.

El ventero se llegó al cura y le dio unos papeles, diciéndole que los había hallado en un aforro de la maleta donde se halló la *Novela del curioso impertinente,* y que pues su dueño no había vuelto más por allí, que se los llevase todos; que, pues él no sabía leer, no los quería. El cura se lo agradeció, y abriéndolos luego, vio que al principio del escrito decía: *Novela de Rinconete y Cortadillo,* por donde entendió ser alguna novela, y coligió que, pues la del *Curioso impertinente* había sido buena, que también lo sería aquélla, pues podría ser fuesen todas de un mesmo autor; y así, la guardó, con prosupuesto de leerla cuando tuviese comodidad.

they do happen to the valiant, who are envied for their virtue and prowess by many princes and many other knights, who try to destroy the good ones in evil ways. Nevertheless, virtue is so powerful that, by its own power, despite all the necromancy known by its original inventor, Zoroaster, it will emerge victorious from every critical situation, and will emit light in the world as the sun does in the sky. Forgive me, beautiful ladies, if I have done you any injury out of carelessness, because I have never done any to anyone willingly and knowingly. Pray to God to free me from this confinement in which some malevolent enchanter has placed me; for if I find myself freed from it, I shall not forget the kindnesses you have shown me in this castle, and I shall reward you, serve you, and repay you as you deserve."

While the ladies of the castle were conversing thus with Don Quixote, the priest and the barber said good-bye to Don Fernando and his comrades, to the captain and his brother, and to all those contented ladies, especially Dorotea and Luscinda. They all embraced, and promised to let one another know how they were getting on. Don Fernando told the priest where to get in touch with him to inform him of Don Quixote's progress, assuring him that nothing would give him more pleasure than hearing about it. On his part, he would inform the priest of everything he thought he would enjoy knowing: about his wedding, Zoraida's baptism, Don Luis's doings, and Luscinda's return home. The priest promised to do all he requested, most faithfully. They all embraced again, and again they made fresh promises to write.[72]

The innkeeper came up to the priest and handed him some papers, saying he had found them in the lining of the trunk in which the story of the excessively inquisitive man had been located. Since the owner of the trunk had never come back that way, he should take them all. He himself, being unable to read, didn't want them. The priest thanked him and, opening them on the spot, saw that the beginning of the manuscript had the heading *Story of Rinconete and Cortadillo*.[73] From this he inferred that it was a story, and deduced that, since the one about the excessively inquisitive man had been good, this one would be good, too, because they both might have been written by the same person. And so, he kept it, intending to read it whenever he had the chance.

---

[72] In this paragraph: the captain is the ex-captive from Algiers; his brother is the judge on his way to Mexico; Zoraida is the Moorish lady who helped the captive escape and accompanied him to Spain to become a Christian; and Don Luis is the student who disguised himself as a mule handler out of love for the judge's daughter.
[73] By Cervantes; one of his *Novelas ejemplares.*

Subió a caballo, y también su amigo el barbero, con sus antifaces, porque no fuesen luego conocidos de don Quijote, y pusiéronse a caminar tras el carro. Y la orden que llevaban era ésta: iba primero el carro, guiándole su dueño; a los dos lados iban los cuadrilleros, como se ha dicho, con sus escopetas; seguía luego Sancho Panza sobre su asno, llevando de rienda a Rocinante. Detrás de todo esto iban el cura y el barbero sobre sus poderosas mulas, cubiertos los rostros, como se ha dicho, con grave y reposado continente, no caminando más de lo que permitía el paso tardo de los bueyes. Don Quijote iba sentado en la jaula, las manos atadas, tendidos los pies, y arrimado a las verjas, con tanto silencio y tanta paciencia como si no fuera hombre de carne, sino estatua de piedra.

Y así, con aquel espacio y silencio caminaron hasta dos leguas, que llegaron a un valle, donde le pareció al boyero ser lugar acomodado para reposar y dar pasto a los bueyes; y comunicándolo con el cura, fue de parecer el barbero que caminasen un poco más, porque él sabía detrás de un recuesto que cerca de allí se mostraba, había un valle de más yerba y mucho mejor que aquel donde parar querían. Tomóse el parecer del barbero, y así, tornaron a proseguir su camino.

En esto, volvió el cura el rostro, y vio que a sus espaldas venían hasta seis o siete hombres de a caballo, bien puestos y aderezados, de los cuales fueron presto alcanzados, porque caminaban no con la flema y reposo de los bueyes, sino como quien iba sobre mulas de canónigos y con deseo de llegar presto a sestear a la venta, que menos de una legua de allí se parecía. Llegaron los diligentes a los perezosos y saludáronse cortésmente; y uno de los que venían, que, en resolución, era canónigo de Toledo y señor de los demás que le acompañaban, viendo la concertada procesión del carro, cuadrilleros, Sancho, Rocinante, cura y barbero, y más a don Quijote, enjaulado y aprisionado, no pudo dejar de preguntar qué significaba llevar aquel hombre de aquella manera; aunque ya se había dado a entender, viendo las insignias de los cuadrilleros, que debía de ser algún facineroso salteador, o otro delincuente cuyo castigo tocase a la Santa Hermandad. Uno de los cuadrilleros, a quien fue hecha la pregunta, respondió ansí:

—Señor, lo que significa ir este caballero desta manera, dígalo él, porque nosotros no lo sabemos.

He mounted, and so did his friend the barber, both masked so that they might not be readily recognized by Don Quixote. They began to ride behind the cart. The order of march was as follows: First came the cart, with its owner guiding it; on either side of it rode the bowmen, as stated above, with their guns. Next followed Sancho Panza on his donkey, leading Rocinante by the reins. Last of all came the priest and the barber on their powerful she-mules, their faces covered, as stated above; their mien was serious and calm, and they rode no faster than the slow pace of the oxen permitted. Don Quixote was seated in the cage, his hands tied, his legs stretched out, and leaning against the bars, as silently and patiently as if he weren't a man of flesh and blood, but a stone statue.

And so, at that slow pace and maintaining that silence, they journeyed about two leagues, when they came to a valley that the ox owner considered a suitable place for his oxen to rest and graze in. When he informed the priest of this, the barber thought they should journey a little further, because he knew of a valley behind a hill that was visible in the near distance, which had a lot of grass and was much better than the one they wanted to stop at. The barber's opinion was adopted, and so they continued on their way.

At that point, the priest looked back and saw that, behind him, about six or seven mounted men were coming, well dressed and equipped. These men soon caught up with them because they weren't traveling as calmly and restfully as the oxen, but were riding canons'[74] mules and were eager to reach quickly the inn that could be seen less than a league away, and take their afternoon rest there. The diligent men came up to the lazy ones, and they greeted one another politely. One of the new arrivals, who, to make a long story short, was a canon from Toledo and master of those who accompanied him, seeing the coordinated procession of the cart, the bowmen, Sancho, Rocinante, priest, and barber, not to mention Don Quixote locked up in a cage, couldn't refrain from asking why they were transporting that man in that manner—although he had already assumed, upon seeing the bowmen's insignia, that he must be some wicked highwayman or some other criminal whom it was the business of the Holy Brotherhood to punish. One of the bowmen, to whom he addressed the question, replied:

"Sir, as to why this knight is traveling in this fashion, let him tell you himself, because we don't know."

---

[74] A canon was a priest living in a cathedral precinct, and a member of the cathedral chapter.

Oyó don Quijote la plática, y dijo:

—¿Por dicha vuestras mercedes, señores caballeros, son versados y perictos en esto de la caballería andante? Porque si lo son, comunicaré con ellos mis desgracias; y si no, no hay para qué me canse en decillas.

Y a este tiempo habían ya llegado el cura y el barbero, viendo que los caminantes estaban en pláticas con don Quijote de la Mancha, para responder de modo que no fuese descubierto su artificio.

El canónigo, a lo que don Quijote dijo, respondió:

—En verdad, hermano, que sé más de libros de caballerías que de las *Súmulas* de Villalpando. Ansí que, si no está más que en esto, seguramente podéis comunicar conmigo lo que quisiéredes.

—A la mano de Dios —replicó don Quijote—. Pues así es, quiero, señor caballero, que sepades que yo voy encantado en esta jaula, por envidia y fraude de malos encantadores; que la virtud más es perseguida de los malos que amada de los buenos. Caballero andante soy, y no de aquellos de cuyos nombres jamás la Fama se acordó para eternizarlos en su memoria, sino de aquellos que, a despecho y pesar de la mesma envidia, y de cuantos magos crió Persia, bracmanes la India, ginosofistas la Etiopía, ha de poner su nombre en el templo de la inmortalidad para que sirva de ejemplo y dechado en los venideros siglos, donde los caballeros andantes vean los pasos que han de seguir, si quisieren llegar a la cumbre y alteza honrosa de las armas.

—Dice verdad el señor don Quijote de la Mancha —dijo a esta sazón el cura—; que él va encantado en esta carreta, no por sus culpas y pecados, sino por la mala intención de aquellos a quien la virtud enfada y la valentía enoja. Éste es, señor, el Caballero de la Triste Figura, si ya le oístes nombrar en algún tiempo, cuyas valerosas hazañas y grandes hechos serán escritas en bronces duros y en eternos mármoles, por más que se canse la envidia en escurecerlos y la malicia en ocultarlos.

Cuando el canónigo oyó hablar al preso y al libre en semejante estilo, estuvo por hacerse la cruz de admirado, y no podía saber lo que le había acontecido; y en la mesma admiración cayeron todos los que con él venían. En esto, Sancho Panza, que se había acercado a oír la plática, para adobarlo todo, dijo:

—Ahora, señores, quiéranme bien o quiéranme mal por lo que dijere, el caso de ello es que así va encantado mi señor don Quijote como mi madre; él tiene su entero juicio, él come y bebe y hace sus necesidades como los demás hombres, y como las hacía ayer, antes

Don Quixote heard this interchange, and said:

"Knights, are your worships perchance well-versed and expert in this matter of knight-errantry? Because, if you are, I will inform you of my misfortunes; otherwise, there's no cause for me to wear myself out telling them."

By that time, the priest and the barber, seeing the travelers engaged in speech with Don Quixote, rode up to answer in a way that wouldn't reveal their ruse.

The canon replied thus to what Don Quixote had said:

"In truth, brother, I know more about books of chivalry than about Villalpando's *Compendium of Dialectics.* And so, if that's all that's bothering you, you can safely tell me whatever you like."

"In God's name, then!" rejoined Don Quixote. "That being so, sir knight, I would have you know that I am in this cage by enchantment, thanks to the dishonest envy of evil magicians; for virtue is persecuted by the evil more than it is loved by the good. I am a knight-errant, and not one of those whose names have never come to the attention of Fame so she could make them eternally remembered—no, but one of those who, in spite of and in the teeth of envy itself and all the magi of Persia, brahmans of India, and gymnosophists of Ethiopia, are to place their name in the temple of immortality to serve as an example and paragon to future ages, in which knights-errant may read the path they ought to follow if they wish to reach the summit and honorable height of feats of arms."

"Sir Don Quixote of La Mancha speaks the truth," the priest then said, "for he is under a spell in this cart not for any faults or sins of his own, but through the malevolence of those whom virtue angers and prowess vexes. This, sir, is the Knight of the Woebegone Face, in case you've ever heard him mentioned; his valiant exploits and mighty deeds will be inscribed on lasting bronze and eternal marble, despite all the efforts of envy to obscure them and of malice to conceal them."

When the canon heard the prisoner and the free man speaking in similar style, he was tempted to cross himself in amazement, and couldn't take in what had happened to him. All those with him were equally amazed. At that moment, Sancho Panza, who had drawn near to hear the conversation, said, to set everything straight:

"Now, gentlemen, whether you take what I'm going to say well or badly, the fact of the matter is that my master Don Quixote is no more enchanted than my mother is. He has all his wits about him, he eats and drinks and answers his calls of nature just like everyone else, and just as he did

que le enjaulasen. Siendo esto ansí ¿cómo quieren hacerme a mí entender que va encantado? Pues yo he oído decir a muchas personas que los encantados ni comen, ni duermen, ni hablan, y mi amo, si no le van a la mano, hablará más que treinta procuradores.

Y volviéndose a mirar al cura, prosiguió diciendo:

—¡Ah señor cura, señor cura! ¿Pensaba vuestra merced que no le conozco, y pensará que yo no calo y adivino adónde se encaminan estos nuevos encantamentos? Pues sepa que le conozco, por más que se encubra el rostro, y sepa que le entiendo, por más que disimule sus embustes. En fin, donde reina la envidia no puede vivir la virtud, ni adonde hay escaseza la liberalidad. ¡Mal haya el diablo; que si por su reverencia no fuera, ésta fuera ya la hora que mi señor estuviera casado con la infanta Micomicona, y yo fuera conde, por lo menos, pues no se podía esperar otra cosa, así de la bondad de mi señor el de la Triste Figura como de la grandeza de mis servicios! Pero ya veo que es verdad lo que se dice por ahí: que la rueda de la Fortuna anda más lista que una rueda de molino, y que los que ayer estaban en pinganitos hoy están por el suelo. De mis hijos y de mi mujer me pesa; pues cuando podían y debían esperar ver entrar a su padre por sus puertas hecho gobernador o visorrey de alguna ínsula o reino, le verán entrar hecho mozo de caballos. Todo esto que he dicho, señor cura, no es más de por encarecer a su paternidad haga conciencia del mal tratamiento que a mi señor se le hace, y mire bien no le pida Dios en la otra vida esta prisión de mi amo, y se le haga cargo de todos aquellos socorros y bienes que mi señor don Quijote deja de hacer en este tiempo que está preso.

—¡Adóbame esos candiles! —dijo a este punto el barbero—. ¿También vos, Sancho, sois de la cofradía de vuestro amo? ¡Vive el Señor, que voy viendo que le habéis de tener compañía en la jaula, y que habéis de quedar tan encantado como él, por lo que os toca de su humor y de su caballería! En mal punto os empreñastes de sus promesas, y en mal hora se os entró en los cascos la ínsula que tanto deseáis.

—Yo no estoy preñado de nadie —respondió Sancho—, ni soy hombre que me dejaría empreñar, del rey que fuese; y aunque pobre, soy cristiano viejo, y no debo nada a nadie; y si ínsulas deseo, otros desean otras cosas peores; y cada uno es hijo de sus obras; y debajo de ser hombre puedo venir a ser papa, cuanto más gobernador de una ínsula, y más pudiendo ganar tantas mi señor, que le falte a quien dallas. Vuestra

yesterday before he was put in the cage. This being so, how do you expect to make me believe he's enchanted? Because I've heard many people say that victims of enchantment neither eat, nor sleep, nor speak, and my master, unless somebody stops him, will talk more than thirty lawyers."

And, turning to look at the priest, he continued:

"Oh, Father, Father! Did your worship think I didn't recognize you, and do you possibly imagine I don't realize and guess where these new enchantments are heading? Well, let me tell you, I do recognize you no matter how you cover your face, and I do see through you no matter how you conceal your trickery. In short, where envy reigns virtue cannot live, nor generosity where there is avarice. Damn the Devil! Because if it weren't for your reverence's interference, at this very moment my master would be married to Princess Micomicona, and I would be an earl, at least, since nothing less was to be expected, my master of the Woebegone Face being so kind, and my services being so great! But now I see that what people around here say is true: the wheel of Fortune is faster than a millwheel, and those who were at the very top yesterday are on the ground today. I'm sorry for my wife and children, because when they could and ought to expect to see their father coming in through the door as the governor or viceroy of some island or kingdom, they'll see him come in as a horse groom. All this that I've said, your reverence, is only to urge you, Father, to probe your conscience about the bad treatment my master is suffering, and to take care lest in the next life God asks you to account for this imprisonment of my master and holds you responsible for my master Don Quixote's inability to help and benefit all those people in distress during the time he's locked up."

"What a bunch of nonsense!" the barber said at that point. "Sancho, do you also belong to your master's confraternity? As God lives, I'm beginning to see that you ought to keep him company in the cage, and that you ought to undergo the same enchantment as he, for your share in his eccentricity and knighthood! It was a bad moment when you were impregnated by his promises, and a bad hour when you got into your head that island you're so keen on."

"I'm not pregnant by anyone," Sancho replied. "I'm not a man who'd let himself get pregnant, even by the king himself. I may be poor, but I'm an 'old Christian,' and I don't owe anyone a thing. If I'm keen on islands, other people are keen on other things that are worse. Every man is the architect of his fortunes. Inasmuch as I'm a man, I can even get to be pope, let alone governor of an island; especially when my master can win so many of them he wouldn't have enough people to give them to. Watch

merced mire cómo habla, señor barbero; que no es todo hacer barbas, y algo va de Pedro a Pedro. Dígolo porque todos nos conocemos, y a mí no se me ha de echar dado falso. Y en esto del encanto de mi amo, Dios sabe la verdad; y quédese aquí, porque es peor meneallo.

No quiso responder el barbero a Sancho, porque no descubriese con sus simplicidades lo que él y el cura tanto procuraban encubrir; y por este mesmo temor había el cura dicho al canónigo que caminasen un poco delante: que él le diría el misterio del enjaulado, con otras cosas que le diesen gusto. Hízolo así el canónigo, y adelantóse con sus criados, y con él estuvo atento a todo aquello que decirle quiso de la condición, vida, locura y costumbres de don Quijote, contándole brevemente el principio y causa de su desvarío, y todo el progreso de sus sucesos, hasta haberlo puesto en aquella jaula, y el disignio que llevaban de llevarle a su tierra, para ver si por algún medio hallaban remedio a su locura.

En lo que queda del Capítulo XLVII, el canónigo y el cura empiezan una larga exposición: los pros y (principalmente) los contras de los libros de caballería, el uso apropiado de la ficción y otras cosas por el estilo.

Capítulos XLVIII–L: La conversación literaria continúa, cambiando al tema del drama, con elogios para la pieza *Numancia* del propio Cervantes y crítica implícita de las innovaciones de Lope de Vega. Sancho le dice a don Quijote que los enmascarados son el cura y el barbero, y que él no está encantado; don Quijote se niega a creer nada de eso pero permite que Sancho trate de liberarlo si así lo desea. Suelto un rato por razones sanitarias, don Quijote tiene una larga conversación con el canónigo acerca de la credibilidad de los libros de caballería; ninguno de los dos convence al otro. Mientras la cuadrilla toma la merienda, aparece un cabrero, siguiendo una cabra desbocada, y promete hacerles un relato para probar que hombres de juicio y experiencia se pueden encontrar viviendo en forma montaraz.

### Capítulo LI

*Que trata de lo que contó el cabrero a todos los que llevaban a don Quijote*

—Tres leguas deste valle está una aldea que, aunque pequeña, es de las más ricas que hay en todos estos contornos; en la cual había un labrador muy honrado, y tanto, que aunque es anexo al ser rico el ser honrado, más lo era él por la virtud que tenía que

what you're saying, mister barber, because shaving isn't everything in life, and there's a difference between one Peter and another. I say this because we all know one another, and I won't be fooled by loaded dice. As for whether my master is enchanted, God alone knows the truth. Let's leave it at that, because the less said, the sooner mended."

The barber decided not to answer Sancho, so that the squire, in his simplicity, wouldn't reveal what he and the priest were trying so hard to conceal. Fearing the same thing, the priest had suggested to the canon that they ride ahead a little, and he would tell him the mystery of the caged man, along with other things he would enjoy. The canon complied, and rode ahead with his servants, and paid close attention to everything the priest wanted to tell him about the character, life, madness, and habits of Don Quixote. He briefly recounted the beginning and cause of his aberration; the entire course of his doings, up to the point of locking him in that cage; and the purpose they had of bringing him home, to see if by any means they could find a cure for his madness.

In the remainder of CHAPTER XLVII, the canon and the priest begin a very long literary discussion: the pros and (mainly) cons of books of chivalry, the proper uses of fiction, and the like.

CHAPTERS XLVIII–L: The literary conversation continues, shifting to the subject of the drama, with praise for Cervantes's own play *Numancia* and implied criticism of the innovations of Lope de Vega. Sancho tells Don Quixote that the masked men are the priest and the barber, and that he isn't enchanted; Don Quixote refuses to believe any of that, but allows Sancho to try to set him free if he wants to. Released for a while for sanitary reasons, Don Quixote has a very long talk with the canon about the believability of books of chivalry; neither one convinces the other. While the party is picnicking, a goatherd makes his appearance, following a runaway goat, and promises to tell them a story proving that men of sense and experience may be found living in the wilderness.

## Chapter LI

*Concerning the Story the Goatherd Told to All Those Who Were Transporting Don Quixote*

"Three leagues from this valley there is a village, which, although small, is one of the richest to be found in this entire vicinity. In it there lived a farmer who was highly respected, and so much so that, even if respect is generally given to the rich, he earned it more for his good

por la riqueza que alcanzaba. Mas lo que le hacía más dichoso, según él decía, era tener una hija de tan estremada hermosura, rara discreción, donaire y virtud, que el que la conocía y la miraba se admiraba de ver las estremadas partes con que el cielo y la naturaleza la habían enriquecido. Siendo niña fue hermosa, y siempre fue creciendo en belleza, y en la edad de diez y seis años fue hermosísima. La fama de su belleza se comenzó a estender por todas las circunvecinas aldeas; ¿qué digo yo por las circunvecinas no más, si se estendió a las apartadas ciudades, y aun se entró por las salas de los reyes, y por los oídos de todo género de gente, que como a cosa rara, o como a imagen de milagros, de todas partes a verla venían? Guardábala su padre, y guardábase ella; que no hay candados, guardas ni cerraduras que mejor guarden a una doncella que las del recato proprio. La riqueza del padre y la belleza de la hija movieron a muchos, así del pueblo como forasteros, a que por mujer se la pidiesen; mas él, como a quien tocaba disponer de tan rica joya, andaba confuso, sin saber determinarse a quién la entregaría de los infinitos que le importunaban. Y entre los muchos que tan buen deseo tenían, fui yo uno, a quien dieron muchas y grandes esperanzas de buen suceso conocer que el padre conocía quién yo era, el ser natural del mismo pueblo, limpio en sangre, en la edad floreciente, en la hacienda muy rico y en el ingenio no menos acabado. Con todas estas mismas partes la pidió también otro del mismo pueblo, que fue causa de suspender y poner en balanza la voluntad del padre, a quien parecía que con cualquiera de nosotros estaba su hija bien empleada; y, por salir desta confusión, determinó decírselo a Leandra, que así se llama la rica que en miseria me tiene puesto, advirtiendo que, pues los dos éramos iguales, era bien dejar a la voluntad de su querida hija el escoger a su gusto; cosa digna de imitar de todos los padres que a sus hijos quieren poner en estado: no digo yo que los dejen escoger en cosas ruines y malas, sino que se las propongan buenas, y de las buenas, que escojan a su gusto. No sé yo el que tuvo Leandra; sólo sé que el padre nos entretuvo a entrambos con la poca edad de su hija y con palabras generales, que ni le obligaban, ni nos desobligaban tampoco. Llámase mi competidor Anselmo, y yo, Eugenio, porque vais con noticia de los nombres de las personas que en esta tragedia se contienen, cuyo fin aún está pendiente; pero bien se deja entender que ha de ser desastrado.

qualities than for the amount of his wealth. But what made him more fortunate, as he himself said, was the possession of a daughter of such extreme beauty, rare good sense, wit, and virtue that whoever knew her and looked upon her was amazed to see the extremely fine qualities with which heaven and nature had enriched her. As a child she was beautiful, her looks continued to improve, and at the age of sixteen she was a peerless beauty. The reputation of her good looks began to spread all through the neighboring villages. Why do I limit myself to the neighboring ones? It spread to distant cities and even reached the halls of kings and the ears of all ranks of people, who used to come from everywhere to see her, just as they would visit some rarity or some wonder-working image. Her father watched over her, and she watched over herself; for there is no padlock, ward, or bolt that can guard a maiden better than those of her own modesty. The father's wealth and the daughter's beauty induced many, both fellow villagers and outsiders, to ask her hand in marriage; but her father, the one responsible for giving away such a precious jewel, was perplexed and couldn't decide to which of the infinite men who pestered him he should hand her over. Among the many who shared this happy desire, I was one. I derived many strong hopes of a fortunate outcome from the knowledge that her father knew who I was, and that I was a native of the same place, of unspotted ancestry, in the flower of youth, very wealthy, and no less endowed with intelligence. All these same qualities were shared by another man from the same village, and for this reason her father postponed and wavered in his decision; he thought that his daughter would be in good hands with either of us. To get out of this dilemma, he decided to discuss it with Leandra, for that is the name of the wealthy girl who has reduced me to misery. He realized that, since the two of us had equal claims, it was proper to let his beloved daughter exercise her own will and choose to her liking. This decision is worthy of imitation by all fathers who wish to place their children in society; I don't mean that they should let them choose among harmful and bad things, but should propose good things to them and let them choose to their liking among those good things. I don't know what Leandra's liking was; I only know that her father put us both off with the excuse that his daughter was too young, and with general remarks that neither put him under an obligation, nor were disobliging to us. My rival's name is Anselmo, and mine is Eugenio, so that you may know the names of the characters in this tragedy, the end of which is still in suspense, but clearly indicates that it will be disastrous.

En esta sazón vino a nuestro pueblo un Vicente de la Rosa, hijo de un pobre labrador del mismo lugar; el cual Vicente venía de las Italias y de otras diversas partes, de ser soldado. Llevóle de nuestro lugar, siendo muchacho de hasta doce años, un capitán que con su compañía por allí acertó a pasar, y volvió el mozo de allí a otros doce, vestido a la soldadesca, pintado con mil colores, lleno de mil dijes de cristal y sutiles cadenas de acero. Hoy se ponía una gala y mañana otra; pero todas sutiles, pintadas, de poco peso y menos tomo. La gente labradora, que de suyo es maliciosa, y dándole el ocio lugar es la misma malicia, lo notó, y contó punto por punto sus galas y preseas, y halló que los vestidos eran tres, de diferentes colores, con sus ligas y medias; pero él hacía tantos guisados e invenciones dellas, que si no se los contaran, hubiera quien jurara que había hecho muestra de más de diez pares de vestidos y de más de veinte plumajes. Y no parezca impertinencia y demasía esto que de los vestidos voy contando, porque ellos hacen una buena parte en esta historia. Sentábase en un poyo que debajo de un gran álamo está en nuestra plaza, y allí nos tenía a todos la boca abierta, pendientes de las hazañas que nos iba contando. No había tierra en todo el orbe que no hubiese visto, ni batalla donde no se hubiese hallado; había muerto más moros que tiene Marruecos y Túnez, y entrado en más singulares desafíos, según él decía, que Gante y Luna, Diego García de Paredes y otros mil que nombraba; y de todos había salido con vitoria, sin que le hubiesen derramado una sola gota de sangre. Por otra parte, mostraba señales de heridas que, aunque no se divisaban, nos hacía entender que eran arcabuzazos dados en diferentes rencuentros y faciones. Finalmente, con una no vista arrogancia, llamaba de *vos* a sus iguales y a los mismos que le conocían, y decía que su padre era su brazo, su linaje, sus obras, y que debajo de ser soldado, al mismo rey no debía nada. Añadiósele a estas arrogancias ser un poco músico y tocar una guitarra a lo rasgado, de manera que decían algunos que la hacía hablar; pero no pararon aquí sus gracias; que también la tenía de poeta, y así, de cada niñería que pasaba en el pueblo, componía un romance de legua y media de escritura.

"At that time there came to our village one Vicente de la Rosa,[75] the son of a poor farmer from the same place. This Vicente was returning from the kingdoms of Italy and various other places, where he had been a soldier. When he was a boy of about twelve, a captain who happened to be passing through the vicinity with his company took him away from our village. The lad returned from there another twelve years later, dressed in military style, with garments of a thousand colors, hung with a thousand crystal trinkets and fine steel chains. Today he would put on one fancy outfit, and tomorrow another, but all of them thin, showy, of little weight and even less significance. The farming folk, who are naturally roguish and, when idleness gives them the opportunity, reach the height of roguishness, observed him carefully and counted every detail of his finery and jewelry. They found that he had only three basic outfits, of different colors, along with matching garters and stockings; but he created so many inventive mélanges that, if they weren't carefully counted, someone would swear he had exhibited more than ten suits of clothing, and over twenty different plumes. Please don't think that my description of his clothing is overdone and excessive, because it plays a big part in this story. He used to sit on the curb of a well located under a tall poplar in our village square; there he would keep us all gaping in suspense at the exploits he would recount to us. There was no land on the whole globe he hadn't seen, no battle in which he hadn't taken part. He had killed more Moors than are contained in Morocco and Tunis, and had been in more single combats, to hear him tell it, than Gante and Luna, Diego García de Paredes,[76] and a thousand others he used to name. From all those combats he had emerged victorious, without losing a single drop of blood. On the other hand, he would point to scars which we couldn't make out, but he told us were from harquebus shots he had received in various encounters and patrols. Finally, with unheard-of arrogance, he used to address his equals, and even those who knew him, in terms used for social inferiors. He used to say that his own right arm was his father, and his exploits were his ancestry; and that, inasmuch as he was a soldier, he owed nothing to the king himself. On top of this arrogance, he was somewhat of a musician, able to strum a guitar in such a way that some said he could make it talk. But his endowments didn't end there, for he also had a touch of the poet and so, whatever foolish thing occurred in the village, he would write a ballad about it a league and a half long.

---

[75] In some editions, Roca. [76] Paredes fought the Moors in Granada and the French in Italy. Gante and Luna are unknown, and there may be a typographical error involved.

Este soldado, pues, que aquí he pintado, este Vicente de la Rosa, este bravo, este galán, este músico, este poeta fue visto y mirado muchas veces de Leandra, desde una ventana de su casa que tenía la vista a la plaza. Enamoróla el oropel de sus vistosos trajes; encantáronla sus romances, que de cada uno que componía daba veinte traslados, llegaron a sus oídos las hazañas que él de sí mismo había referido, y, finalmente, que así el diablo lo debía de tener ordenado, ella se vino a enamorar dél, antes que en él naciese presunción de solicitalla. Y como en los casos de amor no hay ninguno que con más facilidad se cumpla que aquel que tiene de su parte el deseo de la dama, con facilidad se concertaron Leandra y Vicente, y primero que alguno de sus muchos pretendientes cayesen en la cuenta de su deseo, ya ella le tenía cumplido, habiendo dejado la casa de su querido y amado padre, que madre no la tiene, y ausentándose de la aldea con el soldado, que salió con más triunfo desta empresa que de todas las muchas que él se aplicaba. Admiró el suceso a toda el aldea, y aun a todos los que dél noticia tuvieron; yo quedé suspenso, Anselmo atónito, el padre triste, sus parientes afrentados, solícita la justicia, los cuadrilleros listos; tomáronse los caminos, escudriñáronse los bosques y cuanto había, y al cabo de tres días hallaron a la antojadiza Leandra en una cueva de un monte, desnuda en camisa, sin muchos dineros y preciosísimas joyas que de su casa había sacado. Volviéronla a la presencia del lastimado padre; preguntáronle su desgracia; confesó sin apremio que Vicente de la Rosa la había engañado, y debajo de su palabra de ser su esposo la persuadió que dejase la casa de su padre; que él la llevaría a la más rica y más viciosa ciudad que había en todo el universo mundo, que era Nápoles; y que ella, mal advertida y peor engañada, le había creído; y, robando a su padre, se le entregó la misma noche que había faltado; y que él la llevó a un áspero monte, y la encerró en aquella cueva donde la habían hallado. Contó también como el soldado, sin quitalle su honor, le robó cuanto tenía, y la dejó en aquella cueva, y se fue: suceso que de nuevo puso en admiración a todos. Duro se nos hizo de creer la continencia del mozo; pero ella lo afirmó con tantas veras, que fueron parte para que el desconsolado padre se consolase, no haciendo cuenta de las riquezas que le llevaban, pues le habían dejado a su hija con la joya que, si una vez se pierde, no deja esperanza de que jamás se cobre. El mismo día que pareció Leandra la despareció su padre de nuestros ojos, y la llevó a encerrar en un monesterio de una villa que está aquí cerca, esperando que el

"Well, then, this soldier I have thus depicted, this Vicente de la Rosa, this hero, this lover, this musician, this poet, was seen and beheld many times by Leandra from a window in her house with a view over the square. She fell in love with the tinsel of his flashy clothes. She was enchanted by his ballads—he used to hand out twenty copies of each one he wrote. The exploits he had told about himself reached her ears. And finally, for the Devil must have so decreed, she fell in love with him before he conceived any presumptuous intention of wooing her. And, since of all love affairs none comes to fruition more easily than the one that has the lady's wishes on its side, Leandra and Vicente easily reached an understanding. Before any of her numerous suitors were alerted to her preference, she had already had her way: she left the house of her beloved and cherished father (for she has no mother) and ran away from the village with the soldier, who enjoyed a greater triumph in that enterprise than in all the numerous ones he had attributed to himself. The whole village was amazed at the event, as was everybody who heard about it; I was bewildered, Anselmo thunderstruck, her father saddened, her relatives insulted, the law aroused, the constabulary in readiness. The roads were followed, the woods and everything else were searched, and after three days flighty Leandra was found in a forest cave, dressed only in her shift and no longer in possession of the large amount of money and very valuable jewels she had taken from home. She was brought back to her injured father; she was interrogated concerning her misfortune; and, without duress, she confessed that Vicente de la Rosa had deceived her. Giving her his word he would marry her, he had persuaded her to leave her father's house; he had promised to take her to the wealthiest and most entertaining city in all the world, Naples. She, inexperienced and badly deceived, had believed him, and, robbing her father, had entrusted herself to him on the very night she had gone missing. He had taken her to a rugged forest and enclosed her in that cave where they had found her. She also told how the soldier, without robbing her of her honor, had taken everything else she had, had left her in that cave, and had departed. This news made us all amazed all over again. It was hard for us to believe the young man had shown such self-restraint, but she assured us it was so with asseverations so strong that they helped her disconsolate father console himself. He disregarded the loss of his property, because his daughter had kept the jewel which, when once lost, leaves no hope of ever being recovered. On the same day that Leandra reappeared, her father made her disappear from our sight, locking her away in a convent in a nearby town, in hopes that

tiempo gaste alguna parte de la mala opinión en que su hija se puso. Los pocos años de Leandra sirvieron de disculpa de su culpa, a lo menos con aquellos que no les iba algún interés en que ella fuese mala o buena; pero los que conocían su discreción y mucho entendimiento no atribuyeron a ignorancia su pecado, sino a su desenvoltura y a la natural inclinación de las mujeres, que, por la mayor parte, suele ser desatinada y mal compuesta. Encerrada Leandra, quedaron los ojos de Anselmo ciegos, a lo menos sin tener cosa que mirar que contento le diese; los míos en tinieblas, sin luz que a ninguna cosa de gusto les encaminase; con la ausencia de Leandra crecía nuestra tristeza, apocábase nuestra paciencia, maldecíamos las galas del soldado y abominábamos del poco recato del padre de Leandra. Finalmente, Anselmo y yo nos concertamos de dejar el aldea y venirnos a este valle, donde él, apacentando una gran cantidad de ovejas suyas proprias, y yo un numeroso rebaño de cabras, también mías, pasamos la vida entre los árboles, dando vado a nuestras pasiones, o cantando juntos alabanzas o vituperios de la hermosa Leandra, o suspirando solos y a solas comunicando con el cielo nuestras querellas. A imitación nuestra, otros muchos de los pretendientes de Leandra se han venido a estos ásperos montes usando el mismo ejercicio nuestro; y son tantos, que parece que este sitio se ha convertido en la pastoral Arcadia, según está colmo de pastores y de apriscos, y no hay parte en él donde no se oiga el nombre de la hermosa Leandra. Éste la maldice y la llama antojadiza, varia y deshonesta; aquél la condena por fácil y ligera; tal la absuelve y perdona, y tal la justicia y vitupera; uno celebra su hermosura, otro reniega de su condición, y, en fin, todos la deshonran, y todos la adoran, y de todos se estiende a tanto la locura, que hay quien se queje de desdén sin haberla jamás hablado, y aun quien se lamente y sienta la rabiosa enfermedad de los celos, que ella jamás dio a nadie; porque, como ya tengo dicho, antes se supo su pecado que su deseo. No hay hueco de peña, ni margen de arroyo, ni sombra de árbol que no esté ocupada de algún pastor que sus desventuras a los aires cuente; el eco repite el nombre de Leandra dondequiera que pueda formarse: Leandra resuenan los montes, Leandra murmuran los arroyos, y Leandra nos tiene a todos suspensos y encantados, esperando sin esperanza y temiendo sin saber de qué tememos. Entre estos disparatados, el que muestra que menos y más juicio tiene es mi competidor Anselmo, el cual, teniendo tantas otras cosas de que quejarse, sólo se queja de ausencia; y al son de un rabel, que admirablemente

time would dispel a part of the bad reputation clinging to his daughter. Leandra's youth served as an excuse for her wrongdoing, at least to those who were unconcerned whether she was good or bad. But those who were familiar with her good sense and intelligence attributed her sin not to ignorance, but to her shamelessness and woman's natural propensities, which generally tend to be thoughtless and unstable. When Leandra was shut away, Anselmo's eyes were blinded, or at least had nothing to look at that could give him delight. Mine were in darkness, deprived of any light that could direct them to anything pleasurable. With Leandra's absence, our sadness increased, our patience diminished, we cursed the soldier's finery and spoke with loathing of Leandra's father's lack of caution. Finally, Anselmo and I made the plan of leaving the village and coming to this valley, where he puts out to graze a large number of sheep that he owns, and I a numerous flock of she-goats, which I likewise own. We spend our life under the trees, giving free rein to our emotions, either singing together in praise or in blame of beautiful Leandra, or else sighing separately and communicating our laments to heaven in solitude. In imitation of us, many other suitors of Leandra's have come to these rugged forests to live the same life we do; there are so many of them that this locality seems to have been transformed into pastoral Arcadia, it is so full of shepherds and sheepfolds; there's no spot in it where the name of beautiful Leandra can't be heard. This man curses her and calls her capricious, changeable, and immodest; that man condemns her as a loose wanton; one absolves and forgives her, another blames and reviles her; one celebrates her beauty, another grumbles about her character. In short, everyone besmirches her and everyone worships her, and everyone's madness reaches such a pitch that there are some who complain about rejection when they've never spoken to her, and even some who lament and suffer the rabid disease of jealousy when she never gave anyone cause for it; because, as I've said, her fault became known before her amorous intentions did. There's no hollow in a rock, no edge of a brook, no shade of a tree that isn't occupied by some shepherd recounting his misfortunes to the air. Echo repeats Leandra's name wherever an echo can be created. The mountains resound with 'Leandra,' the brooks murmur 'Leandra,' and Leandra has us all in mid-air, under a spell, hoping without hope and fearing without knowing what we fear. Among these absurd people, the one who seems to have the least sense but has the most is my rival Anselmo, who, having so many other things to complain about, complains only about her absence. To the music of a rebec, which he plays admirably, he laments

toca, con versos donde muestra su buen entendimiento, cantando se queja. Yo sigo otro camino más fácil, y a mi parecer el más acertado, que es decir mal de la ligereza de las mujeres, de su inconstancia, de su doble trato, de sus promesas muertas, de su fe rompida, y, finalmente, del poco discurso que tienen en saber colocar sus pensamientos e intenciones que tienen. Y ésta fue la ocasión, señores, de las palabras y razones que dije a esta cabra cuando aquí llegué, que por ser hembra la tengo en poco, aunque es la mejor de todo mi apero. Ésta es la historia que prometí contaros; si he sido en el contarla prolijo, no seré en serviros corto: cerca de aquí tengo mi majada, y en ella tengo fresca leche y muy sabrosísimo queso, con otras varias y sazonadas frutas, no menos a la vista que al gusto agradables.

### Capítulo LII

*De la pendencia que don Quijote tuvo con el cabrero,*
*con la rara aventura de los deceplinantes, a quien dio felice fin*
*a costa de su sudor*

En las primeras páginas del capítulo, el cabrero observa a don Quijote y comenta que debe de estar loco. Don Quijote se enfrasca en una lucha particularmente violenta con él, haciendo tregua sólo cuando escucha una trompeta, que considera como señal de una nueva aventura.

El cabrero, que ya estaba cansado de moler y ser molido, le dejó luego, y don Quijote se puso en pie, volviendo asimismo el rostro adonde el son se oía, y vio a deshora que por un recuesto bajaban muchos hombres vestidos de blanco, a modo de diciplinantes.

Era el caso que aquel año habían las nubes negado su rocío a la tierra, y por todos los lugares de aquella comarca se hacían procesiones, rogativas y diciplinas, pidiendo a Dios abriese las manos de su misericordia y les lloviese; y para este efecto la gente de una aldea que allí junto estaba venía en procesión a una devota ermita que en un recuesto de aquel valle había.

Don Quijote, que vio los estraños trajes de los diciplinantes, sin pasarle por la memoria las muchas veces que los había de haber visto, se imaginó que era cosa de aventura, y que a él solo tocaba,

in song, with verses in which he displays his fine intelligence. I follow another, easier path, which to my way of thinking is the most correct one: speaking ill of the wantonness of women, of their inconstancy, of their double dealings, of their forgotten promises, of their broken faith, and, in short, of the lack of reasoning they show in bestowing their affections and inclinations. And that, gentlemen, was the reason for the words and terms I addressed to this she-goat when I arrived among you.[77] Because, inasmuch as she is a female, I look down on her, even though she's the best one among all my holdings. That is the story I promised to tell you. If I've been long-winded in telling it, I won't fall short in my service to you: near here I have my cottage, and in it I have fresh milk and extremely tasty cheese, with various ripe fruits, pleasing to the sight no less than to the taste."

## Chapter LII

*Of Don Quixote's Fight with the Goatherd, Along with the Unusual Adventure with the Flagellants, to Which He Gave a Fortunate Ending at the Cost of His Sweat*

In the first pages of the chapter, the goatherd espies Don Quixote and remarks that he must be crazy. Don Quixote starts a particularly violent fight with him, calling a truce only when he hears a trumpet, which he takes as a sign of some new adventure.

The goatherd, who by now was weary from giving and receiving blows, left him at once, and Don Quixote stood up, also turning his face in the direction of the sound. Suddenly, he saw a number of men, dressed in white like flagellants, coming down a slope.

This was the situation: That year the clouds had refused the earth their dew, and in all the villages of that region processions, rogations, and flagellations were being performed, requesting God to open the hands of His mercy and send down rain for them. For that purpose the people of a nearby village were making a procession to a sacred hermitage located on a hillside of that valley.

Don Quixote, seeing the strange costumes of the flagellants, but failing to recall the numerous times he must have seen them, imagined it was an occasion for an adventure, one meant for him alone to

---

[77] He had called it capricious and disloyal, as it was a female.

como a caballero andante, el acometerla; y confirmóle más esta imaginación pensar que una imagen que traían cubierta de luto fuese alguna principal señora que llevaban por fuerza aquellos follones y descomedidos malandrines; y como esto le cayó en las mientes, con gran ligereza arremetió a Rocinante, que paciendo andaba, quitándole del arzón el freno y el adarga, y en un punto le enfrenó; y pidiendo a Sancho su espada, subió sobre Rocinante y embrazó su adarga, y dijo en alta voz a todos los que presentes estaban:

—Agora, valerosa compañía, veredes cuánto importa que haya en el mundo caballeros que profesen la orden de la andante caballería; agora digo que veredes, en la libertad de aquella buena señora que allí va cautiva, si se han de estimar los caballeros andantes.

Y en diciendo esto, apretó los muslos a Rocinante, porque espuelas no las tenía, y a todo galope, porque carrera tirada no se lee en toda esta verdadera historia que jamás la diese Rocinante, se fue a encontrar con los diciplinantes, bien que fueran el cura y el canónigo y barbero a detenelle; mas no les fue posible, ni menos le detuvieron las voces que Sancho le daba, diciendo:

—¿Adónde va, señor don Quijote? ¿Qué demonios lleva en el pecho, que le incitan a ir contra nuestra fe católica? Advierta, mal haya yo, que aquélla es procesión de diciplinantes, y que aquella señora que llevan sobre la peana es la imagen benditísima de la Virgen sin mancilla; mire, señor, lo que hace; que por esta vez se puede decir que no es lo que sabe.

Fatigóse en vano Sancho; porque su amo iba tan puesto en llegar a los ensabanados y en librar a la señora enlutada, que no oyó palabra; y aunque la oyera, no volviera, si el rey se lo mandara. Llegó, pues, a la procesión, y paró a Rocinante, que ya llevaba deseo de quietarse un poco, y con turbada y ronca voz, dijo:

—Vosotros, que, quizá por no ser buenos, os encubrís los rostros, atended y escuchad lo que deciros quiero.

Los primeros que se detuvieron fueron los que la imagen llevaban; y uno de los cuatro clérigos que cantaban las ledanías, viendo la estraña catadura de don Quijote, la flaqueza de Rocinante y otras circunstancias de risa que notó y descubrió en don Quijote, le respondió diciendo:

—Señor hermano, si nos quiere decir algo, dígalo presto, porque se van estos hermanos abriendo las carnes, y no podemos, ni es

undertake, he being a knight-errant. This notion was confirmed further by his belief that a statue dressed in mourning that they were carrying was some high-born lady being taken away by force by those cowardly, insolent scoundrels. As soon as all this entered his mind, he dashed over very nimbly to Rocinante, who was grazing there, removed the bridle and the shield from his saddlebow, and put the bridle on the horse in a moment. Asking Sancho for his sword, he mounted Rocinante, grasped his shield, and called loudly to all those present:

"Now, valiant company, you shall see how important it is for the world to possess knights who profess the order of knight-errantry. Now, I say, when I set free that good lady being held prisoner there, you shall see whether knights-errant are to be esteemed."

With these words, he squeezed Rocinante with his thighs, because he wasn't wearing spurs, and at a moderate gallop (for one never reads in all of this truthful history that Rocinante ever moved at a horse's full speed) he went to meet the flagellants, although the priest, the canon, and the barber tried to stop him. They couldn't; nor was he deterred by the shouts of Sancho, who cried:

"Where are you going, my master Don Quixote? What demons do you have in your breast that incite you to attack our Catholic religion? Look, damn me, that is a procession of flagellants, and that lady they're carrying on the platform is the most blessed image of the Immaculate Virgin. Sir, watch what you're doing, because this time it's safe to say that you don't know what you're about!"

Sancho's efforts were in vain, because his master was so set on reaching the men dressed in sheets, and freeing the lady dressed in mourning, that he didn't hear a word. And if he had heard, he wouldn't have turned back, even at the king's command. So, then, he reached the procession and reined in Rocinante, who was already feeling like resting a bit. With an agitated, hoarse voice he said:

"You who are concealing your faces, perhaps because you are evil, wait and listen to what I want to say to you!"

The first ones who paused were those carrying the statue. One of the four priests who were chanting the litanies, seeing Don Quixote's odd appearance, Rocinante's scrawniness, and other laughable qualities he observed and discovered in Don Quixote, replied as follows:

"Brother, if you wish to say something to us, say it quickly, because these brothers are lashing themselves till they bleed. We are unable,

razón que nos detengamos a oír cosa alguna, si ya no es tan breve, que en dos palabras se diga.

—En una lo diré —replicó don Quijote—, y es ésta: que luego al punto dejéis libre a esa hermosa señora, cuyas lágrimas y triste semblante dan claras muestras que la lleváis contra su voluntad y que algún notorio desaguisado le habedes fecho; y yo, que nací en el mundo para desfacer semejantes agravios, no consentiré que un solo paso adelante pase sin darle la deseada libertad que merece.

En estas razones, cayeron todos los que las oyeron que don Quijote debía de ser algún hombre loco, y tomáronse a reír muy de gana; cuya risa fue poner pólvora a la cólera de don Quijote, porque sin decir más palabra, sacando la espada, arremetió a las andas. Uno de aquellos que las llevaban, dejando la carga a sus compañeros, salió al encuentro de don Quijote, enarbolando una horquilla o bastón con que sustentaba las andas en tanto que descansaba; y recibiendo en ella una gran cuchillada que le tiró don Quijote, con que se la hizo dos partes, con el último tercio, que le quedó en la mano, dio tal golpe a don Quijote encima de un hombro, por el mismo lado de la espada, que no pudo cubrir el adarga contra villana fuerza, que el pobre don Quijote vino al suelo muy mal parado.

Sancho Panza, que jadeando le iba a los alcances, viéndole caído, dio voces a su moledor que no le diese otro palo, porque era un pobre caballero encantado, que no había hecho mal a nadie en todos los días de su vida. Mas lo que detuvo al villano no fueron las voces de Sancho, sino el ver que don Quijote no bullía pie ni mano; y así, creyendo que le había muerto, con priesa se alzó la túnica a la cinta, y dio a huir por la campaña como un gamo.

Ya en esto llegaron todos los de la compañía de don Quijote adonde él estaba; y más los de la procesión, que los vieron venir corriendo, y con ellos los cuadrilleros con sus ballestas, temieron algún mal suceso, y hiciéronse todos un remolino alrededor de la imagen; y alzados los capirotes, empuñando las diciplinas, y los clérigos los ciriales, esperaban el asalto con determinación de defenderse, y aun ofender, si pudiesen, a sus acometedores; pero la fortuna lo hizo mejor que se pensaba, porque Sancho no hizo otra cosa que arrojarse sobre el cuerpo de su señor, haciendo sobre él el más doloroso y risueño llanto del mundo, creyendo que estaba muerto.

El cura fue conocido de otro cura que en la procesión venía; cuyo conocimiento puso en sosiego el concebido temor de los dos

and it isn't right for us, to pause to hear anything, unless it's so brief that it can be stated in two words."

"I'll state it in one," Don Quixote retorted, "which is this: set free immediately that fair lady, whose tears and sad countenance give clear evidence that you are bearing her off against her will, and that you have done her some obvious injury. I, who was born into the world to redress such wrongs, will not allow you to take another step without giving her the freedom she longs for and deserves."

Hearing these words, they all realized Don Quixote must be a madman, and they started laughing quite freely. That laughter must have heaped fuel on Don Quixote's rage, because, without saying another word, he drew his sword and charged the statue's platform. One of those who were carrying it abandoned the load to his companions, and went out to meet Don Quixote, brandishing a forked prop or stick with which he supported the platform during pauses for rest. The stick received a great sword blow aimed at it by Don Quixote, and was cut in two. With the stump left in his hands, the man dealt Don Quixote such a blow on the shoulder of his sword arm, which the shield couldn't protect against his rustic strength, that poor Don Quixote crashed to the ground in quite a sorry state.

When Sancho Panza, who was panting as he ran to catch up with him, saw him fall, he shouted to his assailant not to deal him another blow, because he was a poor enchanted knight who had never harmed anyone in his life. But what restrained the rustic was not Sancho's shouts, but the fact that Don Quixote wasn't moving his hands or feet. And so, believing he had killed him, he swiftly tucked his robe up into his belt and began to flee through the countryside like a deer.

By this time, all those in Don Quixote's party reached the spot where he lay. And so the participants in the procession, seeing them come running along with the bowmen and their crossbows, feared some unpleasant event. They all thronged around the statue. Raising their hoods, grasping their scourges, and the priests grasping their processional candles, they awaited the assault, resolved to defend themselves, and even do harm to their attackers if possible. But fortune made things turn out better than expected, because Sancho did nothing but fling himself onto his master's body and make the world's saddest and most laughable lament over him, in the belief he was dead.

The priest was recognized by another priest who was a member of the procession. This acquaintanceship calmed the fear in the minds of

escuadrones. El primer cura dio al segundo, en dos razones, cuenta de quién era don Quijote, y así él como toda la turba de los diciplinantes fueron a ver si estaba muerto el pobre caballero, y oyeron que Sancho Panza, con lágrimas en los ojos, decía:

—¡Oh flor de la caballería, que con solo un garrotazo acabaste la carrera de tus bien gastados años! ¡Oh honra de tu linaje, honor y gloria de toda la Mancha, y aun de todo el mundo, el cual faltando tú en él, quedará lleno de malhechores, sin temor de ser castigados de sus malas fechorías! ¡Oh liberal sobre todos los Alejandros, pues por solos ocho meses de servicio me tenías dada le mejor ínsula que el mar ciñe y rodea! ¡Oh humilde con los soberbios y arrogante con los humildes, acometedor de peligros, sufridor de afrentas, enamorado sin causa, imitador de los buenos, azote de los malos, enemigo de los ruines, en fin, caballero andante, que es todo lo que decir se puede!

Con las voces y gemidos de Sancho revivió don Quijote, y la primer palabra que dijo fue:

—El que de vos vive ausente, dulcísima Dulcinea, a mayores miserias que éstas está sujeto. Ayúdame, Sancho amigo, a ponerme sobre el carro encantado; que ya no estoy para oprimir la silla de Rocinante, porque tengo todo este hombro hecho pedazos.

—Eso haré yo de muy buena gana, señor mío —respondió Sancho—, y volvamos a mi aldea en compañía destos señores, que su bien desean, y allí daremos orden de hacer otra salida que nos sea de más provecho y fama.

—Bien dices, Sancho —respondió don Quijote—, y será gran prudencia dejar pasar el mal influjo de las estrellas que agora corre.

El canónigo y el cura y barbero le dijeron que haría muy bien en hacer lo que decía; y así, habiendo recebido grande gusto de las simplicidades de Sancho Panza, pusieron a don Quijote en el carro, como antes venía. La procesión volvió a ordenarse y a proseguir su camino; el cabrero se despidió de todos; los cuadrilleros no quisieron pasar adelante, y el cura les pagó lo que se les debía. El canónigo pidió al cura le avisase el suceso de don Quijote, si sanaba de su locura o si proseguía en ella, y con esto tomó licencia para seguir su viaje. En fin, todos se dividieron y apartaron, quedando solos el cura y barbero, don Quijote y Panza y el bueno de Rocinante, que a todo lo que había visto estaba con tanta paciencia como su amo.

El boyero unció sus bueyes y acomodó a don Quijote sobre un

the two squadrons. In a brief accounting, the first priest told the second who Don Quixote was. Then he and the whole mob of flagellants went to see whether the poor knight was dead, and they heard Sancho say, with tears in his eyes:

"O flower of knighthood, the course of whose well-spent years has been ended by a single cudgel blow! O pride of your lineage, honor and glory of all La Mancha, and even of the whole world, which, now that you are lacking in it, will be filled with criminals no longer afraid of being punished for their criminal actions! O master more generous than all the Alexanders, since in exchange for a mere eight months of service you were going to give me the best island that the sea girdles and rings about! O humble to the proud and arrogant to the humble, undertaker of perils, sufferer of affronts, lover without a cause, emulator of the good, scourge of the evil, enemy of the wicked—in short, knight-errant, because nothing can possibly be added to that!"

At Sancho's shouts and moans, Don Quixote regained consciousness. The first thing he said was:

"He who lives absent from you, most sweet Dulcinea, is exposed to wretchedness greater than this. Sancho, my friend, help me get back onto the enchanted cart, because I can no longer burden Rocinante's saddle, since this whole shoulder of mine is broken to bits."

"I'll do that very gladly, master," Sancho replied. "Let's go back to my village along with these gentlemen, who wish you well. There we'll make arrangements for another excursion that will bring us more profit and fame."

"You speak well, Sancho," Don Quixote replied. "It will be very prudent of us to let the present evil influence of the stars pass by."

The canon, the priest, and the barber told him that he'd do very well to do what he said. And so, having been greatly amused by Sancho's naïve outbursts, they put Don Quixote on the cart as he had been before. The procession reorganized and set out on its journey again. The goatherd took his leave of everybody. The bowmen refused to come any further, and the priest paid them what they were owed. The canon asked the priest to let him know how Don Quixote was coming along, whether his insanity was cured or persisted, and then asked leave to continue his travels. In short, they all split up and went their ways, leaving to themselves the priest, the barber, Don Quixote, Panza, and good Rocinante, who had looked upon all he had seen with the same patience as his master had.

The owner of the oxen yoked them, made Don Quixote

haz de heno, y con su acostumbrada flema siguió el camino que el cura quiso, y a cabo de seis días llegaron a la aldea de don Quijote, adonde entraron en la mitad del día, que acertó a ser domingo, y la gente estaba toda en la plaza, por mitad de la cual atravesó el carro de don Quijote. Acudieron todos a ver lo que en el carro venía, y cuando conocieron a su compatrioto, quedaron maravillados, y un muchacho acudió corriendo a dar las nuevas a su ama y a su sobrina de que su tío y su señor venía flaco y amarillo, y tendido sobre un montón de heno y sobre un carro de bueyes. Cosa de lástima fue oír los gritos que las dos buenas señoras alzaron, las bofetadas que se dieron, las maldiciones que de nuevo echaron a los malditos libros de caballerías; todo lo cual se renovó cuando vieron entrar a don Quijote por sus puertas.

A las nuevas desta venida de don Quijote, acudió la mujer de Sancho Panza, que ya había sabido que había ido con él sirviéndole de escudero, y así como vio a Sancho, lo primero que le preguntó fue que si venía bueno el asno. Sancho respondió que venía mejor que su amo.

—Gracias sean dadas a Dios —replicó ella—, que tanto bien me ha hecho; pero contadme agora, amigo: ¿Qué bien habéis sacado de vuestras escuderías? ¿Qué saboyana me traéis a mí? ¿Qué zapaticos a vuestros hijos?

—No traigo nada deso —dijo Sancho—, mujer mía, aunque traigo otras cosas de más momento y consideración.

—Deso recibo yo mucho gusto —respondió la mujer—; mostradme esas cosas de más consideración y más momento, amigo mío; que las quiero ver, para que se me alegre este corazón, que tan triste y descontento ha estado en todos los siglos de vuestra ausencia.

—En casa os las mostraré, mujer —dijo Panza—, y por agora estad contenta; que siendo Dios servido de que otra vez salgamos en viaje a buscar aventuras, vos me veréis presto conde, o gobernador de una ínsula, y no de las de por ahí, sino la mejor que pueda hallarse.

—Quiéralo así el cielo, marido mío; que bien lo habemos menester. Mas decidme: ¿Qué es eso de ínsulas, que no lo entiendo?

—No es la miel para la boca del asno —respondió Sancho—; a su tiempo lo verás, mujer, y aun te admirarás de oírte llamar señoría de todos tus vasallos.

—¿Qué es lo que decís, Sancho, de señorías, ínsulas y vasallos? —respondió Juana Panza, que así se llamaba la mujer de Sancho,

comfortable on a pile of hay, and with his customary nonchalance followed the road the priest indicated. In six days they reached Don Quixote's village, which they entered at midday, the day happening to be a Sunday; the people were all in the village square, through the middle of which Don Quixote's cart passed. Everyone ran up to see what was on the cart; when they recognized their fellow villager, they were amazed. One boy went running to give the news to Don Quixote's housekeeper and niece that their uncle and master had arrived, looking thin and yellow and stretched out on a heap of hay on an oxcart. It was heartrending to hear the cries the two good ladies raised, the slaps they gave themselves, and the fresh curses they heaped on the accursed books of chivalry. All this started over again when they saw Don Quixote come in through their doors.

At this news that Don Quixote had arrived, Sancho Panza's wife came running; she had already learned he had gone off with Don Quixote as his squire. As soon as she saw Sancho, the first thing she asked him was whether the donkey was well. Sancho replied that he was in better condition than his master.

"Thanks be to God," she rejoined, "Who has done me such good! But, my friend, tell me now: What profit have you made from your squiring? What skirt have you brought me? What shoes for your children?"

"I haven't got any of those, wife," said Sancho, "but I've got other things that are more important and valuable."

"I'm very glad to hear that," his wife replied. "Show me those things that are more valuable and important, my friend; for I want to see them, to cheer up my heart, which has been so sad and discontented all the ages you were away."

"I'll show them to you at home, wife," said Sancho. "For the time being, rest contented; for if God is willing for us to take the road again in quest of adventures, you'll soon see me an earl, or governor of an island, and not one of those islands around here, but the best that can be found."

"May it be the will of heaven, husband; for we certainly need it. But tell me: What's all this about islands, 'cause I don't understand it."

"Honey isn't for the donkey's mouth," said Sancho. "You'll see it in good time, wife, and, what's more, you'll be amazed to hear yourself called your ladyship by all your vassals."

"What's this you're saying, Sancho, about ladyships, islands, and vassals?" replied Juana Panza, for that was the name of Sancho's

aunque no eran parientes, sino porque se usa en la Mancha tomar las mujeres el apellido de sus maridos.

—No te acucies, Juana, por saber todo esto tan apriesa; basta que te digo verdad, y cose la boca. Sólo te sabré decir, así de paso, que no hay cosa más gustosa en el mundo que ser un hombre honrado escudero de un caballero andante buscador de aventuras. Bien es verdad que las más que se hallan no salen tan a gusto como el hombre querría, porque de ciento que se encuentran, las noventa y nueve suelen salir aviesas y torcidas. Sélo yo de expiriencia, porque de algunas he salido manteado, y de otras molido; pero, con todo eso, es linda cosa esperar los sucesos atravesando montes, escudriñando selvas, pisando peñas, visitando castillos, alojando en ventas a toda discreción, sin pagar ofrecido sea al diablo el maravedí.

Todas estas pláticas pasaron entre Sancho Panza y Juana Panza, su mujer, en tanto que el ama y sobrina de don Quijote le recibieron, y le desnudaron, y le tendieron en su antiguo lecho. Mirábalas él con ojos atravesados, y no acababa de entender en qué parte estaba. El cura encargó a la sobrina tuviese gran cuenta con regalar a su tío, y que estuviesen alerta de que otra vez no se les escapase, contando lo que había sido menester para traelle a su casa. Aquí alzaron las dos de nuevo los gritos al cielo; allí se renovaron las maldiciones de los libros de caballerías; allí pidieron al cielo que confundiese en el centro del abismo a los autores de tantas mentiras y disparates. Finalmente, ellas quedaron confusas y temerosas de que se habían de ver sin su amo y tío en el mesmo punto que tuviese alguna mejoría, y sí fue como ellas se lo imaginaron.

En lo que queda de este capítulo final de la Parte Primera, el narrador manifiesta que no puede encontrar ningún documento auténtico sobre la tercera salida de don Quijote, aunque la tradición oral hablaba de que había ido a Zaragoza a participar en un torneo. Don Quijote puede haber muerto eventualmente, porque el narrador se topó con un hombre que poseía un pergamino en el cual se encontraban poemas conmemoratorios sobre el caballero, Sancho, Dulcinea y Rocinante. Después de dar una muestra de estos poemas épico-burlescos, el narrador dice que el manuscrito contiene más, que un erudito tiene esperanzas de descifrarlo, para que algún día pueda hacerse una publicación sobre la tercera salida de don Quijote.

wife—not that they were blood relations, but because it's the custom in La Mancha for wives to adopt their husbands' family name.

"Juana, don't be in a rush to know all of this so fast. It's enough that I'm telling you the truth. Sew up your lips. All I can tell you for the moment is that there's nothing in the world as delightful as being a respectable man who's the squire of a knight-errant in quest of adventures. It's true that most of the adventures you run across don't turn out as well as you'd like, because out of a hundred you get into, ninety-nine are usually twisted and warped. I know from experience, because I've come out of some tossed in a blanket and out of others beaten up. But, despite all that, it's a fine thing to wait for events while you cross forests, search through woods, climb over cliffs, visit castles, and lodge in inns as much as you like, without paying a damned cent!"

This entire conversation took place between Sancho Panza and Juana Panza, his wife, while Don Quixote's housekeeper and niece welcomed him, undressed him, and stretched him out on his old bed. He kept squinting at them, never fully realizing where he was. The priest urged the niece to be sure to give her uncle very good treatment; the two women should remain alert so that he didn't get away from them again. He told them all he had had to do to bring him home again. At that point the two women shouted to heaven once more. Then were renewed the curses upon books of chivalry; then was heaven called upon to hurl to the depths of hell the authors of such lies and foolishness. Finally, they remained in perplexity and fear lest they should find themselves without their master and uncle again as soon as he felt a little better. And things occurred as they imagined.

In the remainder of this final chapter of Part One, the narrator states that he could find no authentic document relating Don Quixote's third campaign, although oral tradition spoke of his going to Saragossa to participate in a tournament. Don Quixote must have died eventually, because the narrator met a man who possessed a parchment containing memorial poems about him, Sancho, Dulcinea, and Rocinante. After giving a sampling of these mock-heroic poems, the narrator says that the manuscript contained more, which a scholar had hopes of deciphering, so that one day there might be a publication about Don Quixote's third campaign.

## PARTE SEGUNDA

Un resumen sumamente conciso de los CAPÍTULOS I–LXXIII de la Parte Segunda se encuentra en la sección de la Introducción intitulada "Concerning Part Two."

### Capítulo LXXIV

*De cómo don Quijote cayó malo, y del testamento que hizo,*
*y su muerte*

Como las cosas humanas no sean eternas, yendo siempre en declinación de sus principios hasta llegar a su último fin, especialmente las vidas de los hombres, y como la de don Quijote no tuviese privilegio del cielo para detener el curso de la suya, llegó su fin y acabamiento cuando él menos lo pensaba; porque, o ya fuese de la melancolía que le causaba el verse vencido, o ya por la disposición del cielo, que así lo ordenaba, se le arraigó una calentura, que le tuvo seis días en la cama, en los cuales fue visitado muchas veces del cura, del bachiller y del barbero, sus amigos, sin quitársele de la cabecera Sancho Panza, su buen escudero.

Éstos, creyendo que la pesadumbre de verse vencido y de no ver cumplido su deseo en la libertad y desencanto de Dulcinea le tenía de aquella suerte, por todas la vías posibles procuraban alegrarle, diciéndole el bachiller que se animase y levantase, para comenzar su pastoral ejercicio, para el cual tenía ya compuesta una égloga, que mal año para cuantas Sanazaro había compuesto, y que ya tenía comprados de su propio dinero dos famosos perros para guardar el ganado, el uno llamado Barcino, y el otro Butrón, que se los había vendido un ganadero del Quintanar. Pero no por esto dejaba don Quijote sus tristezas.

Llamaron sus amigos al médico, tomóle el pulso, y no le contentó mucho, y dijo que, por sí o por no, atendiese a la salud de su alma, porque la del cuerpo corría peligro. Oyóle don Quijote

# PART TWO

An extremely concise summary of CHAPTERS I–LXXIII of Part Two will be found in the section of the Introduction called "Concerning Part Two."

## Chapter LXXIV

### *Of How Don Quixote Fell Ill, of the Will He Made, and of His Death*

Since human affairs are not eternal, but continue to decline from their beginnings until they reach their final end, especially the lives of men; and since Don Quixote's life had no special privilege from heaven to halt the course of its own decline, his end and finish came when he least expected it. Because, whether it was the result of the melancholy caused him by finding himself vanquished, or whether by the will of heaven, which so decreed, he fell prey to a fever that kept him in bed for six days. During thath time, he received frequent visits from his friends the priest, the bachelor,[78] and the barber; Sancho Panza, his good squire, never left his bedside.

These men, believing that the sorrow of seeing himself vanquished, and of failing to see fulfilled his desire to free Dulcinea and release her from her spell, kept him in that condition, tried in every possible way to cheer him up. The bachelor told him to take heart and get up so he could begin his life as a shepherd, for which he had already written an eclogue that would put to shame all those written by Sannazaro;[79] he had already bought with his own money two wonderful dogs to guard the flock, one called Barcino and the other Butrón,[80] which had been sold to him by a sheepraiser from El Quintanar. But nevertheless, Don Quixote remained unhappy.

His friends called the doctor, who took his pulse. The result didn't much please him, and he said that, just in case, he should see to the welfare of his soul, because that of his body was in danger. Don

---

[78] The person in question is Sansón Carrasco, and "bachelor" refers to his university degree. [79] Jacopo Sannazaro (ca. 1456–1530), Italian originator of the Renaissance pastoral novel. After Don Quixote's final defeat in combat, he was planning to trade the knight's sword for the shepherd's crook. [80] Literally, "Gray-and-White" and "Partridge Net."

con ánimo sosegado; pero no lo oyeron así su ama, su sobrina y su escudero, los cuales comenzaron a llorar tiernamente, como si ya le tuvieran muerto delante. Fue el parecer del médico que melancolías y desabrimientos le acababan. Rogó don Quijote que le dejasen solo, porque quería dormir un poco. Hiciéronlo así, y durmió de un tirón, como dicen, más de seis horas; tanto, que pensaron el ama y la sobrina que se había de quedar en el sueño. Despertó al cabo del tiempo dicho, y dando una gran voz, dijo:

—¡Bendito sea el poderoso Dios, que tanto bien me ha hecho! En fin, sus misericordias no tienen límite, ni las abrevian ni impiden los pecados de los hombres.

Estuvo atenta la sobrina a las razones del tío, y pareciéronle más concertadas que él solía decirlas, a lo menos, en aquella enfermedad, y preguntóle:

—¿Qué es lo que vuestra merced dice, señor? ¿Tenemos algo de nuevo? ¿Qué misericordias son éstas, o qué pecados de los hombres?

—Las misericordias —respondió don Quijote—, sobrina, son las que en este instante ha usado Dios conmigo, a quien, como dije, no las impiden mis pecados. Yo tengo juicio ya, libre y claro, sin las sombras caliginosas de la ignorancia, que sobre él me pusieron mi amarga y continua leyenda de los detestables libros de las caballerías. Ya conozco sus disparates y sus embelecos, y no me pesa sino que este desengaño ha llegado tan tarde, que no me deja tiempo para hacer alguna recompensa, leyendo otros que sean luz del alma. Yo me siento, sobrina, a punto de muerte; querría hacerla de tal modo, que diese a entender que no había sido mi vida tan mala, que dejase renombre de loco; que puesto que lo he sido, no querría confirmar esta verdad en mi muerte. Llámame, amiga, a mis buenos amigos: el cura, al bachiller Sansón Carrasco y a maese Nicolás el barbero, que quiero confesarme y hacer mi testamento.

Pero de este trabajo se escusó la sobrina con la entrada de los tres. Apenas los vio don Quijote, cuando dijo:

—Dadme albricias, buenos señores, de que ya yo no soy don Quijote de la Mancha, sino Alonso Quijano, a quien mis costumbres me dieron renombre de *Bueno*. Ya soy enemigo de Amadís de

Quixote listened to him in a calm spirit; but that wasn't the case with his housekeeper, his niece, and his squire, who began to weep tenderly, as if they already saw him dead before their eyes. It was the doctor's opinion that melancholy and disappointment were killing him. Don Quixote asked to be left alone because he wanted to sleep a little. They left him, and he slept over six hours all at one go, as the saying is. This lasted so long that his housekeeper and his niece thought he would never wake up again. But he did after the above-mentioned time had passed, and called out loudly:

"Blessed be Almighty God, Who has done such good for me! In short, His mercies are limitless, and cannot be diminished or obstructed by the sins of men."

Don Quixote's niece listened carefully to her uncle's words, and found them more sensible than his usual speeches, at least during that illness. She asked him:

"What is your honor saying, sir? Is this something new? What mercies do you mean, and what sins of men?"

"The mercies, niece," Don Quixote replied, "are those which God has just shown me at this moment, and which, as I said, my sins do not obstruct. I now have regained my wits, freely and clearly, without the murky shadows of ignorance that were cast over them by my bitter, continuous reading of those detestable books of chivalry. Now I recognize their follies and deceptions, and my only regret is that this enlightenment has come so belatedly that it leaves me no time for making any amends by reading different books that would be a lamp to my soul. Niece, I feel that I am on the point of death; I would like my end to be such that people would gather from it that my life was not so evil that I should be remembered as a madman. Even though I have been one, I don't want to confirm that truth in my death. My friend, call my good friends for me: the priest, the bachelor Sansón Carrasco, and Master Nicolás the barber, for I wish to confess and make my will."[81]

But his niece was spared that effort by the arrival of those three.[82] As soon as Don Quixote saw them, he said:

"Good news, gentlemen! I am no longer Don Quixote of La Mancha, but Alonso Quijano, known as 'the good' for my way of life. Now I am the enemy of Amadís of Gaul and that whole endless gang

---

[81] There is no mention of the will he made before first leaving home with Sancho in Part One.  [82] Sancho is not present, and has to be summoned later, although it was just said that he never left his master's bedside.

Gaula y de toda la infinita caterva de su linaje; ya me son odiosas todas las historias profanas del andante caballería; ya conozco mi necedad y el peligro en que me pusieron haberlas leído; ya, por misericordia de Dios, escarmentando en cabeza propia, las abomino.

Cuando esto le oyeron decir los tres, creyeron, sin duda, que alguna nueva locura le había tomado. Y Sansón le dijo:

—¿Ahora, señor don Quijote, que tenemos nueva que está desencantada la señora Dulcinea, sale vuestra merced con eso? Y ¿agora que estamos tan a pique de ser pastores, para pasar cantando la vida, como unos príncipes, quiere vuesa merced hacerse ermitaño? Calle por su vida, vuelva en sí, y déjese de cuentos.

—Los de hasta aquí —replicó don Quijote—, que han sido verdaderos en mi daño, los ha de volver mi muerte, con ayuda del cielo, en mi provecho. Yo, señores, siento que me voy muriendo a toda priesa; déjense burlas aparte, y tráiganme un confesor que me confiese y un escribano que haga mi testamento; que en tales trances como éste no se ha de burlar el hombre con el alma; y así, suplico que en tanto que el señor cura me confiesa, vayan por el escribano.

Miráronse unos a otros, admirados de las razones de don Quijote, y, aunque en duda, le quisieron creer; y una de las señales por donde conjeturaron se moría fue el haber vuelto con tanta facilidad de loco a cuerdo; porque a las ya dichas razones añadió otras muchas tan bien dichas, tan cristianas y con tanto concierto, que del todo les vino a quitar la duda, y a creer que estaba cuerdo.

Hizo salir la gente el cura, y quedóse solo con él, y confesóle.

El bachiller fue por el escribano, y de allí a poco volvió con él y con Sancho Panza; el cual Sancho —que ya sabía por nuevas del bachiller en qué estado estaba su señor—, hallando a la ama y a la sobrina llorosas, comenzó a hacer pucheros y a derramar lágrimas. Acabóse la confesión, y salió el cura, diciendo:

—Verdaderamente se muere, y verdaderamente está cuerdo Alonso Quijano el Bueno; bien podemos entrar para que haga su testamento.

Estas nuevas dieron un terrible empujón a los ojos preñados de ama, sobrina, y de Sancho Panza su buen escudero; de tal manera, que los hizo reventar las lágrimas de los ojos y mil profundos suspiros del pecho; porque verdaderamente, como alguna vez se ha dicho, en tanto que don Quijote fue Alonso Quijano el Bueno, a secas, y en tanto que fue don Quijote de la Mancha, fue siempre

of his descendants. Now I loathe all those profane stories of knight-errantry. Now I recognize my foolishness and the danger I was exposed to by having read them. Now, through God's mercy, learning by my own mistakes, I heap curses on them."

When those three heard him say that, they believed that some new form of madness had surely seized upon him. Sansón said:

"Don Quixote, now that we've had news that the lady Dulcinea is freed from her spell, is your honor speaking thus? And now that we're so close to becoming shepherds, so we can spend our life singing, like princes, does your honor wish to become a hermit? By your life, be silent, come back to your senses, and stop telling idle tales."

"The ones I've told up to now," Don Quixote retorted, "have been truly to my disadvantage, but, with the aid of heaven, my death shall turn them to my benefit. Gentlemen, I feel that I shall die very soon. Cease joking and bring me a confessor to confess me and a clerk to take down my will; for in such critical moments as these a man shouldn't joke with his soul. And so, I beseech you to go for the clerk while the priest here listens to my confession."

They looked at one another, surprised at Don Quixote's words, and, although in doubt, wanted to believe him. One of the signs which led them to guess he was dying was that swift change of his from insanity to sanity; because to the statements given above, he added many others that were so well expressed, as Christian, and so coherent that their doubts were altogether dispelled and they believed he was sane.

The priest bade the others leave and remained alone with him to hear his confession.

The bachelor went for the clerk and shortly thereafter returned with him and with Sancho Panza. Sancho had already heard from the bachelor what condition his master was in; now, when he found the housekeeper and niece weeping, his lips began to twitch and he began to shed tears. The confession over, the priest came out and said:

"Alonso Quijano the good is really dying and is really sane. We can go in so he can dictate his will."

This news gave an enormous impetus to the brimming eyes of housekeeper, niece, and Sancho Panza, his good squire: so much so, that it made tears burst out of their eyes, and a thousand deep sighs from their breast—because, truly, as has been said at times, all the while that Don Quixote was just plain Alonso Quijano the good, and all the while that he was Don Quixote of La Mancha, he was always

de apacible condición y de agradable trato, y por esto no sólo era bien querido de los de su casa, sino de todos cuantos le conocían.

Entró el escribano con los demás, y después de haber hecho la cabeza del testamento y ordenado su alma don Quijote, con todas aquellas circunstancias cristianas que se requieren, llegando a las mandas, dijo:

—Ítem, es mi voluntad que de ciertos dineros que Sancho Panza, a quien en mi locura hice mi escudero, tiene, que porque ha habido entre él y mí ciertas cuentas, y dares y tomares, quiero que no se le haga cargo dellos, ni se le pida cuenta alguna, sino que si sobrare alguno después de haberse pagado de lo que le debo, el restante sea suyo, que será bien poco, y buen provecho le haga; y si como estando yo loco fui parte para darle el gobierno de la ínsula, pudiera agora, estando cuerdo, darle el de un reino, se le diera, porque la sencillez de su condición y fidelidad de su trato lo merece.

Y volviéndose a Sancho, le dijo:

—Perdóname, amigo, de la ocasión que te ha dado de parecer loco como yo, haciéndote caer en el error en que yo he caído, de que hubo y hay caballeros andantes en el mundo.

—¡Ay! —respondió Sancho, llorando—. No se muera vuestra merced señor mío, sino tome mi consejo, y viva muchos años; porque la mayor locura que puede hacer un hombre en esta vida es dejarse morir, sin más ni más, sin que nadie le mate, ni otras manos le acaben que las de la melancolía. Mire no sea perezoso, sino levántese desa cama, y vámonos al campo vestidos de pastores, como tenemos concertado: quizá tras de alguna mata hallaremos a la señora doña Dulcinea desencantada, que no haya más que ver. Si es que se muere de pesar de verse vencido, écheme a mí la culpa, diciendo que por haber yo cinchado mal a Rocinante le derribaron; cuanto más que vuestra merced habrá visto en sus libros de caballerías ser cosa ordinaria derribarse unos caballeros a otros, y el que es vencido hoy ser vencedor mañana.

—Así es —dijo Sansón—, y el buen Sancho Panza está muy en la verdad destos casos.

—Señores —dijo don Quijote—, vámonos poco a poco, pues ya en los nidos de antaño no hay pájaros hogaño. Yo fui loco, y ya soy cuerdo: fui don Quijote de la Mancha, y soy agora, como he dicho,

even-tempered in nature and pleasant to deal with, and thus was well liked not only by his household but also by everyone who knew him.[83]

The clerk came in with the others. After Don Quixote had dictated the formal opening of the will, and had regulated his spiritual concerns, with all the necessary Christian requirements, he came to the bequests and said:

"Item: It is my will that, of certain moneys possessed by Sancho Panza, whom I made my squire while I was insane—because between him and me there were certain accounts, and givings and takings—I wish him not to be held responsible or to be asked for any accounting of them; on the contrary, if any is left after he is paid what I owe him, let it be his; it won't be very much, and may it do him much good. If, while I was insane, I intended to give him an island to govern, now that I am sane I would give him a kingdom, if I could, because the honesty of his nature and the loyalty of his behavior deserve it."

And, turning toward Sancho, he said:

"Forgive me, my friend, for being the cause of your seeming as insane as I was, making you fall into the same error that I did, that there were and are knights-errant in the world."

"Ah!" replied Sancho, weeping. "Sir, master, don't die, but take my advice and live many years; because the greatest madness a man can be guilty of in this life is to let himself die just like that, without anyone killing him or other hands finishing him off than those of melancholy. See that you aren't lazy, but get out of this bed, and let's go into the fields dressed as shepherds, as we've planned. Maybe behind some bush we'll find the lady Doña Dulcinea freed from her spell, if we only look. If you're dying of vexation at seeing yourself vanquished, blame it on me, saying it was because I didn't tighten Rocinante's girths that you were unseated. Especially since your honor must have read in your books of chivalry that it's an everyday thing for one knight to unhorse another, and the one who's vanquished today is the winner tomorrow."

"That's right," said Sansón, "and good Sancho Panza is very correct in saying so."

"Gentlemen," said Don Quixote, "let's proceed slowly, because in last year's nests there are no birds this year. I was insane, and now I'm sane. I was Don Quixote of La Mancha and now, as I've said, I'm

---

[83] This is in the most glaring contradiction to the depiction of his choleric temperament and incredibly "short fuse" in Part One, where he gets furious with his niece, beats Sancho, etc. It is more in keeping with the artificial "sanctification" of Don Quixote in Part Two.

Alonso Quijano el Bueno. Pueda con vuestras mercedes mi arrepentimiento y mi verdad volverme a la estimación que de mí se tenía, y prosiga adelante el señor escribano. —Ítem, mando toda mi hacienda, a puerta cerrada, a Antonia Quijana, mi sobrina, que está presente, habiendo sacado primero de lo más bien parado della lo que fuere menester para cumplir las mandas que dejo hechas; y la primera satisfación que se haga quiero que sea pagar el salario que debo del tiempo que mi ama me ha servido, y más veinte ducados para un vestido. Dejo por mis albaceas al señor cura y al señor bachiller Sansón Carrasco, que están presentes. —Ítem, es mi voluntad que si Antonia Quijana, mi sobrina, quisiere casarse, se case con hombre de quien primero se haya hecho información que no sabe qué cosas sean libros de caballerías; y en caso que se averiguare que lo sabe, y, con todo eso, mi sobrina quisiere casarse con él, y se casare, pierda todo lo que le he mandado, lo cual puedan mis albaceas distribuir en obras pías, a su voluntad. —Ítem, suplico a los dichos señores mis albaceas que si la buena suerte les trujere a conocer al autor que dicen que compuso una historia que anda por ahí con el título de *Segunda parte de las hazañas de don Quijote de la Mancha,* de mi parte le pidan, cuan encarecidamente ser pueda, perdone la ocasión que sin yo pensarlo le di de haber escrito tantos y tan grandes disparates como en ella escribe; porque parto desta vida con escrúpulo de haberle dado motivo para escribirlos.

Cerró con esto el testamento, y tomándole un desmayo, se tendió de largo a largo en la cama. Alborotáronse todos, y acudieron a su remedio, y en tres días que vivió después deste donde hizo el testamento, se desmayaba muy a menudo. Andaba la casa alborotada; pero, con todo, comía la sobrina, brindaba el ama, y se regocijaba Sancho Panza; que esto del heredar algo borra o templa en el heredero la memoria de la pena que es razón que deje el muerto.

En fin, llegó el último de don Quijote, después de recebidos todos los sacramentos y después de haber abominado con muchas y eficaces razones de los libros de caballerías. Hallóse el escribano presente, y dijo que nunca había leído en ningún libro de caballerías que algún caballero andante hubiese muerto en su lecho tan sosegadamente y tan cristiano como don Quijote; el cual, entre compasiones y lágrimas de los que allí se hallaron, dio su espíritu, quiero decir que se murió.

Alonso Quijano the good. By your favors may my repentance and my truth restore me to the esteem I once enjoyed, and let the clerk continue. Item: I leave my entire property, lock, stock, and barrel, to Antonia Quijana, my niece, here present, having first deducted from the best of it whatever is necessary to fulfill the bequests I am making. And I wish that the first satisfaction to be made is paying the wages I owe my housekeeper for all the time she has served me, in addition to twenty ducats for a dress. I leave as my executors the priest and the bachelor Sansón Carrasco, here present. Item: It is my will that if Antonia Quijana, my niece, wishes to marry, she should marry a man whom investigation reveals to be totally ignorant of books of chivalry. In case it should be learned that he is familiar with them, and my niece still wants to marry him, and does so, she is to lose everything I have left her, and my executors can distribute it to any charities they wish. Item: I beseech the aforesaid gentlemen, my executors, that if good fortune leads them to find the author who is said to have written a story that goes locally by the title *Second Part of the Exploits of Don Quixote of La Mancha,* they should ask him in my name, as urgently as they can, to forgive me for giving him the occasion, unintentionally, of writing so much and such great nonsense as he has written therein; because I am departing from this life with pangs of conscience for having given him cause to write that nonsense."

That was the end of the will. He then passed out, and lay at full length on the bed. Everyone was alarmed and ran over to help him. During the three days he lived after making the will, he passed out frequently. The household was agitated. Nevertheless, his niece went on eating, his housekeeper went on drinking, and Sancho Panza rejoiced; because receiving an inheritance somehow erases or moderates in the heir the memory of the sorrow the dead person rightfully leaves behind him.

In short, Don Quixote's last moment came, after he had received all the sacraments, and after he had heaped extensive and effective abuse on books of chivalry. The clerk, who was present, said that he had never read in any book of chivalry about any knight-errant dying in his bed as peacefully, and as such a good Christian, as Don Quixote,[84] who, amid the tears and expressions of pity of those present, gave up the ghost—by which I mean he died.

[84] In Chapter VI of Part One, the book *Tirante the White* is specifically exempted from the general condemnation of books of chivalry because knights in it die in bed after making their wills!

Viendo lo cual el cura, pidió al escribano le diese por testimonio como Alonso Quijano el Bueno, llamado comúnmente don Quijote de la Mancha, había pasado desta presente vida, y muerto naturalmente; y que el tal testimonio pedía para quitar la ocasión de algún otro autor que Cide Hamete Benengeli le resucitase falsamente, y hiciese inacabables historias de sus hazañas.

Este fin tuvo el ingenioso hidalgo de la Mancha, cuyo lugar no quiso poner Cide Hamete puntualmente, por dejar que todas las villas y lugares de la Mancha contendiesen entre sí por ahijársele y tenérsele por suyo, como contendieron las siete ciudades de Grecia por Homero.

Déjanse de poner aquí los llantos de Sancho, sobrina y ama de don Quijote, los nuevos epitafios de su sepultura, aunque Sansón Carrasco le puso éste:

> Yace aquí el hidalgo fuerte
> que a tanto estremo llegó
> de valiente, que se advierte
> que la muerte no triunfó
> de su vida con su muerte.
> Tuvo a todo el mundo en poco;
> fue el espantajo y el coco
> del mundo, en tal coyuntura,
> que acreditó su ventura
> morir cuerdo y vivir loco.

Y el prudentísimo Cide Hamete dijo a su pluma:

—Aquí quedarás, colgada desta espetera y deste hilo de alambre, ni sé si bien cortada o mal tajada péñola mía, adonde vivirás luengos siglos, si presuntuosos y malandrines historiadores no te descuelgan para profanarte. Pero antes que a ti lleguen, les puedes advertir, y decirles en el mejor modo que pudieres:

> ¡Tate, tate, folloncicos!
> De ninguno sea tocada;
> porque esta empresa, buen rey,
> para mí estaba guardada.

Para mí sola nació don Quijote, y yo para él; él supo obrar y yo escribir; solos los dos somos para en uno, a despecho y pesar del escritor fingido y tordesillesco que se atrevió, o se ha de atrever, a escribir con pluma de avestruz grosera y mal deliñada las hazañas de

The priest, seeing this, asked the clerk to give him a certificate stating that Alonso Quijano the good, commonly known as Don Quixote of La Mancha, had departed earthly life, dying of natural causes. He said he was requesting that certificate to prevent any author other than Cid Hamet Benengeli to bring him back to life falsely and write interminable histories of his exploits.

This was the way the inventive gentleman of La Mancha died. Cid Hamet didn't wish to specify the place of his birth, so that all the towns and villages of La Mancha could compete with one another in adopting him and claiming him as theirs, just as the seven Greek cities did in the case of Homer.

Omitted here are the laments of Sancho and Don Quixote's niece and housekeeper, and the new epitaphs written for his grave; but Sansón Carrasco wrote this one for him:

> Here lies the brave nobleman
> who reached such an extreme
> of valor that it is observed
> that death did not triumph
> over his life at his death.
> He thought little of the whole world;
> he was the scarecrow and bugbear
> of the world, in such circumstances
> that his fortune saw fit
> that he should die sane and live insane.

And the most prudent Cid Hamet said to his pen:

"Here you shall stay, hung from this rack on this copper wire, my pen—whether you were well trimmed or badly fashioned—and here you shall live for long centuries, unless presumptuous, scoundrelous historians take you down to desecrate you. But before they get to you, you can warn them, saying in the best way you can:

> 'Hold, hold, cowards!
> Let it be undertaken by no one,
> for this enterprise, good king,
> is reserved for me.

'For me alone was Don Quixote born, and I for him; he was able to act, and I to describe his actions. Only we two are at one with each other, notwithstanding and in spite of the fake author from Tordesillas who has dared, and may dare again, to write with a coarse, badly

mi valeroso caballero, porque no es carga de sus hombros ni asunto de su resfriado ingenio; a quien advertirás, si acaso llegas a conocerle, que deje reposar en la sepultura los cansados y ya podridos huesos de don Quijote, y no le quiera llevar, contra todos los fueros de la muerte, a Castilla la Vieja; haciéndole salir de la fuesa donde real y verdaderamente yace tendido de largo a largo, imposibilitado de hacer tercera jornada y salida nueva; que para hacer burla de tantas como hicieron tantos andantes caballeros, bastan las dos que él hizo, tan a gusto y beneplácito de las gentes a cuya noticia llegaron, así en estos como en los estraños reinos. Y con esto cumplirás con tu cristiana profesión, aconsejando bien a quien mal te quiere, y yo quedaré satisfecho y ufano de haber sido el primero que gozó el fruto de sus escritos enteramente, como deseaba, pues no ha sido otro mi deseo que poner en aborrecimiento de los hombres las fingidas y disparatadas historias de los libros de caballerías, que por las de mi verdadero don Quijote van ya tropezando, y han de caer del todo, sin duda alguna. *Vale.*

prepared ostrich feather the exploits of my valiant knight. For that is a burden too heavy for his shoulders and a subject too lofty for his chilled mind.' If you ever find out who he is, tell him to let Don Quixote's bones, now worn out and rotted, rest in his grave, and not to take him to Old Castile in violation of all the laws of death, making him rise from the tomb in which he is really and truly stretched out at full length, in no condition to undertake a new campaign in a third volume.[85] Because the two volumes of adventures he did undertake were sufficient to make fun of all those engaged in by all the knights-errant—volumes that have been so well liked and approved by the people to whose notice they have come, in this kingdom as well as abroad. If you do this, you will comply with your Christian calling, giving good advice to those who wish you ill, and I shall remain contented and proud of having been the first who reaped the reward of his writings entirely, and as he desired, since I have had no other desire than to make men abhor the unbelievable, nonsensical stories of the books of chivalry, and, on account of the chivalrous feats of my real Don Quixote, these books are already staggering, and will fall to the ground altogether, I'm sure. Farewell."

---

[85] The word "volume" is used here, because there were only two of them (1605 and 1615), whereas Cervantes had already recounted *three* campaigns, two in Part One and one in Part Two.

A CATALOG OF SELECTED
# DOVER BOOKS
IN ALL FIELDS OF INTEREST

# A CATALOG OF SELECTED DOVER
# BOOKS IN ALL FIELDS OF INTEREST

CONCERNING THE SPIRITUAL IN ART, Wassily Kandinsky. Pioneering work by father of abstract art. Thoughts on color theory, nature of art. Analysis of earlier masters. 12 illustrations. 80pp. of text. 5⅜ x 8½. 23411-8

ANIMALS: 1,419 Copyright-Free Illustrations of Mammals, Birds, Fish, Insects, etc., Jim Harter (ed.). Clear wood engravings present, in extremely lifelike poses, over 1,000 species of animals. One of the most extensive pictorial sourcebooks of its kind. Captions. Index. 284pp. 9 x 12. 23766-4

CELTIC ART: The Methods of Construction, George Bain. Simple geometric techniques for making Celtic interlacements, spirals, Kells-type initials, animals, humans, etc. Over 500 illustrations. 160pp. 9 x 12. (Available in U.S. only.) 22923-8

AN ATLAS OF ANATOMY FOR ARTISTS, Fritz Schider. Most thorough reference work on art anatomy in the world. Hundreds of illustrations, including selections from works by Vesalius, Leonardo, Goya, Ingres, Michelangelo, others. 593 illustrations. 192pp. 7⅛ x 10¼. 20241-0

CELTIC HAND STROKE-BY-STROKE (Irish Half-Uncial from "The Book of Kells"): An Arthur Baker Calligraphy Manual, Arthur Baker. Complete guide to creating each letter of the alphabet in distinctive Celtic manner. Covers hand position, strokes, pens, inks, paper, more. Illustrated. 48pp. 8¼ x 11. 24336-2

EASY ORIGAMI, John Montroll. Charming collection of 32 projects (hat, cup, pelican, piano, swan, many more) specially designed for the novice origami hobbyist. Clearly illustrated easy-to-follow instructions insure that even beginning papercrafters will achieve successful results. 48pp. 8¼ x 11. 27298-2

THE COMPLETE BOOK OF BIRDHOUSE CONSTRUCTION FOR WOODWORKERS, Scott D. Campbell. Detailed instructions, illustrations, tables. Also data on bird habitat and instinct patterns. Bibliography. 3 tables. 63 illustrations in 15 figures. 48pp. 5¼ x 8½. 24407-5

BLOOMINGDALE'S ILLUSTRATED 1886 CATALOG: Fashions, Dry Goods and Housewares, Bloomingdale Brothers. Famed merchants' extremely rare catalog depicting about 1,700 products: clothing, housewares, firearms, dry goods, jewelry, more. Invaluable for dating, identifying vintage items. Also, copyright-free graphics for artists, designers. Co-published with Henry Ford Museum & Greenfield Village. 160pp. 8¼ x 11. 25780-0

HISTORIC COSTUME IN PICTURES, Braun & Schneider. Over 1,450 costumed figures in clearly detailed engravings—from dawn of civilization to end of 19th century. Captions. Many folk costumes. 256pp. 8⅜ x 11¾. 23150-X

STICKLEY CRAFTSMAN FURNITURE CATALOGS, Gustav Stickley and L. & J. G. Stickley. Beautiful, functional furniture in two authentic catalogs from 1910. 594 illustrations, including 277 photos, show settles, rockers, armchairs, reclining chairs, bookcases, desks, tables. 183pp. 6½ x 9¼. 23838-5

AMERICAN LOCOMOTIVES IN HISTORIC PHOTOGRAPHS: 1858 to 1949, Ron Ziel (ed.). A rare collection of 126 meticulously detailed official photographs, called "builder portraits," of American locomotives that majestically chronicle the rise of steam locomotive power in America. Introduction. Detailed captions. xi+ 129pp. 9 x 12. 27393-8

AMERICA'S LIGHTHOUSES: An Illustrated History, Francis Ross Holland, Jr. Delightfully written, profusely illustrated fact-filled survey of over 200 American lighthouses since 1716. History, anecdotes, technological advances, more. 240pp. 8 x 10¾. 25576-X

TOWARDS A NEW ARCHITECTURE, Le Corbusier. Pioneering manifesto by founder of "International School." Technical and aesthetic theories, views of industry, economics, relation of form to function, "mass-production split" and much more. Profusely illustrated. 320pp. 6⅛ x 9¼. (Available in U.S. only.) 25023-7

HOW THE OTHER HALF LIVES, Jacob Riis. Famous journalistic record, exposing poverty and degradation of New York slums around 1900, by major social reformer. 100 striking and influential photographs. 233pp. 10 x 7⅞. 22012-5

FRUIT KEY AND TWIG KEY TO TREES AND SHRUBS, William M. Harlow. One of the handiest and most widely used identification aids. Fruit key covers 120 deciduous and evergreen species; twig key 160 deciduous species. Easily used. Over 300 photographs. 126pp. 5⅜ x 8½. 20511-8

COMMON BIRD SONGS, Dr. Donald J. Borror. Songs of 60 most common U.S. birds: robins, sparrows, cardinals, bluejays, finches, more–arranged in order of increasing complexity. Up to 9 variations of songs of each species.
Cassette and manual 99911-4

ORCHIDS AS HOUSE PLANTS, Rebecca Tyson Northen. Grow cattleyas and many other kinds of orchids–in a window, in a case, or under artificial light. 63 illustrations. 148pp. 5⅜ x 8½. 23261-1

MONSTER MAZES, Dave Phillips. Masterful mazes at four levels of difficulty. Avoid deadly perils and evil creatures to find magical treasures. Solutions for all 32 exciting illustrated puzzles. 48pp. 8¼ x 11. 26005-4

MOZART'S DON GIOVANNI (DOVER OPERA LIBRETTO SERIES), Wolfgang Amadeus Mozart. Introduced and translated by Ellen H. Bleiler. Standard Italian libretto, with complete English translation. Convenient and thoroughly portable–an ideal companion for reading along with a recording or the performance itself. Introduction. List of characters. Plot summary. 121pp. 5¼ x 8½. 24944-1

TECHNICAL MANUAL AND DICTIONARY OF CLASSICAL BALLET, Gail Grant. Defines, explains, comments on steps, movements, poses and concepts. 15-page pictorial section. Basic book for student, viewer. 127pp. 5⅜ x 8½. 21843-0

THE CLARINET AND CLARINET PLAYING, David Pino. Lively, comprehensive work features suggestions about technique, musicianship, and musical interpretation, as well as guidelines for teaching, making your own reeds, and preparing for public performance. Includes an intriguing look at clarinet history. "A godsend," *The Clarinet,* Journal of the International Clarinet Society. Appendixes. 7 illus. 320pp. 5⅜ x 8½. 40270-3

HOLLYWOOD GLAMOR PORTRAITS, John Kobal (ed.). 145 photos from 1926-49. Harlow, Gable, Bogart, Bacall; 94 stars in all. Full background on photographers, technical aspects. 160pp. 8⅜ x 11¼. 23352-9

THE ANNOTATED CASEY AT THE BAT: A Collection of Ballads about the Mighty Casey/Third, Revised Edition, Martin Gardner (ed.). Amusing sequels and parodies of one of America's best-loved poems: Casey's Revenge, Why Casey Whiffed, Casey's Sister at the Bat, others. 256pp. 5⅜ x 8½. 28598-7

THE RAVEN AND OTHER FAVORITE POEMS, Edgar Allan Poe. Over 40 of the author's most memorable poems: "The Bells," "Ulalume," "Israfel," "To Helen," "The Conqueror Worm," "Eldorado," "Annabel Lee," many more. Alphabetic lists of titles and first lines. 64pp. 5$^{3}/_{16}$ x 8¼. 26685-0

PERSONAL MEMOIRS OF U. S. GRANT, Ulysses Simpson Grant. Intelligent, deeply moving firsthand account of Civil War campaigns, considered by many the finest military memoirs ever written. Includes letters, historic photographs, maps and more. 528pp. 6⅛ x 9¼. 28587-1

ANCIENT EGYPTIAN MATERIALS AND INDUSTRIES, A. Lucas and J. Harris. Fascinating, comprehensive, thoroughly documented text describes this ancient civilization's vast resources and the processes that incorporated them in daily life, including the use of animal products, building materials, cosmetics, perfumes and incense, fibers, glazed ware, glass and its manufacture, materials used in the mummification process, and much more. 544pp. 6⅛ x 9¼. (Available in U.S. only.) 40446-3

RUSSIAN STORIES/RUSSKIE RASSKAZY: A Dual-Language Book, edited by Gleb Struve. Twelve tales by such masters as Chekhov, Tolstoy, Dostoevsky, Pushkin, others. Excellent word-for-word English translations on facing pages, plus teaching and study aids, Russian/English vocabulary, biographical/critical introductions, more. 416pp. 5⅜ x 8½. 26244-8

PHILADELPHIA THEN AND NOW: 60 Sites Photographed in the Past and Present, Kenneth Finkel and Susan Oyama. Rare photographs of City Hall, Logan Square, Independence Hall, Betsy Ross House, other landmarks juxtaposed with contemporary views. Captures changing face of historic city. Introduction. Captions. 128pp. 8¼ x 11. 25790-8

AIA ARCHITECTURAL GUIDE TO NASSAU AND SUFFOLK COUNTIES, LONG ISLAND, The American Institute of Architects, Long Island Chapter, and the Society for the Preservation of Long Island Antiquities. Comprehensive, well-researched and generously illustrated volume brings to life over three centuries of Long Island's great architectural heritage. More than 240 photographs with authoritative, extensively detailed captions. 176pp. 8¼ x 11. 26946-9

NORTH AMERICAN INDIAN LIFE: Customs and Traditions of 23 Tribes, Elsie Clews Parsons (ed.). 27 fictionalized essays by noted anthropologists examine religion, customs, government, additional facets of life among the Winnebago, Crow, Zuni, Eskimo, other tribes. 480pp. 6⅛ x 9¼. 27377-6

FRANK LLOYD WRIGHT'S DANA HOUSE, Donald Hoffmann. Pictorial essay of residential masterpiece with over 160 interior and exterior photos, plans, elevations, sketches and studies. 128pp. 9¼ x 10¾.                                      29120-0

THE MALE AND FEMALE FIGURE IN MOTION: 60 Classic Photographic Sequences, Eadweard Muybridge. 60 true-action photographs of men and women walking, running, climbing, bending, turning, etc., reproduced from rare 19th-century masterpiece. vi + 121pp. 9 x 12.                                      24745-7

1001 QUESTIONS ANSWERED ABOUT THE SEASHORE, N. J. Berrill and Jacquelyn Berrill. Queries answered about dolphins, sea snails, sponges, starfish, fishes, shore birds, many others. Covers appearance, breeding, growth, feeding, much more. 305pp. 5¼ x 8¼.                                      23366-9

ATTRACTING BIRDS TO YOUR YARD, William J. Weber. Easy-to-follow guide offers advice on how to attract the greatest diversity of birds: birdhouses, feeders, water and waterers, much more. 96pp. 5³⁄₁₆ x 8¼.                                      28927-3

MEDICINAL AND OTHER USES OF NORTH AMERICAN PLANTS: A Historical Survey with Special Reference to the Eastern Indian Tribes, Charlotte Erichsen-Brown. Chronological historical citations document 500 years of usage of plants, trees, shrubs native to eastern Canada, northeastern U.S. Also complete identifying information. 343 illustrations. 544pp. 6½ x 9¼.                                      25951-X

STORYBOOK MAZES, Dave Phillips. 23 stories and mazes on two-page spreads: Wizard of Oz, Treasure Island, Robin Hood, etc. Solutions. 64pp. 8¼ x 11.  23628-5

AMERICAN NEGRO SONGS: 230 Folk Songs and Spirituals, Religious and Secular, John W. Work. This authoritative study traces the African influences of songs sung and played by black Americans at work, in church, and as entertainment. The author discusses the lyric significance of such songs as "Swing Low, Sweet Chariot," "John Henry," and others and offers the words and music for 230 songs. Bibliography. Index of Song Titles. 272pp. 6½ x 9¼.                                      40271-1

MOVIE-STAR PORTRAITS OF THE FORTIES, John Kobal (ed.). 163 glamor, studio photos of 106 stars of the 1940s: Rita Hayworth, Ava Gardner, Marlon Brando, Clark Gable, many more. 176pp. 8⅜ x 11¼.                                      23546-7

BENCHLEY LOST AND FOUND, Robert Benchley. Finest humor from early 30s, about pet peeves, child psychologists, post office and others. Mostly unavailable elsewhere. 73 illustrations by Peter Arno and others. 183pp. 5⅜ x 8½.                                      22410-4

YEKL and THE IMPORTED BRIDEGROOM AND OTHER STORIES OF YIDDISH NEW YORK, Abraham Cahan. Film Hester Street based on *Yekl* (1896). Novel, other stories among first about Jewish immigrants on N.Y.'s East Side. 240pp. 5⅜ x 8½.                                      22427-9

SELECTED POEMS, Walt Whitman. Generous sampling from *Leaves of Grass*. Twenty-four poems include "I Hear America Singing," "Song of the Open Road," "I Sing the Body Electric," "When Lilacs Last in the Dooryard Bloom'd," "O Captain! My Captain!"—all reprinted from an authoritative edition. Lists of titles and first lines. 128pp. 5³⁄₁₆ x 8¼.                                      26878-0

THE BEST TALES OF HOFFMANN, E. T. A. Hoffmann. 10 of Hoffmann's most important stories: "Nutcracker and the King of Mice," "The Golden Flowerpot," etc. 458pp. 5⅜ x 8½. 21793-0

FROM FETISH TO GOD IN ANCIENT EGYPT, E. A. Wallis Budge. Rich detailed survey of Egyptian conception of "God" and gods, magic, cult of animals, Osiris, more. Also, superb English translations of hymns and legends. 240 illustrations. 545pp. 5⅜ x 8½. 25803-3

FRENCH STORIES/CONTES FRANÇAIS: A Dual-Language Book, Wallace Fowlie. Ten stories by French masters, Voltaire to Camus: "Micromegas" by Voltaire; "The Atheist's Mass" by Balzac; "Minuet" by de Maupassant; "The Guest" by Camus, six more. Excellent English translations on facing pages. Also French-English vocabulary list, exercises, more. 352pp. 5⅜ x 8½. 26443-2

CHICAGO AT THE TURN OF THE CENTURY IN PHOTOGRAPHS: 122 Historic Views from the Collections of the Chicago Historical Society, Larry A. Viskochil. Rare large-format prints offer detailed views of City Hall, State Street, the Loop, Hull House, Union Station, many other landmarks, circa 1904-1913. Introduction. Captions. Maps. 144pp. 9⅜ x 12¼. 24656-6

OLD BROOKLYN IN EARLY PHOTOGRAPHS, 1865-1929, William Lee Younger. Luna Park, Gravesend race track, construction of Grand Army Plaza, moving of Hotel Brighton, etc. 157 previously unpublished photographs. 165pp. 8⅞ x 11¾. 23587-4

THE MYTHS OF THE NORTH AMERICAN INDIANS, Lewis Spence. Rich anthology of the myths and legends of the Algonquins, Iroquois, Pawnees and Sioux, prefaced by an extensive historical and ethnological commentary. 36 illustrations. 480pp. 5⅜ x 8½. 25967-6

AN ENCYCLOPEDIA OF BATTLES: Accounts of Over 1,560 Battles from 1479 B.C. to the Present, David Eggenberger. Essential details of every major battle in recorded history from the first battle of Megiddo in 1479 B.C. to Grenada in 1984. List of Battle Maps. New Appendix covering the years 1967-1984. Index. 99 illustrations. 544pp. 6½ x 9¼. 24913-1

SAILING ALONE AROUND THE WORLD, Captain Joshua Slocum. First man to sail around the world, alone, in small boat. One of great feats of seamanship told in delightful manner. 67 illustrations. 294pp. 5⅜ x 8½. 20326-3

ANARCHISM AND OTHER ESSAYS, Emma Goldman. Powerful, penetrating, prophetic essays on direct action, role of minorities, prison reform, puritan hypocrisy, violence, etc. 271pp. 5⅜ x 8½. 22484-8

MYTHS OF THE HINDUS AND BUDDHISTS, Ananda K. Coomaraswamy and Sister Nivedita. Great stories of the epics; deeds of Krishna, Shiva, taken from puranas, Vedas, folk tales; etc. 32 illustrations. 400pp. 5⅜ x 8½. 21759-0

THE TRAUMA OF BIRTH, Otto Rank. Rank's controversial thesis that anxiety neurosis is caused by profound psychological trauma which occurs at birth. 256pp. 5⅜ x 8½. 27974-X

A THEOLOGICO-POLITICAL TREATISE, Benedict Spinoza. Also contains unfinished Political Treatise. Great classic on religious liberty, theory of government on common consent. R. Elwes translation. Total of 421pp. 5⅜ x 8½. 20249-6

MY BONDAGE AND MY FREEDOM, Frederick Douglass. Born a slave, Douglass became outspoken force in antislavery movement. The best of Douglass' autobiographies. Graphic description of slave life. 464pp. 5⅜ x 8½. 22457-0

FOLLOWING THE EQUATOR: A Journey Around the World, Mark Twain. Fascinating humorous account of 1897 voyage to Hawaii, Australia, India, New Zealand, etc. Ironic, bemused reports on peoples, customs, climate, flora and fauna, politics, much more. 197 illustrations. 720pp. 5⅜ x 8½. 26113-1

THE PEOPLE CALLED SHAKERS, Edward D. Andrews. Definitive study of Shakers: origins, beliefs, practices, dances, social organization, furniture and crafts, etc. 33 illustrations. 351pp. 5⅜ x 8½. 21081-2

THE MYTHS OF GREECE AND ROME, H. A. Guerber. A classic of mythology, generously illustrated, long prized for its simple, graphic, accurate retelling of the principal myths of Greece and Rome, and for its commentary on their origins and significance. With 64 illustrations by Michelangelo, Raphael, Titian, Rubens, Canova, Bernini and others. 480pp. 5⅜ x 8½. 27584-1

PSYCHOLOGY OF MUSIC, Carl E. Seashore. Classic work discusses music as a medium from psychological viewpoint. Clear treatment of physical acoustics, auditory apparatus, sound perception, development of musical skills, nature of musical feeling, host of other topics. 88 figures. 408pp. 5⅜ x 8½. 21851-1

THE PHILOSOPHY OF HISTORY, Georg W. Hegel. Great classic of Western thought develops concept that history is not chance but rational process, the evolution of freedom. 457pp. 5⅜ x 8½. 20112-0

THE BOOK OF TEA, Kakuzo Okakura. Minor classic of the Orient: entertaining, charming explanation, interpretation of traditional Japanese culture in terms of tea ceremony. 94pp. 5⅜ x 8½. 20070-1

LIFE IN ANCIENT EGYPT, Adolf Erman. Fullest, most thorough, detailed older account with much not in more recent books, domestic life, religion, magic, medicine, commerce, much more. Many illustrations reproduce tomb paintings, carvings, hieroglyphs, etc. 597pp. 5⅜ x 8½. 22632-8

SUNDIALS, Their Theory and Construction, Albert Waugh. Far and away the best, most thorough coverage of ideas, mathematics concerned, types, construction, adjusting anywhere. Simple, nontechnical treatment allows even children to build several of these dials. Over 100 illustrations. 230pp. 5⅜ x 8½. 22947-5

THEORETICAL HYDRODYNAMICS, L. M. Milne-Thomson. Classic exposition of the mathematical theory of fluid motion, applicable to both hydrodynamics and aerodynamics. Over 600 exercises. 768pp. 6⅛ x 9¼. 68970-0

SONGS OF EXPERIENCE: Facsimile Reproduction with 26 Plates in Full Color, William Blake. 26 full-color plates from a rare 1826 edition. Includes "The Tyger," "London," "Holy Thursday," and other poems. Printed text of poems. 48pp. 5¼ x 7. 24636-1

OLD-TIME VIGNETTES IN FULL COLOR, Carol Belanger Grafton (ed.). Over 390 charming, often sentimental illustrations, selected from archives of Victorian graphics—pretty women posing, children playing, food, flowers, kittens and puppies, smiling cherubs, birds and butterflies, much more. All copyright-free. 48pp. 9¼ x 12¼. 27269-9

PERSPECTIVE FOR ARTISTS, Rex Vicat Cole. Depth, perspective of sky and sea, shadows, much more, not usually covered. 391 diagrams, 81 reproductions of drawings and paintings. 279pp. 5⅜ x 8½. 22487-2

DRAWING THE LIVING FIGURE, Joseph Sheppard. Innovative approach to artistic anatomy focuses on specifics of surface anatomy, rather than muscles and bones. Over 170 drawings of live models in front, back and side views, and in widely varying poses. Accompanying diagrams. 177 illustrations. Introduction. Index. 144pp. 8⅝ x11¼. 26723-7

GOTHIC AND OLD ENGLISH ALPHABETS: 100 Complete Fonts, Dan X. Solo. Add power, elegance to posters, signs, other graphics with 100 stunning copyright-free alphabets: Blackstone, Dolbey, Germania, 97 more–including many lower-case, numerals, punctuation marks. 104pp. 8⅛ x 11. 24695-7

HOW TO DO BEADWORK, Mary White. Fundamental book on craft from simple projects to five-bead chains and woven works. 106 illustrations. 142pp. 5⅜ x 8. 20697-1

THE BOOK OF WOOD CARVING, Charles Marshall Sayers. Finest book for beginners discusses fundamentals and offers 34 designs. "Absolutely first rate . . . well thought out and well executed."–E. J. Tangerman. 118pp. 7¾ x 10⅝. 23654-4

ILLUSTRATED CATALOG OF CIVIL WAR MILITARY GOODS: Union Army Weapons, Insignia, Uniform Accessories, and Other Equipment, Schuyler, Hartley, and Graham. Rare, profusely illustrated 1846 catalog includes Union Army uniform and dress regulations, arms and ammunition, coats, insignia, flags, swords, rifles, etc. 226 illustrations. 160pp. 9 x 12. 24939-5

WOMEN'S FASHIONS OF THE EARLY 1900s: An Unabridged Republication of "New York Fashions, 1909," National Cloak & Suit Co. Rare catalog of mail-order fashions documents women's and children's clothing styles shortly after the turn of the century. Captions offer full descriptions, prices. Invaluable resource for fashion, costume historians. Approximately 725 illustrations. 128pp. 8⅜ x 11¼. 27276-1

THE 1912 AND 1915 GUSTAV STICKLEY FURNITURE CATALOGS, Gustav Stickley. With over 200 detailed illustrations and descriptions, these two catalogs are essential reading and reference materials and identification guides for Stickley furniture. Captions cite materials, dimensions and prices. 112pp. 6½ x 9¼. 26676-1

EARLY AMERICAN LOCOMOTIVES, John H. White, Jr. Finest locomotive engravings from early 19th century: historical (1804–74), main-line (after 1870), special, foreign, etc. 147 plates. 142pp. 11⅜ x 8¼. 22772-3

THE TALL SHIPS OF TODAY IN PHOTOGRAPHS, Frank O. Braynard. Lavishly illustrated tribute to nearly 100 majestic contemporary sailing vessels: Amerigo Vespucci, Clearwater, Constitution, Eagle, Mayflower, Sea Cloud, Victory, many more. Authoritative captions provide statistics, background on each ship. 190 black-and-white photographs and illustrations. Introduction. 128pp. 8⅞ x 11¾. 27163-3

LITTLE BOOK OF EARLY AMERICAN CRAFTS AND TRADES, Peter Stockham (ed.). 1807 children's book explains crafts and trades: baker, hatter, cooper, potter, and many others. 23 copperplate illustrations. 140pp. 4⅝ x 6.      23336-7

VICTORIAN FASHIONS AND COSTUMES FROM HARPER'S BAZAR, 1867–1898, Stella Blum (ed.). Day costumes, evening wear, sports clothes, shoes, hats, other accessories in over 1,000 detailed engravings. 320pp. 9⅜ x 12¼.  22990-4

GUSTAV STICKLEY, THE CRAFTSMAN, Mary Ann Smith. Superb study surveys broad scope of Stickley's achievement, especially in architecture. Design philosophy, rise and fall of the Craftsman empire, descriptions and floor plans for many Craftsman houses, more. 86 black-and-white halftones. 31 line illustrations. Introduction 208pp. 6½ x 9¼.      27210-9

THE LONG ISLAND RAIL ROAD IN EARLY PHOTOGRAPHS, Ron Ziel. Over 220 rare photos, informative text document origin ( 1844) and development of rail service on Long Island. Vintage views of early trains, locomotives, stations, passengers, crews, much more. Captions. 8⅞ x 11¾.      26301-0

VOYAGE OF THE LIBERDADE, Joshua Slocum. Great 19th-century mariner's thrilling, first-hand account of the wreck of his ship off South America, the 35-foot boat he built from the wreckage, and its remarkable voyage home. 128pp. 5⅜ x 8½.
40022-0

TEN BOOKS ON ARCHITECTURE, Vitruvius. The most important book ever written on architecture. Early Roman aesthetics, technology, classical orders, site selection, all other aspects. Morgan translation. 331pp. 5⅜ x 8½.      20645-9

THE HUMAN FIGURE IN MOTION, Eadweard Muybridge. More than 4,500 stopped-action photos, in action series, showing undraped men, women, children jumping, lying down, throwing, sitting, wrestling, carrying, etc. 390pp. 7⅞ x 10⅝.
20204-6 Clothbd.

TREES OF THE EASTERN AND CENTRAL UNITED STATES AND CANADA, William M. Harlow. Best one-volume guide to 140 trees. Full descriptions, woodlore, range, etc. Over 600 illustrations. Handy size. 288pp. 4½ x 6⅜.      20395-6

SONGS OF WESTERN BIRDS, Dr. Donald J. Borror. Complete song and call repertoire of 60 western species, including flycatchers, juncoes, cactus wrens, many more–includes fully illustrated booklet.      Cassette and manual 99913-0

GROWING AND USING HERBS AND SPICES, Milo Miloradovich. Versatile handbook provides all the information needed for cultivation and use of all the herbs and spices available in North America. 4 illustrations. Index. Glossary. 236pp. 5⅜ x 8½.
25058-X

BIG BOOK OF MAZES AND LABYRINTHS, Walter Shepherd. 50 mazes and labyrinths in all–classical, solid, ripple, and more–in one great volume. Perfect inexpensive puzzler for clever youngsters. Full solutions. 112pp. 8⅛ x 11.      22951-3

PIANO TUNING, J. Cree Fischer. Clearest, best book for beginner, amateur. Simple repairs, raising dropped notes, tuning by easy method of flattened fifths. No previous skills needed. 4 illustrations. 201pp. 5⅜ x 8½. 23267-0

HINTS TO SINGERS, Lillian Nordica. Selecting the right teacher, developing confidence, overcoming stage fright, and many other important skills receive thoughtful discussion in this indispensible guide, written by a world-famous diva of four decades' experience. 96pp. 5⅜ x 8½. 40094-8

THE COMPLETE NONSENSE OF EDWARD LEAR, Edward Lear. All nonsense limericks, zany alphabets, Owl and Pussycat, songs, nonsense botany, etc., illustrated by Lear. Total of 320pp. 5⅜ x 8½. (Available in U.S. only.) 20167-8

VICTORIAN PARLOUR POETRY: An Annotated Anthology, Michael R. Turner. 117 gems by Longfellow, Tennyson, Browning, many lesser-known poets. "The Village Blacksmith," "Curfew Must Not Ring Tonight," "Only a Baby Small," dozens more, often difficult to find elsewhere. Index of poets, titles, first lines. xxiii + 325pp. 5⅝ x 8¼. 27044-0

DUBLINERS, James Joyce. Fifteen stories offer vivid, tightly focused observations of the lives of Dublin's poorer classes. At least one, "The Dead," is considered a masterpiece. Reprinted complete and unabridged from standard edition. 160pp. 5³⁄₁₆ x 8¼. 26870-5

GREAT WEIRD TALES: 14 Stories by Lovecraft, Blackwood, Machen and Others, S. T. Joshi (ed.). 14 spellbinding tales, including "The Sin Eater," by Fiona McLeod, "The Eye Above the Mantel," by Frank Belknap Long, as well as renowned works by R. H. Barlow, Lord Dunsany, Arthur Machen, W. C. Morrow and eight other masters of the genre. 256pp. 5⅜ x 8½. (Available in U.S. only.) 40436-6

THE BOOK OF THE SACRED MAGIC OF ABRAMELIN THE MAGE, translated by S. MacGregor Mathers. Medieval manuscript of ceremonial magic. Basic document in Aleister Crowley, Golden Dawn groups. 268pp. 5⅜ x 8½. 23211-5

NEW RUSSIAN-ENGLISH AND ENGLISH-RUSSIAN DICTIONARY, M. A. O'Brien. This is a remarkably handy Russian dictionary, containing a surprising amount of information, including over 70,000 entries. 366pp. 4½ x 6⅛. 20208-9

HISTORIC HOMES OF THE AMERICAN PRESIDENTS, Second, Revised Edition, Irvin Haas. A traveler's guide to American Presidential homes, most open to the public, depicting and describing homes occupied by every American President from George Washington to George Bush. With visiting hours, admission charges, travel routes. 175 photographs. Index. 160pp. 8¼ x 11. 26751-2

NEW YORK IN THE FORTIES, Andreas Feininger. 162 brilliant photographs by the well-known photographer, formerly with *Life* magazine. Commuters, shoppers, Times Square at night, much else from city at its peak. Captions by John von Hartz. 181pp. 9¼ x 10¾. 23585-8

INDIAN SIGN LANGUAGE, William Tomkins. Over 525 signs developed by Sioux and other tribes. Written instructions and diagrams. Also 290 pictographs. 111pp. 6⅛ x 9¼. 22029-X

ANATOMY: A Complete Guide for Artists, Joseph Sheppard. A master of figure drawing shows artists how to render human anatomy convincingly. Over 460 illustrations. 224pp. 8⅜ x 11¼. 27279-6

MEDIEVAL CALLIGRAPHY: Its History and Technique, Marc Drogin. Spirited history, comprehensive instruction manual covers 13 styles (ca. 4th century through 15th). Excellent photographs; directions for duplicating medieval techniques with modern tools. 224pp. 8⅜ x 11¼. 26142-5

DRIED FLOWERS: How to Prepare Them, Sarah Whitlock and Martha Rankin. Complete instructions on how to use silica gel, meal and borax, perlite aggregate, sand and borax, glycerine and water to create attractive permanent flower arrangements. 12 illustrations. 32pp. 5⅜ x 8½. 21802-3

EASY-TO-MAKE BIRD FEEDERS FOR WOODWORKERS, Scott D. Campbell. Detailed, simple-to-use guide for designing, constructing, caring for and using feeders. Text, illustrations for 12 classic and contemporary designs. 96pp. 5⅜ x 8½. 25847-5

SCOTTISH WONDER TALES FROM MYTH AND LEGEND, Donald A. Mackenzie. 16 lively tales tell of giants rumbling down mountainsides, of a magic wand that turns stone pillars into warriors, of gods and goddesses, evil hags, powerful forces and more. 240pp. 5⅜ x 8½. 29677-6

THE HISTORY OF UNDERCLOTHES, C. Willett Cunnington and Phyllis Cunnington. Fascinating, well-documented survey covering six centuries of English undergarments, enhanced with over 100 illustrations: 12th-century laced-up bodice, footed long drawers (1795), 19th-century bustles, 19th-century corsets for men, Victorian "bust improvers," much more. 272pp. 5⅝ x 8¼. 27124-2

ARTS AND CRAFTS FURNITURE: The Complete Brooks Catalog of 1912, Brooks Manufacturing Co. Photos and detailed descriptions of more than 150 now very collectible furniture designs from the Arts and Crafts movement depict davenports, settees, buffets, desks, tables, chairs, bedsteads, dressers and more, all built of solid, quarter-sawed oak. Invaluable for students and enthusiasts of antiques, Americana and the decorative arts. 80pp. 6½ x 9¼. 27471-3

WILBUR AND ORVILLE: A Biography of the Wright Brothers, Fred Howard. Definitive, crisply written study tells the full story of the brothers' lives and work. A vividly written biography, unparalleled in scope and color, that also captures the spirit of an extraordinary era. 560pp. 6⅛ x 9¼. 40297-5

THE ARTS OF THE SAILOR: Knotting, Splicing and Ropework, Hervey Garrett Smith. Indispensable shipboard reference covers tools, basic knots and useful hitches; handsewing and canvas work, more. Over 100 illustrations. Delightful reading for sea lovers. 256pp. 5⅜ x 8½. 26440-8

FRANK LLOYD WRIGHT'S FALLINGWATER: The House and Its History, Second, Revised Edition, Donald Hoffmann. A total revision–both in text and illustrations–of the standard document on Fallingwater, the boldest, most personal architectural statement of Wright's mature years, updated with valuable new material from the recently opened Frank Lloyd Wright Archives. "Fascinating"–*The New York Times*. 116 illustrations. 128pp. 9¼ x 10¾. 27430-6

PHOTOGRAPHIC SKETCHBOOK OF THE CIVIL WAR, Alexander Gardner. 100 photos taken on field during the Civil War. Famous shots of Manassas Harper's Ferry, Lincoln, Richmond, slave pens, etc. 244pp. 10⅝ x 8¼. 22731-6

FIVE ACRES AND INDEPENDENCE, Maurice G. Kains. Great back-to-the-land classic explains basics of self-sufficient farming. The one book to get. 95 illustrations. 397pp. 5⅜ x 8½. 20974-1

SONGS OF EASTERN BIRDS, Dr. Donald J. Borror. Songs and calls of 60 species most common to eastern U.S.: warblers, woodpeckers, flycatchers, thrushes, larks, many more in high-quality recording. Cassette and manual 99912-2

A MODERN HERBAL, Margaret Grieve. Much the fullest, most exact, most useful compilation of herbal material. Gigantic alphabetical encyclopedia, from aconite to zedoary, gives botanical information, medical properties, folklore, economic uses, much else. Indispensable to serious reader. 161 illustrations. 888pp. 6½ x 9¼. 2-vol. set. (Available in U.S. only.) Vol. I: 22798-7
Vol. II: 22799-5

HIDDEN TREASURE MAZE BOOK, Dave Phillips. Solve 34 challenging mazes accompanied by heroic tales of adventure. Evil dragons, people-eating plants, bloodthirsty giants, many more dangerous adversaries lurk at every twist and turn. 34 mazes, stories, solutions. 48pp. 8¼ x 11. 24566-7

LETTERS OF W. A. MOZART, Wolfgang A. Mozart. Remarkable letters show bawdy wit, humor, imagination, musical insights, contemporary musical world; includes some letters from Leopold Mozart. 276pp. 5⅜ x 8½. 22859-2

BASIC PRINCIPLES OF CLASSICAL BALLET, Agrippina Vaganova. Great Russian theoretician, teacher explains methods for teaching classical ballet. 118 illustrations. 175pp. 5⅜ x 8½. 22036-2

THE JUMPING FROG, Mark Twain. Revenge edition. The original story of The Celebrated Jumping Frog of Calaveras County, a hapless French translation, and Twain's hilarious "retranslation" from the French. 12 illustrations. 66pp. 5⅜ x 8½. 22686-7

BEST REMEMBERED POEMS, Martin Gardner (ed.). The 126 poems in this superb collection of 19th- and 20th-century British and American verse range from Shelley's "To a Skylark" to the impassioned "Renascence" of Edna St. Vincent Millay and to Edward Lear's whimsical "The Owl and the Pussycat." 224pp. 5⅜ x 8½. 27165-X

COMPLETE SONNETS, William Shakespeare. Over 150 exquisite poems deal with love, friendship, the tyranny of time, beauty's evanescence, death and other themes in language of remarkable power, precision and beauty. Glossary of archaic terms. 80pp. 5³⁄₁₆ x 8¼. 26686-9

THE BATTLES THAT CHANGED HISTORY, Fletcher Pratt. Eminent historian profiles 16 crucial conflicts, ancient to modern, that changed the course of civilization. 352pp. 5⅜ x 8½. 41129-X

THE WIT AND HUMOR OF OSCAR WILDE, Alvin Redman (ed.). More than 1,000 ripostes, paradoxes, wisecracks: Work is the curse of the drinking classes; I can resist everything except temptation; etc. 258pp. 5⅜ x 8½. 20602-5

SHAKESPEARE LEXICON AND QUOTATION DICTIONARY, Alexander Schmidt. Full definitions, locations, shades of meaning in every word in plays and poems. More than 50,000 exact quotations. 1,485pp. 6½ x 9¼. 2-vol. set.
Vol. 1: 22726-X
Vol. 2: 22727-8

SELECTED POEMS, Emily Dickinson. Over 100 best-known, best-loved poems by one of America's foremost poets, reprinted from authoritative early editions. No comparable edition at this price. Index of first lines. 64pp. 5³⁄₁₆ x 8¼. 26466-1

THE INSIDIOUS DR. FU-MANCHU, Sax Rohmer. The first of the popular mystery series introduces a pair of English detectives to their archnemesis, the diabolical Dr. Fu-Manchu. Flavorful atmosphere, fast-paced action, and colorful characters enliven this classic of the genre. 208pp. 5³⁄₁₆ x 8¼. 29898-1

THE MALLEUS MALEFICARUM OF KRAMER AND SPRENGER, translated by Montague Summers. Full text of most important witchhunter's "bible," used by both Catholics and Protestants. 278pp. 6⅝ x 10. 22802-9

SPANISH STORIES/CUENTOS ESPAÑOLES: A Dual-Language Book, Angel Flores (ed.). Unique format offers 13 great stories in Spanish by Cervantes, Borges, others. Faithful English translations on facing pages. 352pp. 5⅜ x 8½. 25399-6

GARDEN CITY, LONG ISLAND, IN EARLY PHOTOGRAPHS, 1869–1919, Mildred H. Smith. Handsome treasury of 118 vintage pictures, accompanied by carefully researched captions, document the Garden City Hotel fire (1899), the Vanderbilt Cup Race (1908), the first airmail flight departing from the Nassau Boulevard Aerodrome (1911), and much more. 96pp. 8⅞ x 11¾. 40669-5

OLD QUEENS, N.Y., IN EARLY PHOTOGRAPHS, Vincent F. Seyfried and William Asadorian. Over 160 rare photographs of Maspeth, Jamaica, Jackson Heights, and other areas. Vintage views of DeWitt Clinton mansion, 1939 World's Fair and more. Captions. 192pp. 8⅞ x 11. 26358-4

CAPTURED BY THE INDIANS: 15 Firsthand Accounts, 1750-1870, Frederick Drimmer. Astounding true historical accounts of grisly torture, bloody conflicts, relentless pursuits, miraculous escapes and more, by people who lived to tell the tale. 384pp. 5⅜ x 8½. 24901-8

THE WORLD'S GREAT SPEECHES (Fourth Enlarged Edition), Lewis Copeland, Lawrence W. Lamm, and Stephen J. McKenna. Nearly 300 speeches provide public speakers with a wealth of updated quotes and inspiration–from Pericles' funeral oration and William Jennings Bryan's "Cross of Gold Speech" to Malcolm X's powerful words on the Black Revolution and Earl of Spenser's tribute to his sister, Diana, Princess of Wales. 944pp. 5⅜ x 8⅜. 40903-1

THE BOOK OF THE SWORD, Sir Richard F. Burton. Great Victorian scholar/adventurer's eloquent, erudite history of the "queen of weapons"–from prehistory to early Roman Empire. Evolution and development of early swords, variations (sabre, broadsword, cutlass, scimitar, etc.), much more. 336pp. 6⅛ x 9¼. 25434-8

AUTOBIOGRAPHY: The Story of My Experiments with Truth, Mohandas K. Gandhi. Boyhood, legal studies, purification, the growth of the Satyagraha (nonviolent protest) movement. Critical, inspiring work of the man responsible for the freedom of India. 480pp. 5⅜ x 8½. (Available in U.S. only.) 24593-4

CELTIC MYTHS AND LEGENDS, T. W. Rolleston. Masterful retelling of Irish and Welsh stories and tales. Cuchulain, King Arthur, Deirdre, the Grail, many more. First paperback edition. 58 full-page illustrations. 512pp. 5⅜ x 8½. 26507-2

THE PRINCIPLES OF PSYCHOLOGY, William James. Famous long course complete, unabridged. Stream of thought, time perception, memory, experimental methods; great work decades ahead of its time. 94 figures. 1,391pp. 5⅜ x 8½. 2-vol. set.
Vol. I: 20381-6 Vol. II: 20382-4

THE WORLD AS WILL AND REPRESENTATION, Arthur Schopenhauer. Definitive English translation of Schopenhauer's life work, correcting more than 1,000 errors, omissions in earlier translations. Translated by E. F. J. Payne. Total of 1,269pp. 5⅜ x 8½. 2-vol. set.
Vol. 1: 21761-2 Vol. 2: 21762-0

MAGIC AND MYSTERY IN TIBET, Madame Alexandra David-Neel. Experiences among lamas, magicians, sages, sorcerers, Bonpa wizards. A true psychic discovery. 32 illustrations. 321pp. 5⅜ x 8½. (Available in U.S. only.) 22682-4

THE EGYPTIAN BOOK OF THE DEAD, E. A. Wallis Budge. Complete reproduction of Ani's papyrus, finest ever found. Full hieroglyphic text, interlinear transliteration, word-for-word translation, smooth translation. 533pp. 6½ x 9¼. 21866-X

MATHEMATICS FOR THE NONMATHEMATICIAN, Morris Kline. Detailed, college-level treatment of mathematics in cultural and historical context, with numerous exercises. Recommended Reading Lists. Tables. Numerous figures. 641pp. 5⅜ x 8½. 24823-2

PROBABILISTIC METHODS IN THE THEORY OF STRUCTURES, Isaac Elishakoff. Well-written introduction covers the elements of the theory of probability from two or more random variables, the reliability of such multivariable structures, the theory of random function, Monte Carlo methods of treating problems incapable of exact solution, and more. Examples. 502pp. 5⅜ x 8½. 40691-1

THE RIME OF THE ANCIENT MARINER, Gustave Doré, S. T. Coleridge. Doré's finest work; 34 plates capture moods, subtleties of poem. Flawless full-size reproductions printed on facing pages with authoritative text of poem. "Beautiful. Simply beautiful."–*Publisher's Weekly.* 77pp. 9¼ x 12. 22305-1

NORTH AMERICAN INDIAN DESIGNS FOR ARTISTS AND CRAFTSPEOPLE, Eva Wilson. Over 360 authentic copyright-free designs adapted from Navajo blankets, Hopi pottery, Sioux buffalo hides, more. Geometrics, symbolic figures, plant and animal motifs, etc. 128pp. 8⅜ x 11. (Not for sale in the United Kingdom.) 25341-4

SCULPTURE: Principles and Practice, Louis Slobodkin. Step-by-step approach to clay, plaster, metals, stone; classical and modern. 253 drawings, photos. 255pp. 8⅛ x 11. 22960-2

THE INFLUENCE OF SEA POWER UPON HISTORY, 1660–1783, A. T. Mahan. Influential classic of naval history and tactics still used as text in war colleges. First paperback edition. 4 maps. 24 battle plans. 640pp. 5⅜ x 8½. 25509-3

THE STORY OF THE TITANIC AS TOLD BY ITS SURVIVORS, Jack Winocour (ed.). What it was really like. Panic, despair, shocking inefficiency, and a little heroism. More thrilling than any fictional account. 26 illustrations. 320pp. 5⅜ x 8½.
20610-6

FAIRY AND FOLK TALES OF THE IRISH PEASANTRY, William Butler Yeats (ed.). Treasury of 64 tales from the twilight world of Celtic myth and legend: "The Soul Cages," "The Kildare Pooka," "King O'Toole and his Goose," many more. Introduction and Notes by W. B. Yeats. 352pp. 5⅜ x 8½.
26941-8

BUDDHIST MAHAYANA TEXTS, E. B. Cowell and others (eds.). Superb, accurate translations of basic documents in Mahayana Buddhism, highly important in history of religions. The Buddha-karita of Asvaghosha, Larger Sukhavativyuha, more. 448pp. 5⅜ x 8½.
25552-2

ONE TWO THREE . . . INFINITY: Facts and Speculations of Science, George Gamow. Great physicist's fascinating, readable overview of contemporary science: number theory, relativity, fourth dimension, entropy, genes, atomic structure, much more. 128 illustrations. Index. 352pp. 5⅜ x 8½.
25664-2

EXPERIMENTATION AND MEASUREMENT, W. J. Youden. Introductory manual explains laws of measurement in simple terms and offers tips for achieving accuracy and minimizing errors. Mathematics of measurement, use of instruments, experimenting with machines. 1994 edition. Foreword. Preface. Introduction. Epilogue. Selected Readings. Glossary. Index. Tables and figures. 128pp. 5⅜ x 8½.    40451-X

DALÍ ON MODERN ART: The Cuckolds of Antiquated Modern Art, Salvador Dalí. Influential painter skewers modern art and its practitioners. Outrageous evaluations of Picasso, Cézanne, Turner, more. 15 renderings of paintings discussed. 44 calligraphic decorations by Dalí. 96pp. 5⅜ x 8½. (Available in U.S. only.)    29220-7

ANTIQUE PLAYING CARDS: A Pictorial History, Henry René D'Allemagne. Over 900 elaborate, decorative images from rare playing cards (14th–20th centuries): Bacchus, death, dancing dogs, hunting scenes, royal coats of arms, players cheating, much more. 96pp. 9¼ x 12¼.    29265-7

MAKING FURNITURE MASTERPIECES: 30 Projects with Measured Drawings, Franklin H. Gottshall. Step-by-step instructions, illustrations for constructing handsome, useful pieces, among them a Sheraton desk, Chippendale chair, Spanish desk, Queen Anne table and a William and Mary dressing mirror. 224pp. 8⅛ x 11¼.
29338-6

THE FOSSIL BOOK: A Record of Prehistoric Life, Patricia V. Rich et al. Profusely illustrated definitive guide covers everything from single-celled organisms and dinosaurs to birds and mammals and the interplay between climate and man. Over 1,500 illustrations. 760pp. 7½ x 10⅛.    29371-8

Paperbound unless otherwise indicated. Available at your book dealer, online at **www.doverpublications.com**, or by writing to Dept. GI, Dover Publications, Inc., 31 East 2nd Street, Mineola, NY 11501. For current price information or for free catalogues (please indicate field of interest), write to Dover Publications or log on to **www.doverpublications.com** and see every Dover book in print. Dover publishes more than 500 books each year on science, elementary and advanced mathematics, biology, music, art, literary history, social sciences, and other areas.